착하게 살려고 했습니다만

키아르네 장편소설

fioret

착하게 살려고 했습니다만 3

초판 1쇄 인쇄 2022년 9월 13일
초판 1쇄 발행 2022년 10월 4일

지은이 키아르네
발행인 오광백
편집 편집부
표지·내지디자인 Mull
내지편집 오정인
제작 조하늬

펴낸 곳 (주)삼양출판사 · 피오렛
주소 서울시 강북구 도봉로 173
대표 전화 02-980-2112 / **팩스** 02-983-0660
편집부 전화 02-987-9393 / **팩스** 02-980-2115
블로그 blog.naver.com/dan_gul
출판등록 1999년 3월 11일 제9-00046호

ISBN 979-11-283-7188-2 (04810) / 979-11-283-7185-1 (세트)

+ 이 도서의 국립중앙도서관 출판시도서목록(CIP)은 서지정보유통지원시스템홈페이지(http://seoji.nl.go.kr)와 국가자료종합목록 구축시스템(http://kolis-net.nl.go.kr)에서 이용하실 수 있습니다.

fio ret 은 (주)삼양출판사의 로맨스 판타지 문학 브랜드입니다.

착하게 살려고 했습니다만

키아르네 장편소설

3

Contents

21

"어서 오십시오, 아가씨."

며칠 후, 내가 헬름의 저택에 도착하자 이번에는 집사와 하인들이 일렬로 서서 나를 맞이했다. 집사를 포함해서 모두 여섯.

나는 마차에서 내려 하인들 사이에 여자 하인이 없는 것을 확인하고 고개를 갸웃했다. 전에 왔을 때 분명 하녀를 봤는데?

"이 저택에서 일하는 사람은 여기 나온 사람이 다야?"

내 질문에 집사가 그게 무슨 소리냐는 표정을 지었다. 내가 말을 어렵게 하나? 나는 그를 위해 다시 한 번 물었다.

"이 집에서 일하는 사람이 또 없냐고."

"어, 있긴 한데……."

또 이러네. 나는 말을 흐리는 집사를 보고 인상을 썼다. 그사이 내 뒤로 마크와 엘리스, 도리스가 내리고 있었다.

다들 짐이 그리 많지 않다. 나는 마차 뒤와 위에 올려 둔 짐을 꺼내려는 도리스를 막으며 말했다.

"짐 옮겨 줘. 어른들은 손님방에. 아이들은 하인 방에."

전에 왔을 때 이 저택의 손님방과 주인 가족의 방을 모두 확인했다. 전부 좀 낡긴 했지만 그럭저럭 쓸 만했던 게 생각났다.

그리고 손님방이 모두 열 갠가, 열한 개였다는 것도.

원래 이런 영지의 저택은 방이 많다고 한다. 가문의 본가라는 개념이라 이런저런 집안사람들이 머문다고. 친구가 많은 영주에게는 친구도 자주 찾아온다고 레슬리에게 들었다.

"아이들은 수습 하인으로 데려오신 겁니까?"

집사의 질문에 나는 고개를 끄덕였다. 엘리스와 마크뿐만 아니라 우드 부부네 있는 네 명의 아이들도 곧 올 거다.

우드 부부는 자격이 박탈됐지만 내가 아이들을 돌본다는 자격을 받는 절차가 완전히 끝난 게 아니기 때문이다. 이번 달 안에 절차가 완료된다니까 그때쯤에 고아원에 있는 아이들을 모두 헬름으로 데려올 생각이었다.

여차하면 그 애들 모두 이 저택의 하인으로 가르치면 되겠지, 뭐.

낡았지만 커다란 저택을 보자 조금 안도가 됐다. 이런 큰 집이면 일하는 사람이 많이 필요할 테고, 아이들이 일할 수 있는 나이가 되면 지금 일하는 하인들 중에 그만두거나 은퇴하는 사람도 생길 것이다.

"뭐해? 짐 안 나르고."

나는 마크를 주의 깊게 살피는 집사를 보고 물었다. 분명 집사의 뒤에 선 하인들에게도 짐을 나르라는 내 말이 들렸을 텐데 하인들은 이상하게 미적거리고 있었다.

설마 내 명령이 아니라 집사의 명령을 듣는 건 아니겠지. 기분 나쁜 생각이 떠오르는 데 집사가 고개를 돌려 하인에게 말했다.

"가서 하녀들 데려와."

"네."

역시 이 집에 일하는 사람이 더 있었다. 집사의 지시에 입 싼 개구리가 뛰어 들어갔다. 입 싼 개구리의 이름이 뭐였더라.

글로브였는지 글로버였는지 한참을 고민하는 데 집사가 다시 내게 물었다.

"손님은 한 분뿐이십니까?"

"아, 아냐."

그렇게 말한 순간 마차 소리가 들리기 시작했다. 당연히 거리의 상인들도 모두 같이 왔다. 나는 마차를 보고 놀란 표정을 짓는 집사에게 말을 이었다.

"저 마차에 세 명 더 타고 있어."

크리스틴과 수잔, 아이린 아주머니도 함께 왔다. 데이브 아저씨도 갈 곳이 없으면 예의상 같이 가겠느냐고 권하려고 했는데 영 볼 수가 없어서 데려올 수가 없었다.

그 인간은 대체 어디서 뭘 하고 있는지 모르겠네.

"저, 그럼 방은 어떻게……."

방을 어떻게 하긴 뭘 어떻게 해? 그냥 손님방에 한 명씩 배정하면 되는 거 아닌가? 그렇게 생각한 나는 곧 이 집의 손님방에도 약간의 차이가 있다는 것을 깨달았다.

대부분의 손님방은 비슷한 규모와 비슷한 수준의 가구가 갖춰져 있지만, 그중에서도 더 좋은 방이 있고 좀 덜 좋은 방이 있다.

네 명에게는 똑같은 방을 주는 게 좋겠지. 자동적으로 가장 좋은 방과 덜 좋은 방은 제외됐다.

나는 아이린 아주머니를 가장 안쪽 방에, 나이순으로 점점 바깥쪽 방을 배정하라고 지시했다. 그리고 내 방은 어떻게 됐는지 확인하기 위해 이 층으로 향했다.

전에 왔을 때 영주가 쓰는 방을 헥터가 쓰고 있어서 내 방과 헥터의 방을 바꾸라고 지시하고 갔었다. 침대는 어떻게 옮겼으려나.

"뭐야."

큰 침대까지 옮기려면 힘들었겠다고 생각하며 이 층의 내 방문을 여는데 방은 변한 게 하나도 없었다. 내가 어이없다는 듯 중얼거리자 지나가던 하녀가 나를 보고 물었다.

"아가씨, 필요한 거 있으세요?"

전에 본 적이 있는 하녀였다. 나는 인상을 쓰며 물었다.

"왜 방을 안 옮겼어?"

"방을 옮기다니요?"

"집사한테 시켰는데? 내 방이랑 헥, 아버지 방을 바꾸라고 말이야."

내 말에 하녀의 눈이 동그래졌다. 그 표정을 보아하니 전혀 못 들은 모양이다. 나는 어이가 없어서 한숨을 내쉬었다.

그리고 집사를 불러오라고 말하려다 그녀가 내 짐을 들고 있는 것을 확인했다.

"집사는 어디 있지?"

"차, 찾아오겠습니다."

"아냐, 됐어. 내가 찾을게."

넌 가서 일하렴. 나는 내 짐을 방 안에 들여놓으라고 명령하고 다시 일 층으로 내려갔다. 그런데 내려가면서 이상한 장면이 보였다.

마차에 실려 있던 가방을 옮기는 게 모두 여자 하인이었다. 아까 내가 도착했을 때 나와 있던 하인들은 하나도 보이지 않았다.

애들은 다 어딜 간 거야? 어리둥절해 하며 일 층을 헤매는데 입구에 여전히 아이린 아주머니와 수잔, 크리스틴이 서 있는 게 보였다.

"여기서 뭐 해요?"

"에버딘."

내가 왜 여기 가만히 서 있냐고 묻자 아이린 아주머니가 걱정스러운 표정으로 다가왔다. 설마 집사가 한 명씩 방을 안내하고 있나? 그렇게 생각하는 데 도리스가 응접실 쪽에서 엘리스와 마크를 데리고 나왔다.

"도리스? 거기서 뭐예요?"

"죄송해!"

마크의 이상한 사과와 동시에 엘리스가 입을 열었다.

"죄송해요겠지."

"죄송해요, 사장님. 마크가 구경하고 싶다고 해서……."

그러니까 집사는 내 손님들을 현관에 버려두고 어디론가 갔다는 말이다.

어이가 없네, 어이가 없어. 나는 사람들을 마크가 들어갔던 응접실로 안내했다. 그리고 차를 가져올 테니까 기다리라고 말하고 주방으로 향했다.

주방이 어디 있는지는 말로만 들었지만 왠지 알 것 같았다. 보통 뒷문이나 지하 창고와 가까운 곳에 있다.

"가 봐야 하는 거 아냐?"

어디선가 맛있는 냄새가 나서 주방에 가깝다고 생각한 순간 어떤 여자가 그렇게 말했다. 하녀인가? 그렇게 생각하는데 집사의 목소리가 들려왔다.

"하녀들이 다 나른 다음에 가도 돼. 나 파이나 하나 더 줘. 아침부터 그 여자 온다고 난리를 피웠더니 배가 고프네."

설마 그 여자가 나는 아니겠지. 나는 우뚝 멈춰 서 어떻게 해야 할지 고민했다. 원래 없는 데선 나라님 욕도 한다고 했다.

그러니 못 들은 척해 줄 수는 있지만 지금 바로 들어가면 그것도 어렵다.

"그러게 적당히 하지, 자기는 너무 성실해서 탈이야."

여자의 말에 나는 저도 모르게 콧방귀를 뀌었다. 집사가 성실하다고? 지나가던 개가 웃을 일이다.

나는 일부러 발소리를 크게 내며 주방으로 들어갔다.

"뭐, 아, 아가씨."

뒷담화한 게 찔렸는지 나를 본 집사가 벌떡 일어났다. 나는 조리대 앞에서 커다란 파이를 자르는 여자에게로 시선을 던졌다.

약간 덩치가 있는 중년의 여성이었다. 집사의 부인인가? 그런 말은 못 들은 것 같은데.

"누구야?"

내 질문에 집사가 허둥지둥 여자에게로 다가갔다. 그러더니 그녀의 등을 누르며 말했다.

"요리사입니다."

"전에 왔을 때는 못 봤는데?"

소개를 못 받았다. 그러고 보니 하녀들도 소개를 못 받았지. 대체 왜 그랬는지 이유를 모르겠다.

집사는 억지로 요리사의 등을 눌러 내게 몸을 숙이도록 한 뒤 당연하다는 듯 말했다.

"사람들 앞에 나서는 사람들은 남자 하인들이니까요. 여자들까지 아가씨께 소개할 필요는 없다고 생각했습니다."

"뭐라는 거야."

나도 모르게 본심이 입 밖으로 튀어나왔다. 아차. 나는 내 말에 눈이 튀어나온 집사와 요리사를 보고 입을 다물었다.

아, 사람은 원래 한 번 뇌를 거치고 말이 나와야 하는 법인데 이 집에서 하도 이상한 일을 많이 겪어서 말이 막 나온다.

"그러니까, 사람들 앞에 나서지 않는 여자 하인들은 내가 몰라도 된다?"

"그, 그렇죠."

"그런데 여자 하인들 봉급은 내가 주고 있고?"

그제야 집사의 입이 다물어졌다. 얘 대체 뭐야. 나는 인상을 쓰며 그를 쳐다봤다. 대체 어디서 뭘 하던 놈이길래 이런 말도 안 되게 멍청한 소리를 하는 걸까.

어떻게 집사가 된 건지 궁금하다. 나는 요리사를 쳐다보고 물었다.

“이름은 뭐지?”

“돈입니다.”

아니, 너 말고. 나는 마음속으로 닭대가리라고 별명 붙인 집사가 자신의 이름을 말하자 한숨을 내쉬었다. 그리고 요리사에게 물었다.

“요리사 말이야.”

“폴라입니다.”

그제야 요리사의 입에서 말이 흘러나왔다. 폴라는 내가 이 주방에 들어온 뒤로 전혀 입을 열지 않고 있었다. 나는 그녀의 앞에 놓인 커다란 파이를 한 번 쳐다보고 말했다.

“손님께 차를 내드려. 그리고 방 정리가 되면 방으로 안내해 드리고.”

이런 게 집사가 해야 할 일 아닌가. 그걸 내가 하고 있는데 집사보고 성실하다고 말했던 요리사의 말을 떠올리자 웃음이 나왔다.

나는 그대로 주방을 나가려다가 우뚝 멈췄다. 아참. 이것 때문에 집사를 찾은 게 아니었지.

“그리고 하나 더.”

몸을 돌리자 어느새 요리사는 파이 한 조각을 접시에 덜어 집사의 앞에 내려놓고 있었다. 방금 내가 차를 내가라고 한 말을 무시하는 건가?

나는 인상을 쓰고 두 사람을 보다가 요리사를 무시하고 집사에게 물었다.

"왜 내 방을 옮기지 않았지?"

"네?"

"내 방 말이야. 내가 전에 분명히 내 방을 옮기라고 명령하고 갔을 텐데?"

문득 집사가 단순히 잊어버리거나 날 무시하는 게 아니라 조기 치매일 수도 있다는 생각이 들었다. 산만한 태도와 잦은 건망증, 그리고 어눌한 말까지.

꽤 가능성이 있다. 의사를 불러야 하나. 그런 고민을 하는데 집사가 뒷머리를 긁으며 말했다.

"하지만 그러려면 어서 남작님의 허락을 받아야……."

이 멍청이가 진짜.

나는 집사의 대답에 그가 단순한 닭대가리라는 것을 확실하게 인식했다. 하나는 입 싼 개구리고, 하나는 닭대가리고, 잘 돌아간다. 아주 잘 돌아가.

분위기가 싸늘해지자 요리사는 몸을 돌리더니 갑자기 설거지를 시작했다. 나는 그녀를 한번 힐끔 쳐다보고 집사에게 다가가서 물었다.

"어서 남작의 허락이 필요하다고?"

"아무래도 남작님이 주인님이시니까요. 아가씨께서 하루라도 빨리 남작님이 되고 싶으신 건 알겠지만 일에는 순서라는 게 있는 법 아니겠습니까?"

그렇게 말한 집사의 얼굴에 뿌듯한 표정이 떠올랐다. 그 말을 하고 싶어서 어지간히 별렀던 모양이다.

나는 어이가 없어서 그를 쳐다보다가 웃음을 터트렸다. 그러니까 이 녀석들은 내가 아버지를 무시하고 남작이 되고 싶어서 난리 치는 건방진 후계자라고 생각했던 거다.

물론 건방진 후계자라 생각했어도 내 지시를 무시하는 건 웃기는 짓이다. 나는 집사가 내 손님들을 방치한 것을 떠올리고 웃음을 멈췄다.

"그래서 내 손님들을 방치했나 봐?"

"네?"

"내가 아버지의 작위를 노리고 날뛰는 건방진 후계자라 날 무시해도 된다고 생각했나 봐. 그렇지?"

"아니, 그건……."

그렇게 말하는 집사의 얼굴이 벌게졌다. 정곡을 찌른 모양이다. 나는 모른 척 덜그럭거리며 설거지하는 척하는 폴라를 쳐다보고 돈에게 물었다.

"돈, 이 집에서 일한 지 얼마나 됐지?"

"네? 사, 삼사 년쯤 됐습니다."

그렇군. 에버딘의 어머니가 쓰러지고 나서다. 이것도 레슬리에게 들었다. 어머니는 원래도 몸이 좋지 않았지만 에버딘의 동생을 임신했다가 유산했다고 한다. 그리고 그대로 병상 생활을 이어가다가 일어나지 못했다고.

나는 새록새록 샘솟는 헥터를 향한 증오를 불태우며 집사에게 말했다.

“내 아버지가 자신이 어셔 남작이라고 말했나 보지?”

정확하게 그렇게 말하지는 않았을 것이다. 레슬리가 그랬거든.

헥터는 은근하게 자신이 어셔 남작가의 가주라는 식으로 이야기했다고 한다. 하지만 남작이라는 말은 하지 않았다고.

어셔 남작가의 가계도를 잘 모르는 사람들은 당연히 헥터가 어셔 남작이라고 생각했고 레슬리 역시 처음엔 그렇게 착각했었다고 한다.

하지만 레슬리는 집사보다 훨씬 영리했다. 그녀는 헥터가 청혼했을 때 그가 어셔 남작이 아니라 그냥 어셔 씨라는 것과 진짜 남작이 될 사람은 나라는 것을 조사했다고 한다.

그럼에도 헥터와 결혼했던 건 이미 그 당시에 어셔 남작가의 재산은 헥터가 관리하고 있었기 때문이라고.

“어, 네.”

집사의 표정이 이상해졌다. 그는 헥터가 자신을 남작이라고 소개했는지 떠올리는 모양이지만 가물가물할 것이다.

남작도 아닌 자가 어셔 가문을 자신의 것이라고 말하지는 않을 거 아냐. 근데 헥터는 그랬다. 그리고 어셔가의 재산을 자신이 관리하고 있다고 했지.

하지만 그건 웃기는 말이다. 어셔가의 재산은 헬름이라는 영지와 수도에 있는 건물 두어 개 정도인데 그건 전부 어셔 남작의 것이다. 내가 후계가 없이 죽는다면 영지는 왕에게 돌아가고 건물은 헥터에게 돌아가겠지만 그전까지는 헥터의 것이 아니다.

"다시 소개하지."

나는 폴라가 몸을 돌려 나를 쳐다보는 것을 보고 입을 열었다. 그 말에 폴라가 우물쭈물 집사의 곁으로 다가왔다.

"나는 에버딘 어셔 남작. 어셔가의 9대 남작이야."

"하지만, 아직 어셔 남작님이 살아 계신데……."

"내 아버지 말하는 거야? 선대 남작인 어머니께 장가온 남자?"

그제야 집사의 입이 딱 벌어졌다. 그건 폴라 역시 마찬가지였다.

나는 관대해지기로 결심했다. 그래. 당신들이 무슨 죄겠어. 헥터가 사기꾼인 게 잘못이지.

하지만 다음 순간 그들에게 죄가 있다는 게 떠올랐다. 설령 내가 남작이 아니라고 알았다 해도 나는 남작의 딸이고 귀족이다.

집사와 요리사에게 봉급을 주는 고용주란 말이다. 고용주의 지시를 이렇게 무시하는 사람은 없다.

"이제 알았으면 일을 좀 제대로 해 주겠어?"

"죄, 죄송합니다."

"죄송합니다, 남작님."

그제야 요리사도 내게 허리를 숙였다. 아, 진짜 피곤하네. 나는 짜증을 내며 몸을 돌렸다. 뭐 이런 일까지 하나하나 기 싸움을 해야 하냐.

피곤해 죽겠다.

"아, 맞다. 내 방도 오늘 밤까지 바꿔 놔."

마지막으로 나는 안일한 집사와 하인들에게 벌을 내리기 위해 그렇게 지시했다. 하룻밤 정도는 에버딘의 옛날 방에서 잘 수도 있을 것이다.

하지만 이왕 기 싸움을 시작한 거 확실하게 이들에게 진짜 주인이 누군지 알려 줘야 할 것이다.

"무슨 일 있는 거 아니지?"

다시 응접실로 돌아오자 아이린 아주머니가 걱정스러운 표정으로 물었다. 내 표정이 별로 안 좋은가. 나는 내 뺨을 쓸며 말했다.

"손님을 현관에 두고 자리를 떴길래 한마디 하고 왔어요."

"우린 괜찮은데……."

아이린 아주머니가 그렇게 말했지만 내가 괜찮지 않다. 이들은 내 손님이고 당연히 내 집에서 일하는 하인들은 내 손님을 맞이하라고 돈을 받는 거다.

내 돈을 받으면서 일을 제대로 하지 못하는 녀석들은 잘라 버려야 한다.

나는 그것을 아이린 아주머니뿐 아니라 다른 사람들에게도 천천히 설명했다.

"그렇지 않아요. 이 집은 내 가게인 거고 여러분은 내 가게를 찾아온 손님이에요. 하인들은 가게에서 일하는 직원인 거고요."

어느 가게에서 직원이 손님을 무시하는 걸 사장이 두고 본단 말인가. 내 설명에 사람들이 고개를 끄덕였다. 곧이어 하인이 차를 가지고 들어왔다.

나는 하인이 딸랑 차만 가져온 것을 보고 인상을 썼지만 아무 말도 하지 않았다.

이건 대체 누구 문제일까. 집사? 요리사?

다시 피곤이 몰려왔다. 설마 이 집에서 일하는 모든 사람과 다 한 번씩 기 싸움을 해야 하는 건 아니겠지.

* * *

"부르셨습니까?"

이튿날 아침. 사람들과 식사를 하고 가볍게 저택 주변을 한 바퀴 산책한 뒤 나는 집사를 서재로 불렀다. 헬름의 상태가 어떤지 최대한 빨리 파악해야 한다.

나는 먼지가 쌓인 서재 안에서 뭘 먼저 봐야 할지 고민하고 있었다. 적어도 한 가지는 알겠다. 헥터가 이 저택에 출입했어도 서재는 이용하지 않았다는 거.

"영지와 저택의 장부를 확인하고 싶은데."

"장부라니, 어떤 장부요?"

"장부가 뭔지 몰라?"

수입과 지출 내역을 기록하는 거 말이다. 당연히 저택에는 일하는 사람들에게 주는 봉급과 식비, 세탁, 청소, 비품 등등으로 나가는 돈이 있을 테니 그걸 기록했겠지.

전에 왔을 때 서재에서 눈에 띄는 장부를 모두 가지고 갔었는데 그게 몇 권 안 되는 데다가 심지어 십 년도 전의 장부여서 아무 쓸모가 없었다. 게다가 가장 큰 문제가 있는데, 난 장부 볼 줄을 모른다.

이게 대체 무슨 돈이 들어온 거고, 무슨 돈이 나간 건지 하나도 모르겠다는 말이다.

심지어 십 년 전이라 더 그랬다.

나는 최근 장부는 전부 집사가 가지고 있을 거라고 확신하고 있었다. 레슬리가 수도 저택의 장부는 헥터가 관리한다고 했거든.

기회가 된다면 그걸 내게 가져오겠다고도 했지.

나는 집사 앞에 서서 그가 뭐라고 할지 기다렸다.

"아, 아아. 장부 말이군요!"

그제야 집사는 알겠다는 듯 고개를 끄덕였다. 설마 장부가 헥터의 손에 들어가 있다는 건 아니겠지.

하지만 집사의 대답은 더 놀라웠다. 그는 뒷머리를 긁으며 말했다.

"안 쓴 지 오래돼서……."

"뭐?"

너 나랑 장난해? 나는 어이가 없어서 입을 딱 벌렸다. 집사란 한 집안의 집안 살림을 담당하는 사람이다. 이런 큰살림이라면 당연히 수익과 지출을 기록해 놔야 한다.

"아, 아니, 그게, 별로 쓸 게 없어서요. 아시잖습니까. 수익이 나면 전부 남작님, 아니, 어르신께 보내 드린다는 걸요."

몰랐는데.

나는 허둥거리며 변명하는 집사를 향해 말했다.

"얼마는 보냈는지도 안 적어 놨다고?"

"그건……."

그건 적어 놨겠지. 슬슬 집사를 향한 합리적인 의심이 들기 시작했다. 나는 가슴 앞으로 팔짱을 끼고 물었다.

"식료품은? 하인들 봉급은? 그것도 안 적어 놔?"

"그게……."

"돈, 지금 네가 내 돈을 횡령하지 않았다고 어떻게 믿을 수 있지?"

그래서 이름이 돈인 건가. 말도 안 되는 생각을 하는데, 내 비난에 집사가 고개를 번쩍 들었다. 그러더니 억울하다는 듯 말했다.

"주인님께서 수익을 전부 가져가시고 남는 돈만 보내 주시는데 장부를 쓰고 말고 할 게 뭐가 있습니까?"

뭐라는 거야. 나는 그의 주장이 믿을 수가 없어서 입을 딱 벌리고 집사를 쳐다봤다. 그러자 그는 자신의 주장이 그럴듯하다고 생각했는지 계속해서 말했다.

"그렇잖습니까! 매달 영지에서 나오는 세금을 전부 주인님께 보내 드렸단 말입니다! 거기서 주인님께서 이 저택에 쓸 돈을 따로 보내 주시면 그걸 쪼개 사용했다고요! 제가 얼마나 힘들었는지 압니까?"

뭐야, 이 바보는.

나는 가슴 앞으로 팔짱을 낀 채 그를 쳐다보다가 천천히 물었다.

"그러니까, 영지의 모든 수익을 매달 내 아버지에게 보냈다는 거지?"

"네! 맞습니다!"

헥터가 내 돈을 그동안 가져가고 있었다는 말이 된다. 나는 여전히 자신이 무슨 말을 한 건지 깨닫지 못하는 닭대가리 집사를 쳐다보다가 몸을 돌렸다.

일단 알겠다.

그리고 먼지가 쌓인 책상을 한번 쓸어 본 뒤 말했다.

"사람 보내서 여길 치워. 그리고 네가 마지막으로 쓴 장부를 비롯해서 그전까지 이 저택에 존재하는 모든 장부 가져오고."

"전부요?"

아직 안 끝났다. 인수인계를 해 줄 선임이 없으면 자료실을 뒤져서 전에 작성한 서류를 기반으로 보는 수밖에 없다.

나는 책상을 뒤져 딱딱하게 굳은 잉크와 펜을 찾아냈다. 이거 따듯한 물에 데우면 쓸 수 있으려나…….

"그리고 하나 더."

이건 진짜 집사의 도움이 필요하다. 나는 빈 종이가 있는지 확인하느라 서랍을 하나하나 뒤지며 말을 이었다.

"평균적인 한 달 지출을 기록해 줘. 직원 봉급, 식료품이나 비품비용 같은 거 말이야. 최대한 자세하게 적어 줘."

예를 들어 직원의 봉급이라면 단순하게 얼마라고만 적지 말고 누가 얼마를 받고 하는 일은 뭔지를 적어 달라는 거다. 거기까지 설명하자 집사의 표정이 일그러졌다.

하지만 이건 원래 그가 기록해 놨어야 하는 일이다. 그래서 주인이 달라고 하면 언제든지 장부를 보여 줄 수 있어야 한다.

나는 헥터가 대체 뭘 믿고 집사에게 장부조차 보여 달라고 하지 않은 건지 의심했다. 아니면, 헥터는 보여 달라고 했고 집사는 보여 줬을지도 모른다.

내게만 보여 주지 않으려고 저러는 건지도 모르지.

거기까지 생각이 닿자 나는 알겠다며 돌아서는 집사를 불러 세웠다.

"아, 그리고 이 집의 모든 창고를 보고 싶어. 금고부터 식료품 저장실까지, 모두."

전에 왔을 때는 방만 봤다. 그것도 주인 가족의 방과 손님용 방만. 즉, 침실과 응접실, 식당만 봤다는 말이다.

내 요구에 집사의 얼굴이 다시 일그러졌다. 그는 붉으락푸르락하는 얼굴로 물었다.

"그럼 대체 지출 기록은 언제 하라는 겁니까?"

"꼭 네가 안내할 필요는 없잖아?"

이 집에 하인은 집사를 포함해서 열 명쯤 된다. 그중 하나가 안내해 주면 충분하다. 내 설명에 집사가 뭔가를 고민하더니 알겠다며 나갔다.

그리고 익히 아는 하인을 데려왔다.

"자, 잘 부탁드립니다."

긴장한 얼굴로 내 앞에 선 입 싼 개구리의 얼굴에 나는 집사와 그의 관계를 진지하게 고민하기 시작했다. 그러고 보니 전에 왔을 때도 나를 공격하려던 이 녀석이 션에게 혼나자 집사는 내가 아니라 이 하인을 걱정했다.

집사가 총애하는 걸까, 이 집에서 가장 일을 잘하는 하인이 이 녀석인 걸까. 둘 차이가 별로 없을 것 같지만 의외로 일 못 하는데 입은 잘 털어서 상사가 총애하는 부하는 많다.

나는 다른 사람은 없냐고 물어보려다가 포기하고 물었다.

"이름이 뭐랬지?"

"글로버입니다."

아, 맞다. 그런 이름이었다. 나는 그를 따라 저택에 있는 모든 보관실을 구경하기 시작했다.

이 저택 안에 있는 커다란 창고는 두 개. 하나는 식료품 보관실이라면 다른 하나는 안 쓰는 가구를 넣어 두는 곳이라고 한다.

물론 전부 지하에 있다. 지상에 있는 보관실은 창고라 부르기엔 작은 크기였다. 그리고 수건이나 시트 같은 걸 보관해 두고 있었다.

이것뿐인가? 나는 모든 보관실을 다 돌아본 뒤에 고개를 갸웃했다. 물론 보관실은 아주 많았다. 심지어 주방 옆에는 잼과 버터 보관실도 있었다. 지금은 사람 수가 적어서 그냥 사서 쓰지만 예전에 잼과 버터를 만드는 하인도 있었다고 한다.

그런데 가장 중요한 귀금속 보관소가 없었다. 그러니까 금고 같은 거.

이 집에서 수도의 저택처럼 초상화를 걸어 둔 복도는 있었다. 하지만 그것뿐이다. 이런 집이면 보통 크고 좋은 그림 몇 점 걸어 두지 않나? 그리고 안 걸어 두는 건 보관실에 보관해 두고.

그런데 어떤 창고에도 그림이나 장식품 같은 건 없었다.

"금고는 없어?"

내 질문에 글로버의 움직임이 멈칫했다. 그는 나를 돌아보더니 마치 준비한 것처럼 말했다.

"그건 저도 모르겠습니다. 주인님께서 직접 관리하셔서요."

"내 아버지를 말하는 거야, 어머니를 말하는 거야?"

지금 주인은 나다. 그리고 그 전 주인이라면 내 어머니가 되어야 한다. 하지만 이 저택의 사람들은 여전히 헥터를 주인이라고 부르고 있었다.

습관이란 건 어쩔 수 없지. 나는 헥터를 주인이라고 부르는 걸 더 이상 뭐라고 하지는 않지만 이런 식으로 수정은 하고 있었다.

그래야 애들도 고칠 것 아닌가.

"아, 아버님입니다."

그럼 금고는 내 침실에 있는지도 모른다는 생각이 들었다. 헥터가 그 방을 쓰고 있었으니까.

이따 올라가서 확인해야지. 나는 그렇게 생각하며 다시 글로버에게 물었다.

"외부 창고는 없나?"

"있, 없습니다."

"그럼 땔감은 어디에 보관해?"

이 저택에 있는 난로에 불을 지피려면 땔감이 필요할 것이다. 내 질문에 글로버가 눈에 띄게 당황했다. 그러더니 머뭇거리며 말했다.

"모, 모르겠습니다."

모른다고? 나는 그의 이상한 행동에 물끄러미 글로버를 쳐다봤다. 글로버가 이 저택에서 일한 건 집사와 비슷했다. 집사가 이 저택에 오자마자 바로 그를 고용했다고 한다.

나는 가만히 그를 쳐다보다가 물었다.

"그럼 돈은 알까?"

"모르실 겁니다."

"흠. 여기서 일한 지 삼 년이나 됐는데 땔감을 어디에 보관하는지도 모른단 말이지?"

그럼 또 확인할 사람이 있다. 나는 그대로 글로버를 무시하고 일층으로 내려갔다.

"아, 아가씨!"

글로버가 나를 따라오는 소리가 들렸지만 나는 무시했다. 아가씨 아니라는 데도 이러네. 그대로 주방으로 걸어가자 안에서 시끄러운 소리가 들려왔다.

"그래서 글로버가 상대 중이야?"

"귀찮게 구네, 그 여자."

그와 동시에 남자들의 웃음소리가 울려 퍼졌다. 설마 내 얘기를 하는 건 아니겠지. 나는 그렇게 생각하며 주방 문을 벌컥 열어젖혔다.

주방 한쪽에 놓인 커다란 식탁 앞에 앉아 있던 하인들은 내가 들어온 것을 보더니 얼어붙었다. 주방 안에 불편한 침묵이 흘렀다.

아까 그건 확실한 내 이야기였던 모양이다.

"아, 아가씨."

부랴부랴 한 명이 일어나는 것과 동시에 다른 하인들이 우르르 일어나기 시작했다. 나는 요리사를 찾아 주방 안을 둘러보고 하인들 사이에 앉아 있는 그녀를 발견했다.

재미있게도 이 집에 사용인은 여자 하인도 있는 걸 봤는데 여기엔 남자 하인뿐이었다.

"폴라."

"네, 아가씨."

"아가씨?"

내가 되묻자 폴라가 멈칫하더니 다시 입을 열었다.

"죄송합니다, 남작님."

"땔감은 어디 있지?"

"땔감이요?"

그때, 내 뒤로 글로버가 따라 들어오는 소리가 들렸다. 나는 그를 무시하고 하인들과 요리사를 둘러보며 물었다.

"아는 사람 없어?"

없는 모양이다. 다들 아무 말도 하지 않고 눈치만 보고 있었다. 이건 좀 놀랍다. 나는 믿을 수가 없어서 요리사에게 물었다.

"그럼 요리를 할 때 오븐은 뭐로 불을 피우지?"

"가스요."

가만히 서 있던 폴라가 그것도 모르냐는 말투로 툭 내뱉었다. 가스라고? 내가 그녀를 쳐다보자 요리사는 천천히 주방 안쪽으로 걸어갔다.

몇 개의 조리대와 싱크대를 지나 안쪽에 커다란 오븐이 설치돼 있었다. 그리고 그 세로로 긴 가스통도.

"가스 오븐이에요."

나도 가스 오븐은 본 적이 있다. 한나의 가게에서 구경했었다. 심지어 헬름으로 내려오기 전에 도와줘서 고맙다고 한나가 나를 초대해서 그것으로 음식도 해 줬다.

하지만 거긴 수도였다. 가스를 구하는 게 헬름보다는 쉽다는 말이다.

게다가 가스가 나무보다 화력 조절이 쉬워서 그런지 더 비싸다. 나는 수도에서도 아직 설치한 곳이 그리 많지 않은 가스 오븐을 헬름에서 쓰고 있다는 사실에 인상을 썼다.

"언제 산 거지?"

내 질문에 폴라와 하인들이 멈칫했다. 그때까지 우쭐한 표정이던 폴라는 내가 인상 쓰는 걸 보더니 머뭇거리며 말했다.

"올해 초예요. 주인님께서 허락하신 거고요."

"확실해?"

다시 요리사가 멈칫했다. 그리고 하인들이 서로를 쳐다보는 게 보였다.

나, 혹시 요리사랑 상성이 안 맞나? 수도에서도 그러더니 여기서도 그러네. 나는 짜증을 눌러 참으며 말했다.

"가스는 언제 보충하지?"

"네?"

폴라는 그게 무슨 소리냐는 표정을 지었다. 이것 봐라. 정작 그녀는 가스 오븐의 가스를 충전해야 한다는 것도 모르고 있었다.

간단한 거다. 내가 살던 곳에는 야외에서 음식을 해 먹을 수 있는 가스버너라는 게 있었다. 거기에 쓰는 가스는 다 쓰면 새 가스로 교환해 줘야 한다.

이곳에 있는 가스 오븐도 비슷했다. 물론 내가 살던 곳처럼 가스관이 매립돼 있지 않고 오븐 옆에 길게 가스통이 설치돼 있다는 건 다르지만.

그리고 오븐 옆에 가스통이 설치돼 있다는 말은 가스를 충전해 주거나 가스통을 교체해 줘야 한다는 말이다.

"이걸로 불을 쓰는 거잖아."

나는 오븐 옆의 가스통을 가리키며 말했다. 그때까지도 요리사는 뭐가 문제인지 모르겠다는 표정으로 고개를 끄덕이고 있었다.

"이 안의 가스를 다 쓰면 어떻게 충전할 거냐고."

"그, 그건 그 사람들이 오면……."

"그 사람들이 어디 있는 사람들인데? 이 영지에 살아?"

설마 했던 게 맞았다. 요리사와 하인들의 표정이 굳었다. 나는 한숨을 내쉬며 하인들에게 물었다.

"여기서 땔감을 어디에 보관하는지 아는 사람?"

가스 오븐을 올해 초에 설치했다면 적어도 작년까지는 나무 오븐을 썼을 거다. 그전에 땔감을 보관하기는 했겠지.

아니, 하다못해 방마다 있는 난로에 넣을 땔감은 보관하고 있을 것 아닌가.

하지만 놀랍게도 그 자리에 땔감이 어디 있는지 아는 사람은 아무도 없었다. 나는 어이가 없어서 날카롭게 물었다.

"그럼, 갑자기 날이 추워지면 그냥 떨어야 돼? 가스가 떨어지면? 밥 못 먹어?"

"저, 저어……."

그때 가장 끝에 앉아 있던 얼굴이 허여멀건한 남자가 손을 들었다. 그는 사람들의 시선을 받고 어깨를 움츠리더니 말했다.

"하녀들이 알 겁니다."

"하녀들은 어디 있는데?"

내 질문에 하인은 슬그머니 움직이기 시작했다. 따라오라거나 안내하겠다는 말도 없었다. 대체 이 집 하인들은 하인 교육을 어디로 받은 거지? 똥구멍?

나는 한마디 하려다가 참고 하인의 뒤를 따랐다. 그는 일단 주방을 나가더니 복도 안쪽으로 들어갔다. 그리고 잼과 버터 보관실 옆으로 난 문을 열었다.

"아, 아가씨."

하녀들은 거기 있었다. 나는 창문이 없는 좁은 방에 모여 앉아 있던 하녀들을 보고 인상을 썼다. 어떤 하녀는 나를 보고 놀라서 벌떡 일어나다가 천장에 머리를 찧고 신음을 내뱉었다.

천장이 이렇게 낮나? 놀라서 쳐다보니 천장이 기울어져 있었다. 바로 위가 계단인 모양이다.

아까 하인들이 모여 앉아 있던 주방과는 확연하게 차이가 난다. 나는 어이가 없어서 물었다.

"여기가 하인 대기실인가?"

"네, 여자 하인들은 여기에 있습니다."

"그럼 남자 하인들은?"

"아까 거기……."

말을 흐리는 건 집사만의 버릇이 아닌 모양이다. 나는 얼굴이 허여멀건한 하인에게 마음속으로 흰둥이라는 별명을 지어 준 뒤 하녀들에게 몸을 돌렸다.

"땔감이 어디 있는지 여기 있는 사람들이 안다던데."

"제, 제가 압니다."

천장에 머리를 찧었던 하녀가 그렇게 말하며 나섰다. 그러더니 멈칫하고 고개를 숙였다.

뭔데? 나는 그녀의 이상한 태도에 뒤를 돌아보았다. 그러자 하녀를 향해 눈을 부라리던 글로버와 시선이 부딪쳤다.

이건 또 뭐야? 마치 사용인들 사이에 일종의 서열이 확립되어 있는 것 같았다. 가장 높은 건 집사, 그 밑으로 남자 하인들과 요리사. 그리고 가장 낮은 여자 하인.

나는 나를 안내해 준 흰둥이와 글로버를 쫓아내고 머리를 찧은 하녀에게 말했다.

"땔감 보관하는 외부 창고로 안내해 줘."

잠시 망설이던 하녀가 알겠다고 말하자 그 옆에 있던 하녀가 조심스럽게 물었다.

"솔을 가져올까요?"

"아니, 괜찮아."

어디선가 시끄러운 발소리가 들렸다. 누가 뛰는 거야, 대체. 나는 조심스럽게 하녀 대기실을 빠져나왔다.

천장에 머리가 찧지 않도록 조심하면서 나오는 하녀를 보자 자연스럽게 션이 생각났다. 그는 저기에 들어가지도 못할 거다. 키가 커서.

"너희들 뭐해!"

복도로 나온 순간, 집사가 나타났다. 아무래도 요란한 소리를 내며 뛰어온 게 그였던 모양이다.

나는 숨을 헐떡이면서도 하녀들에게 삿대질하는 집사를 보고 인상을 썼다.

"가서 일 안 해? 왜 모여서 놀고 있어!"

고개를 돌려 하녀들을 쳐다보자 그들은 얼굴이 하얗게 질린 채 고개를 숙이고 있었다. 나는 감히 내 앞에서 하녀들에게 큰소리치는 집사를 혼내야 할지 말려야 할지 고민하다가 입을 열었다.

"저쪽에서 하인들이 놀고 있던데."

"아, 아가씨."

집사는 그제야 나를 발견했다는 태도였다. 그럴 리가 있나. 나는 어이가 없어서 피식 웃었다. 여기 와서 자주 어이가 없네. 나는 어이 없는 수많은 맷돌이 굴러다니는 것을 상상하며 집사에게 말했다.

"이 사람들은 내가 시키는 일 하는 거니까 집사는 가서 주방에서 빈둥거리는 하인들이나 잡아."

"아니, 뭘 시키신다는 겁니까?"

뭐라는 거야. 집사를 지나치려던 나는 고개를 돌려 그를 쳐다봤다. 그리고 최대한 짜증 내지 않으려 애쓰며 물었다.

"내 사람들한테 내가 일 시키는 걸 너한테 허락받아야 해?"

"그, 그게 아니라, 이 애들은 할 일이 아주 많아서……."

무슨 할 일이 그렇게 많은데? 내가 고개를 돌려서 보자 하녀들은 어쩔 줄 몰라 하며 고개를 숙이고 있었다. 나는 다시 집사를 쳐다보며 물었다.

"할 일이 뭔데?"

"저기, 그러니까 청소도 해야 하고요……."

"처, 청소는 다 했는데요."

"쓰읍!"

하녀가 끼어드는 것과 동시에 집사가 손을 들어 올렸다. 뭐하는 거야? 나는 집사의 태도에 눈을 동그랗게 떴다.

지금 내 앞에서 하녀를 때리겠다는 시늉을 한 거야?

내 시선을 깨달은 집사가 허둥지둥 손을 내렸지만 이미 늦었다. 나는 인상을 쓰며 물었다.

"지금 뭐 한 거야?"

"아니, 감히 대화하는데 끼어들길래……."

"대화하는데 끼어든다고 천박하게 손을 올려?"

어디서 배워 먹은 버릇이야? 마음 같아서는 너도 한번 당해 보라고 한 대 때리고 싶었다. 하지만 나까지 손을 올릴 수는 없지.

나는 집사 옆에서 같이 헉헉대는 글로버를 한 번 쳐다보고 말했다.

"그리고 끼어든 거면 돈, 네가 먼저 끼어들었지. 안 그래? 글로버가 시간이 많아서 감당이 안 되는 모양이니 하녀들 대신 가서 청소해."

"네에?"

내 지시에 글로버의 입에서 말도 안 된다는 신음이 흘러나왔다. 얘네 진짜 뭐야? 나는 집사와 글로버를 무시하고 하녀에게 말했다.

"안내해."

"네, 네."

하녀가 다시 걸음을 옮겼다. 그때 집사가 버럭 소리를 질렀다.

"그레이스!"

하녀의 이름이 그레이스인 모양이다. 집사의 고함에 그레이스의 발이 우뚝 멈췄다. 나는 집사에게 다가가 그의 얼굴에 바짝 얼굴을 붙이며 말했다.

"어디라고 소리를 질러? 니가 어서 남작이야?"

"아, 아니, 그게 아니라……."

"너 매일 이렇게 소리 지르고 때리고 그러니?"

"아니, 아닙니다."

"내 앞에서도 그러는 거 보면 내 뒤에선 더할 거 같은데? 아니야?"

"아닙니다."

진짜? 믿을 수가 없다. 이 자식은 헥터가 뽑은 놈이잖아. 헥터도 레슬리를 때렸다. 초록은 동색이라고 그 얼굴만 번지르르한 아저씨가 뽑은 집사가 손버릇이 나쁘지 않을 거라는 보장이 없다.

"여긴 내 집이고 내 집에서 소리 지르고 화낼 수 있는 건 나뿐이야. 알겠어?"

"아, 알겠습니다."

'알겠습니다'가 아니지. '죄송합니다'겠지.

하지만 집사는 사과해야 한다는 것도 모르는 모양이었다. 할 수 없지. 나는 글로버에게 시선을 던졌다. 그러자 글로버가 움찔하는 게 보였다.

"어딜 청소해야 한다고?"

내 질문에 집사는 우물거리며 아무 말도 하지 못했다. 결국 청소라는 건 나와 하녀를 떨어트려 놓으려는 핑계였다는 말이다.

문득 오늘 아침에 산책할 때 뒷마당에 잡초가 무성한 게 생각났다. 나는 집사와 글로버에게 말했다.

"아까 해야 한다던 청소하고 뒷마당 잡초도 뽑아. 저녁 먹기 전에 확인할 거야."

내 지시에 집사와 글로버의 얼굴이 하얗게 질렸다. 하지만 나는 무시하고 그레이스에게 말했다.

"안내해."

"아니, 저기……."

집사가 다시 나를 붙잡으려 했을 때였다. 어디선가 누가 뛰어오는 소리가 들렸다.

아, 또 뛰네. 나는 그대로 고개를 획 돌려 집사를 노려봤다. 너 대체 하인 교육을 어떻게 시킨 거야? 놀랍게도 집사는 하인이 뛰는 걸 이상하게 여기지 않는 모양이었다.

"집사님! 집사님!"

심지어 하인은 고래고래 소리를 지르며 달려오고 있었다. 가지가지 한다, 진짜.

내가 하인의 무례함에 진저리를 치고 있는 사이 하인은 요란한 소리를 내며 여기저기를 뛰어다니며 집사를 찾았다. 결국 참지 못한 내가 인상을 쓰자 집사가 소리쳤다.

"여기다!"

그제야 하인은 우리 앞에 나타났다. 그러더니 대뜸 편지를 집사에게 내밀며 말했다.

"펴, 편지가 왔습니다!"

"누구한테?"

집사는 마치 왕이라도 된 것처럼 거드름을 피우며 손을 내밀었다. 그러자 하인이 다급하게 소리쳤다.

"웨스트 공작님이요!"

그거 나한테 온 편지 아닐까? 그렇게 생각하는 것과 동시에 집사가 편지 봉투를 뜯었다.

나는 가슴 앞으로 팔짱을 낀 채 과연 집사가 어떻게 행동하는지 지켜보고 있었다. 세상 어느 천지에 주인에게 온 편지를 허락도 없이 먼저 뜯어 보는 집사가 있단 말인가.

이런 것까지는 레슬리에게 듣지 못했지만 나는 레슬리가 오늘 일을 이야기하면 입을 딱 벌리고 놀랄 거라고 확신했다.

"세상에, 웨스트 공작님께서 오신다는군!"

이윽고 집사가 편지에서 눈을 떼며 소리쳤다. 다 봤니? 그대로 나와 눈이 마주친 돈은 잠시 굳어 있다가 편지와 나를 번갈아 쳐다보기 시작했다.

"전부터 궁금했는데 말이야."

나는 천천히 편지를 내리는 집사에게 여유 있게 물었다.

"원래 그렇게 개념이 없어?"

집사의 얼굴이 벌겋게 물들었다. 이렇게 보니까 삶은 오징어 같다. 나는 말없이 오른손을 내밀었고 집사는 부들부들 떨며 내 오른손에 편지를 올려놓았다.

이거 설마 션이 직접 썼나? 나는 편지의 내용보다 훌륭한 필체에 저도 모르게 눈을 가늘게 떴다. 내가 받은 편지 중 가장 훌륭했다.

편지지가 고급인 건 둘째치고 필체가 남성적인 힘이 느껴지면서 동시에 우아했다.

대리를 시켜서 쓴 게 아닐까. 꽤나 합리적인 의심을 하며 나는 내가 헬름에 잘 도착했는지, 어떻게 지내고 있는지 형식적인 안부 인사를 읽어 내려갔다.

딱히 미사여구가 있는 글은 아니었다. 단순했지만 예의가 있었고 그러면서 필요한 내용은 다 담고 있었다. 결국 내일쯤에 베르트와 카렌을 데리고 나를 만나러 오겠다는 내용이었다.

"내일?"

나는 어이가 없어서 콧잔등을 찡그리고 편지를 가져온 하인에게 물었다.

"이 편지는 누가 가져왔지?"

"어떤 남자가 가져왔습니다."

어떤 남자가 누군데? 나는 어이가 없어서 하인을 물끄러미 쳐다봤다. 내가 처음 취직했을 때 제일 먼저 배운 건 전화를 받는 법과 손님을 맞이하는 법이었다.

여기에는 전화가 없으니 그렇다 쳐도 손님을 맞이할 때는 손님이 어디서 온 누구고 목적과 만나고 싶은 사람이 누군지 확인해야 한다.

그런 걸 이곳의 하인들은 전혀 모르는 모양이었다. 나는 이것도 가르쳐야 한다는 절망감에 한숨을 내쉬며 물었다.

"그 남자 데려와."

"떠, 떠났는데요."

아이, 씨. 장난하나. 화가 벌컥 치솟았다. 이 편지가 정말 션이 보낸 거라면 그건 웨스트 공작 저택에서 일하는 하인이 보낸 것일 것이다.

수도와 내 영지를 오가는 우편배달부는 일주일에 한 번만 오거든. 전에 내가 타고 온 마차. 그 마차가 우편물로 배달해 준다.

수도에서 이곳까지 반나절이나 말을 타고 온 남의 집 하인을 물 한잔 안 주고 보내 버린 거다. 너네 진짜 하인 맞니?

나는 얘네가 멍청한 건지, 인정이 없는 건지 알 수가 없어서 이마를 감싸 쥐었다. 그리고 절실하게 기도하기 시작했다.

제발 레슬리가 빨리 왔으면! 제발 레슬리가 빨리 왔으면!

"외부 창고로 가자."

기도를 끝낸 뒤, 나는 그레이스에게 그렇게 말하고 몸을 돌렸다. 이 바보들과의 대화는 하루에 한 시간으로 한정해야 한다.

안 그러면 내 복장이 남아나질 않을 거 같거든.

"자, 잠깐만요!"

그때 집사가 나를 불러 세웠다. 어허, 안 된다. 나는 집사를 무시하려 했다. 오늘치 바보력은 할당이 끝났다. 하지만 집사는 끈질겼다.

그는 내 앞으로 달려와서 나를 막으며 말했다.

"내일 손님이 오시니까 준비해야지요."

"해."

"손님 대접을 위한 음식 준비도 해야 하고요."

즉, 음식 준비를 해야 하니 하녀들을 데려가겠다는 말이다. 이젠 진짜로 외부 창고에 대체 뭐가 있길래 얘가 이러는지 궁금해지기 시작했다.

어휴. 나는 더 이상 하녀의 안내를 받는 것을 포기하고 집사에게 말했다.

"바쁘겠네. 오늘 저녁까지 나한테 보고할 보고서까지 작성하려면."

다시 집사의 얼굴이 하얗게 질렸다. 나는 거기서 멈추지 않고 말했다.

"이왕 하는 거 여기에 있는 사람들이 얼마 받는지, 무슨 일을 하는지도 적어서 보고해."

안 그래도 그것도 궁금했다. 왜 하인들은 아무것도 안 하고 노는지. 내가 안 볼 때 무슨 일을 하는지.

하녀들은 전에 청소하는 걸 봤지만 하인들은 여기 와서 제대로 일을 하는 꼴을 본 적이 없다. 내 지시에 집사가 굳은 표정으로 고개를 끄덕였다.

나는 그 보고서로 사람을 해고할 수도 있다고 말하려다 말았다. 굳이 그런 정보까지 알려 줄 필요는 없겠지. 지들이 머리가 있다면 그 정도는 읽어 낼 테고.

"에버딘."

바보들에게 둘러싸여 바보력에 시달린 끝에 응접실로 들어가자 거기에 내 친구들이 모두 모여 있었다. 엘리스와 마크만 빼고.

나는 세 사람 앞에 아무것도 없는 것을 보고 눈살을 찌푸렸다. 크리스틴은 디자인 중이고 아이린 아주머니는 레시피를 정리하고 있었다. 수잔은 편지를 쓰는 중이었고.

하지만 셋 중 어느 누구에게도 이 집의 멍청이들은 차 한 잔도 가져다주지 않은 모양이었다. 이건 진짜로 말도 안 된다!

나는 내 가게에 누가 찾아오면 제일 먼저 차를 내왔다. 과일이나 빵도. 설마 손님에게 뭐라도 먹이는 게 한국인만의 특징인가?

"무슨 일 있어?"

편지를 쓰던 수잔이 내 얼굴을 보고 물었다. 나는 하인들과 한바탕했다고 말하려다 포기하고 다른 이야기를 꺼냈다.

"외부 창고를 찾아야 하는데 같이 갈 사람 있어?"

"하인들이 모른대?"

"내일 손님이 와서 그걸 준비하느라 바쁘다네."

어설픈 핑계였지만 세 사람에게는 그럴듯했던 모양이다. 수잔은 잠시 기다려 달라고 하더니 쓰던 편지를 마무리하고 자리에서 일어났다.

이윽고 아이린 아주머니와 크리스틴도 일어나자 우리는 외부 창고를 찾기 위한 모험을 시작했다.

* * *

헬름 저택은 생각보다 훨씬, 훨씬 컸다. 물론 건물도 크긴 하다. 손님 방만 열한 개고 가족 방은 남작의 방과 배우자의 방, 자식 방에다가 응접실 세 개, 식당 두 개, 서재도 세 개나 있으니까. 그거 말고도 용도를 알 수 없는 방도 몇 개 더 있다.

하지만 저택에 딸린 정원은 그 몇 배였다. 나는 저택 앞에 있는 정원보다 뒤에 있는 정원이 훨씬 더 넓다는 사실을 지금 처음 알았다.

"저 뒤까지 정원인 건가?"

아이린 아주머니가 잡초로 무성한 뒷 마당의 끝을 가리키며 말했다. 그쪽은 진짜로 나무가 빽빽한 숲이었다. 그리고 우리의 목표기도 하지.

"창고에서 확인할 게 있어?"

그때 수잔 물었다. 나는 천천히 나무가 울창한 숲으로 걸어가며 말했다.

"그건 아닌데, 저 녀석들이 안 보여 주려고 난리를 치는 게 이상해서."

거기서 나는 간단하게 집사와 하인들이 무슨 헛짓거리를 했는지 설명했다. 세 사람은 땔감이 어디 있는지 모른다고 했다는 대목에서 헛웃음을 짓더니 안내하려는 하녀에게 손을 올렸다는 지점에서 짜증을 내기 시작했다.

"미친 거 아냐?"

"그걸 그냥 뒀어?"

그러게나 말이다. 역시 정강이 정도는 걷어차 줬어야 했나? 하지만 어쨌든 내가 주인이니까 폭력은 참아야 한다.

아니, 잠깐. 저 녀석들은 나를 주인으로 생각하지 않는데 과연 내가 주인이라는 이유로 폭력을 참는 게 맞는 행동인 걸까.

그냥 걔네들하고 같은 수준의 사람이 되는 게 내 정신적인 안정을 위해 더 낫지 않을까?

그런 의문을 품으며 울창한 나무 사이로 걸어 들어가 보니 외부 창고는 바로 눈앞에 있었다. 나는 창고 근처에서 어슬렁거리는 하인을 발견하고 걸음을 멈췄다.

"여기서 뭘 하는 거야?"

"아, 아가씨……."

앞으로 날 아가씨라고 부르는 놈들은 일기장에 적어 놔야겠다. 아주 빨간색 펜으로 적어 줄 거야.

나는 그렇게 생각하며 하인에게 다가갔다. 그는 어쩔 줄 몰라 하며 주춤거리고 있었다.

"뭐하냐니까?"

"차, 창고에서 뭘 좀 가져오느라……."

"잘됐네."

하인의 손은 비어 있었다. 그 말은 창고를 들어가려던 참이라는 말이다. 나는 그에게 창고를 가리키며 말했다.

"열어."

"네?"

"열라고. 창고에서 뭘 가져가려고 했다며? 나도 창고 구경하려고 온 거야."

그러자 하인의 얼굴이 더더욱 하얗게 변했다. 대체 저 창고에 뭐가 있길래 이 난리인지 진짜 봐야겠다. 내가 다시 한 번 하인을 재촉하려 했을 때였다. 창고 뒤에서 또 다른 하인이 다가오며 말했다.

"다 했어?"

그러더니 나를 보고 우뚝 멈췄다.

너도 아가씨라고 부르면 진짜 정강이를 걷어차 줄 거야.

"어, 아가……."

아하. 정강이를 걷어차려고 다가가는데 하인이 재빨리 말을 고쳤다.

"아니, 남작님."

아까워라. 나는 아쉬운 발끝을 땅에 대고 비볐다. 그리고 뒤에 나온 하인에게 물었다.

"어디 갔다 와?"

"아, 그게, 사, 산책을 좀……."

"이 시간에?"

여유가 있네. 나는 산책을 했다기엔 헝클어진 하인들의 머리카락을 보며 물었다. 둘 다 열심히 뛰기라도 했는지 옷이며 머리카락이 엉망이었다.

"저기, 잠깐 창고에 다녀오느라……."

이 녀석도 또 창고를 다녀왔단다. 나는 수잔과 크리스틴이 시선을 부딪치는 것을 보고 그들도 하인들이 거짓말을 깨달았다는 것을 알았다.

그리고 또 좋은 걸 알았는데 외부 창고가 이거 말고 또 있다는 거다.

"뭘 가져왔는데?"

이번에도 하인은 빈손이었다. 내가 하인의 빈손을 쳐다보자 그는 재빨리 손을 뒤로 감추더니 동료를 쳐다봤다.

"아, 까, 깜빡하고 안 가져왔습니다."

"그래? 잘됐네. 그럼 얘랑 이 창고 보고 너랑 다음 창고로 가면 되겠다. 그렇지?"

시치미를 뗀 내 연극에 하인들의 얼굴에 곤란하다는 표정이 떠올랐다. 뭐해? 내가 창고를 열라고 재촉하자 하인이 어쩔 줄 몰라 하다가 다급하게 소리쳤다.

"아, 열쇠! 열쇠를 안 가져왔습니다!"

"저, 저도요!"

올. 이건 좀 그럴듯했다. 마음 같아서는 박수 쳐 주고 싶은데.

가서 열쇠를 가져오라고 하자 하인 둘이 재빨리 움직였다. 어허, 그건 아니지.

나는 재빨리 뒤에 있는 하인을 멈추며 말했다.

"열쇠가 뭐가 그리 무겁다고 둘이나 가? 너만 가서 가져와. 넌 여기 있고."

그러자 붙잡힌 하인의 얼굴이 어두워졌다. 그걸 수잔과 아이린 아주머니는 깔깔대고 웃으며 지켜보고 있었다.

이렇게 하면 가져오겠지. 그렇게 생각했는데 내가 이 녀석들의 의리를 너무 과대평가한 모양이다. 한참이 지나도 하인은 돌아오지 않았고 남은 하인의 얼굴이 흙빛이 될 때쯤에 집사가 나타났다.

"아가, 남작님."

좋아, 점점 여기 하인들의 정강이가 안전해지고 있다. 내가 계속 말하라고 고갯짓하자 집사가 손을 비비며 말했다.

"죄송합니다. 열쇠를 잃어버려서요."

"그래? 그럼 수리공 불러와."

“저, 그게…… 아무래도 사람이 적다 보니 저택엔 자물쇠를 열 기술자가 없습니다.”

이건 꽤 그럴듯하다. 집사는 저택뿐 아니라 마을에도 자물쇠를 열 만한 사람이 없다는 말로 창고를 열지 못한다고 설명했다.

“말이 돼? 그럼 이 창고를 못 쓴다는 거야?”

“네. 수도에서 사람을 불러오면 되지만, 아무래도 한 달은 기다리셔야 할 것 같습니다.”

그래? 나는 몸을 돌려 창고로 다가갔다. 그리고 있는 힘껏 창고 문을 찼다.

쾅!

요란한 소리가 났지만 창고 문은 꿈쩍도 하지 않았다. 아무래도 외부에 있는 창고라 튼튼하게 지은 모양이다.

그럼 할 수 없지. 나는 내 행동에 깜짝 놀라 서 있는 집사와 하인에게 손을 툭툭 털며 말했다.

“그럼 수리공 불러와. 그리고 쇠사슬이랑 자물쇠도 가져와.”

집사가 그건 왜 찾냐고 물었지만 나는 아무 말도 하지 않았다. 이 집 하인들은 왜 이렇게 말이 많아? 주인이 시키면 시키는 대로 조용히 일하는 놈은 내가 오기 전에 다 얼어 죽은 모양이다.

결국 하인이 쇠사슬과 자물쇠를 가져오자 나는 그걸 창고의 문에 칭칭 감았다. 그리고 그 위에 자물쇠를 걸어 잠갔다.

돌아보자 집사의 얼굴에 경악이 떠올랐다. 내가 이럴 줄은 몰랐던 모양이지?

내가 못 들어가면 너희도 못 들어간다. 나는 그대로 손을 탁탁 털고 근처에 또 다른 창고가 있는지 확인한 뒤 저택으로 돌아갔다.

"남작님."

그날 저녁, 집사는 내가 시킨 대로 한 달 평균 지출과 사용인들의 하는 일을 적어서 가져왔다. 살면서 한 번도 보고서 작성을 안 해 봤는지 그가 가져온 보고서는 완전 엉망이었다.

내용은 그렇다 쳐도 줄도 안 맞고 글씨도 엉망인 건 너무 하잖아. 나는 눈 정화를 위해 션의 편지를 다시 읽고 싶은 충동을 참으며 집사를 세워 놓고 보고서를 읽기 시작했다.

"이건 누구 이야기야?"

대체 뭐라고 썼는지 읽기 힘들다. 션의 편지를 먼저 보지 않았다면 나는 내가 진짜 에버딘이 아니라서 이 나라의 글자를 읽지 못하는 거라고 생각했을 거다.

"그건, 어, 그러니까……."

네가 쓰고도 못 읽는 거냐. 나는 어이가 없어서 의자 등받이에 몸을 기댔다. 그래도 청소는 깔끔하게 해 놨다. 얼마나 깔끔했냐면 책상 밑까지 손가락으로 문질렀을 때 아무것도 묻어 나오지 않았을 정도였다.

"뜨거운 말, 아니, 물 옮기기입니다."

"누가 한 건데?"

"이건, 그러니까, 그레이스 아니, 아니지. 글로버 일입니다."

그런데 그게 왜 그레이스 쪽까지 나와 있냐고. 나는 펜으로 집사가 쓴 부분을 글로버의 업무라고 표시했다. 그리고 다시 찬찬히 내용을 확인했다.

"허."

내용은 집사의 글씨만큼이나 엉망이었다. 어느 정도냐면 얼마나 대충 썼느냐 얼마나 자세하게 썼느냐로 하인의 성별을 구분할 수 있을 정도였다.

예를 들면 여자 하인의 일은 세탁, 청소. 딱 이렇게만 적혀 있다.

하지만 남자 하인의 일은 뜨거운 물 옮기기, 시트 옮기기, 식사 옮기기. 이런 식으로 하나하나 정성스럽게 적혀 있었다.

그렇게 따지면 세탁도 자세하게 써야지. 물 받기, 물 끓이기, 세제 풀기 이런 식으로.

"짐 옮기기를 글로버가 한다고?"

나는 너무 하는 일이 많아서 자기 칸을 튀어나온 글로버의 할 일을 읽으며 물었다. 그러자 집사가 기다렸다는 듯 말했다.

"네. 글로버는 아주 일을 잘하거든요. 성실하고, 착하고요. 그런 진국이 따로 없습니다."

진국은 진국이지. 썩어 곪은 진국. 나는 그대로 고개를 들어 집사를 쳐다봤다.

"어제 내 짐은 안 옮기던데?"

"그, 그럴 리가요. 아마 안 보셨을 때 옮겼을 겁니다."

"아니, 내가 봤는데. 다른 하녀가 옮기던데? 왜 짐 옮기기는 하녀들 칸에 안 적어 놨어?"

"어제는, 그러니까, 원래 하녀들 일이 아니라서요. 갑자기 시킨 거라 그렇습니다."

그래? 나는 다시 하인들의 업무를 확인했다. 그리고 한 달 평균 지출표를 확인하다가 하인 봉급 부분에서 눈을 부릅떴다.

미쳤나?

이 저택의 한 달 지출 중 대다수가 하인의 봉급이었다. 원래 인건비가 비싸긴 하지. 하지만 하인의 봉급이 한 달 지출의 삼분의 이가 넘는 건 너무 하잖아?

게다가 이상한 건 또 있었다. 세탁은 하녀들이 하는데 왜 세탁비가 또 나가?

나는 지출표에 펜을 탁탁 두드리다가 불쑥 물었다.

"하인들이 각각 얼마 받아?"

"네?"

"하인들 봉급이 각각 얼마냐고. 글로버는 얼마야?"

"어, 그게, 봉급은 주급이라……."

"내가 계산할게. 주급 말해 봐."

단순계산으로 사를 곱하면 되잖아. 내 지적에 집사는 우물쭈물하더니 글로버의 주급을 말했다.

꽤 많은데. 나는 계속해서 하인의 이름을 읽으며 집사가 말해 주는 봉급을 적기 시작했다. 그리고 그걸 다 더한 뒤 사를 곱했다.

"아닌데?"

지출표에 있는 금액과 하인의 봉급이 차이가 난다. 내 지적에 집사가 다시 당황했다.

"그, 그럴 리가요."

"차이가 너무 많이 나잖아. 여기서 안 들어간 건 돈, 자네 봉급뿐인데? 자네 얼마 받아?"

돈의 입술이 우물거렸다.

좋게 말로 물어볼 때 대답해라. 내 재촉에 그가 어쩔 수 없다는 듯 자신의 봉급을 이야기했다.

"그래도 부족한데? 이거 내가 어떻게 생각해야 하는 거야?"

"제가, 나이가 있나 보니까, 저기, 하인 수도 많고요. 헷갈렸나 봅니다."

"그래? 그럼 다시 하인 봉급 적어 와."

내 지시에 집사의 얼굴에 안도한 표정이 떠올랐다. 그러더니 내 앞에 놓인 한 달 지출보고서에 손을 뻗었다.

"뭐해?"

"네? 이거 가져가야……."

"그게 왜 필요해? 하인 봉급만 적어 오면 되는데. 가서 알아보고 적어 와."

다시 집사의 얼굴이 흙빛으로 물들었다. 아주 막장이네, 막장이야.

22-1

"어떻게 됐어?"

파르스름하게 동이 터올 무렵, 돈은 복도 저편에서 조심스럽게 걸어오는 글로버에게 속삭였다. 하지만 그의 기대와 달리 글로버의 표정은 밝지가 않았다.

"안 돼요."

"안 돼? 문 잠가 놨어?"

"그건 아닌데……."

글로버의 표정이 갈등으로 일그러졌다. 그는 고개를 돌려 남작의 방문을 쳐다봤다.

일이 어그러졌다. 외부 창고를 새로운 남작이 들어가지 못하도록 자물쇠를 거는 건 좋았는데 거기에 새로운 남작이 다시 자물쇠를 걸어 버릴 줄은 몰랐다.

이렇게 되면 외부 창고에 그들이 숨겨 둔 것들을 하나도 못 꺼낸다.

"어디에 숨겨 놨는지 모르겠습니다."

"침대 옆 서랍은?"

돈은 침내 옆 엔드 테이블의 서랍도 뒤졌냐고 물었다. 어쩌면 거기 있을 수도 있다. 하지만 글로버의 표정은 아니었다.

"거길 어떻게 뒤집니까?"

"아, 왜 못 뒤져?"

"그러다가 그 여자가 깨면요?"

이건 그냥 하녀의 방을 뒤지는 게 아니다. 남작의 방이다. 동도 트기 전에 하인이 들어와서 방을 뒤지고 있다가 들키면 호되게 꾸중을 듣는 거로는 끝나지 않을 것이다.

글로버의 항의에 돈도 더 이상 뭐라고 말하지 못했다. 그는 못마땅하다는 듯 방문을 쳐다보고 몸을 돌렸다.

먼저 건 자물쇠의 열쇠가 그에게 있는 이상 저 여자도 창고에 들어가지 못한다. 그렇다면 이제 그들에게 남은 선택지는 헥터가 오는 것을 기다리는 것뿐이다.

"됐으니 이걸 남작님께 전해 드리고 와."

돈의 지시에 글로버는 그가 내미는 편지를 받으며 물었다.

"누구요?"

"남작님 말이야."

거기까지 말한 집사는 자신의 실수를 깨달았다. 빌어먹을. 갑자기 나타난 새 남작 때문에 일이 복잡해졌는데 이젠 호칭도 문제다.

"어르신 말이야."

헥터의 정정에 글로버의 얼굴이 일그러졌다. 오늘은 마차가 오가는 날이 아니다. 그가 말을 타고 직접 수도까지 달려가야 한다는 뜻이다.

"아, 하루 종일 말 타면 피곤한데."

투덜거리는 글로버에게 돈이 어깨를 툭툭 치며 위로했다.

"다녀오면 내가 한턱 거하게 내줄 테니 이번만 고생하라고. 응?"

돈의 위로에 글로버의 기분이 금세 좋아졌다. 두 사람이 떠나는 것을 그레이스가 구석에서 지켜보고 있었다.

일부러 지켜보려고 지켜본 건 아니었다. 동이 틀 때면 제일 먼저 일어나서 창문을 열고 난로의 불을 지피는 게 그녀의 업무이기 때문이다.

"어쩐 일로 이 시간에 일어났나 했더니……."

그레이스는 그렇게 중얼거리며 남작의 방으로 조심스럽게 들어갔다. 그리고 밤사이 꺼진 불을 재빨리 살려 냈다.

"누구야?"

그때, 에버딘이 고개를 들며 물었다. 불씨를 살려 내던 그레이스는 소스라치게 놀라 벌떡 일어났다.

"아악!"

"아악!"

덩달아 에버딘도 비명을 질렀다. 막 잠에서 깨려는 차에 누가 들어와서 누구냐고 묻는데 비명을 지르니 놀라지 않을 사람이 없다.

그녀는 벌떡 일어나서 상대를 확인한 다음에 가슴을 쓸어내렸다. 그리고 의자에 걸어 둔 가운을 걸치며 물었다.

"그레이스? 뭐해?"

"부, 불 지피고 있습니다."

그제야 에버딘의 눈에 불씨가 살아난 난로가 들어왔다. 아, 어쩐지.

그녀는 어제도 아침까지 불씨가 살아 있던 것을 보고 감탄한 것을 떠올렸다. 대체 어떻게 했길래 밤새 불씨가 살아 있나 했는데 그냥 사람의 노동력 덕분이었다.

"응, 고마워."

에버딘은 반사적으로 방 밖으로 나가려다가 우뚝 멈췄다. 또 이러네. 한동안 빵집을 운영한 덕분에 동틀 때쯤 일어나서 반죽을 확인하는 게 버릇이 됐다.

하지만 이제는 안 그래도 된다. 이 저택에는 식사를 담당하는 요리사가 따로 있으니까. 에버딘은 그대로 난로 앞으로 와서 소파에 길게 드러누웠다.

"기분이 안 좋으세요, 아가씨?"

나가려다가 갑자기 난로 앞에 드러눕는 에버딘의 행동에 그레이스가 물었다.

기분이 안 좋은 게 아니다. 에버딘은 그냥 자신에게 여유 시간이 있다는 것을 깨달은 것뿐이다.

그녀는 고개를 들어 그레이스를 한 번 쳐다보고 다시 고개를 떨구며 말했다.

"남작."
"네?"
"남작이라고. 어서 남작."
에버딘의 입에서 힘없는 목소리가 흘러나왔다. 이 집 사람들에게 매번 자신은 아가씨가 아니라 남작이라고 알려 주는 것도 지친다.
사실은 그깟 호칭이 뭐가 그리 중요한가 하는 생각이 들기도 했다.
그녀는 눈에 보이는 계급이 없는 세상에서 살다 와서 더 그랬다. 하지만 집사나 하인들의 행동을 보고 있자면 그거라도 가르치지 않으면 안 될 것 같았다.
호칭이라는 건 생각보다 훨씬 중요하다. 그냥 아가씨보다 남작이 더 많은 권한을 가지고 있다. 에버딘은 이들에게 자신이 더 위라는 것을 알려줘야 한다는 것을 인정했다.
"죄, 죄송합니다. 남작님."
바로 이어진 시정에 에버딘은 늘어진 채 고개를 끄덕였다. 이른 아침부터 일어나서 빵 반죽을 확인하고 오븐에 불을 지피지 않아도 된다니, 이렇게 좋은 아침이 있을 수가 없다.
여기에 차와 갓 구운 빵만 있으면 바랄 게 없겠다. 거기까지 생각한 에버딘은 어느새 자신이 커피가 아니라 차를 먼저 떠올리는 것을 깨달았다.
예전엔 하루에 한 번은 커피를 마시지 않으면 안 됐는데.
"커피 마시고 싶다."

에버딘의 중얼거림에 그레이스의 눈이 커졌다. 그녀는 잠시 입을 열었다가 다물었다. 그리고 뒷걸음질 치며 말했다.

"세숫물을 가져올까요?"

"응."

그레이스가 나가자 에버딘은 다시 혼자가 되었다. 그녀는 난로 앞 소파에 늘어져서 가물가물한 눈으로 오늘 할 일이 뭐였는지 생각하기 시작했다.

집사에게 전체 직원 급여 보고서를 가져오라고 다시 닦달해야 한다. 그리고 서재에 가서 영지와 저택의 수익과 지출 장부가 더 있는지 뒤져야 하고.

또 뭐가 있더라.

그 순간 에버딘이 자리에서 벌떡 일어났다. 생각났다. 아주 중요한 일이! 오늘은 웨스트 공작이 오는 날이다.

청소는 어떻게 됐을까. 무엇보다 에버딘은 식사 준비는 어떻게 되어가는지가 궁금했다.

헬름에 온 지 이제 겨우 삼 일째. 그동안 에버딘이 먹은 음식은 귀족의 식사라거나 헬름이라는 지역과 아무 상관 없는 평범한 식사였다.

빵과 약간의 고기. 그리고 수프.

그 정도는 수도에 있을 때도 충분히 차려 먹던 수준이라 에버딘은 살짝 실망했었다.

당연하지만 그녀가 만약 이런 저택에서 요리사와 집사를 거느리고 살아 봤다면 폴라의 행동에 매우 화를 냈을 것이다. 자신의 고용주가 돌아오는데 제대로 된 식사를 대접하지 않은 요리사라니.

하지만 에버딘은 이런 저택에서 요리사와 집사를 두고 사는 것을 잘 몰랐고 그 덕분에 폴라는 혼이 나지 않고 넘어갔다.

그리고 안타깝게도 그게 폴라가 에버딘을 무시하는 시발점이 되었다.

"지금 뭐라고 했어요?"

에버딘이 아침 식사를 위해 식당으로 내려가자 요란한 소리가 들려왔다. 수잔의 목소리다. 그녀는 무슨 일이 일어났나 싶어서 허둥지둥 식당으로 향했다.

"아니, 내가 못 할 말 했어?"

"못 할 말 했죠!"

수잔은 존댓말을 하고 폴라는 반말을 하고 있었다. 주인의 손님에게 반말을 하는 직원이 어디 있담? 에버딘은 믿을 수 없는 상황에 두 사람 사이에 끼어들어서 물었다.

"무슨 일이야?"

"에버딘."

그녀의 등장에 수잔과 크리스틴의 표정이 굳었다. 하지만 폴라의 표정은 아니었다. 그녀는 여전히 심술궂은 표정이었고 자신이 잘못한 게 하나도 없다고 생각하고 있었다.

"왜 그래?"

에버딘의 질문에 수잔은 머뭇거리기 시작했다. 생각해 보니 그녀가 너무 쪼잔하게 느껴져서 에버딘에게 있었던 일을 말하기가 민망했다.

"무슨 일이야?"

수잔과 크리스틴이 머뭇거리자 에버딘은 이번에는 폴라에게 물었다. 그러자 그녀가 기다렸다는 듯 말했다.

"저 아가씨들이 식탐을 부리잖아요."

"식탐?"

믿을 수 없는 이야기에 에버딘이 다시 고개를 돌려 크리스틴과 수잔을 쳐다봤다. 그녀가 아는 한 두 사람은 식탐을 부린 적이 없다.

에버딘은 그건 확신할 수 있었다. 왜냐면 그녀가 빵집을 했고 맞은편에 아이린의 주점이 있었으니까.

"왜 그런 생각을 했는데?"

에버딘의 질문에 폴라가 입술을 이죽이며 말했다.

"달걀을 더 달라잖아요."

"그런데?"

그게 뭐? 그런 에버딘의 태도에 크리스틴과 수잔은 저도 모르게 안도했다. 혹시라도 에버딘도 남의 집에 손님으로 와서 먹는 걸로 투덜거린다고 생각할까 봐 걱정했다.

"아, 아니, 무슨 아가씨가 아침부터 달걀을 두 개나 먹어요?"

에버딘이 자신이 생각하는 대로 움직이지 않자 폴라의 목소리가 올라갔다. 에버딘은 그런 요리사의 태도에 눈살을 찌푸리며 물었다.

"아가씨는 아침에 달걀 두 개 먹으면 안 돼?"

"네에?"

그 대화에 당황하는 폴라와 달리 수잔과 크리스틴의 기세가 올라갔다. 그제야 용기를 얻은 크리스틴은 용기를 내어 에버딘에게 말했다.

"달걀 하나 더 먹고 싶다니까 창피한 줄도 모르고 식탐을 부린다잖아."

미친 거 아냐? 친구의 말을 들은 에버딘의 고개가 다시 폴라를 향해 휙 하고 돌아갔다. 그제야 에버딘이 자신과 생각이 다르다는 것을 깨달은 요리사의 표정이 일그러졌다.

"폴라, 여기서 얼마나 일했지?"

"사, 삼 년 됐습니다."

"그동안 손님상을 차려 본 적 없어?"

없다. 폴라는 머뭇거리며 고개를 끄덕였다. 그녀는 손님상은 물론 이런 귀족 저택에서 일한 것도 여기가 처음이었다.

그 태도에 에버딘의 미간에 주름이 생겼다. 그녀는 허리에 손을 얹고 요리사에게 말했다.

"일단 사과해."

"네에?"

"내 손님들에게 무례하게 굴었으니 사과하라고."

"아니, 하지만……."

"싫으면 나가."

단호한 기세에 폴라의 기세가 다시 꺾였다. 그녀는 고개를 숙이며 말했다.

"죄송합니다, 남작님."

"아니지. 내 친구들한테 해야지."

"저 사람들한테요?"

당연하다. 에버딘이 여전히 물러날 태도를 보이지 않자 폴라는 하는 수 없이 크리스틴과 수잔에게 말했다.

"미안해, 아가씨들."

장난해? 꼿꼿한 태도에 에버딘이 한마디 하려고 했지만 크리스틴이 재빨리 막았다. 자기 때문에 에버딘이 부리는 아랫사람들과 사이가 나빠지면 그것도 미안한 일이다.

"에버딘, 일단 아침 식사부터 해. 배고플 거 아냐."

크리스틴의 제안에 폴라가 재빨리 식당을 빠져나갔다. 나중에 다시 한마디 해야겠는데. 에버딘은 그렇게 생각하며 식탁 앞에 앉았다. 그리고 빵 한 쪽과 달걀 하나뿐인 크리스틴과 수잔의 접시를 보며 물었다.

"다 먹은 거야?"

크리스틴과 수잔의 시선이 부딪쳤다. 뭐라고 말해야 하지? 고민하는 두 사람 앞에서 에버딘이 왜 그러는지 깨닫기 전에 이번에는 하인이 접시 하나를 가져와서 그녀의 앞에 내려놓았다.

똑같이 식빵 하나와 삶은 달걀 하나.

그래도 주인이라고 에버딘에게는 베이컨도 같이 나오긴 했다.

에버딘의 입이 딱 벌어졌다. 그녀는 단 한 번도 아침을 이렇게 먹은 적이 없었다. 그녀뿐만 아니라 수잔과 크리스틴도 마찬가지다.

수잔과 크리스틴이 말리기도 전에 에버딘이 자리에서 벌떡 일어나며 소리쳤다.

"폴라!"

아이린이 식당으로 들어온 것은 에버딘이 폴라에게 아침 식사 준비를 다시 시킨 다음이었다. 그녀는 어쩐지 험상궂은 식당의 분위기를 느끼고 어리둥절한 표정으로 수잔을 쳐다봤다.

이런 면에서는 크리스틴보다 수잔을 쳐다보는 쪽이 더 낫다. 크리스틴에 비해 수잔이 더 잘 이야기해 주기 때문이다.

하지만 수잔의 표정 역시 그리 좋지 않았다.

"무슨 일 있어?"

아이린은 조용히 앉아 차를 마시는 에버딘을 힐끔 쳐다보고 수잔에게 속삭였다. 에버딘의 저런 태도는 처음 봤다.

그녀는 가끔 과격하게 행동할 때가 있어도 아이린과 거리의 상인들에게는 기본적으로 친절했다. 에버딘이 저렇게 행동하는 건 무례하게 구는 용병들이나 진상 손님뿐이다.

설마 이번에도 하인들이 또 무슨 짓을 한 건 아니겠지. 그렇게 생각하는 아이린에게 수잔이 조심스럽게 말했다.

"요리사가 좀 무례했어요."

"어떻게?"

"달걀 하나 더 달라니까 우리 보고 식탐을 부린대요."

얼마나 분했던지 이런 일에는 잘 끼지 않는 크리스틴이 불쑥 끼어들었다. 식탐이라니! 고작 달걀 하나로!

만약 에버딘이 거기서 두 사람을 대신해서 화내 주지 않았다면 크리스틴은 수도로 올라가는 날짜를 당겼을 것이다.

"달걀이 엄청나게 크기라도 해?"

"그게 아니니까 문제죠."

"그래서 에버딘이 저렇게 화가 난 거야?"

그것뿐만이 아니니다. 수잔은 세 사람이 소곤거리는 것을 못 들은 척하는 에버딘을 힐끔 쳐다보고 다시 말했다.

"요리사가 아침 식사 준비도 좀 부족했거든요."

"어떻게?"

여기가 귀족의 저택이 아니라 가난한 집이었다면 빵 한 쪽과 삶은 달걀은 꽤 괜찮은 아침 식사였을 것이다. 하지만 여기는 귀족의 본가고 여기 있는 세 사람은 귀족의 친구였다.

빵 한 쪽과 삶은 달걀 하나는 너무 부실하다.

"빵 한 쪽?"

수잔의 설명에 아이린도 믿을 수 없다는 표정을 지었다. 그러다가 아차 하고 에버딘을 쳐다본 뒤 조심스럽게 말했다.

"귀족들은 아침을 우리처럼 든든하게 먹지 않는다더라고. 그래서 그런 거겠지."

아이린의 변명 아닌 변명에 수잔이 코웃음 쳤다. 백 보 양보해서 그럴 수 있다. 하지만 정말 그렇다 해도 달걀 하나 더 달라는 손님에게 식탐 운운한 건 여간 무례한 행동이 아니다.

"아침 식사 나왔습니다."

그때 하인이 다시 접시를 들고 식당으로 들어왔다. 아침 식사라는 말에 바짝 긴장하는 수잔과 크리스틴 앞에 하인이 접시를 내려놓았다.

"음,"

제일 먼저 에버딘이 아니라 수잔과 크리스틴 앞에 접시를 내려놓는 것도 말도 안 되는 행동인데 접시 안의 요리는 더 말이 안 됐다.

아이린은 수잔과 크리스틴의 접시를 보고 저도 모르게 신음을 흘렸다. 곧이어 같은 하인이 주방으로 돌아갔다가 에버딘과 아이린의 접시를 가지고 돌아왔다.

"잠깐."

에버딘은 자기 앞에 접시를 내려놓는 하인을 멈췄다. 그리고 날카롭게 물었다.

"쟁반 없어?"

"네?"

"왜 음식을 접시째로 가져와? 쟁반에 담아 오는 거 안 배웠어?"

"어, 그게……."

안 배운 게 확실했다. 그렇지 않아도 접시만 달랑 들고 올 때부터 불안하다 싶던 아이린은 터질 게 터졌다는 표정을 지었다.

하지만 크리스틴과 수잔은 약간 고소하다는 표정이었다. 아이린의 주점에서도 음식을 접시만 달랑 들고 가지 않는다. 쟁반에 얹어서 내려놓는다.

에버딘은 식사 후 집사와 이야기를 해 봐야겠다고 하며 포크를 집어 들었다.

아침 식사를 다시 만들어 오랬더니 팬케이크를 해 왔다. 그리고 그걸로 끝. 한 사람당 팬케이크 한 장, 달걀 프라이 하나. 그리고 또 빵 한 쪽.

"폴라!"

다시 에버딘이 요리사를 불렀다. 그리고 하인을 휙 쳐다보며 요리사를 데려오라고 명령했다.

에버딘의 저런 모습은 처음 봤다. 아이린과 수잔, 크리스틴은 화가 단단히 난 듯한 에버딘의 모습을 숨을 죽인 채 지켜보고 있었다.

"오믈렛 해 와."

"오, 오믈렛이요?"

달걀을 풀어 안에 양파나 당근, 햄 등을 다져 넣고 둥글게 익혀 내는 거다. 기본적인 재료로 요리 스킬의 수준을 알 수 있는 요리지만 물론 에버딘이 그걸 알고 시킨 건 아니었다.

잠시 후, 에버딘 앞에 납작한 계란부침이 도착했다. 에버딘의 표정이 더욱 험악해졌다.

"죄송해요. 우선 드세요."

에버딘은 일단 사람들에게 식사를 권했다. 아침 식사는 끝내야 한다. 요리사와 하인들을 가르치느라 손님들의 식사를 기다리게 해서는 안 된다.

그리고 식사가 끝나자마자 다시 폴라를 불러 오늘 올 손님을 위해 준비한 요리 목록을 가져오라고 말했다.

각 요리에 재료를 얼마나 사용하는지, 예산이 얼마인지까지 적어 오라는 말에 폴라의 얼굴이 확 굳었다. 여기서 일하는 동안 한 번도 그런 걸 해 본 적이 없다.

그 모습에 당황한 건 아이린이었다. 그녀는 오래 주점을 했고 음식을 만들었다. 음식을 만들 때 어떤 재료가 얼마나 들어가는지, 단가를 확인하는 건 기본이다.

"사실은……."

폴라가 굳은 표정으로 알겠다며 떠나자 아이린은 머뭇거리며 입을 열었다. 어제 아침에도 그녀는 일찍 일어났었다.

그리고 혹시 도와줄 게 있을까 해서 슬쩍 주방을 들어갔었다.

"이런 말을 해도 되는지 모르겠네……."

아이린은 아침 일찍 주방에 들어갔었다는 말까지만 하고 망설였다. 남의 집 치부를 이야기한다는 건 부담스러운 일이다.

에버딘은 다 식은 차를 보고 주위를 둘러봤지만 하인들이 보이지 않는 것을 보고 한숨을 내쉬었다. 분명 집사가 적어 온 업무표에는 차를 따라 주는 게 글로버의 일이었는데.

"무슨 이야기를 하셔도 안 놀랄 것 같아요."

약간 허탈한 에버딘의 다독임에 아이린은 미간에 주름을 만들며 조심스럽게 말했다.

"빵을 엘리스가 만들고 있더라고."

"엘리스 혼자요?"

그러고 보니 이 집에 와서 아이들에게 방을 안내해 주라고 한 뒤로 엘리스를 한 번도 보지 못했다는 게 에버딘의 머릿속에 떠올랐다. 마크는 가끔 봤다. 뒷마당을 어슬렁거리거나 집 안에서 하릴없이 돌아다니는 걸 봤다.

그때는 시간이 여유가 있는 모양이라고 생각했는데 지금 생각해 보니 마크만 혼자 돌아다닌다는 게, 그리고 엘리스는 전혀 보이지 않았다는 게 이상하게 느껴졌다.

"혼자였던 거 같아."

혼자면 혼자지, 혼자였던 거 같아는 뭐지? 에버딘뿐 아니라 크리스틴과 수잔의 얼굴에도 어리둥절한 표정이 떠올랐다. 아이린은 난감한 표정으로 덧붙였다.

"엘리스한테 말을 걸려는데 저 요리사가 들어왔거든."

그리고 아이린을 내쫓았다. 완곡하게 주방을 나가 달라고 말하긴 했지만 그건 명백한 축객령이었다.

에버딘은 아이린의 말에 인상을 쓰며 앉아 있었다. 이 저택은 뭔가가 다 이상했다. 그리고 그 이상한 게 하나둘 가닥이 잡히고 있었다.

"폴라!"

잠시 생각하던 에버딘은 다시 요리사를 불렀다. 그리고 이번에도 하인이 그녀를 불러오자 질문을 던졌다.

"한 달 식재료 값이 얼마나 들지?"

"한 달 식재료 값이요?"

느닷없는 질문에 어리둥절해 하던 폴라는 곧 심술궂게 대답했다.

"그걸 제가 어떻게 아나요? 매달 다른걸요."

"매달 왜 달라져?"

폴라의 질문에 아이린은 물론 수잔과 크리스틴까지 입을 딱 벌렸다. 그녀의 말 대로라면 이 저택에는 평균 식재료 값이라는 게 없다는 뜻이다.

"어떤 달은 많이 먹고, 어떤 달은 적게 먹고. 그렇잖아요?"

그럴 리가 있나. 에버딘은 인상을 쓰며 자신의 요리사를 쳐다봤다. 이래서야 미간에 주름이 깊게 파일 것 같다.

그녀는 인상 쓰지 말아야 한다고 속으로 중얼거리며 말했다.

"매달 사람 수가 달라지기라도 해? 아니면, 이 집 사람들은 소라서 어떤 달은 먹고 어떤 달은 되새김질이라도 해?"

안타깝게도 폴라가 이해한 건 앞의 매달 사람 수가 달라지기라도 하냐는 말뿐이었다. 그녀는 멍하니 에버딘을 바라보더니 입을 벌렸다.

"사람이 달라지는 건 아니죠. 하지만 어떤 달은 고생했으니 먹고 마시기라도 해야 하지 않겠어요?"

그러니까 이 집은 주인의 허락도 없이 하인들의 파티를 열었다는 말이다. 그 말에 아이린이 입을 딱 벌렸다. 하지만 이미 이 집 사람들에게 기대란 것을 전부 내려놓은 에버딘은 실망하지 않고 말했다.

"우선 오늘 음식을 뭘 할 건지 적어서 가져오고, 그다음에 지난달에 산 식료품과 이번 달에 산 식료품을 적어서 가져와."

일이 늘어나자 폴라의 입술이 삐죽 튀어나왔다. 그것을 본 크리스틴과 수잔이 입을 딱 벌렸다.

귀족 집안에서 일하는 요리사가 저렇게 무례할 수도 있구나. 두 사람은 저도 모르게 에버딘의 눈치를 살피고 있었다. 하지만 에버딘은 신경 쓰지 않고 말했다.

"뭐해? 오늘 준비한 음식 적어 와. 아니면 지금 말해도 좋아."

차라리 그게 나을지도 모르겠다. 지금 에버딘 곁에 아이린이 있으니 폴라의 메뉴 선정이 어떤지 이야기할 수 있을 것이다.

폴라는 에버딘의 지시에 입을 삐쭉이며 말했다.

"감자 수프랑 닭구이를 내놓을 거고요, 곁들이는 음식은 으깬 감자예요."

나쁘지 않다. 에버딘은 말없이 폴라의 말을 기다렸다. 하지만 그게 끝이었다. 그녀는 문제가 있냐는 표정으로 에버딘을 쳐다봤고 더 이상 메뉴가 나오지 않자 이번엔 아이린이 당황했다.

"그게 끝이야?"

요리가 세 갠 데 그중 두 개는 감자 요리다. 게다가 닭구이뿐이라니, 평범한 집의 약간 괜찮은 식사 수준이다. 절대 공작을 대접할 음식은 아니었다.

심지어 그건 에버딘이 친구들을 데리고 헬름으로 온 날 저녁 메뉴이기도 했다.

"그럼, 뭘 또 하라고요?"

놀란 아이린의 질문에 폴라가 툴툴거리며 물었다. 이 정도면 됐지, 뭘 더 하라는 거야?

그 태도에 수잔과 크리스틴의 시선이 부딪쳤다. 이 요리사, 어떻게 귀족가에 취직이 된 거지?

"폴라, 누가 당신을 추천했지?"

같은 의문을 에버딘도 품고 있었다. 그녀의 질문에 폴라가 가슴을 펴며 말했다.

"돈이요. 사촌이거든요."

친척이라는 말이다. 에버딘은 혈연과 지연의 문제점을 깨달았다. 혈연이라는 이유로 능력도 안 되는 사람이 중요한 자리에 앉아 있었다.

"할 줄 아는 게 닭구이뿐이야?"

에버딘의 질문에 폴라는 기분 나쁘다는 표정을 지었다. 당연히 다른 것도 할 줄 안다. 팬케이크와 으깬 감자. 감자 수프. 옥수수 수프도 할 줄 안다.

소시지를 넣은 스튜도 그녀의 자신작이었다.

"스튜라도 할까요?"

"아니, 그런 거 있잖아요? 돼지 통구이 같은 거."

아이린의 질문에 폴라의 못마땅한 표정이 그녀를 향했다. 폴라는 입술을 비쭉이며 말했다.

"그렇게 잘하시면 댁이 하시든가."

어떤 요리사도 자기 주방을 남에게 선뜻 내주지 않는다. 특히나 폴라처럼 자기 실력으로 얻은 자리가 아니라면 더더욱 그렇다.

하지만 폴라는 하지 말아야 할 선택을 했고 그녀가 아이린에게 '그렇게 잘하시면 댁이 하시든가.'라고 말하는 순간 에버딘의 눈이 반짝 빛났다.

"그럴까?"

당황하는 아이린 옆에서 에버딘이 그렇게 말하며 자리에서 일어났다. 아이린은 수도에서 주점을 하던 사람이다. 몇 가지 음식을 에버딘이 알려 주긴 했지만 기본적으로 그녀의 요리 솜씨가 있었기 때문에 사람들이 몰린 거다.

게다가 눈썰미도 좋아서 에버딘이 만드는 음식을 한 번 본 것만으로 더 맛있게 재연해 내기도 했다.

요리 솜씨로 폴라보다 못할 리가 없었다.

"그럼 일이 줄었네. 가서 지난달과 이번 달 식료품비를 작성해서 점심 식사 전까지 보고해."

에버딘의 지시에 폴라는 넋 빠진 표정을 지었다. 이번 달에도 뭘 샀는지 기억이 안 나는데 지난달에 뭘 샀는지 기억할 리가 없다.

하지만 싫다고 말할 수도 없었다. 에버딘이 이미 아이린을 데리고 주방으로 가 버렸기 때문이다.

그녀의 시선이 앉아 있던 수잔과 크리스틴을 향했다. 두 사람은 폴라를 한심하다는 표정으로 쳐다보다가 재빨리 시선을 피했다. 하지만 그녀는 두 사람의 표정을 봤고 곧 자존심이 상해 부아가 치밀어 올랐다.

"흥."

두고 보라지. 어디 얼마나 잘하나 보자. 폴라는 에버딘과 아이린이 가스 오븐을 사용할 줄 모를 거라고 생각하며 자신의 방으로 돌아갔다. 도와 달라고 애원해도 모른 척할 셈이었다.

곧 손님이 온다. 과연 손님용 요리를 완성이나 할 수 있을까. 그 생각에 폴라의 기분이 조금 나아졌다.

"닭은 많네."

주방에 들어온 아이린은 인원수보다 훨씬 많은 닭고기를 확인하고 중얼거렸다. 손님은 셋, 여기 있는 에버딘과 상인들은 다섯이니까 닭고기는 여덟 마리면 충분할 것이다.

하지만 그것뿐이었다. 고기는 닭고기뿐. 다른 고기는 약간의 소시지뿐이다. 에버딘은 다른 고기는 없는지 다시 확인한 뒤 아이린 곁으로 다가갔다. 그리고 스무 마리가 넘는 닭고기를 쳐다봤다.

"닭고기는 왜 이렇게 많이 산 걸까요?"

"글쎄. 하인들 용인가?"

"손님한테는 식탐 부리지 말라고 해 놓고요?"

말도 안 된다. 에버딘의 지적에 아이린 역시 아. 하고 고개를 끄덕였다. 주인의 손님에게 무례하게 군 요리사다. 같이 일하는 하인들에게 관대할 리가 없다.

하지만 다음 순간, 에버딘은 폴라가 그녀의 주방에서 남자 하인들과 어울려 앉아 이야기를 나누던 것을 떠올렸다. 그리고 돈에게 파이를 크게 잘라 주던 것도.

그 파이는 정작 손님들에게는 하나도 나오지 않았지. 그녀는 인상을 쓰며 그것을 떠올리다가 그대로 집사를 불렀다.

"무슨 일이라도……."

마치 리셋이라도 된 것처럼, 집사는 어제와 똑같이 바르지 않은 태도로 말끝을 흐렸다. 에버딘은 똑바로 서라고 말하려다가 포기하고 궁금하던 것을 물었다.

"이 닭고기 말이야. 언제 산 거야?"

에버딘의 질문에 돈은 선뜻 대답하지 못했다. 산 게 아니다. 하지만 샀다고 말해야 조금이라도 돈을 빼돌린 구멍을 메울 수 있다.

그의 작은 뇌가 닭 한 마리당 얼마라고 말해야 하는지 돌기 시작했다.

그때, 도리스가 불쑥 끼어들었다.

“잡은 거예요.”

어디서 나타난 거야? 집사는 흠칫 놀라서 몸을 움츠렸다. 도리스는 치맛단이 풀물로 잔뜩 물들어 있었다. 그녀는 수잔과 크리스틴보다 먼저 아침을 먹고 저택 주위를 한 바퀴 둘러보고 온 뒤였다.

“뒤에 키우던 닭이 몇 마리 사라졌더라고요.”

달걀을 얻기 위해 기르던 닭이다. 그걸 어제 손님이 온다고 하자 스무 마리나 잡아 버렸다.

“하하.”

도리스의 지적에 에버딘은 웃음을 터트렸다. 그녀도 몰랐던 사실이다. 이 저택의 재산이 돈이나 귀금속뿐만이 아니라는 것.

“돈.”

에버딘은 가볍게 웃음을 터트린 뒤 싱글벙글 웃으며 집사를 불렀다. 그리고 그에게 다가가 말했다.

“이 집의 모든 재산을 적어 와. 병아리 한 마리라도 빠트리면…….”

그녀의 오른손이 집사의 얼굴 앞으로 올라갔다. 에버딘은 주먹을 꽉 쥔 채 이를 악물고 말했다.

“죽을 줄 알아.”

집사의 얼굴이 하얗게 질렸다. 에버딘의 얇디얇은 참을성도 드디어 끝이다. 그녀는 집사의 정강이 정도는 부러트릴 생각으로 명령했다.

“너도 오늘 점심까지 가져와. 어제 시킨 것도. 알았어?”

그 기백에 집사의 고개가 빠르게 위아래로 움직였다. 에버딘은 그가 빠르게 주방 밖으로 도망치자 아이린에게 돌아섰다.

"그럼 이제 해 볼까요?"

집사에게 한 것과는 백팔십도 다른 태도에 아이린은 저도 모르게 피식 웃었다. 집사나 요리사를 대할 때는 이야기로만 들은 귀족인데 그녀에게 하는 걸 보면 아이린이 알던 빵집 주인 에버딘이다.

"고기가 닭밖에 없는데. 요리사 말대로 구운 닭이 최선인 거 같아."

"가서 다른 고기라도 사 오라고 할까요?"

수도라면 도축장이 여러 곳이니 고기를 구하기 어렵지 않다. 하지만 이런 마을은 다르다. 아이린은 인상을 쓰며 과연 헬름에 도축장이 얼마나 있을지 생각했다.

시내가 황폐하다는 것은 이미 수잔에게 들었다. 그녀가 들은 대로라면 이 마을도 날짜를 정해 소나 돼지를 잡을 것이다.

"어려울 것 같은데."

일단 하인을 보내 보라는 아이린의 설명에 에버딘의 표정이 어두워졌다. 그녀는 돈만 있으면 고기를 구하는 게 어렵지 않은 곳에서 살았다.

도축 날짜가 정해 도축한다는 건 어릴 때 할머니에게 이야기를 들었던 것뿐이다. 그럴 때마다 마을은 잔치가 열렸다고 들었다.

에버딘은 일단 시내로 나가서 고기를 사 오라고 하녀를 불러서 지시했다. 에버딘의 지시에 하녀가 당황한 표정으로 물었다.

"시, 시내로 나가라고요?"

"왜? 너도 하기 싫어?"

뾰족한 에버딘의 질문에 하녀의 얼굴이 하얗게 질렸다. 그녀는 고개를 절레절레 흔들며 말했다.

"그, 그게 아니라, 아가, 아니, 남작님……."

오늘 아침에 에버딘에게 주의를 들은 그레이스에게 전달받은 덕에 하녀들은 에버딘을 남작님이라고 부르고 있었다. 하녀는 에버딘이 화내기 전에 서둘러 설명했다.

"시내에 나가는 건 하인들만 할 수 있는 일인데요."

"누가 그렇게 왈왈 짖었어?"

"지, 집사님이요."

"걘 멍청이야. 걔가 앞으로 또 헛소리하면 나한테 이야기해. 갖다 와."

완전히 집사를 무시하는 에버딘의 말에 하녀는 과연 괜찮을까 하고 집사에게 갔다. 딱히 집사의 허락을 받기 위해서가 아니다. 남작의 심부름을 위해 집사에게 돈을 받아야 하기 때문이다.

하지만 누가 감히 너에게 시내에 다녀오라고 했냐는 고함에 다시 에버딘에게 돌아오는 수밖에 없었다.

"집사님이 안 된다고……."

"하, 씨……."

야채를 다지고 있던 에버딘은 그대로 식칼을 들고 서재로 쿵쾅거리며 걸어갔다. 그 뒤를 하녀들이 조심스럽게 따랐다.

"돈."

원래대로라면 집사는 서재를 사용할 수 없다. 하지만 호랑이 없는 굴은 여우가 주인이라 그는 세 개의 서재 중 하나를 자신이 사용하고 있었다.

에버딘은 서재 문을 벌컥 열어젖히며 집사를 부르자 책상 앞에 앉아 있던 그가 화들짝 놀라 일어났다. 그녀는 가타부타 말도 없이 짜증 내며 말했다.

"저 하녀한테 돈 줘. 그리고 앞으로 이런 일로 나 귀찮게 만들지 마."

"돈이라니, 아니, 그게 무슨……."

"내가 고기 사 오라고 시켰다고."

"아가, 아니, 남작님. 뭘 모르시나 본데, 이 집에서 시내로 나가는 건 하인의 일입니다."

뭘 모르시나 본데. 그 말이 그렇지 않아도 팽팽하게 당겨져 있던 에버딘의 신경을 찢어 놓았다. 에버딘은 그대로 들고 있던 식칼을 집사의 책상에 내리꽂았다.

쾅!

"야."

"힉!"

설마 들고 있던 식칼을 책상에 꽂을 줄은 몰랐던 집사의 입에서 신음이 터져 나왔다. 따라와서 지켜보고 있던 하녀들도 신음을 삼켰다.

하지만 에버딘의 귀에는 하나도 들리지 않았다. 진짜 보자 보자 하니까 사람을 보자기로 아나.

그녀는 돈의 목을 쥐고 짤짤 흔들고 싶은 것을 눌러 참으며 말했다.

"네가 뭘 모르나, 내가 뭘 모르나 한번 볼래?"

집사의 시선은 책상에 꽂힌 식칼을 향해 있었다. 그의 머릿속에 저 식칼이 자신의 목에 꽂히는 상상이 떠올랐다. 결국 식은땀을 흘리며 내놓은 돈주머니를 들고 하녀가 저택을 빠져나갔다.

"어서 오십시오."

그날 점심. 웨스트 공작가의 마차가 헬름 저택에 도착했다. 집사는 웨스트 공작의 마차가 마을 어귀에 들어섰다는 소식에 부랴부랴 집 앞으로 달려 나갔다.

그리고 마차에서 누군가 나오자마자 인사를 건넸다. 하지만 안타깝게도 그건 웨스트 공작이 아니었다. 베르트는 자연스럽게 집사의 손을 잡으며 말했다.

"환대 감사합니다. 하하하."

반짝이는 금발과 눈에 확 띄는 외모. 잘생긴 남자의 등장에 집사가 당황해서 뒤로 물러났다. 그 뒤로 차갑게 생긴 여자가 빠져나왔다. 훤칠한 키와 다부진 외모를 가진, 집사가 전에 본 얼굴이었다.

"비켜, 멍청아."

카렌은 집사의 손을 잡고 흔들던 베르트의 다리를 걷어차며 말했다. 마차 문 앞에 서 있지 말란 말이다. 베르트가 물러나자 그제야 안에서 손님이 빠져나왔다.

"어서 오……."

이번에야말로 웨스트 공작이라 생각하고 다가간 집사는 카렌 다음으로 마차에서 나온 창백한 얼굴의 여자를 보고 멈칫했다.

공작이 아니잖아? 당황하는 그를 밀어낸 카렌이 레슬리의 손을 잡아 부축하며 물었다.

"괜찮습니까?"

"괘, 괜찮……."

괜찮지 않다. 레슬리는 다리에 힘이 풀려서 휘청거리며 마차에서 내렸다. 마차는 크고 편안했다. 하지만 같은 공간에 있는 사람들이 너무 부담스러워서 힘들었다.

오는 내내 시답잖은 것으로 싸운 베르트와 카렌은 견딜 만했다. 무서운 서쪽 하늘 용병대라는 말에 처음엔 바짝 긴장했지만 어찌나 시답잖은 것들로 투닥거리던지 우습기까지 했다.

하지만 그녀의 맞은편에 앉은 웨스트 공작은 마치 석상처럼 꼿꼿하게 앉아 아무 말도 하지 않았다. 그럼에도 무서웠다. 불길하다는 붉은 눈 때문만이 아니었다.

웨스트 공작은 온몸으로 무서운 기운을 내뿜고 있었다. 그 옆에서 시답잖은 싸움이나 하는 카렌과 베르트가 대단하게 여겨질 정도로.

"어셔 남작은?"

마지막으로 내린 션이 집사를 쳐다보며 물었다. 덕분에 집사는 인사할 타이밍을 놓쳐버렸다.

"아, 안에 있을 겁니다."

있을 겁니다? 션의 시선이 집사를 향했다. 하지만 여전히 그는 자신이 무슨 짓을 저질렀는지 모르고 있었다.

어서 남작님이 말한 게 이거였구나. 레슬리는 에버딘이 자신을 필요하다고 말했던 이유를 바로 알아차렸다. 갈 길이 멀어 보였다.

"레슬리!"

예기치 못한 손님의 등장에 에버딘은 반가움 반, 얼떨떨함 반으로 레슬리를 맞이했다. 분명 전에 같이 가자고 했더니 수도의 일을 정리할 시간을 달라고 했다.

그게 일주일에서 열흘 정도였고.

에버딘은 자신이 헬름에 온 지 벌써 열흘이나 됐는지 생각했다. 일이 너무 많아서 그 정도쯤 됐을 것 같다. 하지만 안타깝게도 이 저택에 온 지 이제 겨우 삼 일밖에 안 됐다.

"어쩐 일이에요? 아니, 내 말은, 와서 기뻐요."

솔직한 에버딘의 환대에 레슬리의 입가에도 미소가 떠올랐다. 그녀는 자신을 끌어안은 에버딘을 한번 끌어안고 몸을 돌려 웨스트 공작과 베르트, 카렌을 쳐다보며 말했다.

"고맙게도 공작님께서 절 데려와 주셨어요."

"카렌!"

에버딘은 레슬리의 뒤에 서 있던 카렌을 발견하고 두 팔을 벌렸다. 이 정도로 환대받을 줄은 몰랐는데? 카렌은 어리둥절하면서 자기보다 머리 하나 작은 남작님의 포옹을 받아들였다.

물론 에버딘은 카렌과 그만큼 친하다고 생각해서 환대하는 건 아니었다. 그냥, 이 답답한 집사와 하인들 사이에서 아는 사람을 만나서 반가웠을 뿐이다.

"남작님!"

베르트가 사람 좋은 미소를 지으며 카렌과의 포옹을 끝낸 에버딘에게 다가갔다. 그와 동시에 션이 그의 목덜미를 낚아챘다.

"웨스트 공작, 그리고 베르트."

레슬리와 카렌에게 하던 것과 상반되게 에버딘은 두 사람에게는 정색을 하고 고개만 까딱했다. 그 행동에 베르트가 아쉽다는 표정을 지었다. 물론 그의 목덜미를 잡은 션의 손아귀 힘이 강해진 것은 말할 것도 없다.

"어떻게 된 거야?"

에버딘은 션에게 다가가며 물었다. 그는 베르트를 잡고 있던 손으로 재빨리 그를 밀어냈다. 왜 레슬리가 션과 함께 온 거지? 일은 벌써 끝난 걸까?

어리둥절해 하는 그녀에게 레슬리가 대답했다.

"덕분에 편하게 왔습니다."

다 끝난 건 아니다. 하지만 레슬리는 자신의 가방을 들어 올리며 빙그레 웃었다. 그리고 에버딘의 귀에 대고 속삭였다.

"찾았어요."

뭘? 제일 먼저 에버딘은 그런 의문을 떠올렸다. 그러자 레슬리가 다시 속삭였다.

"남작님 보석이요."

"내 보석?"

헥터가 다 가져다 판 게 아니었던 모양이다. 에버딘 앞에서 레슬리가 가방을 아주 조금만 열었다. 급하게 챙겨 오느라 하나하나 다

천으로 감싸지는 못했다. 하지만 천 주머니에 담아오기는 했다.

레슬리가 건네준 주머니 안에서 반짝이는 목걸이와 팔찌를 본 에버딘의 눈이 동그래졌다. 하나같이 다 화려했다.

그녀는 참깨만 한 크기의 보석이 알알이 박힌 목걸이와 한 쌍인 듯한 팔찌를 꺼냈다. 그리고 작게 감탄을 내뱉었다.

"세상에."

예쁘다. 에버딘은 진짜 보석과 가짜 보석을 구분할 눈은 없었지만 진짜 보석일 거라고 생각했다. 이런 보석이 잔뜩 박혀 있으니 분명 비쌀 거다.

하지만 그녀가 션과 함께 갔던 무도회에서 본 다른 귀족들은 훨씬 더 화려한 액세서리를 착용하고 있었다. 오히려 에버딘의 보석은 귀족 기준으로는 그리 화려한 것도, 수가 많은 것도 아니다.

션의 표정이 아네트가 열 살쯤에 착용했을 법한 목걸이와 팔찌를 보고 감탄하는 에버딘을 보고 잠깐 일그러졌다가 원래대로 돌아갔다. 웨스트 공작가의 기준으로는 수수한 보석이다.

하지만 웨스트 공작가의 기준이 귀족들 사이에서도 상당히 높다는 것을 션도 알고 있었다.

"아차, 미안해요. 다들 응접실로 갈까요?"

에버딘은 목걸이와 팔찌에 잠시 넋을 빼앗겼다가 재빨리 정신을 차리고 말했다. 그녀는 재빨리 액세서리를 주머니에 집어넣고 다시 레슬리에게 넘겼다.

"잠깐 맡아 주세요."

덕분에 레슬리가 당황했다. 그녀는 당연히 에버딘이 바로 가져갈 줄 알았다. 하지만 에버딘은 레슬리를 믿었다.

그녀는 마음만 먹었다면 지금 가지고 있는 가방째로 도망칠 수도 있었다. 하지만 그러지 않고 에버딘에게 돌려주러 왔다는 건 그만큼 믿을 수 있는 사람이라는 말이다.

"식사는 조금 시간이 걸릴 거예요. 아마……."

얼마나 걸릴지 확인해 봐야 한다. 얼마나 기다려야 하는지 이야기하려던 에버딘은 주방의 상태를 떠올리고 손님들을 집사에게 맡긴 뒤 주방으로 향했다.

"이상하네."

아이린은 여전히 찬장을 뒤지며 이상하다고 말하고 있었다. 밀가루가 없다. 어느 집이나 밀가루나 밀은 있기 마련이다. 그게 주식이기 때문이다.

이런 크기의 저택이라면 아예 식료품실에 밀가루가 몇 포대씩 쌓여 있기도 한다. 사는 사람이 많으니 한 끼에 만드는 빵의 수도 꽤 된다.

게다가 오늘 아침까지 엘리스가 빵을 만드는 걸 보기까지 하지 않았던가.

하지만 헬름 저택의 주방에는 이상할 정도로 밀가루가 없었다. 있는 거라곤 한두 명이 먹을 빵을 만들 정도뿐.

"아직도 밀가루를 찾아요?"

에버딘은 주방으로 들어서며 물었다. 주방은 아이린뿐 아니라 도리스와 수잔, 크리스틴으로 가득 차 있었다.

그녀도 아까 하녀를 심부름 보낸 뒤 아이린과 주방을 뒤지며 밀가루를 찾았다. 식료품실이나 창고도 뒤졌지만 그 어디에도 밀가루는 없었다.

심지어 지하 술 창고까지 뒤져 봤는데도 없었으니 이 저택에는 없다는 게 맞을 것이다. 아니면 외부 창고에 있거나.

에버딘은 외부 창고를 떠올렸지만 곧 인상을 쓰며 털어 냈다. 거기에 밀가루를 보관할 이유가 없다. 끼니마다 옮기기도 귀찮고 지하에 식료품실이 있는데 뭐 하러 외부 창고에 보관한단 말인가.

"이상하잖아. 쌀가루는 있는데 밀가루는 없다니."

에버딘은 아이린의 말에 동의하며 수잔이 담당하고 있던 냄비의 안을 확인했다. 익어서 약간 투명해진 죽이 작은 거품을 내며 보글보글 끓고 있었다.

"아직 멀었을까?"

"거의 다 됐어. 이제 불에서 내려도 돼."

에버딘의 지시에 수잔이 조심스럽게 냄비를 불에서 내렸다. 그리고 죽을 담기 위해 수프 접시를 꺼냈다.

이상하게도 이 집의 식료품실에는 밀가루 대신 쌀가루와 쌀이 있었다. 그건 에버딘이 보기에도 이상한 광경이었다. 그녀가 아는 한, 이 나라 사람들은 쌀을 먹지 않는다.

예전에 그녀가 간식 빵 만드는 법을 가르쳐 준 작은 빵집 사장도 어떻게 해야 할지 모르겠다며 가져오지 않았던가.

처음부터 하인들이 쌀가루로 만든 빵을 내왔다면 모르겠지만 지난 삼 일간 그녀가 먹은 빵은 확실히 밀 빵이었다. 에버딘은 죽의 간을 확인하고 다음 요리로 넘어갔다.

가지고 있는 게 약간의 야채와 닭고기, 쌀뿐이라 선택지가 그리 많지 않았다. 에버딘과 아이린은 닭고기의 뼈와 살을 분리해서 요리했다.

"일단 튀겨 주세요. 밀가루는 차차 찾아볼게요."

"없으면 사 와야 돼."

아이린은 그렇게 말하고 기름에 닭고기를 튀기기 시작했다. 밀가루가 약간 남아 있어서 다행이었다. 혹시 모르니 밀가루를 다 쓰지 말고 쌀가루를 좀 섞어서 튀기라는 건 에버딘의 제안이었다.

그때, 손님이 왔다는 소식을 듣고 주방에 들어왔던 폴라가 닭튀김을 발견했다.

"이게 뭐죠?"

"닭튀김이요."

도리스가 닭고기에 튀김 가루를 묻히며 대답했다. 그걸 아이린이 받아 기름에 튀기는 거다. 둘 다 처음 만드는 요리지만 두 사람은 에버딘을 믿었다. 그녀가 자신 있게 설명하는 요리는 다 맛있었다.

"닭? 아니, 고기를 이렇게 잘게 자르면 어떡해?"

그녀는 아이린이 튀기는 닭고기의 크기가 작은 것을 보고 어이가 없어서 소리쳤다. 닭은 통째로 굽거나 삶는 게 보통이다. 물론 튀기는 경우도 있기는 하지만 드물었다.

별로 맛이 없기 때문이다.

이곳의 닭튀김이 맛이 없는 이유는 간단했다. 아무 양념 없이 그냥 튀기기 때문이다. 하지만 아이린은 에버딘의 레시피가 아주 맛있을 거라고 생각했다.

에버딘은 잘게 자른 닭고기를 몇 시간 동안 소금물에 담갔다. 그리고 손님이 오기 전에 소금과 후추를 섞은 튀김 옷을 만들어서 입힌 뒤 튀기도록 했다.

"어휴, 이렇게 작아서야 먹을 것도 없겠네."

폴라가 그렇게 말하며 아이린이 기름에서 건져 놓은 닭튀김을 집으려 했을 때였다. 크리스틴이 담당하는 프라이팬을 확인하던 에버딘이 그녀의 손을 찰싹 때렸다.

"어딜 손대?"

아직 손님상에 나가기는커녕, 요리하는 사람들도 맛을 안 봤다. 그걸 방해하러 온 폴라가 먼저 먹게 할 수는 없다.

폴라는 에버딘의 지적에 벌컥 화를 내려다가 상대가 어셔 남작이라는 것을 깨닫고 얼굴을 붉히며 말했다.

"아니, 난 그냥 익었나 보려고……."

이 집 건방진 하인들의 특징이다. 말꼬리를 흐리는 거. 에버딘은 감자를 썰며 말했다.

"다 익었으니 신경 쓰지 마."

살만 발라냈기 때문에 뼈가 붙은 고기보다 훨씬 빨리 익는다. 살만 발라냈다는 것을 모르는 폴라는 입술을 비쭉이며 에버딘이 감자를 길쭉하게 자르는 것을 힐끔 쳐다봤다.

이래서야 손님상은 엉망일 게 분명했다. 남작이라고 새로 온 아가씨는 요리는 하나도 할 줄 모르는 것처럼 보였기 때문이다.

냄비에 걸쭉한 것을 익히다가 수프 대신 담아 내가는 것도 그렇고, 얇게 포를 뜬 닭고기에 야채를 말아 굽는 것도 그렇고 폴라의 눈에는 소꿉놀이하는 것처럼 보였다.

"뭐 도와줄 거 있어요?"

그때 레슬리가 주방으로 들어와서 물었다. 그녀도 차라리 주방이 마음 편했다. 응접실에 남아 있으면 웨스트 공작과 그의 용병들 사이에 앉아 있어야 한다.

그 불편한 시간은 마차를 타고 헬름으로 오는 반나절로 충분했다.

"괜찮아요."

에버딘은 손을 저으며 말리려 했다. 하지만 레슬리가 재빨리 다가와서 속삭였다.

"남작님도 일하고 계시고, 손님들도 다 일하시는데요."

그건 그렇다. 결국 에버딘은 레슬리에게 썰고 있던 감자를 맡겼다.

"식사 준비되었습니다."

레슬리가 손님들을 부르러 온 것은 에버딘이 그녀에게 감자 요리를 맡기고 응접실로 돌아오고 삼십 분쯤 지난 뒤였다. 사람이 많아서 요리도 빨리 끝났다.

아무런 도움이 되지 않은 집사 대신, 레슬리는 하녀에게 식당의 위치를 확인해서 손님을 안내했다. 자연스럽게 에버딘에게 왼쪽 팔꿈치를 내민 션이 그녀에게 속삭였다.

"맛있는 냄새가 나는데."

확실히 주방에 가까워질수록 맛있는 냄새가 강해졌다. 에버딘은 코를 벌름거리는 베르트와 그런 베르트의 옆구리를 찌르는 카렌을 확인하고 씩 웃었다.

"당신 입에 안 맞을 수도 있어."

"무슨 요린데?"

밀가루가 없어서 쌀가루로 대체했다. 에버딘에게는 익숙한 음식이었지만 여기 있는 모든 사람들에게는 생소할 것이다.

그래도 요리한 사람들이 모두 괜찮다고 말했다. 에버딘은 거기까지 생각하고 용기를 내서 말했다.

"우선은 닭죽."

살을 발라낸 뼈로 육수를 내서 거기에 쌀과 다진 야채를 넣어 끓였다. 수프와 다르면서 비슷한 모습에 베르트와 카렌이 멈칫했다.

"죽이라는 게 뭐야?"

션은 수저로 죽을 뜨며 물었다. 커다란 식탁 앞에 앉은 모든 사람들 앞에 수프 접시에 담긴 닭죽이 놓여 있었다.

닭죽의 닭이 닭고기를 의미하는 건 알겠다. 하지만 죽이라는 건 뭐지? 션의 질문에 에버딘이 하인을 향해 컵을 들어 보이며 말했다.

"쌀로 만든 수프야."

에버딘이 대답하기 전에 이미 션은 죽을 입에 넣고 있었다. 재료가 뭔지 의심스러워서 물어본 게 아니었다. 그는 에버딘이 준 거라면 뭐든 먹을 준비가 되어 있었다.

션에 이어 카렌까지 별말 없이 죽을 먹기 시작하자 다른 사람들도 식사를 시작했다. 요리를 하며 이미 맛을 본 사람들 역시 거부감이 없었다.

오히려 가장 늦은 건 베르트였다.

"괜찮은데?"

베르트는 따듯한 죽을 입에 넣자마자 놀라서 말했다. 수프랑 비슷했다. 좀 더 끈적거리기는 하지만 밀가루나 크림을 넣은 수프도 끈적거리기는 마찬가지다.

"맛있는데요? 여기 이 빨간 건 뭡니까?"

닭 뼈를 고아 그 육수에 쌀을 익혔으니 당연히 맛있다. 거기에 다진 양파와 당근이 들어갔다.

"당근."

에버딘의 대답에 베르트는 자신의 죽을 내려다봤다. 당근과 양파를 다져 넣었다면 그건 그냥 평범한 야채 수프다.

쌀이 들어가서 그렇지 닭 육수를 베이스로 한 야채 수프라고 생각하면 다를 것도 없다. 그는 빵이 있었으면 좋겠다고 생각하며 죽을 뚝딱 먹어 치웠다. 왜 빵이 안 나오지?

그때, 하인들이 음식을 가져왔다.

"이건 뭡니까?"

이번에는 베르트가 나섰다. 고기였는데 뭔가를 안에 넣고 돌돌 만 것처럼 보인다. 에버딘은 하인에게 제일 먼저 션에게 덜어 주라고 지시하고 설명했다.

"닭고기 안에 야채를 넣은 거야."

또 야채야? 베르트는 하인이 션, 에버딘 다음으로 카렌에게 음식을 덜어 주는 것을 보고 인상을 썼다. 그의 오늘 하루치 야채는 아까 먹은 야채죽으로 충분하다.

"저기, 저는 수프를 더 주시면 안 됩니까?"

베르트의 질문에 에버딘이 하인에게 눈짓했다. 하지만 당연하게도 하인들은 에버딘의 눈짓을 알아차리지 못했기 때문에 그녀는 말로 지시해야 했다.

"손님께 더 가져다드려."

남작의 지시에 하인의 표정이 일그러졌다. 주방에 닭죽이 더 있긴 하지만 삼사 인분 정도다. 그걸 손님에게 가져다주면 하인들이 먹을 수가 없다.

말도 안 되는 생각이지만 그는 진심으로 그렇게 생각했다.

"하지만……."

"하지만?"

이번에는 레슬리의 눈초리가 올라갔다. 손님 앞에서 주인에게 하지만이라고 말하려면 아주 큰 이유가 있어야 할 것이다.

그녀는 에버딘을 쳐다보고 자신이 나서도 되는지 확인한 뒤 입을 열었다.

"주방에 음식이 남아 있으니까 가져와."

우습게도 하인은 레슬리의 지시에 고개를 숙였다. 그들을 고용한 헥터의 부인, 레슬리 어셔 부인이라고 들었다. 몇 년간이라 헥터를 남작으로, 주인으로 생각한 자들답게 그들에게는 에버딘보다 레슬리가 더 높게 여겨졌다.

"세상에."

레슬리는 저도 모르게 고개를 절레절레 흔들며 에버딘에게 몸을 기울였다. 그리고 그녀에게만 들리도록 속삭였다.

"남작님께서 왜 제가 필요하다 하셨는지 알겠어요."

엉망진창이라는 말은 들었지만 이 정도일 줄은 몰랐다. 에버딘은 그것 보라는 표정으로 고개를 절레절레 흔들었다.

"이것도 맛있어요."

그때, 카렌이 분위기를 바꾸려는 듯 경쾌하게 말했다. 닭고기를 얇게 포를 떠서 쌀가루를 묻힌 뒤 채 썬 당근과 양파를 넣어 말은 거다.

겉에 뿌린 와인 식초로 만든 소스도 잘 어우러졌다. 카렌이 맛있다는 듯 먹자 그 모습을 지켜보던 베르트도 조심스럽게 포크로 고기를 찍었다.

"그것도 많으니까 부족하면 말해요."

에버딘은 션이 음식을 얼마나 잘 먹는지 안다. 물론 베르트와 카렌도 그에 지지 않기 때문에 최대한 양을 늘리는 데 주력했다.

닭죽부터 채소를 넣어 말은 고기. 그리고 살만 발라낸 닭튀김과 곁들이는 감자튀김까지. 생각보다 주방에 재료의 종류가 많지 않았다.

에버딘은 감자만 많은 식료품실을 떠올리고 인상을 썼다. 이곳의 식재료가 생각보다 많지 않다는 것은 이미 알고 있었다. 토마토도 사용하지 않고 감자도 먹기 시작한 지 얼마 안 됐다고 들었으니까.

하지만 에버딘이 가장 이해가 안 되는 건, 저택 뒤에 울창한 참나무가 그렇게 많은 데 아무도 거기엔 손을 대지 않는다는 점이었다.

"닭튀김과 감자 요리입니다."

한참 에버딘이 저택 뒤에 있는 전혀 관리하지 않은 숲을 떠올리고 있는 사이, 마지막 음식이 나왔다. 하인은 에버딘이 일러 준 대로 요리를 설명하며 손님들에게 음식을 나눠 주기 시작했다.

"어? 뼈가 없잖아?"

이번에는 베르트가 제일 먼저 음식을 입에 넣었다. 닭튀김과 감자 요리라면 익숙하기 때문이다. 그는 조심스럽게 고기를 깨물었다가 딱딱하게 씹히는 게 없자 다시 한 번 더 씹었다.

그리고 뼈가 없다는 사실을 깨닫고 누구에게랄 것도 없이 물었다.

"살만 발라낸 거예요."

베르트에게 대답해 준 건 아이린이었다. 그녀는 뿌듯한 표정을 짓고 있었다. 이번에 에버딘이 알려 준 요리는 하나같이 다 손이 많이 가는 음식이었다.

닭죽은 닭 뼈를 고아 거기에 또 쌀을 넣고 오래 끓여야 했고 채소말이 고기는 고기를 얇게 포를 떠서 채 썬 채소를 넣고 구워야 했다.

닭튀김 역시 마찬가지다. 뼈에서 살을 발라낸 뒤 소금물에 몇 시간 동안 담가 놨다가 밀가루와 쌀가루를 섞어 튀김옷을 입혀서 튀겨야 했다.

하지만 그만큼 맛이 있었다. 그녀 혼자 먹기 위해서라면 이 정도로 정성을 들이지 않았을 것이다. 하지만 같이 일하는 동료들이 있었고 손님과 함께 먹는다고 하니 보람이 있었다.

"어, 아, 그렇습니까?"

아이린의 설명에 갑자기 베르트가 당황하기 시작했다. 에버딘은 이왕 이렇게 된 거, 요리사를 잘라 버릴지 고민하고 있었다. 요리사를 자리고 새 요리사를 구하기 전까지 아이린에게 도와 달라고 하면 어떨까.

이 집안의 집사를 비롯한 하인들을 모두 자르면 어떻게 될지 고민하는 에버딘에게 션이 몸을 기울이며 물었다.

"이건 네 요리겠군."

"응?"

"오늘 나온 음식들 말이야. 헬름에 이런 신기한 음식이 있다는 소리는 못 들었거든."

닭 육수에 쌀을 넣어 푹 끓인 음식은 헬름뿐만 아니라 노헤임 어디에도 없다. 션은 닭죽을 보자마자 에버딘의 생각일 거라는 것을 알았다.

"아, 응. 밀가루가 없어서."

딴생각을 하던 와중에 들은 말이라 에버딘은 저도 모르게 솔직하게 대답했다. 밀가루가 없어서 쌀가루를 이용할 수밖에 없었다.

그래서 빵이 안 나왔군. 션은 오늘 식사에 빵이 나오지 않은 이유를 깨닫고 인상을 썼다.

그는 괜찮았다. 빵 좀 못 먹는다고 크게 문제되지 않는다. 게다가 이 집에서 오래 머물 것도 아니다.

하지만 에버딘은 아니었다. 그녀는 여기서 살아야 하고 오래 머물러야 한다. 션은 자신이 너무 솔직하게 대답했다는 것을 깨닫고 후회하는 에버딘을 쳐다보다가 물었다.

"이 집에 없다는 거야?"

"응?"

"밀가루 말이야."

영주는 영지의 주인이다. 그 말은, 영지민들이 영주에게 세금을 내야 한다는 말이고 세금은 이 아니라 수확물로 내기도 한다.

특히 농부들은 농사지은 농산물을 영주에게 세금으로 바친다. 자연히 영지의 모든 수확물은 영주의 곳간으로 모이게 되어 있다.

결국 이 집에 밀가루가 없다는 건 영지에도 없다는 말이 된다.

헬름의 사정이 그리 좋지 않다는 것은 알고 있었지만 영주의 저택에도 밀가루가 없을 줄은 몰랐다. 션은 인상을 쓰고 에버딘을 쳐다보다가 그녀가 무서워할까 봐 고개를 돌렸다.

"이삼일 뒤에 버넷이 오기로 했어."

션은 표정을 관리하고 다시 입을 열었다. 그는 웨스트 공작으로 방문한 거다. 당연하게도 어서 남작에게 줄 선물도 마련했고 이삼일 뒤에 따라올 존이 가져오기로 했다.

"버넷에게 필요한 걸 좀 가져오라고 할 수 있는데."

에버딘이 필요하다면 밀가루를 사다 주겠다는 완곡한 제안이었다. 하지만 에버딘은 전혀 다른 것을 생각하고 있었다.

"음, 사실 부탁할 게 있어."

그녀 역시 이 영지에 밀가루가 귀하다던 하녀의 말을 떠올리고 있었다.

고기를 사 오라고 보내면서 밀가루도 사 오라고 했더니 돌아온 대답이었다. 왜 밀가루가 귀한지 묻고 싶었지만 손님맞이 준비를 하느라 정신이 없었다.

이따 저녁때 그 하녀를 불러서 이야기를 해 봐야겠어. 에버딘은 그렇게 생각하며 고개를 들어 션을 쳐다봤다.

"안 열리는 창고가 있거든. 한번 봐 줄 수 있어?"

"창고?"

창고 문을 여는 건 션의 일이 아니다. 그런 건 하인을 불러야 할 것이다.

하지만 그는 그렇게 말하지 않았다. 그저 알겠다고 고개를 끄덕였다.

* * *

"에버딘의 어머니시라고요?"

식사가 끝나고 응접실로 이동한 아이린이 레슬리에게 물었다. 에버딘과 션은 확인할 게 있다며 나간 뒤였다. 사람들은 일부러 두 사람의 뒤를 따르지 않았다. 다들 응접실에 삼삼오오 앉아 이야기를 나누기 시작했다.

"아, 어머니는 아니고요."

레슬리는 아이린의 질문에 얼굴을 붉히며 대답했다. 그녀는 에버딘의 어머니가 아니다. 에버딘의 아버지와 결혼했을 뿐이다. 그것도 조만간 끝이지만.

"남작님의 아버지와 결혼한 것뿐이에요."

레슬리의 설명에 아이린은 그게 무슨 소리냐는 표정을 지었다. 에버딘의 아버지와 결혼했으면 에버딘의 새어머니다.

그런데 어머니는 아니라니?

어리둥절한 아이린의 표정에 레슬리는 곤란한 표정을 지었다. 그리고 주위를 둘러본 뒤 조심스럽게 입을 열었다.

"어머니는 아니고요, 굳이 따지면 하인 관리를 도와드리러 왔어요."

"하지만 에버딘의 아버지와 결혼했다면서요?"

22-2

이해가 안 된다는 아이린의 질문에 레슬리가 곤란한 표정을 지었다. 헥터와 헤어지기로 했지만 그걸 에버딘이 이 사람들에게 말하지 않았다면 그녀도 입을 다물어야 한다.

이게 단순히 헥터와 레슬리의 이혼이라면 더 쉬웠을 것이다. 하지만 레슬리는 어셔 가문에 들어갔고 어셔라는 성을 이용했다.

다행히 아이린은 레슬리의 표정을 보고 그녀가 곤란해한다는 것을 깨달았다. 그래서 재빨리 이야기 주제를 돌렸다.

"하인 관리를 도와주신다고요?"

아이린의 질문에 레슬리의 표정이 밝아졌다. 그녀는 고개를 끄덕이며 말했다.

"네. 남작님께서 아주 조금 도움이 필요하다고 하셔서요."

남작님. 아이린은 레슬리가 에버딘을 부르는 호칭에 잠깐 놀랐지만 재빨리 표정 관리를 했다. 에버딘의 어머니는 아니라고 하는 것도 그렇고 레슬리는 어디까지나 에버딘이 남작이라는 것을 사람들에게 확실히 하고 있었다.

그건 이 집의 멍청한 하인들에게 입장 표명이 된다. 아이린은 차를 내려놓던 하인이 멈칫하는 것을 보고 레슬리를 향해 미소 지었다.

"와 주셔서 다행이에요. 저흰 한 달 정도만 머물 예정이라서요."

아이린과 수잔, 크리스틴은 에버딘을 저 멍청이들 사이에 혼자 두고 가는 게 걱정돼서 더 오래 있을까 이야기하고 있었다. 도리스가 에버딘과 함께 있을 거라고는 해도 두 사람이 멍청한 집사와 요리사, 하인들을 상대하기는 역부족이다.

진심으로 에버딘을 걱정하는 아이린의 태도에 레슬리도 미소를 지었다.

"이거야."

한편 에버딘은 션을 외부 창고 앞으로 데려가서 자물쇠를 보여주고 있었다. 수도에서 사람을 불러와야 자물쇠를 딸 수 있다는 말에 화가 나서 자물쇠를 하나 더 걸어 버리긴 했지만 더 쉬운 방법이 있다.

바로 힘이 센 사람이 자물쇠를 끊어버리는 거지! 그리고 지금 에버딘의 곁에는 그녀가 아는 한 가장 힘이 센 사람이 서 있다.

그런 이유로 에버딘은 션이 오기를 고대하고 있었다.

"열어 달라고?"

션은 두 개나 걸린 자물쇠를 쳐다보며 이상하다는 듯 물었다. 그냥 열쇠로 따면 되잖아? 하지만 그러지 않았다는 건 그럴 수 없는 이유가 있다는 거겠지.

"이게 집사가 건 건데, 열쇠가 없대."

그래서 에버딘이 자물쇠를 하나 더 걸어 버렸다는 말에 션은 저도 모르게 웃음을 터트렸다. 에버딘답다. 그는 배를 잡고 웃은 뒤 물었다.

"그래서, 자물쇠를 부숴도 돼?"

"할 수 있어?"

에버딘의 질문에 션이 씩 웃었다.

"절단기만 있으면 얼마든지."

절단기. 생각하지 못한 단어에 에버딘의 표정이 멍해졌다. 여기에도 그런 게 있을 거라고는 생각하지 못했다. 그런 걸 본 적도 없으니 어쩔 수 없다. 그녀는 멍하니 션을 바라보다가 말했다.

"어, 그게 없으면 안 돼?"

"문이 망가져도 된다면 도끼로 내리쳐도 돼."

그럼 그렇게 해 줘. 에버딘은 대뜸 그렇게 말하려다가 멈췄다. 문이 망가지면 안 된다. 이 창고 안에 뭐가 있는지 모르는데 문이 망가졌다가 도둑이라도 들면 곤란하다.

특히 지금처럼 내부인들을 믿을 수 없는 상황이면 그 내부인들이 도둑이 될 수도 있다.

"절단기라는 게 이런 거지?"

손가락으로 가위 모양을 하고 싹둑 자르는 시늉을 하는 에버딘에게 션이 단순하게 대답했다.

"맞아."

정확히 말하면 가위보다는 펜치처럼 생겼다. 크기도 훨씬 크고.

대장간엔 있을 거라는 말에 에버딘의 얼굴이 일그러졌다. 이 마을에 대장간이 있을까?

션은 그녀가 뭘 걱정하는지 바로 알아차리고 덧붙였다.

"대장간이 없는 마을은 없어."

대장간이라고 무기만 만드는 건 아니다. 오히려 농기구를 만들거나 수리해야 하기 때문에 농사를 짓는 마을이면 어디나 있다.

션의 다독임에 에버딘은 다시 하녀를 불러 마을의 대장간에 가서 절단기를 빌려 오라고 지시했다. 이번에는 성공이 확실한 임무에 하녀는 신이 나서 마을로 달려 내려갔다.

그사이 션과 에버딘은 창고 주변을 돌아보았다. 거의 숲이라 할 만큼 울창하게 나무가 자라고 있다. 에버딘은 나무 밑에 떨어진 딱딱한 열매를 하나 집어 들었다.

"목걸이라도 만들게?"

그녀가 집어 든 열매를 본 션이 우스갯소리로 물었다. 마치 모자를 쓴 달걀 같은 모양에 아이들이 주워다 줄을 꿰서 목걸이를 만들기도 한다.

당연히 에버딘은 목걸이로 만들 생각이 없었다. 그녀는 동글동글한 도토리를 몇 개 주워서 주머니에 넣으며 말했다.

"아니, 먹을 건데."

"그걸?"

션의 미간에 주름이 생겼다. 그런 건 짐승 먹이다. 인간이 먹는다는 건 들어 본 적이 없다.

그는 저택 안에 밀가루가 없다던 에버딘의 말을 떠올리고 그 정도로 사정이 안 좋은가 하고 생각했다. 밤 가루를 섞어 빵을 만드는 것처럼 도토리 가루를 섞어 빵을 만들 생각은 아니겠지.

"응, 맛있어."

탱글탱글하니 맛있다. 대표적인 구황작물이기도 하고.

하지만 에버딘이 도토리를 어떻게 먹을지 설명하기 전에 집사가 달려왔다. 그는 숨을 헐떡이며 물었다.

"뭐, 뭐 하시는 겁니까?"

"도토리 줍는데."

이 남자의 호들갑에는 이제 익숙해져 있다. 무덤덤한 에버딘의 대답에 집사가 더한 호들갑을 떨며 말했다.

"하녀를 내보냈다면서요!"

"심부름 보낸 거지 자른 게 아냐."

"아가씨, 제게 말도 없이 하녀를 심부름 보내다니요! 그 돈이 심부름 때문이었습니까?"

뭐라는 거지, 이 작자는? 션의 눈이 가늘어졌다. 그는 집사가 너무 에버딘에게 가까이 다가가는 것 같아서 슬쩍 팔을 내밀었다.

그리고 가볍게 집사의 몸을 밀었다.

"어이쿠!"

선은 정말로 가볍게 밀었다. 베르트나 카렌이라면 꿈쩍도 안 했을 것이다. 하지만 빈약한 집사에게는 돌풍과도 같은 힘이었던 모양이다.

에버딘은 그대로 벌렁 넘어지는 돈을 멍하니 쳐다보고 있었다. 그녀가 보기에도 선은 밀었다기보다는 다가오는 집사의 가슴에 그의 손을 대고 막은 것에 가까웠다.

"돈, 운동 좀 해야겠어."

에버딘은 어이가 없어서 그렇게 말하고 돌아섰다. 선 역시 마찬가지였다. 그는 한 번만 더 그렇게 가까이 오면 가만두지 않겠다는 듯 집사를 노려보고 돌아섰다.

갑자기 봉변을 당한 돈은 억울해서 펄쩍 일어났다. 그는 그저 저 여자에게 말을 하려던 것뿐인데 갑자기 웨스트 공작이 자신을 밀어버린 거다. 상대가 웨스트 공작이라 항의하지도 못하는 게 더 억울했다.

"그게 아니라!"

돈은 부랴부랴 돌아선 에버딘과 선의 앞으로 달려와서 입을 열었다. 이번에는 선에게 밀리지 않도록 공간 확보를 하는 것도 잊지 않았다.

아, 이놈은 한 대 맞아야 정신 차리는 놈이군. 에버딘은 집사가 행동을 조심하는 것을 보고 그렇게 생각했다.

사람은 세 가지 부류가 있다. 말로 하는 주의만으로 충분한 사람과 몇 대 맞아야 정신 차리는 사람. 그리고 몇 대 맞아도 정신 못 차리는 사람.

그녀는 부디 집사가 두 번째 부류이길 바라며 물었다.

"또 뭔데? 내 하인을 내가 심부름 좀 시키겠다는데 무슨 상관이야?"

"무슨 상관이라뇨? 제가 집사잖습니까! 저한테는 이야기하셨어야죠!"

사실 그건 틀린 말이 아니었다. 집사는 집안에서 일하는 사람을 부리는 직책이다. 주인이 누군가에게 별도로 일을 시킨다면 집사에게 언질을 주는 게 그의 일을 조금 더 원활하게 한다.

하지만 그렇다고 반드시 주인이 집사에게 말해 줘야 하는 건 아니다. 에버딘은 허리에 손을 얹고 물었다.

"고작 하녀에게 내가 직접 심부름시킨 것 때문에 여기까지 쫓아와서 손님 앞에서 나한테 항의하는 거야?"

에버딘이 하녀에게 심부름시킨 건 그럴 수 있는 일이지만 지금 집사의 행위는 완벽한 월권이다. 그녀의 지적에 션 역시 고개를 기울였다.

두 사람의 태도에 집사의 말이 막혔다. 그는 너무 안하무인하게 행동하고 있었다. 그동안 영주가 없는 영지에서 무능한 자가 헥터의 철저한 총애 속에서 살았으니 당연하다면 당연한 결과였다.

"아니, 전 그게 아니라……."

말을 더듬는 집사 앞에서 에버딘은 인상을 쓰며 물었다.

"내가 시킨 건 어떻게 됐어?"

"네?"

"하인들 봉급 말이야. 내 서재에 가져다 놨겠지? 그리고 하인들과 한 명씩 면담을 해 봐야겠으니까 제일 먼저 글로버를 서재로 보내."

그건 문제가 있다. 하인들과 이야기를 해 보겠다는 에버딘의 말에 집사는 머뭇거리며 입을 열었다.

"그게……."

또 뭐야? 션은 짜증을 내며 집사를 쳐다봤다. 그의 집사는 감히 그의 지시에 토를 붙이지 않는다. 마음 같아서는 한 대 치고 싶은 마음을 누르며 그가 말했다.

"말을 똑바로 하게."

"저, 저기, 글로버는 제가 잠시 심부름을……."

"오라고 해."

그녀처럼 마을로 심부름을 보냈다고 생각한 에버딘이 그렇게 말하자 집사의 얼굴이 하얗게 변했다. 오라고 할 수가 없다. 수도로 보냈으니까.

그때 멀리서 하녀가 절단기를 가지고 다가왔다. 그녀가 들고 있는 절단기의 모양에 에버딘이 고갯짓하자 집사 역시 몸을 돌렸다.

그리고 에버딘이 무슨 짓을 하려는 지 깨닫고 다시 얼굴이 새파랗게 질렸다.

"뭐, 뭐 하시려고요?"

뭐하긴. 하녀에게 절단기를 받아 든 에버딘은 그대로 창고로 향했다. 집사가 하도 요란스럽게 굴어서 무슨 일인가 궁금해하던 집안의 사람들도 창고로 모여들기 시작했다.

"부탁해."

에버딘은 창고 앞에 서서 절단기를 션에게 내밀며 말했다. 아무리 자물쇠가 있다 해도 에버딘의 힘으로 자물쇠를 끊기는 어려울 거라 생각하던 집사의 얼굴이 다시 파랗게 질리기 시작했다.

"제가 할까요?"

카렌이 나섰지만 션은 손을 들어 막았다. 에버딘은 그에게 부탁했다. 부탁을 들어줬으니 뭘 해 달라고 할까. 그는 이번에도 뺨에 키스해 달라고 하기로 마음먹고 절단기를 들었다.

"안 됩니다!"

집사가 매달렸지만 소용없다. 션은 귀찮다는 듯 그를 한 손으로 툭 털어 냈다. 그러자 이번에도 돈이 벌러덩 넘어졌다.

그 뒤로 하인들이 얼굴이 새파랗게 질린 채 안절부절못하고 있었다. 에버딘은 하녀들이 어딘지 모르게 고소하다는 표정으로 창고를 쳐다보는 것을 확인했다.

철컥.

둔탁한 소리와 함께 마치 두부를 자르는 것처럼 자물쇠가 션의 손에 잘려져 나갔다.

이어서 철컹거리며 그가 문을 열기 시작하자 집사가 슬금슬금 물러났다.

"어디 가?"

제일 먼저 눈치챈 건 카렌이었다. 그녀는 물러나는 집사의 목덜미를 움켜잡았다. 그와 동시에 베르트도 도망치려던 하인들의 발을 걸어 넘어트렸다.

"하하."

문이 열리자 에버딘은 저도 모르게 웃음을 터트렸다. 집사가 그렇게 기를 쓰고 창고 문을 못 열게 한 이유가 바로 그 안에 있었다.

"허."

하인 둘의 멱살을 한 손에 하나씩 잡고 있던 베르트도 신음을 내뱉었다.

온갖 조각상, 그림이 거기 들어 있었다. 값이 나가 보이는 건 전부 집어넣었다고 보면 될 것이다.

그녀는 안으로 들어가서 궤짝을 하나 열고 실소를 지었다. 궤짝 안에는 금붙이로 가득 차 있었다.

"남작님께서 시키신 겁니다!"

그때, 집사가 바닥에 납작 엎드리며 소리쳤다. 남작님이 시켰다는 말에 사람들의 시선이 에버딘을 향했다. 그러자 집사가 다시 말했다.

"아, 아니, 제 말은 그러니까 남작님의 아버지요!"

"남작님."

사람들의 시선이 돈에게 향하고 카렌이 그의 멱살을 잡아 일으켜 세울 때 레슬리가 에버딘에게 다가갔다. 그녀는 창고 입구 가까이에 세워진 그림을 가리키며 속삭였다.

"저건 수도 저택에 있던 거예요."

"그래요?"

"똑똑히 기억해요. 어르신이 굉장히 비싼 그림이라고 했거든요."

제일 처음 레슬리가 수도의 저택에 들어갔을 때 헥터가 자랑했었다. 아주 비싼 그림이라고. 수도 어서 저택의 홀에 걸려 있던 게 어느 순간 사라졌길래 레슬리가 헥터에게 치웠는지 물어본 적이 있다.

그때 헥터의 태도는 무시무시했다. 그는 그녀가 그림을 기억하고 있다는 사실에 펄펄 뛰며 그녀가 뭔가를 착각한 거라고 우겼다. 그러더니 종래에는 질려서 창고에 집어넣었다고 말했다.

레슬리의 설명을 들은 에버딘의 표정이 어두워졌다. 어셔가에 있는 것 중 값이 나가는 것들을 그런 식으로 헥터가 숨겨 놨을 가능성이 생겼다.

내일 당장이라고 헥터가 사 둔 수도 외곽의 집으로 가 봐야 하나. 그녀는 그렇게 고민하며 두 번째 창고로 걸음을 옮겼다.

이번에도 션이 자물쇠를 끊어 냈다. 철컹하는 소리와 함께 자물쇠가 끊어져 나가고 문이 열리자 에버딘은 다시 어이가 없어서 웃음을 터트렸다.

"하하하."

"여기 다 있네."

두 번째 창고에는 곡식이 가득 들어 있었다. 아이린은 조심스럽게 안으로 들어가서 포대마다 담겨 있는 곡식을 확인했다. 안 그래도 저택에 붙은 식료품실에 쌀만 있는 게 이상하다 싶었다. 두 번째 창고에는 밀은 물론 보리나 옥수수 같은 것도 들어 있었다.

심지어 설탕이나 소금도 다 여기 있었다.

"이건 왜 여기에 보관했어? 설마 이것도 헥터가 시켰다고 하는 건 아니겠지?"

에버딘의 질문에 돈이 우물거렸다. 그건 헥터가 시킨 건 아니다. 하지만 그럴 수밖에 없었다.

"그건, 밀가루 도둑이 너무 많아서……."

"밀가루 도둑이라니?"

에버딘의 질문에 집사가 뒤에 따라온 하녀들을 쳐다봤다. 이게 다 저 녀석들 때문이다. 예전에는 식료품실에 보관했다.

그게 어느 날부턴가 조금씩 줄어들기 시작했다고, 여기는 그렇지 않아도 밀가루가 귀하기 때문에 누군가 몰래 빼돌려서 팔거나 먹는 게 분명하다고 항변했다.

돈의 설명을 들은 에버딘은 어이가 없어서 입을 딱 벌리고 하인과 하녀를 쳐다봤다. 밀가루를 훔친다고? 그리고 그걸 마을에 판다고?

이건 정말로 이상하다. 이 마을은 대체 왜 밀가루가 귀한 건지도 모르겠다. 그녀는 허리에 손을 얹고 더듬거리는 집사의 설명을 듣다가 불쑥 물었다.

"대체 밀가루가 왜 귀한 건데?"

영주의 저택은 언덕 위에 있기 때문에 마을의 전경이 전부는 아니지만 내려다보인다. 마을 외곽에 농사를 짓는 게 보인다는 말이다.

너네 밀 농사 짓잖아? 그런 에버딘의 질문에 집사가 입을 딱 벌리고 에버딘을 쳐다봤다. 그러더니 곧 얕잡아 보는 듯한 표정을 지으며 말했다.

“헬름은 밀 농사를 짓지 않습니다. 그것도 모르셨습니까?”

이건 또 무슨 소리람. 에버딘의 미간에 주름이 생겼다. 동시에 션의 얼굴도 일그러졌다. 그가 예전에 들은 이야기가 생각났다.

어느 영지의 영주가 영지민의 식량을 늘리기 위해 밀이 아니라 이상한 작물을 들여왔다는 이야기였다. 그게 여기였나.

“에버딘.”

션은 에버딘에게 몸을 기울여 속삭였다. 잠깐 이야기 좀 하지. 그의 제안에 에버딘은 이상하다는 표정으로 그를 쳐다보다가 몸을 돌렸다.

“뭔데?”

잠깐 이야기하자고 해도 자리를 옮기자고 한 건 아니었다. 사람들이 서 있는 상태 그대로 에버딘과 션만 몸을 돌려 이야기를 시작했다.

“전에 어떤 영주가 새로운 작물을 시험해 본다는 이야기를 들었거든.”

그때 션도 흥미를 가져서 그의 부하들에게 알아보라고 했었다. 그의 영지도 척박하기 때문에 용병과 광산에 집중하고 있다. 하지만 식량을 외부에 의존한다는 건 아주 위험하다.

약간의 농사와 축산으로 영지민의 식량을 일부 부담하고 있지만 션은 항상 자신의 영지에서 난 식량으로 온전히 영지민을 책임지고 싶었다.

“설마.”

션의 말에 에버딘의 입에서 한숨이 흘러나왔다. 그녀의 머릿속에도 어느 멍청한 영주의 이야기가 떠올랐다. 수도에서 가까운 영지의 영주가 쌀농사를 짓기 시작했다는 이야기.

그때 그 이야기를 들은 에버딘은 대번 그런 멍청한 영주도 있냐고 한심스러워했었다. 그런데 그 멍청한 영주가 그녀의 아버지였던 모양이다.

"으으. 진짜."

어이가 없다 못해 짜증이 나서 에버딘은 두 손에 얼굴을 묻었다. 그녀는 쌀밥을 아주 좋아한다. 갓 지어서 고슬고슬하게 윤기가 흐르는 하얀 쌀밥 위에 햄 한 조각 얹어 먹으면 얼마나 맛있는지 모른다.

하지만 여긴 쌀밥 문화가 아니라 빵 문화란 말이다. 이런 곳에서 대책도 없이 쌀농사를 짓겠다고 생각한 어느 멍청한 영주가 그녀의 아버지라는 게, 그리고 그걸 그녀가 책임져야 한다는 게 스트레스로 다가왔다.

"에버딘."

션은 에버딘의 신음에 재빨리 그녀의 어깨를 잡았다. 지난번처럼 그녀가 과로로 쓰러질 것 같아 걱정이 됐다. 그는 에버딘을 향해 고개를 숙이며 말했다.

"버넷에게 밀을 사 오라고 하지."

영지에서 필요한 식량을 외부에서 사 오겠다는 말에 에버딘의 정신이 번쩍 들었다. 그런 방법도 있긴 하다. 외부에 기대는 것.

하지만 그건 돈이 든다. 에버딘은 그녀 개인 재산과 영지 재산을 아직 다 파악하지 못했다. 무턱대고 사용할 순 없었다. 단순히 저택 재산도 이제야 찾았다. 이게 끝일까?

자신이 가진 게 무엇인지, 얼마나 있는지조차 모르는데 상황을 타개할 방법이 떠오를 리가 없었다.

지금은 그녀가 무너질 때가 아니었다. 자신이 가진 게 뭔지, 무엇을 할 수 있는지 제대로 알지도 못한 채 무너지는 건 너무 억울했다.

집사와 하인들을 벌주는 것도 그렇다. 에버딘은 저들을 마을 밖으로 쫓아내라고 명령하려다가 멈췄다. 이들에게 벌을 주는 건 쉽지만 그렇게 하면 저들이 숨겨 둔 게 이게 전부인지, 또 있는지도 알 수 없다.

"고마워."

에버딘은 고개를 들어 자신을 걱정스럽게 쳐다보는 션에게 말했다. 제안은 고마웠다. 존에게 헬름에 필요한 밀가루를 사 오게 하겠다는 건 션에게는 당연한 대응일 것이다.

하지만 그녀에게는 아니다.

"그런데 내 방법을 먼저 해 볼래."

"뭘 어떻게……."

션이 그녀의 방법이라는 게 뭔지 물어보려는 데 에버딘이 팔을 뻗어 션을 한 번 끌어안았다가 놓았다. 감사의 표시였지만 션은 그대로 굳어 버렸다. 그가 그대로 눈을 크게 뜨고 그녀를 쳐다보는 동안 에버딘은 몸을 돌려 카렌에게 잡힌 집사와 베르트에게 잡힌 하인들을 쳐다봤다.

그리고 허리에 손을 얹고 말했다.

"너네가 숨긴 것들, 그동안 쓴 것들 다 이야기할 기회를 줄게."

"저건 정말 도둑 때문에……."

집사가 마지막까지 지질하게 굴며 외쳤다. 에버딘은 션에게 물었다.

"집사가 집안의 재물을 빼돌리면 어떤 벌을 줘야 해?"

"손을 자르지."

단번에 나온 대답에 집사의 얼굴이 새파랗게 질렸다. 에버딘은 다시 고개를 돌려 집사를 쳐다봤다. 그리고 그를 도와 창고 문을 잠갔던 하인들도.

"잘 생각해 봐. 네 손 두 개, 네 부하 놈들 손 네 개. 각각 여섯 개지?"

갑자기 손의 수는 왜 세는 거지? 거기 서 있던 사람들의 얼굴에 어리둥절한 표정이 떠올랐다. 에버딘은 하녀들에게 다가가서 물었다.

"선착순으로 이 녀석들 손을 자를 기회를 준다면 나설 사람?"

집사와 하인들의 손을 자를 기회를 다른 하인들에게 주겠다는 말이다. 하녀들은 서로를 쳐다보며 나서지 못하고 있었다.

그때 그레이스가 앞으로 나서며 말했다.

"저요."

에버딘이 씩 웃었다. 그리고 그대로 집사와 하인들을 쳐다보며 말했다.

"남은 건 다섯 개."

"저, 저요."

이어서 다른 하녀가 튀어나왔다. 그러자 집사의 얼굴이 일그러지기 시작했다. 그가 빠져나가려고 몸부림쳤지만 카렌의 힘을 당해낼 수가 없었다.

그건 베르트에게 잡힌 하인들도 마찬가지였다.

"어쩔래?"

"저, 저년들이 훔쳐서 할 수 없이 감춘 거라고요!"

집사의 고함에 머뭇거리던 하녀들이 우르르 튀어나왔다.

"아니에요!"

"저요! 제가 자를래요!"

"우린 손도 안 댔어요!"

갑자기 여러 사람이 한꺼번에 떠드는 바람에 소동이 일어났다. 에버딘은 허리에 손을 얹은 채 집사를 바라보고 있었다.

어떻게 할래? 그녀가 고개를 옆으로 기울이자 션과 하녀들을 번갈아 쳐다보던 집사가 소리쳤다.

"하, 할게요! 이야기한다고요!"

"여기 말고 또 다른 창고가 있지?"

그냥 던져 본 말이었는데 집사가 머뭇거리기 시작했다. 에버딘은 션의 손에서 절단기를 받아 그레이스에게 내밀었다.

"그레이스!"

"이, 있어요! 있습니다!"

안타깝게도 그레이스가 절단기를 받아 들기 전에 집사가 소리쳤다. 쳇. 혀를 차는 그레이스의 모습에 에버딘이 잠깐 놀랐다가 피식 웃었다.

그 정도로 집사에 대한 불만이 하늘을 찌르고 있었다는 거다. 그녀는 선을 돌아보고 속삭였다.

"웨스트가의 집사도 이렇게 미움받아?"

"그건 아닐 것 같은데."

선의 미간에 주름이 생겼다. 그의 집사는 좀 엄격하긴 하지만 집사의 손을 자르고 싶은 사람 나오라는 말에 하인들이 우르르 나올 정도는 아닐 거라고 생각했다.

"레슬리."

에버딘이 맨 앞줄에서 가슴 앞으로 팔짱을 끼고 서 있던 레슬리를 불렀다. 집사와 하인들을 경멸 어린 표정으로 쳐다보던 그녀는 재빨리 팔을 내리며 에버딘을 쳐다봤다.

"네, 남작님."

그녀가 집사가 되고 싶지 않았다는 건 안다. 하지만 에버딘은 레슬리의 도움이 절실했다.

"나 좀 도와줄래요?"

거기 서 있던 모든 사람들의 시선이 레슬리를 향했다. 그녀는 자신을 노려보는 집사와 자신의 도움을 요청하는 에버딘을 번갈아 쳐다봤다. 만난 지 얼마 안 된 젊은 남작이 자신을 믿는다는 것도 놀라웠지만 그녀가 과연 할 수 있을지도 걱정이 됐다.

할 수 있을까. 레슬리는 잠시 고민하다가 이게 어떤 운명 같은 게 아닐까 하고 생각했다. 이 집은 그녀만큼이나 엉망이었고 처음부터 끝까지 그녀가 손을 대고 구축할 수 있는 기회였다.

뭔가를 시도할 기회가 왔고 레슬리는 선택할 수 있었다. 그녀는 에버딘을 쳐다보며 자세를 바로 했다. 그리고 조용하게 말했다.

"영광입니다, 남작님."

23

아무래도 이 저택의 원흉은 집사였던 모양이다.

아니면 아침 식사 후에 무슨 일이 일어났는지 저택 안의 모든 사람들에게 빠르게 전해졌거나.

집사와 그 똘마니 둘을 가둬 버리고 나자 남은 하인들의 행동이 전보다 훨씬 빠릿해졌다. 심지어 집사의 오른팔인 글로버의 부재까지 재빨리 고해 바쳤다.

이미 집사가 말한 거라 쓸모없는 정보였지만.

"언제 나갔는데?"

내 질문에 면담하던 하인이 머뭇거리며 대답했다.

"모, 모르겠습니다. 아침에 일어났을 때는 이미 없었거든요."

그럼 새벽에 나갔다는 말이다. 대체 무슨 일로 심부름을 보낸 걸까. 지하에 가두기 전에 돈에게 물어봤지만 그는 답하지 않았다.

누가 이기는지 보자고. 나는 글로버가 돌아오기 전까지 물 한 모금 주지 말라고 명령했다. 그리고 점심 식사를 마친 후에도 하인들과 일대일로 이야기를 나눴다.

나이와 가족 여부는 물론 하는 일과 봉급 같은 것까지 차근차근 이야기했다. 그리고 그게 집사가 적어 온 것과 하나도 맞지 않는다는 것도 확인했고.

"봉급 대신 밀가루를 받은 적도 있다고?"

내 질문에 맞은편에 앉은 하녀가 바짝 긴장해서 고개를 끄덕였다. 그러더니 자신의 행동에 화들짝 놀라 입을 열었다.

"네, 그러니까, 맞습니다."

일단 헬름에서 밀 농사를 안 한다는 건 알겠다. 식량을 늘리기 위한 헥터의 결정인 것도 다 알겠다.

하지만 집사가 숨기려던 창고에 밀이 꽤 많이 보관돼 있었지. 나는 바짝 긴장한 하녀에게 다시 물었다.

"창고에 밀가루가 많던데. 그게 어디서 난 건지는 알아?"

"그건, 거둬들인 거죠."

"어디서?"

어디냐는 질문에 하녀는 어리둥절한 표정을 지었다. 그러더니 당연하다는 듯 말했다.

"여기서요, 남작님. 사람들이 농사를 짓고 수확해서 남작님께 세금으로 납부한 거예요."

"그럼 헬름에 밀 농사를 짓는 사람도 남아 있다는 말이네?"

있다. 몇 명의 하인들과 면담을 해 본 결과 나는 이 마을에 밀 농사를 짓는 농가가 있다는 것을 알 수 있었다.

적어도 헥터가 아주 구제불능은 아니었던 모양이다. 그는 헬름의 밀 농사 대부분을 쌀농사로 바꾸도록 명령했지만 아주 약간은 그대로 남겨 뒀다고 했다.

그리고 거기서 수확한 밀을 모두 거둬서 모아 둔 게 두 번째 외부 창고였다.

"그 정도 양으로는 이 영지의 모든 사람들이 내년까지 먹기는 힘들어."

나도 안다. 나는 내 맞은편에 앉아서 나와 함께 보고서를 확인해 주는 션을 쳐다봤다. 고맙게도 그는 하인과 면담하는 것을 함께해 주었다.

나는 영지나 하인을 다스리는데 잘 모르니까 이 하인이 거짓말을 하는지, 이야기 중에 뭔가 이상한 게 없는지 그에게 봐 달라고 부탁했다.

"이 정도면 몇 명이나 먹을 수 있는데?"

내 질문에 션이 숫자를 확인하더니 잠시 생각에 잠겼다. 솔직히 말하면 션이 와 줘서 다행일 정도였다. 난 이 정도 인구가 먹으려면 식량이 얼마나 필요한지 감도 못 잡고 있거든.

"이 저택의 사람들이 일 년 정도? 일 년이 안 될 수도 있고."

생각보다 훨씬 얼마 안 된다. 양은 엄청 많아 보였는데. 나는 말도 안 된다고 말하려다가 입을 다물었다.

그는 오랜 시간 웨스트햄튼을 다스려 왔고 나보다 경력뿐 아니라 지식도 많다. 이런 면에서는 그의 말이 맞을 것이다.

"쌀까지 합치면?"

내가 그에게 몸을 기울이며 묻자 션의 몸이 슬쩍 멀어졌다. 뭐야? 나는 다시 그의 얼굴을 쳐다봤다가 그의 시선이 서류에 고정돼 있는 것을 확인하고 고개를 숙였다.

내 착각인가?

"충분하고도 남지. 이 저택 사람들뿐 아니라, 영지민들 모두."

션은 그렇게 말하며 허리를 펴더니 의자 등받이에 몸을 기댔다. 동그랗게 말려 있던 그의 상체가 순식간에 불어났다. 잠들어 있던 육식동물이 깨어나서 기지개를 피는 듯한 느낌이다.

"그래서 쌀을 팔려고 했나 봐."

집사와 하인들의 증언에 따르면 남은 쌀을 수도나 근처의 다른 영지에 팔아서 밀가루를 사들이려 했던 모양이다. 하지만 여기 사람들은 쌀에 익숙하지 않았고 당연하게도 그리 잘 팔리지 않았다고 한다.

"죽을 만들어서 팔면 어떨까."

그때 션이 말했다. 어제 점심으로 먹었던 닭죽을 말하는 거다. 죽이 괜찮았나? 나는 책상에 팔꿈치를 대고 그를 향해 몸을 기울이며 물었다.

"잘 팔릴 거 같아?"

"그건 잘 모르겠는데……."

션의 미간에 주름이 생겼다. 흠, 이 남자는 미간에 생긴 주름도 섹시하네.

"쌀로 만든 수프라고 하면 좀 팔릴 거 같거든."

잘 팔릴 것 같은 게 아니라 그나마 좀 팔릴 거 같다는 말이다. 하기야, 닭죽이 잘 팔린다고 해도 끝이 아니다. 그걸 팔기 위한 가게가 필요하고, 가게에서 같이 팔 다른 음식도 필요하다.

나는 한숨을 내쉬며 어깨를 늘어트렸다. 지금 내게 당면한 과제는 크게 두 개인데, 하나는 영지에 풀 식량을 구하는 거고 다른 하나는 필요 이상으로 많아서 창고를 가득 채운 쌀을 소비하는 거다.

"영지민들에게 닭죽 만드는 걸 가르쳐 주면 어때?"

다시 션이 물었다. 뭐, 그렇게 하면 기본적인 쌀 소비가 늘기야 하겠지. 문제는 그 사람들이 순순히 먹겠냐는 거지만. 게다가 사람이 어떻게 죽만 먹고 살겠냐고.

빵도 먹고 과자도 먹고 케이크도 먹어야 한다.

하지만 이건 밀로 만드는 거니까 쌀로 만드는 걸로 바꿔야지.

밥도 먹고 떡도 먹고 볶음밥도 먹고 쌀국수도 먹어야지.

"응?"

떡과 볶음밥을 떠올리자 문득 괜찮은 생각이 났다. 여기 사람들은 쌀을 어떻게 먹는지 모른다. 그러니까 밀이 없으니 하는 수 없이 먹기는 하지만 제대로 먹는 법은 모른다는 말이다.

쌀은 밀보다 훨씬 다양하게 가공할 수 있다. 그냥 밥만 해도 반찬과 곁들이는 맨밥이 있는가 하면 볶음밥도 있고 주먹밥이나 김밥도 있지.

국을 끓여서 말아 주는 국밥도 있고.

떡이나 국수를 만들 수도 있다. 하지만 나는 일단 떡과 국수는 보류했다. 여기 사람들은 떡은 별로 안 좋아할 거 같거든.

“왜 그래?”

션은 나처럼 책상에 팔꿈치를 대고 나를 들여다보고 있었다. 나는 멍하니 그를 쳐다보다가 활짝 웃었다.

그런 방법이 있었네.

“고마워!”

나는 그의 손을 덥석 잡으며 외쳤다. 좋은 생각이 떠올랐다. 이른바 프로듀스 쌀.

내가 할 수 있는 쌀 음식은 전부 만들어 보는 거다. 그리고 이 저택에 있는 사람들에게 시식을 부탁해 보는 거지.

이 중에 하나쯤은 그 사람들 마음에 드는 게 있지 않겠어?

“뭐가?”

내가 갑자기 손을 잡는 바람에 션이 당황했는지 인상을 쓰며 물었다. 나는 그의 손을 잡은 채 흔들며 설명했다.

“죽 말고 다른 걸 만들어 보려고. 볶음밥 같은 거.”

비빔밥은 소스가 있어야 한다. 고추장이나 간장 없이 무슨 맛으로 먹겠어. 하지만 볶음밥은 일단 소금으로도 충분하다.

나는 그대로 벌떡 일어나서 주방으로 향했다. 볶음밥을 하려면 우선 밥부터 해야 한다. 분명 내가 일어나서 서재를 나갈 때까지만 해도 맞은편에 앉아 있던 션은 어느새 내 옆으로 쫓아와서 물었다.

“어디 가?”

다리가 길어서 그런가, 금세 따라잡네. 나는 그의 긴 다리를 힐끔 쳐다보고 말했다.

"주방으로. 볶음밥을 만들 거야."

"그게 뭔데?"

이젠 좀 션이 얄미워지기 시작한다. 나는 빠르게 걷느라 약간 숨이 차는 데 그는 평온하다 못해 여유 있어 보이기까지 했다.

나는 주방으로 들어가며 말했다.

"도와줄 거 아니면 저리 가."

"도와줄게."

꽤 쉽게도 도와준다는 말이 션의 입에서 튀어나왔다. 도와준다고? 요리하는걸? 네가? 그러니까 션 웨스트 공작이?

나는 션의 고급스러워 보이는 옷을 보며 인상을 썼다. 그러자 그가 재킷을 벗고 소매를 걷더니 자연스럽게 싱크대로 가서 손을 닦으며 물었다.

"뭘 하면 돼?"

진짜로? 당황하는 내 눈과 나보다 더 당황한 폴라의 눈이 마주쳤다. 그녀는 수저로 감자 껍질을 벗기고 있었는지 한 손에는 감자를, 한 손에는 수저를 들고 입을 딱 벌리고 나와 션을 쳐다보고 있었다.

여긴 감자 칼이 없나 보다. 나는 폴라 맞은편에서 엘리스도 쪼그리고 앉아 수저로 감자 껍질을 벗기는 걸 보고 다가갔다.

"아, 안녕하세요."

"엘리스, 감자 껍질 벗겨?"

엘리스의 얼굴이 굳었다가 풀어졌다. 그녀는 고개를 끄덕이더니 껍질을 다 벗긴 감자를 그릇에 내려놓고 나무 상자에서 새 감자를 꺼내며 말했다.

"네. 이거 다 하면 양파 껍질도 벗겨야 해요."

"마크는 뭐해?"

얼마 전에 아이린 아주머니가 여기서 아침 일찍 엘리스가 빵을 만들고 있는 걸 봤다고 했지. 그런데 마크가 일하는 걸 봤다는 사람은 없다.

내 질문에 엘리스의 시선이 폴라를 향했다. 그녀는 잠시 당황하더니 말했다.

"모, 모르겠습니다."

"마크는 무슨 일을 시키고 있어?"

다시 폴라의 얼굴에 당황한 표정이 떠올랐다. 이번에도 모르겠다는 대답에 나는 인상을 썼다. 그리고 쌀을 꺼내며 엘리스에게 말했다.

"가서 마크랑 레슬리 좀 데려와 줄래?"

엘리스는 잠깐 폴라의 눈치를 살폈지만 고개를 끄덕이고 자리에서 일어났다. 그러고 보니 엘리스와는 아직 면담을 안 했다. 그리고 폴라도.

폴라와 돈은 가장 마지막으로 미뤄 뒀기 때문이고 엘리스와 마크는 면담할 필요가 없다고 생각했다. 하지만 엘리스가 다른 하녀들처럼 일을 하고 있다면 무슨 일을 하는지, 봉급이 얼마나 책정됐는지 알아 둬야 한다.

"이대로 써?"

내가 쌀을 담은 그릇에 물을 담아 씻자 선이 이상하다는 듯 물었다. 그럼 이대로 쓰지? 내가 왜 그러냐는 표정을 짓자 그가 다시 물었다.

"가루로 안 내고?"

"뭐? 쌀을 뭐 하러……."

아, 맞다. 밀은 보통 밀가루로 내서 사용하지. 나는 션이 왜 이상해했는지 깨닫고 고개를 저었다. 이대로 쓴다. 우리가 만들려는 건 쌀국수나 빵이 아니라 밥이거든.

밀가루처럼 빻아 놓지 않은 게 다행이라면 다행이었다. 껍질을 벗겨 둔 것도 다행이었고.

나는 불순물이 없도록 쌀을 씻어 냄비에 앉혔다. 내가 살던 곳은 밥만 해주는 기계가 있었는데 여긴 기계는커녕 밥을 할 줄 모르는 사람이 대부분인지 폴라가 감자 껍질을 벗기다 말고 내 행동을 유심히 쳐다보고 있었다.

"부르셨습니까?"

그 사이 엘리스가 불러온 레슬리가 마크를 데리고 도착했다. 나는 냄비 밥이 익도록 내버려 두고 그녀에게 물었다.

"엘리스는 여기서 감자 껍질을 벗기고 있던데 마크는 무슨 일을 하나요?"

"네?"

내 질문에 레슬리가 당황하는 표정을 지었다. 그러더니 반대로 내게 물었다.

"엘리스가 일을 해요?"

나는 그대로 폴라를 쳐다봤다. 레슬리의 시선 역시 그녀를 향했다. 그러자 폴라가 당황해서 말했다.

"아, 아니, 그럼 애만 놀게 둘까요?"

"그럼 마크는?"

말이 좀 이상해졌는데 엘리스가 일하니까 마크도 일해야 한다는 말이 아니다. 둘 다 견습이니까 똑같이 대해야 한다는 말이다.

마크가 논다면 엘리스도 놀아야 한다. 엘리스가 일한다면 마크도 일해야 한다.

내 질문에 폴라의 얼굴이 일그러졌다. 그러더니 퉁명스럽게 말했다.

"그럼 다른 하녀들은 다 일하는 데 애만 놀게 두나요? 할 일도 많은데?"

"그럼 마크도 데려와서 같이 시키면 되잖아?"

이야기가 다시 반복됐다. 같이 들어와서 같이 가르친다면 둘을 동등하게 대해야 한다. 폴라는 입술을 삐쭉이며 말했다.

"전, 이 계집애에게 기회를 주는 거예요. 주방에서 일해 볼 기회요."

뻔뻔하기도 하다. 나는 폴라도 돈처럼 눈앞에서 칼을 집어 던지는 쇼라도 해야 이 뻔뻔한 낯짝을 좀 숙일지 생각했다. 하지만 마크와 엘리스 앞에서 그럴 수는 없지.

"그럼 마크에게는 기회를 안 주는 거야? 엘리스가 일을 배우는 동안 마크는 아무 일도 못 배우는 거네?"

"그건……."

동등한 대우나 평등하게 일을 시키라는 건 꼭 엘리스만을 위한 말이 아니다. 어느 한쪽에게만 일을 시키면 다른 한쪽은 일을 배울 기회가 사라진다.

이런 식으로 쭉 이어지면 일 년쯤 되면 엘리스는 노련한 하녀가 되겠지만 마크는 쓸모없는 하인이 되겠지. 쓸모없는 하인을 어디에 쓴단 말인가.

마크가 십 년쯤 뒤에 션의 반 정도 수준으로라도 자라면 그냥 세워 두는 용으로는 쓰겠는데. 나는 풀죽은 표정으로 서 있는 마크를 힐끔 쳐다보고 말했다.

"폴라, 앞으로 엘리스에게 일을 시킬 땐 레슬리에게 먼저 허락을 받아."

"네에?"

"엘리스뿐만이 아냐. 이 집의 모든 사람에게 일을 시킬 땐 레슬리의 허락을 받아야 할 거야."

"잠깐, 그럼 도움이 필요할 때마다 저 여자의 허락을 받아야 한다는 말인가요?"

저 여자? 나는 어이가 없어서 다시 허리에 손을 얹었다. 아무래도 그녀는 오늘 아침에 일어난 일은 그리 심각하게 받아들이지 않은 모양이다.

"저 여자가 아니라 새 집사님이겠지."

"새 집사님이라고요?"

폴라의 눈이 튀어나올 것처럼 커졌다. 뭐야, 설마 내가 돈을 다시 집사 자리로 되돌려 놓을 줄 안 거야?

나는 어이가 없어서 물었다.

"네 사촌이 주인의 재산을 은닉하다 들킨 건 알지?"

"하지만, 하지만, 전부 다 되돌려 드렸잖아요?"

도둑질했다가 되돌려 놓는다고 봐주면 이 세상에 법이 왜 있고 사람들이 뭐 하러 착하게 살려고 하겠어? 말도 안 되는 폴라의 변명에 얼굴이 일그러졌다.

"만약 들키지 않았다면? 그래도 돈이 되돌려 놨을까?"

내 질문에 폴라의 얼굴도 일그러졌다. 착하게 살 기회를 얻었지만 나는 아직도 착하게 사는 게 어렵다.

착하게 살면 보상이 따라온다는 것을 알아도 그렇다. 그렇다면 착하게 살면 보상이 따라온다는 걸 모르는 사람은 더 어렵겠지.

나는 엘리스와 마크를 한 번 쳐다보고 폴라에게 다시 시선을 돌렸다. 적어도 엘리스에게 나쁘게 살면 벌을 받는다는 것은 보여 주고 싶다. 그리고 내게도.

"돈은 가지고 있던 기회를 전부 써 버렸어. 하지만 당신에겐 만회할 기회를 줄게."

나는 뚜껑이 덜컹거리는 냄비의 불 조절을 한 뒤 다시 폴라를 쳐다봤다. 적어도 폴라는 아직 돈처럼 내 재산을 훔쳐서 은닉했다는 증거는 없다.

마음 같아서는 돈과 함께 쫓아내고 싶지만 아직은 돈을 쫓아낼 수 없고, 단순히 친척이라는 이유로 폴라도 쫓아낼 수는 없다.

여기도 연좌제는 없을 거 아냐.

나는 한숨을 내쉬고 다시 폴라에게 말했다.

"싫으면 나가도 돼."

폴라의 얼굴이 구겨졌다. 하지만 웅얼거리며 고개를 끄덕였다.

나는 이어서 엘리스에게 물었다.

"오늘 여기서 무슨 일을 했니?"

"빵 반죽하고요……."

엘리스는 폴라의 눈치를 살피면서도 오늘 하루 동안 한 일을 하나하나 열거하기 시작했다. 그녀의 입에서 나온 업무량에 나는 물론 레슬리도 입을 딱 벌렸다.

열다섯 살밖에 안 먹은 애한테 많이도 시켰다. 엘리스는 아침 일찍 일어나서 빵을 반죽했고 설거지를 했으며 모든 조리도구를 닦아놨고 당근과 호박을 다듬었다고 한다.

지금 하는 감자 껍질 벗기는 일이 끝나면 이제 양파 껍질도 벗겨야 한다고.

"고생했어. 엘리스, 넌 오늘 그만 일하고 가서 놀아."

"저, 정말요?"

엘리스의 얼굴에 믿을 수 없다는 표정이 떠올랐다. 그게 좀 마음이 아팠다. 얘는 이 집에서 제일 작은데 이른 아침부터 부지런하게 일을 했다. 누구에게 하소연도 못 하고.

"하고 싶은 거 해. 내 서재 가서 책을 읽어도 좋아. 그동안 마크가 네 일을 대신할 거야."

오전 내내 엘리스가 일을 했다면 이제 마크가 일을 할 차례다. 그래야 공평하지, 안 그래?

마크를 쳐다보자 그는 싫다는 듯 인상을 쓰고 있었다. 하지만 이 집의 다른 하인들보다 영리하게도 싫다는 말을 하지는 않았다.

좋아, 좀 더 낫군. 나는 엘리스를 내보내고 마크에게 수저를 쥐여 준 뒤 레슬리를 불러 속삭였다.

"아이들은 하루에 네 시간 이상 일을 하지 않도록 해 주세요. 저녁 식사 시간 이후로는 무조건 재우고요."

얘네가 열여덟 살이 되기 전까지는 그렇게 해야 할 거다. 레슬리는 하루에 네 시간만 일하게 하라는 부분에서는 어리둥절해 했지만 저녁 식사 시간 이후로는 무조건 재우라는 부분에서는 고개를 끄덕이고 물러났다.

그 사이 냄비에서 밥 냄새가 풍기고 있었다. 나는 조리대 옆에 삐딱하게 기대고 서서 나를 쳐다보는 션을 발견하고 불을 조절하며 물었다.

"왜?"

"아이들에게 관대해서."

이게? 생각도 못 한 말에 나는 입을 딱 벌렸다. 아이들에게 관대하다고 말할 줄은 생각도 못 했다. 관대하다고 말할 수 있으려면 적어도 마크와 엘리스에게 일을 시키면 안 되는 거 아닐까.

하지만 곧 이 나라는 아이들이 일을 하는 게 당연하다는 것이 떠올랐다. 내가 본 거리의 아이들은 하루 종일 구두를 닦거나 신문을 팔았다.

"음, 글쎄. 관대하다고 하려면 아이들을 일 시키는 게 아니라 키워 줘야 하는 거 아닐까?"

내 대답에 션이 어리둥절한 표정으로 물었다.

"키우고 있잖아?"

키우고 있다면 키우는 거긴 한데. 나는 밥을 뜸을 들이는 사이 볶음밥에 넣을 채소를 찾기 시작했다. 양파랑 당근이면 되겠지.

햄도 조금만 넣을까?

"단순히 먹이고 재우는 걸 키운다고 말하기는 어렵지 않을까? 그건 그냥 생존시켜 주는 거뿐이잖아."

아이들을 키운다고 말하려면 먹이고 재우는 걸 넘어선 뭔가가 더 있어야 한다. 그냥 내 생각뿐이지만.

"그럼 뭐가 키우는 건데?"

션은 자연스럽게 내 손에서 양파를 가져가더니 껍질을 벗기며 물었다.

글쎄. 문득 할머니가 생각났다. 날 키워 주셨다. 내 엄마였고 선생님이었다. 어쩌면 먹여 주고 재워 주는 건 조금 부족했을 수도 있다.

하지만 할머니는 날 사랑해 줬고 가르쳐 줬다. 사회에 나가면 필요한 예의, 혼자 살기 위한 기본적인 기술들.

누군가를 키운다고 말하려면 그런 걸 해 줘야 하는 거 아닐까.

나는 당근을 꺼내 깨끗하게 씻으며 말했다.

"사회에 나가서 제 몫을 하고 살 수 있도록 가르쳐 줘야지."

"제 몫?"

"그런 거 있잖아. 윗사람에게 존댓말을 쓰는 법이라거나, 성실하게 일하는 자세 같은 거."

과연 이런 대답으로 만족할지 걱정했는데 션은 고개를 끄덕였다. 그러더니 양파 뿌리를 잘라내고 물었다.

"어떻게 썰까?"

"어떻게 써냐니?"

"다질까? 아니면 얇고 길게?"

생긴 것만 보면 생포한 포로를 어떻게 처리할지 묻는 것 같다. 나는 식칼을 든 채 진지하게 묻는 선을 보고 멍하니 입을 벌렸다가 재빨리 물었다.

"요리할 줄 알아?"

"도와준다고 했잖아?"

선은 당연하다는 표정을 지었다. 이게 더 놀랍다. 평범한 사람도 아니고 공작이 요리를 할 줄 안다고?

나만 놀란 거 아니지? 고개를 돌리니 놀란 표정으로 이쪽을 쳐다보는 폴라가 보였다. 그리고 그 앞에서 감자를 산산조각을 내는 마크도.

"어, 다져 줘. 다질 줄 알아?"

설마 다지는 건 모르겠지. 그렇게 생각하는데 그는 너무 아무렇지 않게 양파를 다지기 시작했다. 세로와 가로로 칼집을 내고 서걱서걱 써는 모습에 입이 딱 벌어진다.

"요리는 어디서 배웠어?"

"배운 건 아니고."

순식간에 양파 하나를 다 다져 버린 선이 내 손에 있던 당근을 가져가더니 이것도 다지냐고 물었다. 그는 내가 고개를 끄덕이자 당근을 다지며 말을 이었다.

"용병대에서 자랐다고 했잖아."

서쪽 하늘 용병대는 대장을 제외하고 모든 용병이 돌아가면서 식사를 차린다고 한다. 션은 요리를 못하는 사람이 식사를 차리면 식사 시간 내내 구박을 받는다며 피식피식 웃었다.

그 사이, 나는 당근을 채처럼 썰어 다지는 션의 손놀림과 걷어붙인 소매 덕분에 드러난 팔뚝에 시선을 빼앗기고 있었다.

"에버딘?"

아차. 션의 팔뚝을 보느라 그가 당근까지 다 다졌다는 것도 몰랐다. 나는 재빨리 그에게 햄을 건네며 물었다.

"제일 잘하는 요리는 뭐야?"

난 갈비를 잘한다. 이건 무려 할머니한테 사사한 거다. 아, 갈비 먹고 싶네.

"글쎄. 샌드위치?"

"에이, 그건 요리가 아니지."

션의 대답에 나는 가슴 앞을 팔짱을 끼며 말했다. 샌드위치를 요리라고 말하는 건 사도다. 그건 그냥 있는 재료를 조합하기만 하면 되는 거잖아.

그러자 션이 잠시 생각하는 표정을 지었다. 샌드위치 말고 뭘 잘하는지 고민하는 모양이다. 나는 재빨리 끼어들었다.

"아, 조리 단계가 두 가지는 되야 해."

예를 들어 스테이크 같은 건 안 된다. 그런 건 고기의 질이 관건이잖아.

내 생각대로 스테이크라고 말하려고 했던 모양인지 션의 입이 다시 다물어졌다. 그러더니 곧 씩 웃으며 말했다.

"오믈렛."

"오믈렛?"

내가 아는 그 오믈렛? 폴라한테 시켰더니 납작한 달걀부침이 완성된 그거?

나는 저도 모르게 다시 폴라를 쳐다봤다. 그러자 그녀 역시 믿을 수 없다는 듯 션을 쳐다보고 있었다.

"해 볼까?"

궁금하다. 진짜 오믈렛을 만들 줄 아는 건지. 내가 고개를 끄덕이자 션은 주방을 뒤져 달걀을 찾아왔다. 그리고 볼에 아까 그가 다진 양파와 당근을 달걀과 함께 넣고 풀었다.

"좀 무더운 날이었는데 베르트가 고기가 없다고 달걀을 잔뜩 사 온 적이 있거든."

포크로 볼 안에 넣은 달걀을 저으며 션이 이야기를 시작했다. 날이 더워서 환불도 안 되고 하는 수 없이 팀원들이 달걀로 끼니를 때워야 하게 됐는데 또 하필 그가 식사 당번이었단다.

"용병대에 들어가기 전에 저택에서 요리사가 해 준 게 생각이 났지."

그냥 왕창 삶아 버릴까 고민하는데 어릴 때 요리사가 달걀을 여러 개 이용해서 타원형으로 부드럽게 익혀 준 오믈렛이 생각났다고 한다. 그는 거기까지 말하고 불에 올린 프라이팬에 달걀 물을 붓더니 포크를 이용해서 달걀 물을 헤집었다.

그리고 달걀이 익기 시작하자 손목 스냅을 이용해서 타원형을 만들기 시작했다.

"그날 오믈렛만 백 개쯤 만들었을 거야."

그렇게 말하며 션이 접시에 옮겨 건네주는 오믈렛은 완벽했다. 타원형이었고 동그랗게 부풀어 있었으며 겉에 탄 부분이 하나도 없이 노르스름했다.

"세상에."

나는 완벽한 오믈렛의 자태에 입을 딱 벌렸다. 이걸 션이 만들 줄은 몰랐다.

"세상에……."

어느새 내 옆으로 다가온 폴라도 션이 만든 오믈렛을 보고 탄성을 지르고 있었다. 그때 션이 포크로 오믈렛을 한 조각 잘라서 내게 내밀었다.

나는 별생각 없이 입을 벌려 받아먹고 폴라에게 물었다.

"이렇게 만들 수 있어?"

내 질문에 폴라의 눈이 빛났다. 그녀는 션의 얼굴을 쳐다보지 못하고 고개를 숙인 채 물었다.

"맛봐도 괜찮을까요?"

션이 눈빛으로 내게 괜찮냐고 물어왔다. 상관없다. 내가 고개를 끄덕이자 폴라가 접시를 받아 들었다.

어라. 그 모습에 나는 이상한 점을 깨달았다. 지금까지 나는 그녀가 실력이 없어서 오믈렛을 못 만든 줄 알았다. 그도 그럴 것이 오믈렛을 만들어 오랬더니 납작한 달걀부침을 만들어 왔잖아.

하지만 그녀는 진짜로 이런 오믈렛이 있다는 걸 몰랐다는 표정이었다. 심각한 표정으로 오믈렛의 안을 살피더니 크게 잘라서 입에 넣고 씹기 시작했다.

"저런 오믈렛은 웨스트햄튼에만 있어?"

"우리 쪽 요리는 아닐걸."

네 저택의 요리사가 해 준 거라며? 내가 어리둥절해 하자 션이 재빨리 덧붙였다.

"요리사가 세느랄 사람이었거든."

그러니까 저런 동그랗게 부푼 오믈렛은 세느랄 음식이라는 말이다. 나는 오믈렛을 연구하는 폴라를 보다가 조심스럽게 물었다.

"그럼 혹시 여기 오믈렛은 납작한 달걀부침이야?"

"납작한지는 모르겠는데. 세느랄보다는 채소가 들어가는 편이지."

그의 말에 나는 폴라가 만들어 왔던 오믈렛을 떠올렸다. 거긴 채소가 없었는데. 햄이 조금 들어 있었다. 그리고 버섯도.

"폴라가 만들어 준 오믈렛은 채소가 없었는데?"

내 질문에 션이 무슨 소리를 하는 거냐는 표정을 지었다. 그러더니 깨달은 표정으로 입을 열었다.

"아, 세느랄은 아예 아무것도 안 들어가. 노헤임은 채소와 고기가 들어가는 편이고."

"무슨 채소?"

"보통은 버섯이 들어가지. 햄이나 고기는 기본으로 넣고."

그러니까 션은 세느랄 오믈렛을 만들면서 채소를 넣었다는 말이다. 설마 이 저택에 고기가 귀하다는 걸 눈치챘나?

이 남자, 눈치가 굉장히 좋을 때가 있다. 나는 왜 고기 대신 채소를 넣었냐고 물어보려다가 말았다.

그렇구나. 두 나라의 특징을 섞은 것도 괜찮은 것 같다.

문득 볶음밥을 튀기면 어떨까 하는 생각이 들었다. 볶음밥을 주먹밥처럼 뭉쳐서 튀겨보는 거지. 튀긴 음식은 누구나 다 좋아하잖아. 안 그래?

좋은 생각이 나자 몸이 바빠졌다. 나는 프라이팬에 기름을 두르고 양파와 당근, 소시지를 볶으며 션에게 말했다.

"밥 좀 퍼 줘."

"밥?"

밥. 보통 쌀을 물로 익힌 걸 말하는 거다. 나는 밥이 뭔지도 모르냐고 말하려다가 션뿐만 아니라 이 나라의 사람들은 쌀도 잘 모른다는 것을 깨달았다.

"쌀을 익힌 거 말이야."

션의 얼굴에 그걸 왜 밥이라고 하냐는 표정이 떠올랐다. 하지만 나는 모른 척 프라이팬에 소금과 후추를 뿌렸다. 그리고 그가 접시에 퍼 준 밥을 넣어 같이 볶기 시작했다.

"어떤지 먹어 봐."

간이 맞는지 봐 줘야 한다. 내가 수저를 내밀자 잠시 머뭇거리던 션이 몸을 숙여 입으로 받아먹었다.

어?

나는 반사적으로 주위를 둘러보았다. 하지만 이쪽을 보고 있는 건 마크뿐이었다. 마크가 입을 헤 벌리고 나와 션을 쳐다보다가 재빨리 다시 감자 껍질을 벗기기 시작했다.

"괜찮은데?"

그때 션이 말했다. 생각해 보니 나도 아까 이 남자가 내민 오믈렛을 입으로 받아먹었던 거 같다. 한 번씩 주고받았으니 뭐라 할 말이 없네. 심지어 내가 먼저 시작했다.

나는 괜찮다는 말에 고개를 끄덕이고 다시 프라이팬을 꺼내 기름을 자작하게 붓고, 불 위에 올렸다. 그리고 살살 헤집어서 식힌 볶음밥을 손안에 꾹꾹 쥐어 둥글게 만들기 시작했다.

"공 모양으로 만들면 되는 거야?"

이번에도 션이 물어왔다. 그는 내가 고개를 끄덕이자 손을 씻고 오더니 볶음밥을 둥글게 빚었다. 이것도 잘할 줄은 몰랐는데.

그가 도와준 덕분에 일이 엄청 빨리 끝났다. 션의 손이 워낙 커서 주먹밥 한 개가 내가 만든 거 두 배쯤 돼서 더 그렇기도 했다.

나는 그대로 주먹밥을 살짝 눌러서 약간 납작하게 만든 뒤 프라이팬 위에 얹었다.

치이익 하고 자작하게 부은 기름에 밥이 튀겨지는 소리가 들려왔다. 그리고 기름에 탄수화물이 익는 냄새도.

와, 냄새 좋네. 션이 만든 너무 큰 주먹밥을 살짝 누르며 주위를 둘러보자 이번에도 마크가 입을 헤 벌리고 우리 쪽을 쳐다보고 있었다.

"타는 거 아냐?"

내 뒤에서 션이 고개를 기울이며 물었다. 아차. 나는 깜짝 놀라서 내가 만든 주먹밥을 재빨리 뒤집었다.

다행히 타지는 않았다. 노릇하게 익은 밑면이 위로 올라오자 감탄이 흘러나왔다. 세상에. 눌은밥이네.

"이리 와."

나는 마크에게 손짓해 그를 불렀다. 그리고 기대를 안고 달려온 마크에게 접시에 얹은 주먹밥을 건네며 말했다.

"엘리스 갖다주고 와."

오전 내내 주방에서 고생했으니 이런 재미라도 얻어야 한다. 착하게 살기로 다짐하고 나서 깨달은 건데 착하게 살기 어려운 이유 중 하나가 눈에 보이는 보상이 없기 때문이 아닐까.

그런 말이 있잖아. 악하게 살면 하늘이 벌을 내리고 착하게 살면 상을 내린다고.

하지만 착하게 살아서 상을 받았다는 건 본 적이 없다. 나쁘게 살아서 벌 받은 건 봤지만.

엘리스에게 오전 내내 고생한 거에 대한 보상이 되었으면 좋겠다. 나는 머뭇거리는 마크에게 접시를 내밀며 재촉했다.

"얼른."

마크는 실망한 표정을 짓긴 했지만 접시를 받아 들고 주방을 빠져나갔다. 그러자 션이 이해가 안 된다는 듯 물었다.

"저 꼬마가 가져가다가 훔쳐 먹으면 어쩌려고?"

"그럼 할 수 없지."

나는 또 다른 주먹밥을 눌러서 프라이팬에 올린 뒤 어깨를 으쓱했다. 나는 마크를 믿었고 그 믿음을 그가 배신한다면 어쩔 수 없다.

그러자 션이 놀랍다는 표정으로 물었다.

"할 수 없다고?"

"뭐, 돈도 아니고, 고작해야 먹을 거잖아."

내가 있던 곳엔 옛말에 책 도둑은 도둑이 아니라는 말이 있었다. 할머니는 책 도둑뿐 아니라 음식 도둑도 도둑이 아니라고 하셨지.

배고픈 것만큼 서글픈 것도 없다.

나는 이어서 남은 주먹밥을 모두 기름에 지져 냈다. 그리고 션과 하나를 나눠 먹기 시작할 때쯤 마크가 돌아왔다.

"엘리스는 어디 있든?"

빈 접시를 들고 들어오던 마크는 내 질문에 움찔하더니 조심스럽게 말했다.

"서, 서재요."

"몇 층 서재?"

"일 층 서재요. 거기서 그림이 많은 책을 읽고 있던데, 요."

그 정도로 구체적으로 말한다면 거짓말은 아닌 거 같다. 나는 마크 분으로 남겨 둔 튀긴 주먹밥을 하나 내밀며 말했다.

"잘했어. 너도 먹어."

그러자 마크의 표정이 어두워졌다. 그는 내가 내민 접시를 멍하니 보더니 고개를 푹 숙이며 말했다.

"아, 안 돼요."

"왜? 먹어도 돼."

"아까, 엘리스 걸 나눠 먹어서……."

그래도 엘리스에게 갖다 주긴 한 모양이다. 내가 아무 말도 하지 않자 마크는 잘못했다는 표정으로 말했다.

"저기, 미안해. 엘리스가 같이 먹자고 해서…… 다신 안 그럴게,

게요."

나는 말없이 션을 쳐다봤다. 그는 내 옆에 서서 내 대신 접시를 들고 있다가 한쪽 눈썹을 들어 올렸다.

"엘리스가 같이 먹자고 했어?"

"응, 아니, 네."

"그럼 됐어. 이것도 먹어도 돼."

엘리스가 같이 먹자고 했으면 괜찮다. 마크가 같이 먹고 싶다고 우긴 게 아니라면. 내가 접시를 내밀자 마크가 조심스럽게 접시에 손을 댔다.

나는 그가 접시를 받아 들기 전에 재빨리 말했다.

"먹어 보고 알려 줘. 저녁때 이걸 내놓을까 하거든."

저녁이라는 말에 마크의 얼굴에 심각한 표정이 떠올랐다. 주먹밥을 반 개나 먹었는데 이걸 또 먹으면 저녁을 먹기 힘들 거다.

하지만 그는 알겠다는 듯 고개를 끄덕이고 접시를 받아 들었다. 이렇게 먹고 진짜 저녁도 먹을 수 있으려나?

좀 걱정됐지만 마크가 선택한 거라 나는 아무 말도 하지 않았다. 그때 션이 옆에서 얄밉게 끼어들었다.

"저 나이 때는 많이 먹어."

"저 나이?"

"열네 살쯤 된 거 아냐?"

그렇긴 한데. 나는 감자 껍질을 벗기는 테이블로 돌아가 주먹밥을 먹기 시작하는 마크를 보고 고개를 끄덕였다.

내 예상은 이거였다.

만약 엘리스의 주먹밥을 훔쳐 먹었다면 저녁을 먹기 힘들 거다. 그러니 내가 주먹밥을 또 주면 마크가 자신의 행동을 후회할 줄 알았다.

결과적으로 마크는 엘리스의 주먹밥을 훔쳐 먹지도 않았지만 설령 훔쳐 먹었다 해도 별 상관이 없었던 거다. 션은 피식 웃으며 말했다.

"내가 저 나이였을 땐 이런 주먹밥은 열 개쯤 먹었을걸?"

션이 왜 이렇게 큰지 알겠다. 나는 그와 나눠 먹고 있던 주먹밥을 내려다보고 인상을 썼다. 맛만 보려고 반씩 나눠 먹자고 한 건데 그에겐 간에 기별도 안 가는 양이었던 모양이다.

"사장님, 아니, 남작님."

주먹밥 시식을 끝낸 뒤 다시 서재로 돌아오자 도리스가 나를 기다리고 있었다. 아, 맞다. 도리스와 다른 사람들에게 시식해 보라는 말을 잊어버렸다.

아니, 상관없나? 나는 오늘 저녁 식사에 튀긴 주먹밥을 내놓기로 한 것을 떠올리고 고개를 흔들었다.

"왜요?"

"이거, 어서 부인이 전해 달라고 해서요."

이게 뭔데? 나는 도리스에게 서류를 받아 들고 확인했다. 내가 돈과 폴라에게 시킨 일이었다. 전체 하인의 각각 봉급이나 지난달의 식재료 비용 같은 거.

이걸 왜 레슬리가 도리스에게 부탁했지?

내가 어리둥절해서 고개를 들자 도리스가 별거 아니라는 듯 말했다.

"어셔 부인이 일하는 사람들과 이야기해서 작성했대요. 남작님께 드리고 싶은데 식료품실을 확인해야 해서 기다릴 수가 없다길래 제가 받아 놨어요."

그냥 서재에 놨다가 하인들 중 누가 볼까 봐 받아 둔 모양이다. 나는 고맙다고 말하며 서류를 책상 위에 올려놓았다. 그때 도리스가 머뭇거리며 말을 이었다.

"저, 그리고 드릴 말씀도 있고요."

"뭔데요?"

"저기, 저, 저한테 웨스트 공작님이 저녁때 단둘이 이야기를 하고 싶다고 하시는데요."

션이? 나는 방금 전까지 나와 주먹밥을 나눠 먹은 션을 떠올렸다. 그는 베르트, 카렌과 산책을 하겠다며 나갔다.

"그런데요?"

도리스와 단둘이 이야기할 게 뭐가 있지? 그렇게 생각하는데 그녀가 걱정스러운 표정으로 말했다.

"저랑 같이 있어 주시면 안 될까요? 전 아무래도 그분이 좀 어려워요."

션이? 나는 다시 션을 떠올렸다가 고개를 끄덕였다. 그의 눈 때문에 사람들이 그를 무서워한다고 했었다. 뭐, 굳이 눈 때문이 아니더라도 그렇게 큰 남자와 단둘이 있어야 한다면 나라도 불편할 거 같긴 하다.

"남작님."

그때 레슬리가 서재 문을 두드렸다. 일이 있어서 서류를 도리스에게 맡긴 거 아니었나? 내가 들어오라고 하자 그녀는 심각한 얼굴로 그레이스와 함께 들어왔다.

"드릴 말씀이 있어요."

그레이스도 함께? 나는 레슬리의 표정을 보고 도리스에게 나가 달라고 부탁하려 입을 열었다. 하지만 내가 말하기 전에 먼저 그녀가 고개를 끄덕이며 말했다.

"전 그만 나갈게요."

"저녁때 봐요."

선과 이야기할 때 부르라는 말에 도리스가 알겠다며 서재 밖으로 나갔다. 그리고 그녀가 나가자마자 레슬리가 말했다.

"글로버가 없어요."

"집사가 마을로 심부름을 보냈다던데요?"

그래서 글로버를 면담하는 건 돌아온 뒤로 잡았다.

집사의 총애를 받는 글로버는 종종 마을로 집사의 심부름을 나가곤 했다고 한다. 보통 아무리 늦어도 저녁 식사 시간까지는 돌아왔다고 했으니 곧 돌아오지 않을까.

하지만 레슬리의 입에서 나온 말은 전혀 다른 이야기였다.

"마을이 아닌 거 같아요. 그레이스가 오늘 새벽에 이야기하는 걸 들었대요."

그레이스가? 내가 고개를 돌려 그녀를 쳐다보자 그레이스는 불안한 표정으로 치맛자락을 꽉 쥐고 있었다.

"이야기하는 걸 들었다고?"

나는 그레이스가 이야기하기 쉽도록 그녀에게 말을 걸었다. 그러자 그레이스는 망설이는 표정으로 더듬더듬 입을 열었다.

"새벽에, 복도에서 집사님, 아니, 전 집사님과 글로버가 이야기를 하고 있더라고요. 그게, 목소리가 작아서 잘 듣지는 못했고요."

"무슨 이야기를 하고 있었는데?"

내 질문에 그레이스가 눈을 한 번 질끈 감았다가 떴다.

"전 집사님이 글로버를 어디로 보낸다고 하던데요. 하루 종일 말을 타야 한다고 투덜거렸어요."

하루 종일 말을 탄다고? 그럼 확실하게 마을로 가는 건 아니다. 저택에서 고작 마을로 가는데 그렇게 오래 말을 탈 리가 없으니까.

나는 레슬리에게 시선을 돌렸다. 대체 글로버를 어디로 보낸 걸까. 제일 먼저 생각난 건 헥터였다.

하지만 글로버를 헥터에게 보내서 뭘 어쩔 건데? 헥터는 남작도 아니고 가진 것도 기껏해야 션에게 받은 지참금과 수도 외곽에 있는 농가뿐이다. 내가 알기론.

그녀는 내 시선을 읽은 것처럼 말했다.

"돈을 불러올까요?"

"그래요. 아니, 내가 갈게요."

여기로 돈을 불러오는 것보다 내가 내려가서 이야기하는 게 더 나을 것 같다. 지금 돈과 그를 따르는 하인 둘은 지하에 가둬 놨다.

이 저택에 감옥이 없는 게 안타까울 따름이다. 내가 그렇게 투덜거리며 서재를 나가려 하자 그레이스가 갑자기 나를 붙잡았다.

"저, 저기, 남작님."

"응?"

또 할 말이 있나? 돌아보자 그레이스는 여전히 걱정스러운 표정을 짓고 있었다. 왜 그러는 거지?

어리둥절해 하는 내게 그녀가 조심스럽게 말했다.

"더 빨리 말씀드리지 않아서 죄송해요. 잊어버리고 있어서……."

그건 괜찮다. 나는 알겠다고 고개를 끄덕였다. 잊어버릴 수 있지. 하지만 그레이스의 이야기는 거기서 끝이 아니었다.

"그런데, 저기, 제가 말했다는 걸 아무에게도 말하지 않아 주시면 안 될까요? 특히 집사, 아니, 전 집사님께요."

그건 별로 어렵지 않다. 하지만 왜? 돈은 이미 갇혀 있고 나는 그를 곧 쫓아낼 생각이다. 어차피 그레이스는 이 저택에서 돈을 만날 일이 없다.

나는 그대로 왜 그러냐고 물었다. 그러자 그레이스가 머뭇거리며 말했다.

"요리사님이 전 집사님과 사촌이잖아요. 제가 전 집사님을 배신했다고 생각할 거예요."

아, 그건 이해가 되네. 나는 폴라를 떠올리고 고개를 끄덕였다. 당연히 아무에게도 이야기하지 않을 생각이지만, 확실히 한 집안에 힘 있는 사람 둘이 친인척이면 곤란하다.

역시 폴라도 돈처럼 해고해야 하나? 하지만 무슨 죄목으로? 그녀가 돈처럼 저택의 예산을 빼돌렸다면 모르겠는데 일단 그건 아닌 것으로 보인다.

폴라는 그냥 좀 도구에 집착하는 타입이었다. 내게 적어 낸 보고

서를 보니 식재료는 거의 없고 대부분 주방 비품이었다.

수도에서도 쓰는 사람이 몇 없는 가스 오븐을 사들인 것도 그렇고 폴라는 국자나 냄비, 도마 같은 것도 상당히 비싼 것을 사들였다. 그래놓고 정작 식재료는 저택 안에서 공수했으니 오히려 식료품비는 적었다.

"게다가, 집사님 집안은 마을에서 영향력이 있어서요. 제가 집사님을 배신했다는 걸 알면……."

마을에서 영향력이 있다는 게 무슨 소린지 모르겠다. 나는 걱정하는 그레이스를 물끄러미 쳐다보다가 다시 서재 안으로 들어와서 문을 닫았다.

그리고 그녀의 앞에 서서 물었다.

"돈의 집안이 마을에서 영향력이 있다는 게 무슨 소리야?"

"그게……."

영지는 기본적으로 영주의 것이고 영지민들은 영지에게 땅을 빌려 생산한다. 농사를 짓기도 하고 공산품을 만들거나 그것들을 팔기도 한다.

게다가 영주는 땅을 빌려줄 뿐 아니라 영지민들이 그 땅에서 이뤄내는 생산을 허가하거나 불허하기도 한다. 예를 들면 방직 공장 같은 게 그렇다. 기술이 있고 자본이 있어도 영주가 허가하지 않으면 이 영지에서는 방직 공장을 세울 수 없다.

돈의 집안인 탤먼가는 그런 면에서 상당한 이득을 봤다고 한다. 탤먼가의 사람들은 남들보다 더 쉽게 허가가 나왔고 더 오래 땅을 빌릴 수 있다고 한다.

"허."

나는 그레이스의 설명을 듣고 인상을 썼다. 그러니까 탤먼가는 돈이 이 저택의 집사인 덕분에 이 영지에서 사업을 하는 게 더 유리했다는 말이다.

"걱정 마, 그레이스. 네가 이야기한 걸 아무에게도 말하지 않을 테니까. 레슬리도 마찬가지고."

나는 그렇게 말하며 레슬리를 쳐다봤다. 그녀는 그레이스의 설명에 나와 똑같이 인상을 쓰고 있다가 고개를 끄덕였다.

"가, 감사합니다."

감사한 건 나다. 나는 고개를 꾸벅 숙이고 물러나는 그레이스에게 걱정하지 말라는 표정으로 손을 흔들어 주었다.

덕분에 좋은 정보를 들었다. 나는 그레이스가 나가자마자 레슬리에게 말했다.

"돈을 해고해도 이 마을에서 쫓아내지 않는 이상은 별 타격이 없겠네요."

"탤먼가가 여기서 그 정도 영향력이 있다면 그렇겠네요."

"하지만 영주는 나인 거잖아요? 내가 탤먼가의 사업에 주고 있던 이득을 전부 취소해 버리면 안 되는 거예요?"

탤먼가가 사업에서 얻는 이득은 전부 헥터의 묵인하에 돈의 도움으로 이뤄지던 거다. 이제 그 이득이 말도 안 되다는 걸 알게 됐으니 취소하면 되지 않을까.

그렇게 생각했는데 레슬리의 생각은 좀 달랐다. 그녀는 인상을 쓴 채 턱을 쓸며 말했다.

“계약을 무시하시게요?”

아, 그러네.

돈은 바보긴 하지만 텔먼가의 모든 사람이 바보는 아닐 거다. 당연히 유리한 쪽으로 계약을 했겠지. 그걸 돈이 헥터를 구워삶아서 도장을 찍어 줬을 테고.

“하지만 영주인 내가 허가를 한 게 아니잖아요? 부당 취득 그런 거 아닌가요? 무효로 돌릴 순 없는 거예요?”

“어르신이 남작님의 대리인이었잖아요?”

“아.”

아오, 아오, 진짜.

나는 지금 여기 없는 헥터를 생각하며 머리를 감싸 쥐었다. 진짜 이 자리에 없는 걸 다행으로 여겨라. 여기 있었으면 그 낯짝을 공처럼 걷어차 줬을 테니까.

아니, 지금이라도 쫓아가서 걷어차 줄까?

“헥터는 지금 수도에 있는 거죠?”

화가 나서 아버지라는 호칭을 써 줄 생각도 안 든다. 내 질문에 레슬리의 표정이 굳었다. 그녀는 고개를 숙이더니 곧 결심한 것처럼 고개를 들며 말했다.

“말씀드릴 게 있는데요.”

“뭘요?”

“이혼 신청을 하고 왔어요.”

어.

나는 레슬리의 고백에 멈칫했다. 예상 못 한 일이라 놀란 게 아니다. 내가 레슬리였대도 이혼했을 거다.

"남작님께는 유쾌하지 않은 이야기라는 거 알아요."

"아니! 그래서 아무 말도 안 한 거 아니에요."

나는 죄책감이 어린 레슬리를 보고 재빨리 말했다. 내가 멈칫한 건 여기서 어떤 반응을 보여야 할지 몰라서였다.

"뭐라고 말해야 할지 몰라서 그런 거예요. 잘했다고 말하고 싶지만, 나한테 듣고 싶지는 않을 거 아니에요?"

진심이었는데 레슬리는 농담이라고 생각했나 보다. 그녀는 눈을 크게 뜨고 나를 쳐다보더니 웃기 시작했다.

아니, 난 진짜 진심이었는데. 나는 배를 잡고 웃는 레슬리를 보며 그렇게 생각했다. 헥터와 이혼하기로 한 건 정말 잘했다.

만약 레슬리가 내 언니였다면 나는 애초에 그녀가 헥터와 결혼하지 못하도록 도시락을 싸 들고 쫓아다니며 말렸을 거다.

하지만 이미 결혼을 했고 그래도 이혼하겠다고 결심했으니 응원할 일이지. 이혼 신청을 했다니, 잘했다고 축하할 일이고.

"그렇게 말해 주셔서 감사해요. 사실은, 어떻게 말해야 할지 걱정했어요."

한참을 웃은 뒤 레슬리는 한결 가벼워진 얼굴로 말했다. 내게 말하기 어려웠다는 건 이해한다. 이혼하려는 남자의 딸 밑에서 일하면서 이혼하겠다고 말하는 건 쉽지 않은 일이니까.

나는 레슬리에게 다가가 그녀와 팔짱을 끼고 서재를 빠져나오며 물었다.

"언제 이혼 수리가 되나요?"

"두어 달 정도 걸린다고 해요. 어쩌면 남작님께 확인을 하기 위해 연락을 할 수도 있다고 했고요."

"확인이요?"

나한테 확인할 게 뭐가 있지? 나는 어리둥절해서 레슬리를 쳐다봤다. 그러자 그녀가 민망하다는 표정으로 설명했다.

"어셔 남작가니까요. 남작님께서 허락하신 건지 확인하는 거죠."

"하지만 결혼은 레슬리와 헥터의 일이잖아요?"

"그리고 전 어셔 남작가에 들어왔고요."

아. 무슨 소린지 알겠다. 나는 가만히 레슬리를 쳐다보다가 물었다.

"우리 집이 귀족 가문이 아니었다면 확인을 했을까요?"

"아니요. 이혼 수리도 더 빨랐을 거예요."

"그럼 만약에 반대였다면요? 레슬리가 남자고 헥터가 내 어머니였다고 해도 내게 확인을 하려 할까요?"

이건 아주 중요하다. 왜냐면 여긴 첫째라면 남녀 상관없이 작위를 이어받을 수 있잖아. 레슬리와 헥터의 성별이 반대였다면 레슬리가 아니라 헥터가 레슬리 가문의 성을 써야 하는 게 아니었을까.

하지만 레슬리는 내 질문에 이상하다는 표정을 지었다. 그러더니 당연하다는 듯 말했다.

"그렇죠. 귀족이 아닌 사람이 귀족 가문에 들어간 거니까요."

흠. 무슨 말인지 알겠다. 그러니까 헥터가 남자라 레슬리가 어셔 가문으로 들어온 게 아니라는 말이다. 그냥 어셔 가문이 귀족 가문이니 귀족 가문으로 들어왔다는 거다.

그리고 그걸 허락한 귀족 가문의 우두머리가 나니까 나한테 확인을 한다는 거고.

꽤 합리적인 방식이네. 나는 그녀와 함께 현관이 있는 홀로 내려가며 물었다.

"그럼 만약에 레슬리가 어셔가 아니라 다른 성을 썼다면 제게 확인하지도 않겠네요?"

"그렇죠. 전 어셔 가문의 사람이 아닌 거니까요."

확실하게 알겠다. 나는 고개를 끄덕이고 현관 문고리를 잡으며 물었다.

"웨스트 공작님이 어디를 산책한다고 했죠?"

"어, 웨스트 공작님이요?"

갑자기 션의 위치를 확인하자 당황했는지 레슬리의 반응이 잠깐 느려졌다. 하지만 그녀는 곧 상황을 파악하고 물었다.

"나가시려고요?"

"마을에 가 보려고요."

혼자 갈 수는 없으니 이미 나간 션 일행에게 껴야겠다. 좀 멀리 산책하라고 하지 뭐.

레슬리는 션과 만나서 마을로 내려가겠다는 내 말에 어리둥절해하며 물었다.

"집사를 보려고 하신 거 아니셨어요?"

"볼 필요 없을 거 같아요. 어차피 글로버는 헥터한테 갔을 테니까요."

돈이 글로버를 보낼 곳이 또 어디 있겠어? 글로버를 마지막에 본

게 어제저녁이었고, 나는 어제 외부 창고에 자물쇠를 걸어 버렸다.

그러니 헥터에게 어떻게 하면 되냐고 물어보기 위해 글로버를 보낸 거겠지. 물론 그 시점에서 돈은 내가 션의 도움을 받아 창고 문을 열 줄은 몰랐을 것이다.

"하지만, 그러면 대비를 해야 하지 않을까요?"

레슬리의 질문에 나는 문을 열다 말고 그녀를 돌아보았다. 대비라니, 무슨 대비?

내가 이해하지 못하자 레슬리가 다시 설명했다.

"어르신이 찾아올 수도 있는 거잖아요."

"그래서요?"

헥터가 찾아오면 뭐? 내가 그게 뭐 어떠냐고 묻자 레슬리가 다시 당황하는 표정을 지었다.

헥터가 쫓아오면 뭐? 나한테 이놈! 이라도 하겠대?

나는 어린애가 아니다. 헥터의 진짜 자식도 아니고. 그가 쫓아와서 이놈! 한다고 무서워할 리가 없다는 말이다.

헥터도 내게 이놈! 이라고 호통칠 수 있는 인간도 아니고.

지금 내가 그에게 받은 손해를 메꿀 수 있는 가장 좋은 방법은 헥터가 죽는 거다. 그럼 그의 재산을 유일한 자식인 내가 물려받을 수 있으니까.

하지만 그거 받자고 헥터를 죽일 수는 없잖아. 이래 봬도 착하게 살려고 노력하고 있는걸.

"레슬리, 헥터는 나한테 손 못 대요. 그러니까 이혼이 성사될 때까지 나보단 레슬리가 조심하는 게 좋겠어요."

존이 있다면 그를 레슬리의 경호원으로 고용했을 텐데 그게 아쉽다. 나는 존은 왜 두고 왔는지 물어보려다가 그건 션에게 묻기로 하고 저택을 나왔다.

산책을 한댔지.

저택에는 앞과 뒤로 꽤 넓은 정원이 있어서 산책하기 아주 좋았다. 그래도 관리한 앞마당에 비해 뒷마당은 아주 엉망이라는 차이가 있지만.

나는 션이라면 분명 뒷마당을 산책할 거라고 생각하고 곧바로 저택 뒤로 향했다. 나무로 울창한 뒷마당이 나만큼이나 그도 신경 쓰였겠지.

"으악!"

아니나 다를까, 나무가 울창한 숲 쪽에서 익숙한 목소리가 들려왔다. 이 고함은 베르트가 멍청한 짓을 하다가 뒤통수 맞을 때의 소리와 비슷한데?

"걸음마부터 다시 배워야 하는 거 아냐?"

이어서 카렌의 비웃는 소리가 이어졌다. 서둘러 걸음을 옮겨 보니 베르트가 옷에 묻은 흙을 털고 있었다.

"무슨 일이야?"

나는 베르트를 한심하게 쳐다보는 카렌에게 물었다. 그런데, 션은 어디 있지?

"아, 별거 아닙니다. 베르트가 걸음마를 다시 시작해야 할 거 같아서요."

"아, 진짜 누가 발을 걸었다니까?"

카렌의 설명에 베르트가 욱해서 말했다. 누가 발을 걸었다고? 나는 깜짝 놀라서 발밑을 쳐다봤다. 하지만 당연하게도 발밑에는 흙과 마구 자란 풀뿐이었다.

심지어 나무뿌리 같은 것도 거의 보이지 않았다.

"누가 발을 거는데? 처음엔 내가 건다더니, 두 번째는 공작님이 건다며. 그런데 지금은 너 혼자 있다가 넘어졌잖아."

듣자 하니 베르트가 넘어진 게 한두 번이 아닌 모양이다. 나는 완전히 엉망이 된 베르트의 무릎과 손을 쳐다봤다. 저긴 왜 저렇게 흙과 풀물이 들어 있나 했더니 그가 여러 번 넘어진 결과였나 보다.

"진짜야. 누가 발을 걸었다니까?"

여전히 베르트는 억울해하고 있었다. 나는 유심히 발밑을 내려다보다가 굴러다니는 도토리를 몇 개 주웠다. 묵 쒀 먹어야지.

"뭐해?"

그때, 내 시야 안에 커다란 신발이 들어왔다. 그 신발 안에는 발이 들어 있다. 다행히도 그 발은 다리와 연결되어 있고.

나는 고개를 들어 내 앞에서 멈춘 션을 쳐다봤다. 그는 약간 어이없다는 표정이었는데 그건 나를 향한 어이없음이 아니었다.

"어, 도토리 줍는데."

이제 그 어이없음은 나를 향한 게 되었다. 아, 왜, 뭐, 왜. 나는 한 줌이 된 도토리를 주머니에 넣으며 인상을 썼다. 죽 쒀도 넌 안 줄 거야. 알겠어?

"자."

그때 션이 내게 손을 내밀었다. 뭔데? 나는 잠시 그의 얼굴을 쳐다보다가 조심스럽게 그의 손 아래로 손을 펼쳤다.

그러자 그의 손에서 도토리가 쏟아져 내리기 시작했다.

"어?"

아이구, 다 떨어지잖아!

나는 내 손 밖으로 떨어지는 도토리를 잡기 위해 재빨리 남은 손도 펼쳤다. 하지만 그게 잘못이었다. 움직이는 바람에 내 손에 떨어진 도토리도 전부 바닥으로 떨어져 내렸다.

"저런."

션은 그렇게 말하더니 바닥에 떨어진 도토리를 줍기 시작했다. 설마 날 위해 도토리를 주운 건 아니겠지? 나는 말도 안 되는 생각을 하며 그를 따라 도토리를 줍기 시작했다.

두 사람이 나선 덕분에 내 주머니는 금세 도토리로 가득 찼다. 이 정도면 전에 가져간 것과 합쳐서 가루를 내도 묵을 한 사발 정도는 만들 수 있을 것 같은데.

"그건 왜 모으시는 겁니까?"

나와 션의 행동을 본 카렌과 베르트가 그렇게 물으며 다가왔다. 여긴 진짜로 도토리묵을 안 먹는 모양이다. 나는 먹으려고 한다고 말하기 위해 입을 열었다.

하지만 그 순간, 베르트가 휘청하더니 앞으로 철퍼덕 넘어졌다.

"악!"

"너 진짜 문제 있는 거 아니냐."

얼굴부터 넘어질 줄 알았는데 다행히 베르트는 넘어지기 직전에 손으로 땅을 짚었다. 나는 그런 그를 한심하다는 듯 쳐다보는 카렌

옆으로 다가가며 물었다.

"괜찮아?"

카렌의 말이 맞았다. 진짜 아무것도 없는데 베르트는 혼자 넘어졌다. 하지만 베르트는 그렇게 생각하지 않는 모양이었다.

그는 자기 발 쪽으로 손을 뻗더니 뭔가를 잡으려는 것처럼 허우적거리기 시작했다. 왜 저래?

카렌도 나와 같은 생각을 하고 있었던 모양이다. 그녀는 션에게 고개를 돌리더니 농담처럼 말했다.

"의사를 불러올까요?"

"진짜 뭐가 걸렸다니까?"

이 와중에도 베르트는 억울하다는 듯 소리치고 있었다. 됐으니까 일어나라. 나는 한심한 표정으로 그를 쳐다봤다.

그러자 션이 다가와서 말했다.

"요정일 수도 있겠군."

"요정?"

그게 뭐야? 제일 먼저 생각난 건 외국 동화책에 나오는 존재였다.

보통 예쁜 여자처럼 생겨서 크기는 손가락만 한 거 말이다.

"옛날엔 이 땅에서 요정과 함께 살았다고 하더군."

내 머릿속에 사람들 머리쯤에 날아다니는 아주 작은 날개 달린 인간이 떠올랐다. 그거 되게 멋진 장면 같다.

문제는 지금 여기에도, 방금 베르트가 넘어질 때도 우리 주변에는 날개 달린 인간은커녕 깃털 하나도 안 보였다는 점이지만.

"그런데?"

"일정한 땅에 사는 요정이 있어."

션의 말은 이랬다. 땅에 사는 요정들은 보통 때는 인간과 땅을 공유하지만 그 인간 중 마음에 들지 않는 자가 있으면 사정없이 발을 걸어 넘어트린다고 한다.

그렇게 걸어 다닐 수 없는 사람들은 결국 그 땅에서 떠날 수밖에 없다고.

"도깨비 같네."

"응?"

별생각 없이 중얼거린 거였는데 션이 들었는지 그게 뭐냐고 되물어 왔다.

할머니는 이유 없이 사람이 자주 넘어지는 길을 두고 도깨비가 있는 모양이라고 했다. 도깨비가 그렇게 사람을 잘 넘어트린다고.

그래서 내게도 몇 번 겁을 줬었다. 어른이 되면 술 먹고 돌아다니지 말라고. 도깨비가 길모퉁이에서 기다리다가 씨름하자고 달려든다고.

불행하게도 어른이 된 내가 술을 먹고 돌아다니게 됐을 때, 만나는 건 도깨비가 아니었지. 나는 어깨를 으쓱해 보이고 말했다.

"아냐, 아무것도. 그럼 어떡해? 베르트는 이제 못 걸어?"

"나도 몰라."

꽤 중요한 순간이었는데 션은 그렇게 말하고 가슴 앞으로 팔짱을 꼈다. 진짜로 모르겠다는 태도에 주저앉아 있던 베르트의 입이 딱 벌어졌다.

"저게 진짜 요정인지는 모르는 거잖아."

그러니까 그냥 베르트가 덤벙거리는 걸 수도 있다는 거다. 솔직히 말하면 현대에서 살다 온 내가 보기엔 베르트가 덤벙거린다는 것보다 요정이 있다는 게 더 괴상한 이야기다.

나는 잠시 베르트를 쳐다보다가 고개를 끄덕이며 말했다.

"그건 그래."

그러자 베르트의 얼굴에 억울하다는 표정이 떠올랐다. 그걸 보니 좀 안됐다는 생각은 든다.

나는 마법도 있는 세계에 과연 요정이 없을까 하고 생각하기 시작했다. 그때 카렌이 불쑥 끼어들었다.

"요정은 무슨 요정이야. 네가 덤벙댄 거지."

그리고 베르트를 일으켜 세워 주려는 듯 그에게 손을 뻗으며 다가갔다.

"어?"

다음 순간, 카렌의 몸도 휘청했다. 나는 깜짝 놀라서 반사적으로 옆에 서 있던 션의 팔을 움켜잡았다.

"뭐야?"

다행히 카렌은 베르트처럼 벌렁 넘어지지는 않았다. 그녀는 넘어질 뻔한 상태에서 자세를 잡더니 허리를 숙여 주변을 살피기 시작했다.

"왜, 왜 그래?"

베르트뿐만 아니라 카렌까지 저러니까 이젠 좀 무섭다. 나는 괜히 겁이 나서 다시 발밑을 살피기 시작했다.

"아니, 뭔가에 발이 걸렸단 말입니다."

카렌의 입에서도 베르트와 똑같은 소리가 나왔다. 베르트가 그것 보라는 듯 반색하는 순간 션이 움직였다.

"잠깐."

나는 깜짝 놀라서 션의 팔을 끌어안고 그를 말렸다. 너까지 넘어지면 어떡해? 이왕 넘어질 거면 션과 베르트, 카렌이 저택 쪽을 향해 일렬로 넘어졌으면 좋겠다.

그럼 내가 이 사람들을 밟고 집으로 갈 수 있을 거 아냐.

"괜찮아."

하지만 션은 내 걱정이 별거 아니라는 듯 말하더니 다시 카렌과 베르트를 향해 걸어갔다. 그리고 그사이에 그와 나는 넘어지지도 않았고, 발에 뭔가가 걸리는 느낌도 없었다.

"괜찮은데?"

몇 발자국 되지 않지만 베르트를 향해 걷는 동안 아무 일도 없었기 때문에 나는 션의 손을 잡은 채 그렇게 말했다. 겁먹은 것과 달리 아무 일도 일어나지 않았다.

베르트와 카렌이 우리를 놀리기 위해 장난을 친 게 아닐까 하는 그런 생각까지 들었다. 하지만 베르트가 다시 일어나서 우리를 향해 다가오려고 하자 이번에도 그의 몸이 휘청했다.

"아, 진짜, 빌……."

"베르트!"

베르트가 화가 나서 욕을 내뱉으려는 순간, 카렌이 소리쳤다. 그러더니 내 쪽을 힐끔 쳐다보고 말했다.

"말조심해."

나 때문에 그런 거라면 괜찮은데. 나는 할머니 밑에서 자랐거든. 할머니가 혼잣말로 중얼거리는 욕은 십 대 때 또래 친구들이 하는 욕을 귀엽게 들을 수 있는 수준이었다.

"카렌과 베르트만 그런 거지?"

나는 선에게서 슬쩍 떨어지며 물었다. 이것 봐. 세 걸음 정도 걸었는데 나는 아무 일도 없었다. 그러자 선이 한 걸음 만에 내 옆으로 다가오며 말했다.

"그런 거 같군."

진짜 도깨비라도 있나. 나는 내가 움직이는 것을 보고 천천히 걸음을 옮기는 베르트와 카렌을 보고 고개를 기울였다.

도깨비인지 요정인지 모르겠지만 그들 때문이라면 베르트와 카렌이 그들 마음에 안 들었다는 거다. 문제는 무슨 짓을 했길래 요정과 도깨비가 화가 났느냐는 거고.

"진짜 요정이 그런 거라고 생각해?"

나는 선을 올려다보며 물었다. 그는 마치 내가 넘어질까 봐 걱정된다는 듯 내 쪽으로 팔을 뻗고 있다가 말했다.

"글쎄. 모르겠는데. 하지만 저 둘에게만 문제가 있다는 건 확실하지."

그건 나도 알겠다. 나랑 선은 걷는 데 아무 문제가 없거든. 결국 우리는 다시 저택을 향해 걷기 시작했다. 저택까지는 내 걸음으로 십 분도 걸리지 않는데 그사이에 베르트는 열 번, 카렌은 다섯 번 넘어질 뻔했다.

"집 안은 괜찮습니다."

가까스로 후문을 통해 저택으로 들어온 카렌이 몇 번 문 앞을 돌더니 그렇게 말했다.

"걸리는 느낌도 없고?"

"네."

카렌의 말에 베르트가 조심스럽게 문밖으로 나갔다. 그러더니 몇 걸음 걷기도 전에 휘청이며 바닥에 주저앉았다.

아, 이건 좀 문제가 되겠다. 나는 후다닥 안으로 들어오는 베르트를 보며 그렇게 생각했다. 카렌과 베르트가 저택 밖으로 나가질 못한다는 말이잖아.

션을 쳐다보자 그도 나와 같은 생각을 하는 모양이었다. 그는 한숨을 내쉬며 말했다.

"요정을 달랠 방법을 생각해 봐야겠군."

"요정이라고 생각하는 거야?"

"그거 외엔 이유가 없잖아."

같이 있었는데 카렌과 베르트의 몸에만 문제가 생겼을 이유가 없나? 나는 내가 갔을 때 션만 따로 떨어져 있었던 것을 떠올리고 물었다.

"아까 혼자 떨어져 있었잖아? 뭐 했어?"

"창고 주변을 둘러봤는데."

혹시라도 누군가 숨어 있거나 창고를 노리고 있지는 않은지 확인했다고 한다. 돈이 창고에 도둑이 들었었다고 한 게 신경 쓰였다는 말에 나는 입을 딱 벌리고 션을 쳐다봤다.

그냥 헛소리하는 거라고 생각했는데 그는 아니었던 모양이다. 보기보다 훨씬 세심한 사람이라니까.

"그럼 그사이에 베르트는 뭐 했어?"

나는 이번에는 베르트를 향해 물었다. 그러자 자기 발을 유심히 쳐다보던 베르트가 어깨를 으쓱하며 말했다.

"별거 안 했습니다. 그냥 공작님과 반대편을 확인했거든요."

"카렌은?"

"저도요. 확인하고 아무 흔적도 없어서 돌아왔는데 이 멍청이가 넘어지기 시작하더라고요."

갑자기 두 명의 반고리관에 문제가 생긴 게 아니라면, 답은 요정밖에 없다. 나는 그레이스를 찾아 저택의 뒷마당에 있는 숲에 요정에 대한 이야기가 있는지 물었다.

"요정이요?"

"몰라?"

요정이라는 말에 그레이스의 미간에 주름이 생겼다. 그녀는 어디나 요정 이야기는 있지 않냐고 묻더니 잠시 생각하다가 말했다.

"그러고 보니 여기서 일하기 전에도 저택 근처로 다가가지 말라는 말을 듣긴 했어요."

"요정 때문에?"

"그건 아니고요. 전 그냥……."

그레이스의 말이 멈췄다. 그냥 뭐? 내가 재촉하자 그녀가 망설이다가 말했다.

"사람들이 접근하면 시끄러우니까요. 남작님께 폐를 끼치지 않게 하려고 그런다고 생각했거든요."

그런 것 치곤 이 집 하인들은 잘도 뛰어다니던데? 서재에 앉아 있으면 뛰는 소리로 누군지 알 수 있을 정도였다. 쿵쿵쿵 하면 하인 중에서 제일 덩치 있는 빨간 머리 하인이고, 콩콩콩 하면 제일 작고 마른 하인이었다.

나는 하인들을 떠올리다가 고개를 저어 떨쳐 내고 다시 그레이스에게 물었다.

"요정 이야기에 대해 아는 사람이 있을까?"

이 마을에서 오래 산 사람이면 알지 않을까. 그런 생각에 물어본 거였는데 그레이스의 얼굴이 대번에 어두워졌다. 그녀는 내가 아무 말도 하지 않자 머뭇거리며 말했다.

"저기, 나이가 제일 많은 할머니가 있긴 한데요."

"영지에서 오래 살았어?"

아니, 이건 바보 같은 질문이다. 이 영지의 사람들은 모두 여기서 태어나서 자랐다. 내 질문에 그레이스는 머뭇거리며 말했다.

"아무도 그녀가 몇 살인지 모른대요. 혼자 살면서 이상한 약초를 만든다고……."

할머니들은 다 그렇지 않나? 나는 어렸을 때 할머니와 살던 시골을 떠올렸다. 거기 살던 할머니들은 다들 혼자 살았고, 이것저것 말리거나 빻거나 했다. 어떤 할머니는 뭐든 다 술로 만들었고, 어떤 할머니는 뭐든 다 효소로 만들기도 했다.

솔직히 말하면 난 술이랑 효소가 무슨 차인지 모르겠단 말야. 알코올이 들어간다는 거 빼면 그게 그거잖아.

"어디 살아? 이야기 좀 해 보고 싶은데."

카렌과 베르트가 계속 저렇게 집 밖으로 나갈 수 없다면 요정을 달랠 방법을 알아야 한다. 요정이 아니래도 오래 산 사람이라면 숲에 무슨 마법 같은 게 걸려 있는지 알겠지.

내 요구에 그레이스가 기겁하더니 물었다.

"마, 만나시려고요? 위험해요!"

"뭐가?"

"그, 그 할머니는, 저기, 그러니까……."

그러니까? 내가 가만히 있자 그레이스는 주변을 살피더니 내게 속삭였다.

"마녀라는 소문이 있어요."

"혼자 살면서 약초를 손대서?"

"네."

뭐야, 그럼 우리 할머니 친구들은 다 마녀였겠네? 나는 마녀라는 말에 코웃음 치고 오래 살았다는 할머니가 어디 사는지 확인했다.

그러자 어디 사는지 알려 주고도 걱정이 됐는지 그레이스가 나를 쫓아오며 말했다.

"공작님이 데려온 용병과 함께 가세요."

"왜?"

"위험해요, 남작님. 그 할머니가 무슨 짓을 했는지 도둑질하러 간 사람들이 온몸에 두드러기가 나서 몇 달을 고생했다는 말도 있어요."

"도둑질하러 갔으면 혼나야지."

나는 심드렁하게 대답하고 션을 불렀다. 그레이스의 말대로 베르트와 카렌을 데려가고 싶어도 못 한다. 걔들은 이 저택을 나가자마자 넘어지느라 정신이 없거든.

"마녀라고?"

저택을 나가며 그레이스에게 들은 이야기를 해 주자 션이 어이없다는 듯 물었다. 그래, 마녀. 나도 어이가 없어서 피식 웃으며 물었다.

"웨스트햄튼에도 마녀가 있어?"

"별명이 마녀인 사람이라면 있긴 한데."

없는 모양이다. 나는 하인이 말을 가져오는 것을 기다리며 물었다.

"마녀가 있긴 해? 그러니까 내 말은, 마녀라는 존재가 존재하냐고."

이 세계에 마법사가 있다는 건 안다. 그렇다면 마녀도 존재할 수 있는 걸까. 의문을 품은 내게 션이 가슴 앞으로 팔짱을 끼며 말했다.

"있지. 지금은 많이 사라졌지만."

"어? 진짜로?"

당연히 그런 건 다 거짓말이고 와전된 거라고 말할 줄 알았는데. 내 놀란 표정에 션은 어깨를 으쓱하더니 다시 입을 열었다.

"지금처럼 의학이 발전하기 전까지는 마녀들이 많은 공헌을 했거든. 지금도 약초 쪽으로는 어지간한 약초 연구가들보다 더 낫다는 평도 있고."

아무래도 이 나라의 마녀는 내가 아는 마녀와는 달리 긍정적인 느낌인 모양이다. 나는 하인이 가져온 말 고삐를 잡으며 말했다.

"그레이스는 조심하라고 하던데? 아주 위험한 사람인 것처럼 말하더라고."

그러자 션이 내게 다가오더니 가볍게 말을 쓸었다. 그리고 내게 손을 내밀며 물었다.

"올려 줘?"

"응."

혼자서 탈 생각이었지만 태워 준다면 좋지. 션은 어렵지 않게 나를 안아 들더니 말 위에 올려놓았다. 그리고 내가 자세를 잡는 사이 내 뒤로 올라타더니 말했다.

"마녀들이 위험한 것도 사실이야. 마법사도 똑같잖아."

아니, 그렇게 말해도 난 마녀는커녕 마법사도 만난 적이 없다. 하지만 내가 그렇게 말하기도 전에 션이 팔을 뻗어 고삐를 잡았다.

이크, 혀를 안 깨물려면 입을 다물어야 한다.

내가 입을 다무는 것과 동시에 말이 움직이기 시작했다. 션은 능숙하게 말을 몰았고, 나는 재빨리 그의 가슴에 머리를 기댔다. 안 그러면 계속 부딪친다.

"마녀들이 예전에 그렇게 많은 공헌을 했다면 지금은 왜 사라진 거야?"

눈앞에 마을 전경이 펼쳐졌다. 나는 션의 가슴에 머리를 댄 채 물었고, 머리 위에서 그의 대답이 들려왔다.

"마녀들의 후계자 양성 방식이 좀 특이했다고 알고 있어. 보통

도제식이라고 해도 제자를 한 명만 들이지는 않거든."

도제식. 스승의 밑으로 제자가 들어가서 스승의 일을 도우며 배우는 방식이다. 스승은 여러 명의 제자를 길러 그중 가장 잘하는 자를 수제자로 삼는다.

하지만 그것도 예전의 일이라고 한다. 지금은 아예 가게에 수습으로 고용해서 가르친다고.

"알려진 바에 따르면 마녀들은 유기적으로 연결돼 있어서 각 세대끼리 연결되어 있다고 하더군. 한 명의 마녀는 오직 한 명의 후계자만을 길렀고."

션의 설명에 나는 고개를 끄덕이다가 멈췄다. 그거 너무 위험한 방법 아냐? 만약 제자가 중간에 그만두거나 무슨 일이라도 생기면?

"잠깐, 마녀의 제자가 되는 게 어려워?"

나는 몸을 돌려 션을 쳐다보려 하며 물었다. 션은 내가 움직이지 못하도록 팔로 꽉 잡더니 말했다.

"위험하니까 움직이지 마. 어려운지는 모르겠어. 그들만의 조건이 있다는 거 같아."

앞부분은 몸을 돌리지 말라는 뜻인가 보다. 나는 다시 정면을 쳐다보기 시작했다. 그래도 나를 지탱하던 션의 팔 힘은 약해지지 않았다.

내가 애도 아니고 말 위에서 떨어질까 봐 걱정이라도 되는 건가. 나는 션의 과보호에 인상을 썼다. 그는 내가 조금이라도 몸을 돌리려고 하면 팔에 힘을 줘서 막았다.

아, 진짜.

"이쯤인 거 같은데."

약간 빠르게 움직이던 말이 마을 외곽에 다다르자 느려졌다. 션은 인가에서 멀리 떨어진 숲 근처를 천천히 돌다가 말을 멈췄다.

왜 멈춘 거야? 둘러봐도 집 같은 건 보이지 않는다. 하지만 션은 봤나 보다. 그는 말에서 내리더니 내게 손을 뻗으며 말했다.

"여기부턴 걸어가야겠어."

"집이 있어?"

"저쪽에."

그가 가리킨 곳을 봤지만 역시나 내게는 울창한 나무밖에 보이지 않는다. 나는 대체 션이 뭘 봤는지 이해할 수가 없어서 나무를 보다가 그의 어깨에 손을 얹었다.

눈 깜짝할 사이에 그가 나를 들더니 땅바닥에 내려 주었다. 그리고 말 고삐를 한 손으로 잡더니 다른 손을 내게 내밀며 말했다.

"나한테서 떨어지지 마."

"왜? 짐승이라도 나와?"

"짐승도 있고."

짐승도 있다는 말은 다른 것도 있다는 건가? 덜컥 겁이 나서 나는 재빨리 그의 팔을 움켜잡았다. 머릿속에 안 좋은 생각이 떠올랐다.

여기에 설마 괴물도 있나?

그렇게 생각한 순간, 션이 나를 잡아당겼다.

"어?"

퍽!

그가 나를 잡아당기는 것과 동시에 내 옆으로 뭔가가 날아와 박혔다.

뭐, 뭐야. 나는 얼어붙은 채 션에게 붙어 있다가 천천히 고개를 돌렸다.

"거봐."

방금 전까지 내가 있던 위치에서 아주 약간 떨어진 곳에 화살이 박혀 있었다. 거봐? 거봐? 거 봐가 아니겠지?

나는 어이가 없어서 션을 올려다봤다. 그는 별거 아니라는 표정으로 말했다.

"발밑을 조심해."

으아아아아. 마음 같아서는 그냥 도망쳐 버리고 싶다. 솔직히 난 베르트랑 별로 안 친해! 걔가 좀 못 돌아다니면 어때! 나한테 아무 피해도 없다고!

하지만 션이 앞으로 나가기 시작했기 때문에 그에게 끌려갈 수밖에 없었다. 나는 돌아가면 베르트를 꼭 때려 줘야겠다고 생각하며 그의 등 뒤에 찰싹 달라붙었다.

"진짜 집이 있네."

션이 대체 뭘 믿고 이렇게 성큼성큼 걸어가나 했는데 나무를 지나자 정말 집이 나왔다. 나는 나무로 지은 오두막집을 보고 눈을 크게 떴다.

대체 뭘 보고 여기에 집이 있다고 확신하는지 궁금했는데 굴뚝에서 연기가 피어오르고 있었다. 저 연기를 봤나 보다.

"누구세요?"

집 앞에 서 있던 여자가 우리를 향해 대뜸 물어 왔다. 약간 통통한 체형에 앞치마를 입은 평범한 아주머니로 보인다.

아니, 아주머니라기엔 약간 나이가 들었다. 그렇다고 할머니라고 하기엔 또 젊고.

여자의 시선이 션에게 꽂혔다. 잠시 션을 쳐다보던 그녀의 표정이 곧 일그러지는 게 보였다. 아, 저거 안 좋다.

나는 재빨리 션 앞으로 나서서 말했다.

"에버딘 어셔 남작입니다."

여자는 내가 있는 걸 몰랐던 모양이었다. 뭐, 내가 션 뒤에 서 있었으니 안 보였겠지. 그녀는 내가 튀어나온 것에 깜짝 놀라서 뒤로 주춤 물러나려다가 나와 션을 번갈아 보며 물었다.

"누, 누구라고요?"

"어셔 남작이요."

"나, 남작님은 돌아가셨다고 들었는데요."

"어머니가 돌아가셨죠. 전 에버딘 어셔예요."

그제야 여자의 일그러졌던 얼굴이 원래대로 돌아갔다. 그녀는 나를 물끄러미 쳐다보다가 말했다.

"맞네요. 전 영주님과 많이 닮으셨어요."

에버딘이 에버딘의 어머니와 많이 닮았다는 건 나도 안다. 수도에 있는 저택에서 초상화를 봤거든. 나는 어깨를 으쓱하고 션을 가리키며 말했다.

"이쪽은 제 친구, 아니, 동료, 아니……."

뭐라고 해야 해? 션을 설명할 수식어가 부족하다. 내가 뭐라고 설명해야 할지 망설이자 여자가 알겠다는 듯 고개를 끄덕이며 말했다.

"들어오시겠어요?"

그랬으면 좋겠다. 나는 재빨리 여자의 뒤를 따랐다. 방금 내가 맞을 뻔한 화살을 생각하면 집 안이 훨씬 안전하겠지.

"이 마을에서 가장 오래 사셨다고 들었는데요."

안은 낡은 오두막집처럼 보이는 밖과 달리 아늑했다. 나는 내게 딱 맞는 의자에 앉으며 물었다.

그 말은 선에게는 매우, 아주 매우 작았다는 말이다.

선은 자기에게 너무 작고 낮은 의자를 보더니 그냥 서 있겠다고 말했다. 천장이 낮아서 힘들지 않을까?

"그렇진 않아요. 저보다 오래 사신 분도 계실 거예요."

"하녀가 그러던걸요. 숲에 대해 물어보려면 여기 계신 그, 분을 찾아가야 한다고요."

나는 목구멍까지 기어 올라온 마녀라는 단어를 간신히 삼키고 말했다. 선의 설명으로는 마녀는 좀 쇠퇴한 프로 같은 느낌이지만 그레이스의 설명은 엄청 안 좋았거든.

내 설명이 마음에 들었는지 여자의 얼굴에 미소가 떠올랐다. 그녀는 난로에 걸어 둔 주전자를 꺼내더니 컵에 뭔가를 따라 내게 내밀었다.

"감사합니다."

어른이 뭔가를 주면 감사하다고 말해야 한다. 내가 반사적으로 컵을 받아들자 선이 내 어깨를 잡더니 허리를 숙여 속삭였다.

"마시지 마."

그럴 생각이긴 했다. 아까 맞을 뻔한 화살로 보건대, 이 여자는 방문객에게 그리 호의적이지 않은 것 같거든. 하지만 익숙한 냄새가 났다. 나는 가만히 컵을 들여다보다가 냄새를 맡았다. 그리고 홀짝 마셨다.

"에버딘!"

깜짝 놀란 션의 외침이 들려왔다. 나는 그를 무시하고 여자에게 말했다.

"맛있네요."

여자의 얼굴에 놀란 표정이 떠올랐다가 사라졌다. 션은 나를 못마땅하게 쳐다보더니 자기 컵을 들어 홀짝 마셨다. 그리고 인상을 쓰며 말했다.

"이게 무슨 차야?"

보리차다. 보리를 볶아서 우려낸 거. 이걸 여기서 마실 수 있을 줄은 몰랐는데. 나는 다시 차를 호록 마셨다.

어릴 때 할머니가 보리차를 끓여 줬었다. 뭐, 할머니가 끓여 준 건 그것뿐만이 아니었지만.

제일 별로였던 건 생강차였지. 감기 기운이 있으면 늘 생강차를 마시라고 강요하셨는데 끔찍하게도 생강차에 꿀이나 설탕도 안 넣고 주셨다.

"그 차가 마음에 안 드시면 홍차를 드릴까요?"

여자가 도전하듯 물었다. 그러자 션이 팔짱을 끼며 말했다.

"됐네. 이야기만 끝내고 돌아갈 거야."

아까 화살이 날아온 걸 생각하면 션의 저런 태도도 이해가 안 가는 건 아니다. 나는 따끈한 보리차를 홀짝이며 여자를 힐끔 쳐다봤다.

션의 냉정한 태도에도 그녀는 그다지 기분이 상한 것 같지 않았다. 션이 누군지는 모를 텐데 공손한 걸 보면 남작이랑 같이 왔으니 높은 사람이라고 판단한 모양이다.

"무슨 일로 남작님께서 이런 누추한 곳까지 오셨을까요?"

여자가 앞치마로 손을 닦으며 말했다. 나는 다시 한 번 내 소개를 하고 용건을 이야기했다.

저택 뒤에 있는 숲에 마법이나 요정이 사는지 알고 있냐는 질문에 여자의 얼굴에 어리둥절한 표정이 떠올랐다. 그녀는 공손하게 말했다.

"그런 걸 이런 곳에 혼자 사는 노파가 알 리가 없지요."

노파라기엔 너무 젊지 않나? 내가 그렇게 말하려는 순간 션이 삐딱하게 말했다.

"알려 주기 싫다는 거군."

직설적으로 말하면 그렇겠지. 여자는 션의 말에도 아무 말 없이 웃고만 있었다. 그러자 션이 몸을 돌리며 말했다.

"가지."

"진짜?"

난 괜찮은데 넌 불편하지 않겠어? 네 용병대 대장이랑 부대장 둘이 동시에 우리집에서 움직이질 못하는 건데?

하지만 션은 정말로 여자와 더 말을 하고 싶지 않은 모양이었다.

그는 나를 재촉하며 말했다.

"이 숲은 남작의 것이지. 거기에 허락도 없이 살면서 감히 덫을 설치해 놓고 사과도 안 하는 무례한 자에게 부탁할 생각은 없어."

아, 그렇군. 나는 그제야 션이 왜 저렇게 여자를 싫어하는지 이해했다. 이 영지는 내 것이다. 즉, 이 숲도 내 것이라는 말이다.

여자는 내 숲에 허락도 없이 집을 지어 살고 있고 덫을 놓았다. 그 덫에 내가 걸려들 뻔했음에도 사과는커녕 덫을 놨다는 것에 핑계를 댈 생각도 하지 않고 있었다.

하지만 이상하게도 션과 달리 나는 여자에게 화가 나지 않았다. 할머니 생각이 나서 그런가?

보리차 때문인지도 모르겠다. 아니면 이런 숲속에서 혼자 살고 있다는 것 때문인지도 모르지.

나는 션의 재촉에 자리에서 일어나며 다시 물었다.

"정말 몰라요? 요정이나, 저택 뒤에 있는 숲에 대해서요."

"글쎄요."

여자가 그렇게 말했을 때였다. 션이 문고리를 잡으며 말했다.

"마녀들이 사라진 이유를 알겠군."

그 순간, 여자의 표정이 변했다. 눈동자가 번뜩이는 것을 보자 나는 션의 말이 그녀의 역린을 건드렸다는 것을 깨달았다.

션은 그녀보다도 훨씬 크고 강하니까 누군가의 역린을 건드려도 괜찮을지도 모른다. 하지만 우리가 무슨 말을 해도 웃고만 있던 여자가 션의 그 한마디에 눈빛이 변하는 건 걱정이 된다.

나는 재빨리 몸을 돌린 여자의 모습을 유심히 살폈다. 뭘 하려는 거지? 그녀는 집 한쪽으로 가서 뭔가를 집어 들었다가 놓았다. 그리고 다시 우리 쪽으로 몸을 돌려 다가왔다.

"잠시만요, 기사님."

내 뒤를 따라 문을 나선 여자가 션을 향해 다가갔다.

뭘 만진 거지? 나는 고개를 빼고 그녀가 잡았다 놓은 것을 쳐다봤다. 잎사귀가 붙은 나뭇가지였다. 언뜻 보면 그냥 평범해 보이는 나뭇가지였는데 익숙했다.

그사이 여자는 밖에 묶어 둔 말고삐를 푸는 션에게 다가가고 있었다. 그녀의 손이 션의 손에 닿으려는 순간 나는 나뭇가지를 어디에서 봤는지 깨달았다.

"잠깐!"

그레이스가 왜 마녀를 위험하다고 했는지 알겠다. 나는 깜짝 놀라 소리를 지르고 션에게 달려갔다. 그리고 여자와 션의 사이를 막으며 말했다.

"당신, 이름이 뭐지?"

여자는 당황한 기색도 없었다. 그녀는 손을 공손하게 모으더니 말했다.

"조안입니다, 남작님."

"조안, 만약 내가 당신 사람에게 독을 바르면 기분이 어떻겠어요?"

그러자 조안의 표정이 딱딱하게 굳었다. 그녀는 어떻게 알았냐는 표정으로 나를 쳐다보기 시작했다. 동시에 말 고삐를 잡고 있던 션이 깜짝 놀라 나를 한 팔로 끌어안았다.

"독이라고?"

"독이라뇨? 어디에 독이 있다는 말인가요?"

션의 놀란 말에 조안이 두 손을 펼쳐 보이며 말했다. 이 여자가 장난하나. 나는 인상을 쓰며 말했다.

"방금 만진 거, 옻나무잖아요."

어릴 때 할머니한테 신신당부를 들으며 배웠다. 이런 나무가 있으면 가까이 가지도 말라고. 옻나무 알레르기는 심한 사람은 태운 연기에 닿아도 나타난다.

내 말에 션은 옻나무가 뭐냐는 표정을 지었고 조안은 어떻게 알았냐는 표정을 지었다. 나는 인상을 쓰며 말했다.

"이 숲에서 사는 것도 눈감아 줬고, 내가 덫에 당할 뻔한 것도 당신 잘못이 아니라고 생각해서 넘어갔어요. 하지만 내 사람한테 독을 바르는 건 용서 못 해요."

"덫을 설치한 건 이 여자……."

션이 끼어들려 했지만 나는 그를 막으며 말했다.

"이런 숲에서 혼자 살려면 자기를 지킬 수단이 필요하겠지. 동물뿐 아니라 사람을 상대로도. 그건 이해하겠단 말이야."

조안의 얼굴에 멍한 표정이 떠올랐다. 어릴 때, 할머니와 시골에서 살 때 할머니도 개를 길렀다. 매일 아침 투덜거리면서 개똥을 치우고 산책을 시키면서도 커다란 개를 두 마리나 길렀다.

덫은 조안에게는 할머니가 키우던 개 같은 존재일 것이다. 물론 개가 덫처럼 오직 경비용이었다는 말은 아니고. 할머니는 개 두 마리가 다 죽자 다시는 아무것도 기르지 않았다.

"이번만 넘어가겠어요."

나는 조안을 향해 경고를 던지고 돌아섰다. 이번뿐이다. 옻은 단순히 가려울 뿐이지만 심한 사람은 응급실에 실려 가는 것도 봤다.

*　*　*

"어떻게 알았어?"

다시 션과 말을 타고 저택으로 돌아오는 길에 션이 물었다. 조안이 옻나무를 이용해 션에게 알레르기를 일으키려 한 것을 어떻게 알았느냐는 질문에 나는 잠시 입을 다물었다.

뭐라고 설명해야 할까. 죽었다 깨어났더니 기억이 다 사라진 대신이 이상한 지식을 얻었다고 할까? 그거면 쌀을 이용한 요리를 어떻게 아느냐는 질문에도 대답이 될 것 같다.

나는 잠시 망설이다가 좀 더 그럴듯한 대답을 하기로 결심했다. 우리는 나란히 앉아 있었고 그는 내 뒤에 있었기 때문에 거짓말을 하기가 좀 쉬웠다.

"사냥꾼들한테 들었어."

다행히 션은 그걸로 납득했는지 더 이상 캐묻지 않았다. 션과 지나가 만날 일이 없겠지.

저택으로 돌아오자 시간은 저녁 식사 시간을 넘겨 있었다. 어쩐지 배고프더라. 나는 나를 마중 나온 엘리스에게 인상을 쓰며 물었다.

"왜 안 자고 나와 있어?"

저녁 식사 시간 후에는 재워 달라고 레슬리에게 부탁했는데? 내 지적에 엘리스의 표정이 어두워졌다. 그녀는 고개를 숙이며 말했다.

"저녁 맛있었다고 인사드리고 싶었어요. 그리고 자기 전 인사도요."

그거면 할 수 없지. 나는 시간을 확인하고 엘리스에게 말했다.

"인사해 줘서 고마워. 하지만 앞으로 내가 언제 돌아올지 모를 때는 그냥 자야 돼."

그렇지 않아도 또래보다 작은 엘리스는 일찍 자고 잘 먹어야 자란다. 내 지시에 엘리스의 얼굴이 다시 밝아졌다. 그녀는 고개를 끄덕이더니 내게 잘 자라고 속삭이고 자신의 방으로 돌아갔다.

"배고프지 않아?"

엘리스와 마중 나온 사람들을 자기 위치로 돌려보낸 뒤, 나는 션을 돌아보며 물었다. 가기 전에 튀긴 주먹밥을 좀 먹어서 살짝 출출한 정도긴 하다.

하지만 션은 아니었나 보다. 그는 눈을 빛내며 말했다.

"시장한데."

이런. 션은 나보다 더 많이 먹으니 나가기 전에 먹은 튀긴 주먹밥 반 개는 이미 소화가 다 되고도 남았을 거다. 우리는 재빨리 주방으로 가서 남은 음식을 찾았다.

안타깝게도 나와 션이 만들어 둔 튀긴 주먹밥은 이미 거의 사라지고 없었다. 아니, 사람들이 잘 먹은 거니 좋은 건가?

나는 딱 하나 남은 튀긴 주먹밥을 션과 함께 나눠 먹고 찬장을 뒤져 폴라가 만든 듯한 복숭아 파이를 찾아냈다. 내가 주인이니까 먹어도 되겠지?

"참, 도리스랑 이야기하기로 했다며?"

나는 내가 먹을 용으로 파이 한 조각을 덜어 내고 션의 접시에도 파이 한 조각을 내려놓으며 물었다. 션은 이걸로 부족하겠지? 내가 한 조각 더 덜어 내는 사이 그는 다시 찬장을 뒤져 빵과 치즈를 꺼내 오더니 큼지막하게 자르며 말했다.

"음. 돈 문제로."

"돈 문제? 무슨 돈 문제?"

놀랍게도 폴라가 만든 복숭아 파이는 진짜 맛있었다. 모양은 투박했지만 안에 든 복숭아도 적당히 식감이 남아 있게 졸였고 파이지도 바삭했다.

잘하는 요리가 하나쯤은 있는 모양이다.

나는 폴라가 대체 누굴 위해 복숭아 파이를 구웠을지 의심하며 션에게 고개를 돌렸다. 그러자 그가 고개를 휙 돌리며 말했다.

"네 직원의 빚을 내가 인수하기로 했잖아."

이 남자, 혹시 방금 전까지 날 쳐다보고 있었나? 나는 머릿속에 떠오른 의문을 재빨리 떨쳐 내고 다시 파이를 포크로 잘라 입에 넣었다.

그러고 보니 그랬었다. '세상의 모든 빵들'의 사장에게 도리스가 진 빚을 션이 갚아 주는 대신, 그만큼의 돈을 션에게 지기로 했었다.

아, 여기에 커피 한 잔 있었으면 딱 좋았을 것 같은데. 달콤한 복숭아 파이를 먹자니 씁쓸한 커피가 간절해졌다. 홍차도 좋긴 한데 홍차는 오늘 아침에도 한 잔 마셨다.

내가 살던 곳에서 나는 커피를 하루에 한 잔씩 꼭 마셨었다. 그걸 안 마시면 정신이 들지 않는 느낌이었거든. 할머니가 드시던 믹스커피 말고.

"그거 아직 인수 안 했어?"

도리스의 빚이라 일부러 물어보지 않았더니 어떻게 됐는지도 모르고 있었다. 션은 복숭아 파이를 크게 잘라 먹으며 말했다.

"네 직원이 진 빚을 갚아 줬냐는 질문이라면 맞아, 갚아 줬어."

"그럼 뭐가 남은 거야?"

"그녀가 어떻게 갚을지를 의논해야지. 감당하기 어려운 금액을 지정할 수는 없으니까."

아, 그렇군. 션은 그러니까 도리스가 어떤 기간으로 얼마의 돈을 갚을지 이야기하겠다는 거다.

흠. 나는 파이를 입에 넣으며 조리대에 기댔다. 그가 배고파 보여서 조리대에 선 채로 주먹밥을 먹었더니 우리는 여전히 조리대 앞에 서 있었다.

덕분에 발이 좀 아프다. 나는 오른쪽 신발을 벗어 왼쪽 발목에 발을 갖다 대고 션을 쳐다봤다. 조심하지 않으면 찬장에 그의 얼굴이 닿을 것 같다.

"왜?"

내 시선을 느낀 션이 고개를 돌리며 물었다. 분명 복숭아 파이 두 조각을 줬고 내 얼굴만 한 빵과 치즈를 가져왔던 것 같은데 그는 그걸 거의 다 먹어 가고 있었다.

베르트도 션과 양이 비슷하다는 것을 생각하면 아무래도 웨스트 공작 일행에게 식비를 받아야 할 것 같단 말야.

"내 돈 말야."

나는 조리대에 몸을 기대며 말을 이었다.

"어떻게 줘? 그냥 돈으로 주면 돼? 아니면 은행을 통해서?"

션의 얼굴에 잠시 어리둥절한 표정이 떠올랐다. 그는 내 돈이라는 게 뭘 말하는지 바로 이해하지 못했던 모양이다. 하지만 금세 내가 말하는 게 헥터가 그에게 받은 지참금이라는 것을 깨달았는지 션의 얼굴이 험악해졌다.

"네 아버지는?"

저 말은 헥터가 돈을 안 내놓겠다고 했냐는 질문이겠지. 나는 조리대에 팔꿈치를 대고 목을 늘어트렸다. 어휴.

"그 인간을 잡으면 또 모르겠는데. 일단 내가 여기에 와 있잖아."

헥터에게 돈을 받는 것도 중요하지만 당장 내게는 헬름이 더 중요했다. 여기가 이렇게 엉망이잖아. 여기 사는 영지민들은 내 책임이고 헥터의 오판으로 익숙하지도 않은 쌀을 먹고 있다.

나는 그걸 어떻게든 개선해 줄 의무가 있었다.

"그럼 다음에 줘."

션은 마치 제집인 양 찬장을 열어 컵을 꺼내더니 주전자에 있던 차를 따르며 말했다. 뭐야. 나는 어이가 없어서 조리대에 기댄 채 물었다.

"뭐야, 안 받아도 되는 거였어?"

"다음에 달라고 했지, 주지 말라고는 안 했어."

션은 그렇게 말하며 내게도 컵을 내밀었다. 홍차다. 커피가 마시고 싶은데. 나는 잠깐 인상을 썼다가 재빨리 표정을 관리하며 컵을 받아들었다.

물론, 션에게 고맙다고 인사하는 것도 잊지 않았다.

"근데 돈 못 갚으면 마틴과 결혼하라며."

"난 그렇게 말한 적 없는데."

뭐라고? 나는 느닷없는 션의 말에 인상을 쓰며 그에게 몸을 돌렸다. 션은 조리대에 엉덩이를 대고 기대서 차를 마시고 있었다.

앤 그냥 차를 마시는 것뿐인데도 화보의 한 장면 같다.

"돈 못 갚으면 마틴과 결혼하라고 했잖아?"

"아니지."

션은 컵에서 입을 떼며 나를 힐끔 쳐다봤다. 그게 묘하게 섹시했다. 그러더니 손안에서 컵을 빙글빙글 돌리며 말을 이었다.

"정확히 말하면 빚만큼 돈을 모으라고 했고, 못 모으면 웨스트가의 남자와 결혼해야 한다고 했지."

그게 무슨 차이인지 모르겠는데. 나는 여전히 인상을 쓴 채 션을 쳐다보고 있었다. 그러자 그가 손안에서 빙글빙글 돌리던 컵을 조리대 위에 탁 소리가 나도록 내려놓으며 말했다.

"뭐, 모았으니까 끝이지."

어째 내가 못 모으길 바란 것처럼 들린다. 나는 가만히 션의 모습을 지켜보다가 물었다.

"돈 갚으라는 거지?"

설마 안 갚아도 된다거나 이런 건 아니지? 약간 희망을 품었는데 션은 약간 짜증 난다는 표정으로 나를 쳐다보더니 한숨을 내쉬며 말했다.

"그래."

기대도 안 했다. 원래 남의 돈은 빌렸으면 재깍재깍 가져다 놔야 한다. 심지어 션은 이자도 안 받았잖아.

나라면, 그 큰돈을 빌려줄 거라면 이자도 꼬박꼬박 받을 것이다. 나는 적어도 마틴과 결혼하지 않게 된 것에 안도했다.

그러다가 문득, 잊고 있던 사실이 떠올랐다.

내기에는 질 경우와 이길 경우가 있다. 내가 돈을 못 모았다면 마틴과 결혼하기로 되어 있었지. 그렇다면 이긴다면?

그동안 잊고 있었던 내기에서 이길 경우 하기로 한 게 머릿속에 떠올랐다. 그때 션이 분명히 말했다. 만에 하나라도 내가 빵을 팔아서 돈을 모으는 기적이 일어난다면 무릎을 꿇고 내 발등에 입을 맞추겠다고.

"저기, 동생들도 알아?"

"뭘?"

내 옆에서 조리대에 기대어 서 있는 션의 눈빛은 평온했다. 이 남자도 나처럼 잊은 건지, 아니면 잊고 있었던 건지 모르겠다.

후자일 가능성도 있지. 나는 컵을 들며 말했다.

"내가 이기면 당신이 내 발에 입 맞추기로 한 거."

그러자 나를 돌아보는 션의 눈이 둥글게 휘었다. 아, 알고 있었구나. 어쩐지 그 표정에 가슴이 철렁해서 나는 저도 모르게 시선을 피했다가 다시 그를 쳐다봤다.

"그건 아네트와는 상관없는 일이지."

"아네트 말고 남자 동생 쪽은 어때?"

"마틴?"

차마 교육 잘못 시킨 녀석이라고 말하지 않은 건 그동안 나와 션이 조금이라도 친해졌기 때문이겠지. 나는 고개를 끄덕였고 션은 어깨를 으쓱하며 말했다.

"이건 너와 내 문제야. 마틴과는 상관없어."

"하지만 나랑 결혼할 뻔한 남자는 마틴이잖아."

"그런데?"

션의 눈동자가 붉게 빛이 났다. 약간 오싹하기까지 한 눈빛에 나는 잠시 말을 잃었다.

그는 내가 마틴에 대해 묻는 게 마음에 들지 않는 것처럼 보였다. 하지만 왜? 이해가 안 된다. 내가 인상을 쓰자 곧바로 션이 고개를 숙이더니 한숨을 내쉬고 사과했다.

"미안."

이건 신경질 낸 거에 대한 사과겠지? 나는 뭐라고 한마디 하려다가 전에 봤던 마틴을 떠올리고 입을 다물었다. 나도 그런 동생이 있으면 부끄러울 거다.

24

쾅쾅쾅!

문을 두드리는 요란한 소리에 션은 눈을 번쩍 떴다. 그는 반사적으로 일어나면서 침대 밑에 넣어 둔 검을 꺼내 들었다.

어디서 자든지 잠자리 밑에 검을 깔아 두는 건 용병대 시절에 익힌 버릇이었다. 그는 주위를 둘러본 뒤에야 여기가 헬름이고 어셔 남작의 저택이라는 것을 깨달았다.

몇 시쯤 됐을까. 그는 문을 열고 복도로 나갔다. 그러자 마치 언제 잠자리에 들었냐는 듯 옷을 갖춰 입은 베르트와 카렌이 복도에서 있었다.

둘 다 션과 똑같이 검을 들고 있었다. 그 모습에 션은 피식 웃었다. 같은 버릇이다.

"아무도 안 일어나네요."

카렌이 주위를 둘러보며 말했다. 그러게나 말이다. 세 사람에게는 벼락같은 소리였는데 이 집의 사람들은 잠들어서 듣지 못한 모양이다.

션은 시계를 확인하고 다들 깊이 잠들어 있을 시간이라는 것을 알았다. 당연히 에버딘은 저 소리도 못 들었겠지.

그는 카렌과 베르트를 향해 손짓했다. 카렌은 정문으로, 베르트는 카렌의 뒤를 지원한다. 션이 뒷문을 통해 뒤를 확인하겠다는 신호에 베르트와 카렌은 천천히 일 층으로 내려가기 시작했다. 그사이, 션은 빠르게 뒷문을 통해 저택을 빠져나갔다.

"공작님! 대장!"

세 사람이 바짝 긴장해서 맞이하러 간 손님은 문을 두드리며 션과 베르트를 부르고 있었다. 창문을 통해 상대를 확인한 베르트는 맥이 빠져서 한숨을 내쉬며 말했다.

"존이네."

"존이라고?"

이 시간에? 존이 오려면 아직 이틀은 더 남았다. 카렌이 그렇게 생각하며 문을 여는 것과 동시에 션도 존의 뒤에 도착했다.

"아, 다행이다."

카렌의 얼굴을 본 존이 안도의 한숨을 내쉬며 말했다. 뭐야. 카렌과 베르트, 션의 시선이 부딪쳤다. 베르트는 문 안쪽에서 바깥쪽을 확인하고 물었다.

"혼자 왔어?"

당연히 존 외에 더 올 사람은 없다. 베르트의 말은 마차도 없이 혼자 말을 타고 왔냐는 뜻이었다.

존은 어느새 자신의 뒤로 다가온 션을 그제야 발견하고 화들짝 놀라서 말했다.

"노, 놓쳤습니다."

션의 표정이 험악해졌다. 그가 성큼성큼 존에게 다가가자 존은 뒷걸음질로 저택 안으로 들어가며 변명했다.

"아니, 그게, 잘 따라갔는데 말입니다. 그 새, 아니, 그 자식이……."

"어쩌다가?"

어이없는 표정으로 베르트가 달라붙었다. 순식간에 션과 베르트에게 둘러싸인 존이 카렌에게 도움을 요청하는 눈빛을 보냈지만 그녀는 팔짱을 낀 채 무시했다.

이건 정말 그의 잘못이 아니다. 존은 두 손을 들어 올리고 변명했다.

"화장실로 빠져나갔답니다. 갔을 만한 곳을 다 뒤져 보고 여기로 달려온 겁니다."

잘하는 짓이다. 카렌은 멀찌감치 서서 혀를 차고 말했다.

"눈치 한번 빠르네."

일부러 헥터가 얼굴을 모르는 용병이 미행했는데 고작 이틀 만에 알아차렸다는 말이다. 베르트는 거칠게 머리를 쓸어넘기며 한숨을 내쉬었고, 카렌은 짜증 난다는 듯 발을 굴렀다.

하지만 션은 가만히 서서 뭔가를 생각하고 있었다. 그는 다시 존에게 물었다.

"그자가 마지막으로 간 곳은 어디였지?"

"클럽이요."

헥터가 하루에 한 번은 꼭 들르는 곳이었다. 귀족만 출입할 수 있는 클럽. 당연히 용병은 들어갈 수 없기 때문에 입구 근처에서 기다렸다고 한다.

하지만 헥터는 평소와 달리 아무리 시간이 흘러도 나오지 않았고, 그제야 뭔가 이상하다 여긴 용병이 심부름을 왔다는 핑계로 안에 헥터 어서가 있는지 확인해 달라고 했는데 없었다는 것이다.

"여기서 그자를 만나러 간 하인이 하나 있는데."

"촉새 같은 놈 말이죠? 잡았습니다."

이미 글로버도 서쪽 하늘 용병대 손에 들어갔다는 말이다. 그렇다면 헥터는 글로버와 만난 것도 아니다. 션은 인상을 쓴 채 대체 헥터가 어디로 갔을지 생각하기 시작했다.

그때 카렌이 슬쩍 다가와서 물었다.

"자기가 이혼하게 된 건 알아?"

레슬리는 이혼 신청만 하고 션과 함께 헬름으로 와 버렸다. 당연히 카렌이 헬름으로 오기 전까지 헥터는 레슬리가 이혼을 신청했다는 것을 모르고 있었다.

"어, 네. 압니다. 아주 화가 나서 팔짝팔짝 뛰던데요?"

체면을 중시하는 헥터는 밖에서 티 내지 않고 집에 돌아와서 찻잔이며 접시를 집어 던지며 화를 냈다. 존은 적당히 잘 피했지만 그가 던진 접시를 맞은 하인도 있었다.

"그가 어디로 갔는지 다른 하인들도 모르고?"

존은 고개를 저었다. 다른 하인들도 전혀 모른다고 했다. 심지어 다들 헥터가 사라진 것도 몰랐다. 하기야, 헥터가 갑자기 모습을 감춘 건 고작해야 몇 시간 전이다.

그를 감시하던 용병이나 눈치챘지, 집에서 일하는 하인들이 알리가 없다.

"경계 태세를 갖추는 게 좋겠군."

션은 그렇게 말하고 이 층으로 올라갔다. 헥터가 여기로 올 가능성도 있다. 션은 그렇다고 그가 위험한 짓을 할 배짱은 없을 거라고 생각했지만 안전을 위해 에버딘의 상태를 확인했다.

"어서."

션은 에버딘의 방문을 가볍게 노크하고 그녀를 불렀다. 당연히 아무 소리도 들리지 않았다. 그래도 혹시 모르니 안은 확인해야 한다.

문을 열어 안으로 들어간 그는 개인 응접실을 지나 침실 문을 살짝 열었다.

더 이상 들어가는 건 옳지 않다. 하지만 창문도 확인해야 한다.

션은 문에서 창문으로 직선으로 걸었다. 일부러 침대 쪽은 쳐다보지도 않았다. 그러면서 그는 방 안에 에버딘의 숨소리 외에 다른 누군가의 기척이 있는지 확인했다.

다행히 방의 창문은 전부 걸어 잠겨 있었다. 누군지 몰라도 에버딘의 하녀가 일은 제대로 한 모양이군. 그는 그렇게 생각하고 한숨을 내쉰 뒤 재빨리 복도로 나갔다. 그리고 자신의 실수를 깨달았다.

"젠장."

카렌이 있다. 그래서 일부러 데려오지 않았던가. 이런 식으로 에버딘의 방에 들어가거나 그녀의 가까이에서 보호해야 할 일이 있다며 시키려고.

다행히 카렌과 베르트는 존과 함께 일 층을 전부 살핀 뒤 이 층으로 올라오고 있었다. 션은 별거 아니라는 표정으로 카렌에게 말했다.

"어서 남작은 아무 일도 없군."

"일 층도 침입 흔적은 보이지 않습니다."

그럼 됐다. 션은 교대로 지시하라고 지시하기 전에 존에게 물었다.

"지원은?"

"저녁쯤에 올 겁니다."

헥터를 놓쳤다는 걸 알리는 게 먼저라 존만 먼저 온 것이다. 션은 고개를 끄덕이고 우선 지원군이 오기 전까지의 교대 경계를 지시했다.

*　　*　　*

"헥터를 미행했어?"

다음날 아침, 식사를 마친 뒤 션은 에버딘과 단둘이 남아 어젯밤에 존이 온 것을 이야기했다. 그녀는 션이 용병대를 시켜 헥터를 미행하고 있었다는 것도 몰랐기 때문에 깜짝 놀라서 물었다.

"혹시 몰라서."

션도 에버딘처럼 헥터가 남을 해칠 만한 배짱은 없다고 생각한다. 하지만 그는 궁지에 몰린 쥐가 어떻게 행동하는지 많이 봤다.

에버딘이 남작이 되고 레슬리가 그를 떠났으니 헥터는 거의 대부분을 잃은 것이나 다름이 없다. 모든 것을 잃은 사람이 어떻게 행동할지는 아무도 모르는 거다.

션의 설명에 냄비 안에 있는 것을 주걱으로 젓던 에버딘이 인상을 썼다. 과연 헥터가 무슨 짓을 하려고 할까? 레슬리는 이미 이혼하겠다고 이혼 신청을 했고, 에버딘은 어서 남작이 됐다.

여기서 헥터가 뭘 더 할 수 있을 거 같지는 않다.

"당신 말은, 헥터가 이성을 잃고 나나 레슬리를 해치려 할 수도 있다는 말이야?"

"불가능한 건 아니지."

모든 것을 잃은 자가 주변 사람들에게 비이성적인 감정을 품게 되는 건 그리 드문 일이 아니다. 심지어 지금 그는 에버딘이 자신이 가진 모든 것을 빼앗아 갔다고 생각할지도 모른다.

"여기로 올 거라고 생각해?"

"모르지."

션은 헥터가 에버딘에게 복수하려 할 수도 있다고 말하려다 멈췄다. 그건 그녀를 겁에 질리게 할 것이다. 대신 션은 다른 이유를 말했다.

"여기에 숨겨 둔 재산이 있을지도 모르잖아."

그걸 위해 지하에 돈을 가둬 뒀다. 헥터가 숨겨 둔 또 다른 재산이 있냐는 말에 돈은 아무 말도 하지 않고 있었지만 션은 이틀 정도만 더 지나면 그가 싹싹 빌면서 이야기할 거라는 걸 확신했다.

아니면 좀 더 빠르거나. 션은 에버딘이 쉴 새 없이 젓는 냄비 안의 이상한 것을 보며 물었다.

"그건 뭐야? 설마 그걸 지하에 있는 놈들에게 먹이려는 건 아니겠지?"

냄비 안에 있는 것은 도저히 음식이라고 말해 주기 어려운 형태였다. 설마 고문으로 저걸 먹이려는 건 아니겠지?

고문 중에는 먹지 못하는 것을 먹이는 것도 있다. 그 정도로 에버딘이 끓이는 것은 끔찍해 보였다.

"설마."

에버딘은 끓어오르는 도토리 죽이 튀는 것을 피하기 위해 최대한 주걱 끝을 잡고 말했다. 오늘 아침에도 베르트와 카렌은 집 밖으로 나가지 못했다.

덕분에 그녀는 두 사람이 아침에 홀에서 훈련하는 것을 볼 수 있었다. 그리고 확신했다. 이대로 일주일만 지나면 홀에 걸어 둔 액자나 조각 중 하나가 부서질 것이라는 것을.

"그럼 뭐야?"

아무리 봐도 에버딘이 끓이는 건 슬라임처럼 보인다. 그것도 흙빛의.

션은 아주 잠깐 에버딘이 마녀인가 하고 생각했다. 커다란 냄비에 슬라임처럼 질퍽거리는 흙색의 물질을 끓이는 붉은 머리의 여자라니.

그림으로 그린 것 같은 마녀다.

"도깨비, 아니, 요정을 달래 볼까 하고."

에버딘이 살던 곳에는 도깨비라는 존재가 설화로 내려온다. 그리고 그 도깨비가 가장 좋아하는 건 도토리 가루로 만드는 묵이었다.

에버딘은 도토리 죽이 적당한 질감이 될 때까지 끓인 뒤 커다란 그릇에 그것을 담았다. 그리고 표면이 마르고 빨리 식도록 창틀에 올려놓았다.

"그걸로 요정을 달랜다고?"

믿을 수 없다는 표정으로 션이 물었다. 그는 다시 한 번 에버딘이 마녀였던가 하고 생각하고 있었다. 하지만 에버딘은 아주 당연한 사실을 생각하고 있었다.

"요정도 뭘 먹긴 할 거 아냐?"

설마 아예 안 먹나? 에버딘이 그렇게 생각할 때였다. 밖이 소란스러웠다. 저택 밖을 말하는 게 아니다. 하인들이 일 층 여기저기를 돌아다니는 소리가 들려왔다.

"무슨 일이지?"

에버딘은 션을 한번 쳐다보고 앞치마를 벗으며 주방 밖으로 나갔다. 하인들이 뭔가를 찾는 것처럼 저택을 돌아다니면서 문이란 문은 다 열고 있었다.

"무슨 일이야?"

에버딘이 지나가던 하녀에게 물었다. 갈색 머리를 하나로 묶어 단단하게 말아 붙인 하녀가 에버딘의 질문에 고개를 들었다가 션을 보고 화들짝 놀랐다.

언제 한번 션을 중심에 두고 회식이라도 해서 여기 하인들이 그에게 익숙해지도록 해야 하는 거 아닐까. 에버딘이 그렇게 생각하고 있을 때 하녀가 머뭇거리며 말했다.

"저, 그게, 절단기를 돌려 달라고 사람이 와서요."

"절단기?"

창고에 돈이 건 자물쇠를 끊어 버린 그거? 에버딘의 시선이 자연스럽게 션을 향했다. 하지만 션은 그걸 분명 베르트에게 건넸었다.

"베르트가 알고 있을 텐데."

낮은 션의 목소리에 하녀는 자신이 잘못이라도 한 것처럼 어깨를 움츠렸다. 그리고 다시 조심스럽게 말했다.

"용병분께서 둔 곳에 없다고 해서요."

"없다고? 베르트는 어디에 뒀는데?"

"일 층 장비 보관실이요."

그런 곳도 있었나? 에버딘은 어리둥절해 했지만 실제로 있는 곳이었다. 도끼나 망치 같은, 일상적으로 사용하는 수리 용품을 두는 장소다.

하지만 하인들도 그런 게 있는지 몰라서 그레이스가 베르트를 안내했었다.

"분명 거기에 뒀는데 없다고……."

말을 흐리는 하녀의 모습에 에버딘은 한숨을 내쉬었다. 그 뒤에 또 절단기를 쓴 사람이 있는 건 아닐까. 그녀는 그렇게 말하기 전에 하녀의 이름을 물었다.

"네 이름이 뭐지?"

"에, 엠버입니다."

"누군가에게 말을 할 때는 말끝을 흐리지 마."

듣기 안 좋을뿐더러 자신감이 없어 보인다. 에버딘의 지적에 엠버가 울상을 지으며 고개를 끄덕였다.

"돌려 달라고 사람이 온 거야?"

"네. 대장간에서 사람이 와, 왔습니다."

말끝을 흐리지 말랬더니 이번엔 뭔가 어색해졌다. 하지만 익숙해지면 곧 자연스럽게 할 수 있을 터였다. 에버딘은 고개를 끄덕이고 응접실로 향하며 말했다.

"응접실로 데려와 줘. 차도 내주고."

에버딘은 그것을 당연히 돌려준 줄로만 알고 있었다. 체크하지 않은 그녀의 잘못이다. 찾아서 돌려주는 건 당연한 거고 일부러 찾으러 오게 한 것에 대해 사과도 해야 한다.

션은 대장장이를 만나겠다는 에버딘의 태도에 놀라서 그녀를 따라가며 물었다.

"만나게?"

"응. 만나서 사과해야지."

"그런 건 집사를 시키면……."

보통 션은 집사를 시킨다. 애초에 돌려주는 걸 에버딘이 체크해야 하는 것도 아니었다. 그런 일을 하라고 집사를 고용하는 거니까.

하지만 에버딘의 생각은 달랐다. 그녀는 응접실로 들어가며 말했다.

"여기 사람들은 나를 잘 모르잖아."

선대 남작은 아팠고 헥터가 대신 영지를 관리했다. 헥터의 방치와 오판 그 어디쯤의 관리 아래에 살았던 영지민들에게는 에버딘도 똑같은 것이다.

에버딘은 그녀는 좀 다르다는 걸 알려 주고 싶었다. 어쩌면 그녀도 헥터만큼이나 실수를 할지 모르지만 적어도 방치하지는 않을 것이라는 걸 말하고 싶었다.

"남작님, 메간 허슬 씨가 왔습니다."

"들어와요."

에버딘 허락과 동시에 레슬리가 문을 열었다. 동시에 대장장이에게 인사를 하기 위해 에버딘이 자리에서 일어났다. 물론 션은 그대로 앉아 자신과는 상관없는 일이라는 듯 찻잔을 들어 올리고 있었다.

"어서 와요, 허슬 씨."

"안녕하십니까."

어.

서로의 얼굴을 확인한 에버딘과 메간의 몸이 굳었다. 그러자 션이 자세를 고쳤다. 아는 사이인가? 그는 메간이 에버딘에게 위협이 될 거라면 재빨리 그 사이를 파고들 준비를 하기 시작했다.

하지만 메간은 에버딘에게 위협이 되는 사람이 아니었다. 오히려 그 반대였다.

"메간?"

수도에서 만난 메간이었다. 에버딘의 특이한 요청을 유일하게 수용해 주던 대장장이.

에버딘은 잠시 놀라서 메간을 쳐다보다가 반가운 마음에 티 테이블을 돌아 그녀에게 다가갔다. 그리고 그녀의 두 손을 잡으며 말했다.

"세상에, 메간!"

"어, 어셔 경. 아니, 아니, 어셔 남작님."

메간 역시 어쩔 줄 몰라 하는 기색이 역력했다. 수도에서 만난 어셔 경이 어셔 남작이었다니. 메간은 당황한 나머지 무릎을 꿇기 위해 몸을 숙였다. 당연히 그녀의 손을 잡고 있던 에버딘의 몸이 딸려왔다.

"뭐 하는 거예요? 일어나요."

"죄, 죄송합니다, 남작님. 영주님이신 걸 모르고……."

"모르고 뭘 어쨌다는 거예요?"

어셔 경과 어셔 남작은 다르다. 경이라는 건 훨씬 넓게 사용된다. 작위가 있는 사람의 자식에게 붙는 게 보통이지만 작위가 있는 사람의 자식이 모두 작위를 받는 게 아니기 때문이다.

메간은 에버딘이 작위를 받지 못하는 귀족 영애라고 생각했다. 심지어 그녀가 사는 영지의 영주라니. 다른 귀족보다 그녀가 사는 영지의 영주가 훨씬 어려운 법이다.

"제가 무례해서……."

"아니, 안 무례했어요. 덕분에 도움 많이 받았어요."

에버딘은 그렇게 말하며 메간을 일으켜 세웠다. 갑자기 무릎 꿇으려 해서 당황했다. 메간을 억지로 소파에 앉힌 그녀는 메간과 나란히 앉아서 이야기했다.

"오늘 이렇게 보자고 한 건 사과하려고 부른 거예요."

"제게요?"

에버딘의 말에 메간이 어리둥절한 표정을 지었다. 사과라니, 무슨 사과? 영주가 그녀에게 사과를 한다니, 믿을 수가 없었다.

"절단기 말이에요. 난 바로 돌려준 줄 알았거든요. 미안해요. 찾으면 바로 돌려주라고 할게요. 혹시라도……."

거기까지 말한 에버딘이 잠시 망설였다. 아마 이 집에 있을 것이다. 하지만 빌린 물건을 어디에 뒀는지 모른다고 고백하는 건 부끄러운 일이다.

"괘, 괜찮습니다."

에버딘이 망설이자 메간이 재빨리 입을 열었다. 사실은 여기 오는 것도 크게 망설였다. 이 저택의 집사가 굉장히 거만하다는 이야기를 들었기 때문이다.

하지만 막상 와 보니 거만한 사람은 없었고 그녀가 들은 것과 달리 여자가 나와서 용건을 물었다.

그것만으로도 메간은 저택이 그녀가 들은 것과 다르다고 느꼈다.

"아버지께서 찾으셔서 여쭤보려고 온 거거든요. 괜찮습니다. 천천히……."

돌려주세요. 그렇게 말하려던 메간은 영주에게 돌려 달라고 말해도 되는지 망설였다. 전 집사는 마을에서 뭔가를 가져가면 돌려주지 않았다고 들었다.

돌려 달라고 찾아간 사람에게 영지의 물건은 영주의 것인데 감히 돌려 달라고 찾아왔다며 호통을 쳤다는 이야기는 유명하다.

"바로 돌려줄게요. 찾으러 오게 해서 미안해요."

돌려준다는 말에 메간의 마음이 놓였다. 못 돌려준다고 하면 어쩌나 했었다. 그녀가 안도한 표정으로 고개를 끄덕이자 에버딘이 이어서 메간의 안부를 물었다.

"어떻게 지냈어요? 여기서도 대장간에서 일하는 거죠?"

솜씨 있는 대장장이가 그녀의 영지에 있다니 안심이다. 에버딘의 질문에 메간이 고개를 끄덕이며 말했다.

"네. 지금은 부모님 대장간에 있습니다."

"부모님도 대장간을 하세요?"

에버딘의 질문에 메간이 당연하지 않냐는 표정을 지었다. 이 나라의 직업은 보통 가업이다. 부모님의 직업을 그대로 잇는 것이다. 그래서 첫째가 부모님의 가게를 잇고, 메간 같은 둘째는 다른 가게의 직원으로 보낸다.

자연히 그게 엘리스나 마크 같은 고아가 제대로 된 직업을 구하기 힘든 이유가 되었다. 어릴 때부터 일을 가르쳐 줄 부모가 없는 아이들은 다른 아이들에 비해 뒤떨어진다.

심지어 직장을 구하고 싶어도 소개해 줄 어른이 없으니 매우 힘들 터였다.

"형제가 있어요?"

둘째라서 다른 가게에서 일을 했다는 메간의 말에 에버딘이 신기하다는 듯 물었다. 첫째만 가업을 잇게 하고 둘째는 다른 가게로 보낸다니, 현대에서 살다 온 에버딘에게는 신기한 방식이었다.

하지만 이곳은 그게 당연하다. 에버딘도 그녀가 첫째니 남작이 된 것이지, 둘째였다면 이미 몇 년 전에 다른 귀족과 결혼했을 것이다.

"네, 오빠가 한 명 있습니다."

오빠는 뭘 하느냐고 물어보려던 에버딘은 입을 다물었다. 첫째가 가업을 잇는다고 하지 않았나? 그러지 않고 메간이 다시 돌아왔다는 건 첫째의 일신에 안 좋은 일이 생겼다는 뜻이리라.

"잘됐네요. 부탁하고 싶은 게 있었는데요."

에버딘은 메간이 마을의 유일한 대장간이라는 이야기에 손뼉을 치며 반겼다. 그렇지 않아도 만들고 싶은 게 있었다. 이걸 어디서 주문해야 할지 고민하던 차다.

"감자 껍질을 깎는 걸 만들고 싶어요."

그렇게 말한 에버딘이 사람을 시켜 종이와 펜을 가져오게 시켰다. 그리고 그녀가 아는 감자 칼을 그리기 시작했다.

폴라와 엘리스가 매일 감자 껍질을 한 바구니씩 깎는 것을 보고 생각한 거다. 여긴 감자 칼이 없어서 수저로 껍질을 박박 긁어 낸다.

하지만 감자 칼이 있다면 일이 더 쉽겠지.

"감자 껍질을 깎는다고요?"

당황하는 메간과 달리 션이 자세를 고쳤다. 그는 감자 껍질를 깎는 도구라는 말에 흥미를 보이고 있었다. 요리에서 가장 시간을 많이 잡아먹는 건 재료를 다듬는 거다.

"이렇게 생긴 걸 세 개쯤 주문하고 싶어요."

에버딘의 그림을 본 메간이 고개를 갸웃했다. 만드는 건 어렵지 않아 보인다. 그때 션이 끼어들었다.

"나도 주문하고 싶은데."

션의 말에 메간은 물론 에버딘도 당황해서 그를 쳐다봤다. 주문하겠다고?

"어, 몇 개나?"

"글쎄. 시범 삼아서 열 개쯤?"

시범 삼아서라는 말이 조금 이상했다. 에버딘은 션을 물끄러미 보다가 물었다.

"시범 삼아서라는 건 마음에 들면 계속 사겠다는 거야?"

"계약을 할 수도 있겠지."

션의 태도가 여유로워졌다. 그는 소파 등받이에 몸을 기대더니 다리를 꼬며 말했다.

"내 영지에도 실력 있는 기술자들이 많아."

웨스트햄튼의 대장장이들의 실력은 나라에서 알아준다. 하지만 그들의 주요 품목은 무기였고 션은 그걸 좀 더 넓히고 싶었다.

언제까지나 전투만 하면서 살 수는 없다. 용병은 한때 영지와 영지 간의 다툼, 나라와 나라 간의 다툼에서 많은 돈을 벌어들였다.

하지만 나라와 나라 간의 전쟁은 점점 줄어들기 시작했고, 영지와 영지 간의 다툼 역시 마찬가지다. 최근 서쪽 하늘 용병대에 들어오는 의뢰의 대부분이 마물 토벌이라는 게 그 증거였다.

션은 그의 영지민들이 용병이 아닌 다른 것으로도 먹고살 수 있게 되길 바랐다. 웨스트햄튼의 모든 사람이 그와 카렌처럼 건장하고 강한 건 아니니까.

"내 아이디어를 사겠다는 말이야?"

에버딘은 생각해 본 적 없는 션의 제안에 당황해서 물었다. 감자 칼 아이디어를 사겠다는 뜻인가? 그녀의 질문에 션이 고개를 끄덕이며 말했다.

"한 번에 돈을 줄 수도 있고, 매년 이용료를 낼 수도 있겠지."

이런 경우에 길면 이십 년, 짧으면 오 년까지 이용료를 낸다.

감자 칼 아이디어를 사용하는 대가로 길면 이십 년까지 이용료를 내겠다는 말에 에버딘의 입이 딱 벌어졌다. 그리고 그녀의 옆에서 메간도 같은 표정으로 션을 쳐다보고 있었다.

"그럼, 이틀 뒤에 다시 오겠습니다."

결국 메간은 시험적으로 감자 칼을 만들어 오기로 하고 저택을 떠났다. 찾으러 온 절단기는 돌려받지 못했지만 에버딘이 반드시 돌려주겠다고 약속을 했고, 감자 칼 계약금도 미리 받았기 때문에 오히려 기분은 좋았다.

저 사람이 우리 영주님이었구나. 메간은 한참 걸은 다음에 몸을 돌려 방금 떠나온 저택을 쳐다봤다. 에버딘 어서. 수도에 있을 때부터 유명했다.

대장장이들 사이에서 이상한 걸 주문한다는 이유로 유명해졌고, 그 뒤로는 이상한 빵을 만들어 판다는 걸로 또 유명해졌다.

나중엔 그 빵이 아주 맛있다는 걸로 유명해졌었고 그걸 수도의 가장 큰 빵집이 따라 하고 있다는 소문으로 또 유명해졌었지.

저택을 갈 때는 무거웠던 마음이 메간의 좀 홀가분해졌다. 전 영주는 영지에 관심이 없는 사람이었기 때문이다.

몸이 약해서 영지를 관리하는 건 그녀의 남편이라고 들었다. 그리고 그 남편이 아무리 좋게 말해도 괜찮은 영주는 아니었다.

"하나도 안 닮은 부녀네."

메간은 그렇게 중얼거리고 몸을 돌려 집으로 돌아가기 시작했다. 전 영주의 남편을 멀리서 본 적이 있다. 풍채가 좋고 훤칠한 중년의 남성이었다. 그에 비해 현 영주는 체구가 작고 타오르는 듯한 붉은 머리카락을 가지고 있었다.

하지만 안 닮은 건 외모뿐만이 아니었다. 현 영주의 아버지는 단 한 번도 영지민을 만난 적이 없었다.

아니, 오히려 저택 근처에 영지민들이 다가오는 것을 싫어했다 들었다.

"메간! 찾을 필요 없어!"

멀리서 메간의 아버지가 보였다. 술을 어찌나 마셨는지 코가 빨갛게 변한 모습에 메간의 얼굴이 일그러졌다.

새벽부터 저택에 빌려준 절단기를 되찾아 오라고 그렇게 성화더니 지금은 또 찾을 필요가 없단다.

"안 닮은 걸로 치면 우리 집도 할 말은 없지."

그녀도 그녀의 아버지와 하나도 닮지 않았다. 원래도 닮지 않았는데 아버지가 술독에 빠져 고주망태가 돼 버린 지금은 아무도 부녀지간이라 생각하지 못할 지경이다.

술을 좋아하고 게으른 대장장이. 메간은 절대 아버지처럼은 되지 않으려 애쓰고 있었다. 심지어 아버지와 점점 닮아 가는 오빠를 생각하면 더욱더 정신을 바짝 차려야 할 것이다.

*　*　*

“못 찾았어요?”

메간이 떠나고, 에버딘은 여전히 절단기를 찾는 레슬리에게 물었다. 여전히 하인들은 절단기를 찾아 집 안 여기저기를 뒤지고 있었다.

“네. 누가 옮긴 모양인데 어디에 옮겼는지 기억을 못 하나 봐요.”

“가둬 둔 사람들을 풀어 주려고 훔친 건 아니겠죠?”

지하 보관실은 자물쇠로 걸어 놨다. 그걸 뜯기 위해서라면 절단기가 필요할 것이다.

에버딘의 질문에 레슬리는 고개를 저었다. 그건 제일 먼저 확인했다. 다행히 돈과 그의 부하들은 여전히 지하에 갇혀 있다.

“혹시 몰라서 다른 곳으로 그들을 옮겨 놨습니다.”

삼 층에 가둬 놨다. 거긴 자물쇠가 아니라 문에 잠금장치가 있으니까. 물론 열쇠는 레슬리가 가지고 있다.

“그리고 이거 돌려드릴게요.”

레슬리가 그렇게 말하며 에버딘의 앞에 열쇠 꾸러미를 내놓았다. 집 안을 살피기 위해 하나뿐인 열쇠를 에버딘이 레슬리에게 빌려줬던 거다.

“하나 더 찾았어요?”

집사는 문단속을 하기 때문에 열쇠가 반드시 필요하다. 에버딘에게 열쇠를 돌려준다는 건 다른 열쇠를 찾았다는 말이겠지.

에버딘의 질문에 레슬리가 고개를 끄덕이며 말했다.

"네. 집사가 가지고 있더군요."

정확히 말하면 집사의 방을 뒤져 찾아냈다. 에버딘은 열쇠를 집어 들고 션에게 고개를 돌렸다.

"부탁하고 싶은 게 있는데."

"나한테?"

여전히 션은 에버딘의 옆에 있었다. 레슬리는 소파에 앉아 몸을 기댄 션의 모습이 경비견 같다고 느꼈다. 다른 사람도 아닌 공작을 그렇게 생각하는 게 불경하게 느껴지지만 어쩔 수 없다.

션은 모든 것에 관심이 없는 표정이었다가 에버딘이 자신에게 고개를 돌리자 미소를 지었기 때문이다.

"존한테. 시키고 싶은 게 있어."

에버딘이 거기까지만 말했는데 션은 찻잔을 들어 올리며 별거 아니라는 듯 대답했다.

"오늘 밤부터 외부 창고를 지키라고 하지."

마치 자신의 생각을 읽은 것 같은 말에 에버딘의 입이 딱 벌어졌다. 그녀는 딱 그걸 걱정하고 있었다.

그녀가 절단기로 외부 창고의 자물쇠를 끊어 버린 것처럼 누군가 그렇게 할지도 모른다.

"하지만 보호하는 것만으론 소용이 없을 거야."

그때 션이 다시 입을 열었다. 그는 이 나라에서 가장 부유한 귀족이다. 그의 재산을 노리는 자들은 하루걸러 하루면 나타났고, 갖가지 수단을 사용해서 웨스트가의 재산을 훔치려 했다.

덕분에 션은 아주 어릴 때부터 보호하는 게 능사는 아니라는 것을 체득했다. 보호막이 두꺼울수록 오히려 그걸 뚫고 싶어 하는 자도 나타난다.

그래서 그는 오히려 경비는 최소한으로만 두고 있었다.

"그건 무슨 소리야?"

에버딘이 물었다. 보호하는 것만으론 소용이 없다니, 그럼 어쩌라는 거지? 당연한 의문이 레슬리의 머릿속에도 떠올랐다.

션은 여전히 느긋하게 소파에 앉아 찻잔을 들어 올리고 있었다. 하지만 그는 당장 밖에서 어떤 소리가 나면 여기 있는 누구보다 빠르게 에버딘을 보호할 준비가 되어 있었다.

"애초에 덤빌 생각을 못 하게 하는 게 좋다는 거지."

그는 그렇게 했다. 감히 그의 재산을 탐낸 자들, 도둑질을 하려 했거나 그를 속이려 한 자들을 필요 이상으로 잔혹하게 손을 봐 주었다.

션 웨스트 공작이 침실에 사람들의 손을 수집해 둔다는 소문은 거짓말이지만 그런 소문이 날 만한 일이 있긴 했다.

에버딘은 나른하게 앉은 자세와 달리 션의 표정은 날카로운 것을 보고 그가 무엇을 말하는지 깨달았다. 본보기를 보여 주라는 말이다.

"도둑을 잡아서 벌을 주라는 거지?"

"최대한 잔인하게."

별거 아니라는 듯 말하는 션의 모습에 레슬리는 저도 모르게 어깨를 움츠렸다. 에버딘은 인상을 쓴 채 그를 쳐다보다가 소파 깊이 몸을 묻으며 말했다.

"그것도 괜찮은 방법이긴 하네."

어셔 저택에 도둑질하러 들어간 도둑이 사형을 당했다더라 하는 소문이 들면 적어도 흥미 본위로 침입하는 놈들은 없을 거다.

도둑을 잡으면 말이지. 에버딘은 한숨을 내쉬고 말했다.

"일단 존은 빌려줘."

"말해 둘게."

일단 오늘 저녁은 그걸로 해결됐다. 그때 에버딘의 머릿속에 오늘 저녁쯤에 서쪽 하늘 용병대가 도착한다는 사실이 떠올랐다.

갑자기 사라진 헥터 때문이다. 일부 용병은 수도에 남아 헥터를 찾고 있지만 일부 용병은 혹시 몰라서 헬름으로 오고 있다고 한다.

몇 명이나 오는 거지? 에버딘은 잊고 있던 사실에 놀라 자리에서 벌떡 일어나서 레슬리에게 물었다.

"참, 손님맞이할 준비는요? 어떻게 됐어요?"

갑자기 사라진 절단기를 찾느라 하인들이 동원되는 바람에 준비를 못 하고 있는 건 아닐까. 걱정스러운 에버딘의 질문에 레슬리가 걱정 말라는 듯 씩 웃으며 말했다.

"기본 청소는 다 해 뒀습니다. 계단이나 가구에 광을 내는 건 점심 식사 이후에 할 예정이고요. 하인들에게 손님이 오기 전에 깨끗한 옷으로 갈아입으라고 지시해 놓았습니다."

"음식은요?"

"아침에 목장에 가서 돼지를 한 마리 사 두고 왔습니다. 그쪽에서 해체까지 해서 점심 식사 후에 배달해 준다고 했고요."

얼마 전에 폴라가 닭을 잔뜩 잡아 버리는 바람에 저택 안에서 계란을 충분히 공급받기가 어려워졌다. 그래서 레슬리는 마을에 하녀를 보내 계란도 한 바구니 사 오도록 시켰다.

절단기를 찾는데 동원되지 않은 폴라와 엘리스, 마크는 지금 주방에서 감자와 양파를 까고 있었다. 물론 엘리스와 마크는 오전 중에만 일을 시킨다.

레슬리의 설명에 깜짝 놀랐던 에버딘은 침착해져서 고개를 끄덕였다. 이런 집사가 진짜 집사다. 집주인이 잊고 있거나 생각하지 못한 부분까지 파악해서 처리해 두는 사람.

"밀가루가 가장 큰 문제인데요. 괜찮으시다면 어제 만드신 음식을 빵을 대신해서 만들까 합니다."

이어진 레슬리의 말에 에버딘은 고개를 끄덕이려다가 멈췄다. 빵 대신 튀긴 주먹밥을 만들겠다는 말인데 그건 기름을 많이 쓸 뿐 아니라 손도 많이 간다.

"그냥 볶음밥을 하는 것도 괜찮을 거 같아요."

"튀기지 말까요?"

"일일이 모양 만들어서 튀기는 건 손이 많이 가니까요."

그렇다고 볶음밥이 손이 안 가는 건 아니다. 우선 밥을 해야 하고, 채소를 다져야 하며, 그걸 또 볶아야 한다. 소금을 넣어 간도 맞춰야 하지.

어떻게 보면 빵이 더 편할 것이다. 빵은 반죽해서 굽는 걸 빼면

발효는 시간과 온도, 습도가 해결해 주는 거니까.

하지만 헬름은 밀이 부족하고 쌀이 풍족하다. 있는 것으로 부족하지 않게 살려면 사람이 부지런해지는 수밖에 없다.

에버딘은 그걸 할머니에게 배웠다. 가진 것으로 사는 법을. 자신이 좀 더 부지런해야 한다는 것을.

"알겠습니다."

에버딘의 지시에 레슬리는 고개를 끄덕이고 물러났다. 저택의 모든 사람과 곧 도착할 용병들의 음식까지 준비하려면 부지런하게 움직여야 할 것이다.

"아, 같이 가요."

레슬리가 응접실을 나서자 에버딘이 재빨리 그녀의 뒤를 따랐다. 아침에 만들어 둔 도토리묵이 어떻게 됐는지 확인하고 싶었다.

"그렇지 않아도 폴라가 창틀에 둔 게 뭐냐고 묻더라고요."

주방에 해 둔 것을 확인하러 간다는 말에 레슬리가 물었다. 폴라뿐만이 아니다. 레슬리와 엘리스, 심지어 마크도 궁금해했다.

에버딘은 그걸 뭐라고 설명해야 할지 고민하다가 입을 열었다.

"도토리 가루로 만든 거예요. 식감이 좀 특이할 거예요."

그리고 맛도 특이할 것이다. 씁쓰름하면서 가볍다. 에버딘은 원래 살던 곳에서 그걸 좋아했다. 도토리묵을 쒀서 할머니가 채소와 함께 고춧가루로 버무려 주면 입맛이 없을 때 딱 좋았다.

"남작님."

그녀가 레슬리가 주방으로 들어서자 엘리스와 폴라가 자리에서 일어났다. 에버딘은 뒤늦게 머뭇거리며 자리에서 일어나는 마크를 확인하고 엘리스에게 물었다.

"얼마나 했어?"

"감자는 거의 다 했어요."

감자 한 박스의 껍질을 거의 다 벗겨 간다. 물론 거기서 마크는 거의 도움이 되지 않았다.

에버딘은 세 사람의 옆에 놓인 감자 껍질을 확인하고 엘리스에게 말했다.

"잘했어. 넌 가서 놀아도 돼."

"네에?"

마크의 입장에선 그게 편애로 보였다. 깜짝 놀라서 벌떡 일어난 그에게 에버딘이 말했다.

"넌 엘리스가 한 만큼 하고 가서 놀아."

"우리 비슷하게 했는데요!"

"흥."

놀랍게도 비웃은 건 폴라였다.

엘리스, 마크와 함께 감자 껍질을 벗긴 그녀는 마크가 얼마나 딴짓을 하는지, 손이 느린지 오늘 확실하게 알았다.

엘리스는 마크에 비하면 훨씬 더 야무지게 일을 잘했다. 그건 엘리스가 좀 더 영리하기 때문이겠지만 경험의 차이도 있을 것이다.

"비슷하긴 개뿔. 넌 저 애의 반의반도 안 했어. 이게 네가 한 거고."

그렇게 말하며 폴라가 바닥에 내려놨던 그릇을 들어 테이블 위에 올려놓았다. 그 안에 껍질이 제대로 벗겨지지 않은 감자가 열 개 정도 담겨 있었다.

"이게 저 애가 한 거야."

이번에 폴라가 들어 올린 그릇은 가득 차다 못해 감자가 위로 둥글게 쌓여 있었다. 심지어 전부 껍질이 깨끗하게 벗겨져 있다.

"계집애, 넌 가서 놀아."

계집애가 아니라 엘리스다. 하지만 엘리스는 폴라가 자신에게 쉬라고 했다는 사실에 놀라 아무 말도 하지 않았다.

폴라가 이어서 마크에게 고개를 돌리며 말했다.

"머슴애, 넌 이거 조리대에 갖다 놓고 다시 감자 껍질 벗겨."

폴라까지 그렇게 나서자, 마크는 시무룩해져서 껍질을 깐 감자가 담긴 접시를 옮기기 시작했다. 에버딘과 레슬리의 시선이 부딪쳤다.

호칭이 걸린다. 레슬리는 나중에 폴라를 조용히 불러 지적해야겠다고 생각하며 물었다.

"사람이 더 필요해요?"

필요할 것이다. 돼지고기를 해체해서 가져다준다고 해도 그건 큰 덩어리로 해체해 준다는 뜻일 뿐이니까. 모든 재료를 썰고 다지고 깎고 볶고 끓이려면 폴라 혼자서는 절대 불가능하다.

"당연하죠."

폴라가 공격적으로 대답했다. 하지만 이 정도면 많이 변한 거다. 전에는 레슬리와 말도 안 하려 했으니까.

레슬리는 신경 쓰지 않고 다시 물었다.

"한 명이면 되죠? 계란은 왔나요?"

이미 그녀는 하녀에게 계란을 사 왔다는 보고를 들었다. 그게 어디 있는지 보이지 않아서 묻는 거다. 폴라는 고개를 들어 레슬리가 있는 쪽 선반을 확인하더니 마크에게 물었다.

"계란 어디에 뒀어?"

"네?"

폴라가 서늘한 곳에 두라고 했다. 마크는 벌떡 일어나서 말했다.

"냉장실이요."

헬름의 저택은 주방 옆에 냉장실과 식료품실이 있다. 이건 어느 저택이나 마찬가지였다. 냉장실은 작은 창고에 마법을 걸어 서늘하게 만들어 둔 거다. 거기에 차갑게 보관해야 하는 식료품을 보관한다.

그러니 마크가 계란을 냉장실에 둔 건 잘못된 선택이 아니었다. 최근 냉장실의 냉장이 잘 안 된다는 것을 제외한다면. 폴라는 벌떡 일어나며 마크에게 화를 냈다.

"거기에 두면 어떻게 해? 계란 다 상했겠네, 상했겠어!"

냉장이 잘 안 된다는 것을 모르는 마크는 멍한 표정을 지었고, 레슬리도 멈칫해서 물었다.

"냉장실이잖아요? 계란을 거기에 안 두면……."

"아, 거기 냉장이 잘 안 된다고요!"

그걸 마크와 레슬리가 알 리가 없다. 레슬리는 냉장실이 잘 안 된다는 말에 놀라서 물었다.

"냉장이 잘 안 된다고요? 왜요?"

"아, 그걸 내가 아나요? 빌어먹을 마법사들이나 알지!"

비싼 돈을 주고 마법사를 불러서 냉장실을 만들어 놨는데 잘 안 된다는 말에 레슬리의 미간에 주름이 생겼다. 그렇다면 그 마법사를 불러다가 수리해 달라고 요청해야 한다.

시간이 오래됐다면 새로운 마법사를 고용해야 하고.

레슬리가 냉장실에 마법을 건 게 얼마나 됐는지 물어보려는 찰나, 에버딘의 외침이 들려왔다.

"내 도토리묵!"

도토리묵? 세 사람의 시선이 에버딘을 향했다. 창틀에 얹어 둔 그릇을 쳐다보는 에버딘의 표정이 심상치 않았다.

"누가, 혹시 누가 먹었어?"

심지어 에버딘의 목소리는 살짝 떨리고 있었다. 누가 먹었냐고? 레슬리가 의문을 떠올릴 때쯤 그녀가 창틀에 얹어 둔 그릇을 들어 세 사람에게 보여 주었다.

"어?"

진짜로 그릇 안은 텅 비어 있었다. 물론 깨끗하게 빈 건 아니었다. 군데군데 갈색의 뭔가가 묻어 있는 게 보였다.

누가 안에 있던 도토리묵을 먹었다는 증거다. 에버딘은 그릇 안을 폴라와 마크에게 보여 주며 물었다.

"이거, 누가 먹거나 치웠어요?"

그런 적 없다. 폴라는 멍하니 빈 그릇을 쳐다보다가 고개를 저었다. 그녀와 마크는 에버딘이 도토리묵을 만들 때부터 여기 있어서 잘 알았다.

저 그릇은 에버딘이 떠난 뒤로 아무도 손댄 사람이 없었다. 아니,

아예 주방에 접근한 사람 자체가 없었다.

"아무도 없는데요."

폴라의 대답에 에버딘의 얼굴이 일그러졌다. 아무도 없으면 대체 여긴 왜 텅 빈 거지?

"누가 밖에서 훔쳐먹은 건 아니겠죠?"

"그걸?"

레슬리의 의문에 폴라가 말도 안 된다는 듯 물었다. 남작님이 만들어 놓고 간 거라 폴라는 물론 마크와 엘리스도 궁금해서 들여다보긴 했다.

하지만 셋 다 고개를 절레절레 흔들며 물러났다. 그릇 안의 음식은 어떻게 봐도 음식으로 보이지 않았기 때문이다. 심지어 세 사람이 볼 때는 식기 전이라 질척한 진흙처럼 보였다.

"혹시 밖에 떨어졌나 확인해 볼까요?"

레슬리의 제안에 그릇을 든 채 인상을 쓰던 에버딘이 그녀를 쳐다봤다. 멀쩡하게 그릇에 들어 있던 게 밖에 떨어질 수가 있나? 그리고 그릇은 다시 원래대로 돌아온다고?

말도 안 되는 소리였지만 레슬리는 실망하는 에버딘을 달래기 위해 한 소리였다. 그러자 폴라가 재빨리 마크에게 말했다.

"나가서 확인해 봐."

마크의 얼굴에 하기 싫다는 표정이 떠올랐다. 귀찮기 때문이다. 그는 어쩔 수 없이 일어나서 주방을 나갔다. 그사이 레슬리가 에버딘에게 물었다.

"오늘 저녁때 쓰려고 하신 거예요?"

"그건 아니고요."

요정에게 주려고 했다고 말하면 폴라는 물론 레슬리도 그게 무슨 소리냐고 할 것 같아서 에버딘은 입을 다물었다. 그녀는 한숨을 내쉬고 그릇을 싱크대에 내려놓으며 말했다.

"괜찮아요. 다시 만들면 되거든요. 도토리를 다시 주워야 하지만요."

"도토리를 먹게요?"

폴라가 인상을 쓰며 끼어들었다. 이상한 거라고 생각했는데 도토리로 만든 거라니. 더더욱 인간이 먹을 수 있는 게 아니다.

하지만 에버딘의 생각은 달랐다. 도토리묵은 맛있다. 문제는 고춧가루와 간장으로 버무려야 한다는 거지만.

"어차피 간장이 없어서 당장은 어렵겠네."

그렇게 중얼거린 에버딘은 한숨을 내쉬었다. 못 먹는다고 생각하니 더 먹고 싶다. 도토리묵, 불고기, 떡볶이.

생각해 보니 삼겹살도 먹고 싶었다. 에버딘은 주방을 나가기 전에 폴라에게 부탁을 하나 했다.

"돼지고기가 오면 삼겹살은 좀 남겨 줄래요?"

"삼겹살이요?"

그게 뭐야? 폴라는 물론 레슬리의 얼굴에도 어리둥절한 표정이 떠올랐다. 고기와 비계가 세 겹으로 들어가 있다고 해서 삼겹살이다.

에버딘은 멍하니 두 사람을 보다가 자신의 배를 만지며 말했다.

"어, 그러니까, 뱃살이요."

"아, 돼지 뱃살."

레슬리는 알겠다는 표정을 지었고 폴라는 이어서 물었다.

"훈제해 둘까요?"

삼겹살 부위는 대부분 훈제를 하거나 돼지기름을 빼는 데 쓴다. 생으로 먹는 사람이 없다는 말이다.

"아뇨, 그냥 생으로 두세요."

에버딘은 잘라서 구워 먹거나 수육을 해서 먹을 생각이었다. 그녀의 대답에 폴라가 다시 물었다.

"기름을 빼려고요?"

"아뇨, 먹을 거예요."

이번 남작님은 참 이상하다니까. 에버딘이 나가자 폴라와 레슬리의 시선이 부딪쳤다. 도토리도 먹는다더니 이젠 남들이 잘 안 찾는 돼지 뱃살도 먹는단다.

"저러다 소꼬리도 먹는다고 하시는 거 아닌가 몰라."

폴라는 다시 감자 껍질을 벗기며 투덜거렸다. 레슬리는 그녀의 일을 도와줄 하인을 불러다 주기 위해 재빨리 주방을 나서며 고개를 흔들었다.

소꼬리는 좀 그렇지. 아무리 남작님이라고 해도 그런 것까지 먹겠다고 할 리는 없다.

"남작님."

막 주방으로 나온 에버딘이 자신의 서재로 올라가려는데 하인이 그녀에게 다가왔다. 어딘지 모르게 긴장한 듯한 하인의 모습에 에버딘이 어리둥절해서 그를 쳐다봤다.

"아무래도 절단기를 제가 이 층 손님 방에 가져다 둔 거 같아서요. 열쇠를, 열쇠를 주시면 확인해 보겠습니다."

"이 층 손님방에? 왜?"

다른 것도 아니고 절단기를 굳이 왜 거기에 가져다 놨지? 에버딘의 질문에 하인의 얼굴이 새빨갛게 달아올랐다. 그는 안절부절못하며 말했다.

"손님 방의 옷장에 걸어 둔 자물쇠를 딸 수가 없다고 해서요. 그, 안쪽에 있는 제일 작은 손님방 말입니다."

거기라면 지금 빈방이다. 에버딘은 하인을 가만히 쳐다보다가 베르트를 불렀다.

"베르트, 이 사람이랑 같이 이 층에 다녀와 줘."

그녀의 말에 하인이 억울하다는 표정을 지었다. 주인이 하인을 못 믿는다는 건 그리 좋은 일이 아니다. 하지만 에버딘은 헬름 사람들은 아무도 믿지 않았다.

그녀가 믿는 건 기본적으로 자신뿐이다. 넓은 의미로 거기에 아이린이나 크리스틴, 수잔, 도리스가 포함돼 있긴 하지만.

안타깝게도 그 네 사람은 마을 구경을 하겠다며 오늘 아침 식사를 마치자마자 저택을 나갔다. 그편이 에버딘이 생각하기에 더 나았다. 손님 준비를 위해 청소를 할 텐데 다른 사람은 그렇다 쳐도 아이린은 청소를 도우려 할 게 분명했다.

"고기 왔습니다!"

정문 쪽에서 하인이 크게 외쳤다. 아침에 목장에 주문한 고기가 도착한 모양이다. 에버딘이 고개를 내밀기 전에 레슬리가 재빨리 정문으로 다가갔다.

그리고 하인과 배달원을 꾸짖었다.

"뒷문으로 와야지!"

그 모습을 션이 지켜보고 있었다. 그는 삐딱하게 서서 가슴 앞으로 팔짱을 끼고 있다가 에버딘에게 말했다.

"혹시 모르니까 혼자 다니지 마."

말도 안 된다. 에버딘은 한숨을 내쉬며 말했다.

"여기서 나 따라다닐 만큼 여유 있는 사람이 어디 있어?"

모든 사람이 다 청소와 요리 중이다. 그녀의 안전을 위해 데리고 다니기엔 엘리스는 별 도움이 안 되고.

엘리스는 어디 있지? 그녀가 그렇게 생각할 때 위층에서 비명이 울려 퍼졌다.

"으아아아악!"

저택 여기저기에서 일을 하느라 흩어져 있던 사람들이 깜짝 놀라 고개를 들었다. 제일 먼저 뛰어나가려 한 건 에버딘이었다.

젠장. 션은 재빨리 그녀의 허리를 끌어안으며 말했다.

"혼자 다니지 말랬잖아."

어찌나 힘이 좋던지 잠깐 에버딘의 발이 들렸다. 그녀는 고개를 획 돌리며 말했다.

"안 놔?"

어딜 감히 그녀를 잡느냐는 태도에 션은 순순히 그녀의 허리를 놓고 손을 들어 올렸다. 그리고 에버딘이 떠나기 전에 재빨리 말했다.

"같이 가."

무슨 일인지 몰라도 에버딘이 가겠다면 그도 같이 가야겠다. 션은 억지로 그녀를 자신의 등 뒤에 밀어 넣고 계단을 오르기 시작했다.

그 모습을 겁에 질린 하인들이 지켜보고 있었다. 아무도 위층으로 올라갈 생각은 하지 못했다.

"뭔가."

이 층으로 올라간 션의 눈에 보인 것은 삼 층에서 내려오는 베르트였다. 그는 굳은 표정으로 빠르게 내려오다가 션을 보고 당황한 표정으로 말했다.

"의사를 불러야겠습니다."

"의사?"

션의 뒤에 있던 에버딘이 깜짝 놀라서 물었다. 의사라니? 누가 다치기라도 했다는 건가?

다행히 션은 베르트의 표정을 보고 무슨 상황인지 바로 파악했다. 그는 몸을 돌려 에버딘에게 말했다.

"내려가서 의사를 불러오는 게 좋겠어."

뭐라는 거야. 에버딘의 눈초리가 싸늘해졌다. 여긴 그녀의 집이고 그녀가 주인이다. 그녀가 아닌 의사를 불러오라는 건 말도 안 된다.

아까부터 자꾸 건방지게 굴고 있잖아. 에버딘은 션을 밀어내고 삼 층으로 올라가려 했다. 하지만 이번에도 션이 그녀를 붙잡았다.

"에버딘."

"안 놔?"

"보기 안 좋을 수도 있어."

"그래서?"

보기 좋고 안 좋고는 사람마다 다르다. 설령 에버딘이 보기에도 안 좋은 장면이라 해도 그걸 보고 말고는 그녀의 선택이다.

그걸 다른 누군가가 대신 선택하려 하는 건 에버딘에게는 건방진 행위였다.

"베르트, 가서 의사 불러오라고 해."

에버딘은 그렇게 말하고 션을 밀어낸 뒤 삼 층으로 올라가 버렸다. 그 모습에 베르트가 어떻게 하냐는 표정으로 션을 쳐다봤다.

젠장. 션은 한숨을 내쉬었다. 살면서 저렇게 고집 센 사람은 처음 봤다. 그는 베르트에게 하인을 시켜 의사를 불러오라고 시키고 재빨리 에버딘의 뒤를 따랐다.

위험하지는 않을 것이다. 위험했다면 애초에 베르트가 에버딘을 막았겠지. 그걸 에버딘도 알았다. 그렇기 때문에 그녀의 발걸음이 위험해서가 아니라 앞으로 보게 될 광경 때문에 느려졌다.

"에버딘."

션은 순식간에 에버딘을 따라잡아 그녀를 불렀다. 그는 삼 층, 하인들을 가둬 둔 방 앞에 넘어진 채 멍하니 있는 하인을 발견하고 재빨리 에버딘의 앞을 가로막았다.

"내가 먼저 볼게."

위험한 것도 아닌데 왜 저리 난리인지 모르겠다. 에버딘은 인상을 썼지만 이번에는 션이 요지부동이었기 때문에 어쩔 수가 없었다.

그는 그녀를 세워 둔 채 방문 앞에 넘어져 있는 하인을 발로 밀어 버렸다. 그리고 안을 들여다봤다.

베르트가 왜 에버딘이 보는 걸 꺼렸는지 알겠다. 그리고 의사를 불러오라고 한 이유도. 하인 둘이 바닥에 나뒹굴고 있었다. 션은 베르트가 했던 것과 똑같이 그들의 맥박을 짚어 그 둘이 살아 있는 것을 확인했다.

숨이 약하긴 하다. 그건 복부에 찔린 상처 때문일 것이다.

다행히 베르트가 빠르게 상처를 압박해 뒀다. 체온이 떨어지지 않게 이불이라도 덮어 주는 게 좋을 것이다. 이들을 살리고 싶다면.

이제 들어와도 된다고 에버딘에게 말하기 위해 일어선 션은 문 앞에 서 있는 그녀를 발견했다. 에버딘은 평소보다 훨씬 창백한 얼굴이었다.

"에버딘."

그는 에버딘이 쓰러질까 봐 놀라서 그녀에게 다가갔다. 하지만 그녀는 좀 놀랐을 뿐이었다.

"죽은 건 아니지?"

"이대로 두면 죽겠지."

에버딘의 얼굴이 어두워졌다. 쓰러져 있는 하인들에게 화가 나긴 했지만 그들이 죽길 바란 건 아니다. 그녀의 표정이 어두워지자 션은 한숨을 내쉬고 옆 방을 뒤져 시트를 꺼내 왔다.

그대로 쓰러진 하인 위로 시트를 덮어 버린 그가 에버딘의 손을 잡으며 말했다.

"내려가지."

"잠깐, 집사는?"

"집사?"

그게 무슨 소리냐는 표정이 션의 얼굴에 떠올랐다. 저 안에는 하인 둘밖에 없다. 애초에 셋을 가둬 두면 또 쓸데없는 공모를 할까 봐 에버딘이 하인 둘과 집사를 따로 가둬 뒀었다.

그제서야 션은 집사를 떠올리고 그를 가둬 둔 방으로 다가갔다.

"잠겨 있어?"

에버딘은 열리지 않는 문을 보고 안도하며 물었다. 집사가 갇힌 방문이 잠겨 있다는 건 좋은 일이다. 어쨌든 그는 무사하다는 말이니까.

하지만 그녀가 열쇠를 찾는 사이, 션은 심각한 표정으로 문을 뚫어져라 쳐다보고 있었다. 에버딘은 얼이 빠져 있는 하인을 무시하고 열린 문으로 달려갔다. 그리고 방 안을 쳐다보지 않으려 애쓰며 꽂혀 있던 열쇠를 찾아 션에게 건넸다.

"어?"

열린 방 안은 텅 비어 있었다. 에버딘이 텅 빈 방을 보고 신음을 내뱉는 순간 션이 몸을 돌리며 말했다.

"가지."

"어디로?"

"밖으로."

아마도 돈은 누군가의 도움으로 달아났을 것이다. 하인들을 찌른 건 도망칠 시간을 벌기 위해서겠지.

션은 에버딘을 데리고 아래로 내려가며 우르르 올라오는 하인들을 무시하고 카렌에게 말했다.

"위에 있는 놈은 묶어 놔."

갑자기 하인들이 갇혀 있는 방을 확인하려 한 게 수상하다. 카렌이 고개를 끄덕이며 올라가자 션은 뒤따라오던 베르트에게 이어 물었다.

"집사가 도망쳤다. 널 데려간 하인은 왜 갑자기 거길 간 거지?"

션의 말에 베르트가 멈칫했다. 집사가 도망쳤다고? 그는 곧바로 뒷말에 집중해서 머뭇거리며 말했다.

"하인이 한 번만 동료들을 확인해도 되냐고 부탁했습니다. 잘 살아 있는지만 보고 싶다고요."

베르트는 그렇게 말하자마자 곧바로 눈을 감고 이를 악물었다. 웨스트 공작은 관대하지 않다. 그는 자신의 지시를 어겨 사건이 일어나면 사건이 일으킨 부하에게 즉각적으로 벌을 내렸다.

운이 좋으면 다음 날은 일어날 수 있을 것이고, 운이 나쁘면 일주일간은 침대 신세일 것이다.

하지만 션은 에버딘 앞에서 베르트를 혼내지 않았다. 그는 차가운 표정으로 그를 쳐다보다가 나직하게 말했다.

"나중에."

그게 더 무섭다. 베르트는 질겁한 표정으로 션의 뒤를 따랐다. 에버딘은 베르트가 왜 저렇게 겁을 먹는지 이해할 수 없어서 그를 쳐다보다가 레슬리를 찾아 물었다.

"의사는요?"

"사람을 보냈습니다."

"사라진 사람이 또 있나요?"

"또요?"

에버딘의 질문에 레슬리는 사라진 사람이 그전에도 있다는 말이라는 것을 깨달았다. 누가 사라진 거지? 그녀는 주변을 둘러보고 하인 중에 사라진 사람은 없다는 것을 확인했다.

"없습니다. 누가 사라졌나요?"

삼 층에 올라간 하인이나 주방에 있는 폴라를 제외하면 전부 방금 전까지 레슬리의 눈앞에 있었다. 폴라를 확인해 봐야겠는데. 그렇게 생각하는데 엘리스가 나타났다.

"사장, 아니, 남작님."

지금은 안 된다. 이렇게 정신없을 때 엘리스의 말을 들어 줄 시간이 없다. 에버딘은 그렇게 말하려다가 멈췄다.

그녀도 할머니가 바쁠 때 말을 걸었다가 저리 가 있으라는 말을 들었을 때 얼마나 섭섭했던가.

"왜, 엘리스?"

"마크가 사라졌어요."

마크가? 에버딘이 고개를 들어 레슬리를 쳐다봤다. 그녀 역시 마지막으로 마크를 본 게 언제였는지 떠올리고 있었다. 그러다가 레슬리는 지나가는 하인을 붙잡아 물었다.

"대니, 아까 주방 다녀왔지? 마크 봤어?"

"마크요?"

대니의 눈이 동그래졌다. 방금 전에 고기 옮기는 걸 돕느라 주방에 갔다 왔다. 그는 에버딘과 션을 보고 움찔하더니 더듬거리며 말했다.

"모, 못 봤는데요."

"폴라 혼자 있어?"

"아뇨, 그, 엠버가……."

레슬리가 폴라에게 약속한 일손이 엠버였다. 그때 엠버가 비명을 지르며 홀 쪽으로 뛰쳐나왔다.

"남작님! 남작님!"

"엠버! 안 돼, 엠버!"

그 뒤로 폴라가 엠버를 부르고 쫓아오고 있었다. 이건 또 무슨 일이야? 홀에 있던 모든 사람이 바짝 긴장했다. 동시에 션은 다시 에버딘의 손을 잡았다. 그리고 나직하게 말했다.

"베르트."

대신 가 보라는 말이다. 베르트가 뛰어가는 순간 에버딘도 움직였지만 이번에도 션에게 가로막혔다. 그는 에버딘의 손을 잡고 그녀가 화내기 전에 재빨리 말했다.

"한 박자 늦게 가도 늦지 않아."

"하지만 내가 대장이잖아."

그러니 그녀가 먼저 가 봐야 한다. 그런 주장에 션의 미간에 주름이 생겼다. 그녀의 말이 맞다. 하지만 동시에 틀렸다.

"맞아. 네가 영주지."

션은 그렇게 말하고 한숨을 내쉬었다. 그리고 천천히 다시 내뱉듯 말했다.

"결혼하지 않은 영주고."

배우자가 없고, 후계자가 없는 영주다. 그녀에게 무슨 일이 생긴다면 이 영지는 다시 헥터가 다스리던 때로 돌아가게 된다.

아니, 어쩌면 헥터가 다스리던 때가 더 나을지도 모른다. 새 영주가 오기 전까지 헬름은 말 그대로 무정부 시대가 되니까.

션의 말에 에버딘의 표정이 굳었다. 그는 약간 시무룩해진 에버딘을 보고 못마땅하다는 표정을 지었다.

그런 표정을 짓게 하려고 한 말이 아니었다. 그냥 조심하라는 뜻에서 한 말이었다. 그리고 그녀에게 후계자가 필요하다는 것도 알리고 싶었다.

하지만 언제나 그렇듯 에버딘은 그의 예상과 다르게 움직였고, 이번에도 생각지 못한 말을 내뱉었다.

"대리인이 필요하다는 말이지?"

당장 없는 자식을 뿅하고 어디선가 데려올 수도 없고 당장 없는 남편을 만들어 낼 수도 없다. 그렇다면 지금 여기서 에버딘이 선택할 수 있는 가장 합리적인 방법은 그녀가 무슨 일이 있으면 헬름을 대신 다스릴 대리인을 구하는 거였다.

"그럼 레슬리……."

에버딘은 레슬리를 대리인으로 지정하기 위해 고개를 돌렸다. 아직 헥터의 부인이고 집사로서 일하고 있으니 그녀가 가장 합당한 대리인일 것이다.

하지만 에버딘이 입을 열자마자 레슬리가 기겁하며 외쳤다.

"안 됩니다!"

"그럼, 션. 당신한테 부탁할래."

"뭐?"

그게 그렇게 마음대로 되는 게 아니다. 아니, 마음대로 되는 거긴 하다. 에버딘은 레슬리라는 증인 앞에서 션을 대리인으로 삼겠다고 말했고, 그녀에게 무슨 일이 생기면 영지에 새로운 영주가 올 때까지 션이 돌보겠다고 나서면 된다.

하지만 션이 원한 건 이런 반응이 아니었다. 그는 어이가 없어서 에버딘을 따라가며 물었다.

"진심으로 하는 말이야?"

영주에게 무슨 일이 생길 경우 영지를 돌볼 권리를 갖는다는 건 귀찮지만 동시에 꽤 이득 보는 자리다. 심지어 헬름은 수도에서 매우 가깝다는 지리적 이점도 있다.

그렇기 때문에 션도 마틴과 에버딘을 결혼시키려 했던 게 아닌가. 물론 마틴을 빨리 처리해 버리고 싶다는 계산도 있었지만.

"헥터가 헛짓 못 하게만 막아 줘."

에버딘은 그렇게 말하고 다시 주방으로 가기 시작했다. 그녀가 먼저 나서자 그대로 멈춰 있던 사람들도 하나둘 움직이기 시작했다.

삼 층에서 하인이 비명을 지를 때와는 약간 달라진 반응이었다.

"카렌."

션은 한숨을 내쉬고 카렌을 불렀다. 그녀는 막 삼 층에 넋이 빠져 있던 하인을 묶어서 끌고 온 참이었다. 확인하라는 신호에 카렌이 주변을 둘러보고 레슬리에게 재빨리 주의를 줬다.

"문단속을 한 번 더 확인하시는 게 좋겠습니다."

누군가 혼란한 틈을 타서 들어오거나 나가려 할 수 있다. 레슬리는 고개를 끄덕이고 열쇠를 쥔 채 제일 먼저 현관문으로 달려갔다.

그다음에 카렌이 향한 것은 엠버였다. 그녀는 재빨리 겁에 질린 엠버에게 다가가 물었다.

"무슨 일입니까?"

"그게……."

엠버는 카렌의 질문에 폴라를 힐끔힐끔 쳐다보기 시작했다. 누가 봐도 폴라를 두려워하는 태도에 카렌은 엠버를 데리고 다른 방으로 자리를 옮겼다.

그제야 엠버가 무슨 일이 일어났는지 이야기하기 시작했다.

"고기를 다듬고 있었는데요, 그러니까, 갑자기, 집사가, 아니, 주인님이……."

주인님? 카렌의 미간에 주름이 생겼다. 이 집 사람들이 말하는 주인님은 둘이다. 하나는 헥터. 하나는 에버딘.

카렌이 인상을 쓰자 엠버가 재빨리 말을 고쳤다.

"아니, 그러니까 어르신이요. 처음엔 누군지 몰랐는데, 왜냐면 저기, 여기가 이렇게 빨갛게……."

너무 허둥지둥 말하느라 엠버의 말은 무슨 말인지 알아듣기 힘든 수준이었지만 카렌을 알아들었다. 그녀는 그녀가 알게 된 사실을 션에게 알리기 위해 재빨리 주방으로 향했다.

"엘리스, 넌 네 방으로 돌아가."

엘리스는 어느새 에버딘의 뒤를 따르고 있었다. 주방으로 걸어가던 에버딘은 엘리스를 발견하고 험악한 표정으로 말했다.

그러자 엘리스가 억울하다는 표정으로 말했다.

“하지만 나, 남작님도 가시잖아요.”

“난 어른이고 이 집의 주인이니까. 이 집에 있는 사람들을 보호할 의무가 있어.”

생각하지 못한 에버딘의 발언에 엘리스는 물론 뒤따르던 하인들도 놀란 표정을 지었다. 엘리스는 뒤를 돌아보고 다시 말했다.

“저기 다른 분들도 가시잖아요.”

“저 사람들은 성인이잖아. 넌 미성년이고. 난 네가 무사히 어른으로 자랄 수 있도록 보호해야 해.”

그건 에버딘뿐 아니라 모든 어른이 해야 할 일이다. 하지만 이번에도 에버딘을 제외한 모든 사람들이 놀란 표정을 지었다.

그들에게 아이란 미성숙한 어른일 뿐이지 보호해야 한다거나 무사히 어른으로 자랄 수 있도록 보호해야 할 존재가 아니었다.

모든 아이들이 열 살쯤 되면 부모와 함께 가업을 배우기 시작하는 게 그 증거였다.

하지만 에버딘은 그렇게 하고 싶지 않았다. 그녀는 현대에서 왔고, 할머니와 어렵게 살았어도 할머니의 보호 아래에서 살았다. 엘리스 역시 그런 대우를 받아야 한다.

“돌아가, 엘리스.”

단호한 에버딘의 말에 엘리스가 어찌할 바를 모르고 주변 사람들을 돌아보았다. 하지만 남작이 그렇게 말한다는데 토를 달 수 있는 사람이 있을 리가 없다.

결국 엘리스는 어깨를 늘어트리고 자신의 방으로 돌아가는 수밖에 없었다.

"아이고, 남작님, 남작님."

폴라가 에버딘을 말리려는 듯 달려들었지만 그녀에게 닿기도 전에 션의 선에서 막혔다. 그가 돌아보자 폴라는 깜짝 놀라서 딸꾹질을 시작했다.

"공작님."

그때 엠버와 이야기를 마친 카렌이 도착했다. 그녀는 션에게 다가가 그녀가 들은 정보를 전달했다.

"어셔가?"

션이 묻는 것을 에버딘이 들었다. 그가 어셔라고 부를 사람은 그녀 아니면 헥터뿐이다. 그리고 션은 에버딘을 어느샌가 에버딘이라고 부르고 있었다.

"헥터 말하는 거야?"

에버딘의 질문에 션의 인상이 일그러졌다. 저기 있는 게 헥터라면 그는 에버딘이 여기에 없길 바랐다. 어쨌든 헥터는 그녀의 아버지고 션은 기회만 있다면 실수인 척 그를 죽여 버릴 생각이었으니까.

"그래."

여기서 에버딘에게 물러나라고 하면 그녀는 더 반발해서 남아 있겠다고 할 게 분명했다. 션은 한숨을 내쉬고 카렌에게 들은 정보를 전달했다.

"전 집사와 어셔가 주방에 들어왔다는군. 요리사는 그들에게 동조했고."

폴라는 갑자기 들이닥친 헥터와 돈을 보고 놀라긴 했지만 재빨리 주방으로 들여보내 주었다. 그리고 그들을 냉장실로 안내했다.

그사이 엠버가 뛰쳐나온 것이다. 션의 설명을 들은 에버딘의 표정이 어두워졌다.

"엠버는?"

에버딘의 질문에 카렌이 나섰다.

"요리사와 떨어트려 놨습니다."

"요리사는?"

이어진 질문에 이번에는 베르트가 나섰다. 어느새 그의 손에 폴라가 잡혀 있었다.

"가둬 놓고 오겠습니다."

션은 그렇게 말하고 물러나는 베르트에게서 다시 에버딘에게로 시선을 돌렸다가 그녀가 어느새 저만치 가 있는 것을 보고 당황해서 다가갔다. 신기할 정도로 발걸음 소리가 없는 사람이다.

"혼자 다니지 말라고……."

"쉿."

에버딘은 한마디 하려는 션에게 손을 들어 그의 말을 막았다. 살짝 열린 주방 문을 통해 주방 안이 보였다. 냉장실은 주방 안쪽에 있기 때문에 에버딘은 주방 안쪽을 향해 고개를 길게 빼야 했다.

"빨리 파!"

헥터의 윽박지르는 소리가 들려왔다. 에버딘은 저도 모르게 션을 돌아보았다. 폴라가 저들을 냉장실로 안내했다고 했다.

"냉장실을 파고 있는 건가?"

션의 듣기 좋은 저음이 에버딘의 귀에 파고들었다. 그녀는 바로 위에서 들린 그의 목소리에 어깨를 움츠렸다가 원래대로 돌아오며 말했다.

"냉장실에 숨겨 뒀나 본데?"

또 숨겨 둔 게 없냐고 돈을 채근했을 때, 그가 아무 대답도 하지 않았던 게 에버딘의 머릿속에 떠올랐다. 어딘가에 또 뭔가를 숨겨 놨을지도 모른다고 생각했지만 그게 바로 이 저택일 줄은 몰랐는데.

"어, 냉장실이면 마법진을 그리지 않습니까?"

그때 카렌이 끼어들었다. 냉장실은 방 자체를 차갑게 유지하기 위한 마법이 걸려 있다. 그 마법은 마법사가 걸고 유지하기 위해 마법진을 그려 둔다.

그리고 마법진은 보통 바닥에 그린다. 바닥을 판다는 건…….

"마법에 문제가 생겼을 텐데?"

션의 질문에 에버딘은 아까 폴라가 마틴을 혼낸 것을 떠올렸다. 냉장이 잘 안 돼서 계란이 상한다고 했었다.

하지만 에버딘이 그걸 말하기 전에 션이 카렌에게 손짓했다. 그녀가 재빨리 다가가자 션이 물러나며 말했다.

"삼십까지 세고 들어간다."

어디 가? 에버딘이 눈빛만으로 물었지만 션은 모른 척하고 재빨리 현관으로 나갔다. 그리고 저택을 빙 돌아 주방으로 통하는 뒷문에 접근했다.

그사이, 삼십까지 센 카렌은 검집에서 검을 꺼내 들었다.

"지원군을 요청해야 하는 거 아냐?"

놀란 에버딘이 물었지만 그녀는 고개를 저었다. 지원군은 오늘 저녁때나 도착한다. 헥터가 땅에 묻어 둔 보석을 가지고 도망쳐 버리면 그를 잡기가 매우 힘들 것이다.

"여기 계십시오."

저기서 칼부림이 나면 에버딘은 도움이 안 된다. 그녀의 검술은 실력이라고 할 만한 것도 안 되니까.

에버딘 역시 그 사실을 잘 알았다. 심지어 그녀는 위급한 상황이 닥치면 몸이 굳는다는 것도 알고 있었다.

"뭘 하면 돼?"

에버딘의 질문에 카렌은 아무것도 하지 말라고 하려다가 그녀의 얼굴을 힐끔 쳐다봤다. 그녀 역시 에버딘이 아무것도 하지 말라고 한다고 아무것도 안 할 사람이 아니라는 것을 알았다.

"안전을 위해 사람들이 물러나는 게 좋겠습니다. 그리고 베르트를 불러 주세요."

지금 여기서는 에버딘 백 명보다 베르트 한 명이 더 도움이 된다. 에버딘은 고개를 끄덕이고 몸을 돌렸다. 그리고 무슨 일인지 흥미진진하게 구경하는 하인들에게 작게 말했다.

"다들 돌아가."

에이. 모여든 하인들 사이에 아쉽다는 소리가 흘러나왔다. 막 흥미진진해질 참이었는데.

이건 어쩔 수가 없다. 이런 시골에서 언제 이런 흥미진진한 싸움을 볼 수 있단 말인가. 하지만 그걸 모르는 에버딘은 어이없다는 표정으로 하인들을 쳐다보며 물었다.

"누가 다칠 수도 있는 게 구경거리야?"

안타깝지만 구경거리다. 하인들이 웅성거리며 고개를 끄덕이자 에버딘은 이마를 짚었다. 그리고 억지로 사람들을 주방에서 멀리 떨어지도록 밀어냈다.

그사이, 션은 주방으로 들어가고 있었다. 문틈으로 안을 살피던 카렌도 재빨리 주방으로 들어섰다.

저쪽은 돈과 헥터고, 이쪽은 카렌과 션이다. 에버딘의 머릿속에 돈이 션에게 부딪쳐 나동그라지던 장면이 떠올랐다. 체급부터 차이가 난다. 당연히 전투가 벌어지면 션과 카렌 쪽이 이길 것이다.

에버딘은 그 사실에 안도하며 가장 뒤에 서 있는 하인을 시켜 베르트를 불러오도록 했다.

천천히 냉장실 쪽으로 접근하던 션은 냉장실 입구에 주저앉아 있는 마크를 발견했다. 헥터에게 잡힌 그는 도망칠 수 없도록 줄로 손이 묶여 있었다. 그 줄이 헥터의 손과 이어져 있는 것은 말할 것도 없다.

헥터는 여차하면 마크 역시 삼 층의 하인들과 같은 꼴로 만들어 놓고 도망칠 계획이었다. 당연히 그 사실을 모르는 마크는 소리를 지르면 내일 아침 해를 못 볼 줄 알라는 협박에 겁에 질려 입을 다물고 있었다.

쉿. 마크와 눈이 마주치자마자 션은 조용히 하라는 신호를 보냈다. 그가 조용히 해야 션이 헥터와 돈을 덮칠 수 있다.

하지만 겁에 질린 마크에게 그 신호는 아무 의미도 없었다. 아는 얼굴을 보자마자 마크가 소리쳤다.

"공작님!"

젠장. 션은 혀를 차고 물러났지만 이미 늦었다. 돈을 채근하던 헥터가 고개를 돌린 것이다.

그는 고개를 돌리는 것과 동시에 검을 휘둘렀다. 당연하게도 그 검 끝에 마크가 있었다.

"야!"

깜짝 놀란 카렌이 아무거나 집어 던졌다. 탱! 하는 소리와 함께 냄비가 헥터의 팔을 맞추고 떨어져 나갔다.

그때까지도 마크는 벌벌 떨며 그대로 서 있었다. 흔한 반응이다. 아무리 강한 척하는 사람이라 해도 눈앞에 진짜로 날이 시퍼런 검이 움직이면 몸이 굳어 버린다.

하지만 마크가 그대로 서 있으면 션과 카렌이 곤란하다. 카렌은 그대로 몸을 낮춰 마크의 발목을 걷어찼다. 덕분에 마크가 넘어졌고, 마크의 손을 묶은 줄과 연결된 줄이 헥터를 잡아당겼다.

"악!"

헥터는 넘어지면서 마크를 잡고 있는 줄을 잡아당겼다. 덕분에 다시 마크의 몸이 냉장실 안쪽으로 굴러갔다.

"아, 진짜!"

카렌의 짜증에 에버딘은 안을 들여다봤다가 예상외로 두 사람이 고전하고 있는 것을 발견했다. 쉬울 줄 알았는데 헥터가 마크를 방패 삼는 바람에 카렌과 션이 덮치기가 매우 어려웠다.

"아, 저 멍청이."

그때 에버딘의 뒤에 서 있던 하인 하나가 투덜거렸다. 알아서 잘 도망쳐 다녔어야지. 그의 투덜거림에 곁에 있던 다른 하인도 맞장구쳤다.

"왜 잡혀서 민폐야, 민폐가."

그 대화를 듣자, 에버딘은 이상한 생각이 들었다. 이들은 저기서 나뒹구는 마크가 불쌍하지도 않나? 자기보다 약한 자를 향한 동정심이나 도와줘야겠다는 생각은 안 드는 건가?

운 나빴으면 자신이 당했을지도 모른다는 생각도 안 드나?

저기서 마크가 얼마나 무서울지 걱정되지도 않나?

"왜, 왜 그러십니까?"

의문이 의문을 겹쳐 분노를 불러일으켰다. 에버딘은 어느새 하인들을 무서운 눈으로 노려보고 있었다. 그 시선에 하인이 깜짝 놀라서 물었다.

왜 그러냐고? 에버딘은 꼴 보기 싫으니 여기서 꺼지라고 하려다가 멈췄다. 대신 그녀는 그들에게 다른 임무를 맡겼다.

"가서 의사 불러와."

저러다가 마크가 다치는 건 시간문제일 뿐이다. 마크뿐 아니라 션이나 카렌이 다칠 수도 있다. 그럴 때 의사가 바로 곁에 있다면 도움이 될 것이다.

하지만 에버딘의 지시에도 하인들은 머뭇거릴 뿐 움직이지 않았다. 왜 이래? 에버딘은 벌컥 화를 내며 말했다.

"왜 아무도 안 움직여?"

"저기, 이 마을엔 의사가 없습니다."

"뭐?"

이건 또 무슨 소리야? 당황하는 에버딘 앞에서 하인들이 머뭇거리며 말했다.

"재작년에 하나 있던 의사가 떠났습니다."

아들인가 딸인가 부부와 산다고 했다. 원래 나이가 들기도 했고.

에버딘은 어이가 없어서 입을 딱 벌렸다. 의사가 없다고? 그러면 아프면 어떻게 해? 그녀는 그대로 물었다.

"마을에 아픈 사람이 생기면?"

"가벼운 건 그냥 참고요. 심한 건 수도에서 사 온 약을 먹거나……."

먼저 입을 연 하인이 머뭇거렸다. 그러자 그 옆에 있던 하인이 이어받듯 말했다.

"숲에 사는 마녀에게 갑니다."

"마녀? 조안?"

하인들은 에버딘이 마녀의 이름을 안다는 사실에 놀랐다. 어떻게 알지? 하지만 그녀는 그들의 호기심을 채워 주지 않고 명령했다.

"그럼 넌 가서 조안을 불러와. 그리고 넌 혹시 모르니까 수도에 가서 의사를 불러와."

에버딘이 아는 의사라고는 한 명뿐이다. 그녀는 수도에 사는 테사의 주소를 불러 주었다. 그사이, 조안을 불러오라는 명령을 받은 하인은 여전히 망설이고 있었다.

"빨리 다녀와. 전투 중에 누군가 다칠 수 있어서 부른다고 말하고."

"마녀가 저한테 저주를 걸면……."

이거야말로 민폐다. 해야 할 일을 하지 않으려 하는 거. 에버딘은 버럭 소리쳤다.

"내가 명령했다고 해!"

그제야 하인이 우물쭈물 떠나갔다. 에버딘은 한숨을 내쉬고 이어서 다른 하인들에게 지시를 내렸다. 당장 누군가 다친다면 환자를 눕힐 방을 준비하고 혹시 수술이나 처치를 해야 한다면 필요할 깨끗한 물과 깨끗한 천을 준비하라고 일렀다.

그리고 또 뭐가 필요하지?

에버딘이 안의 상황을 살피자, 어느샌가 헥터가 마크를 잡고 있던 줄이 잘려져 있었다. 헥터가 뒹구는 사이 접근한 션이 끊어 버린 것이다.

이어서 그가 마크에게 소리쳤다.

"나가!"

처음 외침에는 반응하지 않던 마크는 카렌이 다시 소리치자 허둥지둥 뒷문을 통해 도망쳐 버렸다.

이제 네 사람뿐이다. 헥터는 혀를 차다가 구석에서 떨고 있는 돈을 발견했다. 처음엔 하인 둘, 두 번째는 마크, 마지막이 이 녀석이었다.

그는 재빨리 돈을 일으켜 세워 방패처럼 자신의 앞을 막았다.

"어, 어르신!"

당황한 돈이 버둥거리기 시작했다. 그건 카렌과 션에게도 좋지 않았다. 션은 카렌을 돌아보며 말했다.

"팔 하나 정도는 포기하지."

물론 션과 카렌의 팔이 아니라 돈의 팔을 말하는 거다. 신체 멀쩡한 상태로 잡는 걸 포기한다는 말이다.

하지만 헥터는 그보다 더한 걸 포기할 생각이었다.

그는 붙잡고 있던 돈을 있는 힘껏 션을 향해 밀었다. 션이 갑자기 달려드는 돈에게 당황한 사이, 뒷문을 통해 도망칠 생각이었다.

하지만 션은 자신을 향해 쓰러지는 사람을 당황해서 받아 주는 사람이 아니었다. 그가 재빨리 뒤로 한 발짝 물러나자 밀린 돈이 그대로 바닥에 쓰러졌다.

"뭐야?"

카렌이 어이없다는 듯 물었다. 헥터 역시 션이 그럴 줄은 몰랐기 때문에 당황한 표정을 지었다. 마지막 방패까지 사라졌으니 더 이상은 그를 지킬 게 없다.

헥터는 이번에는 검을 반대로 쥐고 자신의 목에 댔다. 그리고 션을 향해 외쳤다.

"다가오지 마!"

어쩌게? 카렌과 션의 시선이 부딪쳤다. 다가오면 죽어 버리겠다는 뜻인가 보다. 문제는 두 사람은 헥터가 살아 있는 것보다 죽는 게 더 낫다고 생각하지만.

"다, 다가오지 말라고 했어!"

어이없는 헥터의 행동에 션은 어이가 없어서 픽 웃었다. 그의 손으로 죽일 방법을 고민하고 있었는데 알아서 저렇게 해 주니 고맙기까지 하다.

“어쩔 건데?”

그때 카렌이 한 걸음 내디디며 말했다. 기겁한 헥터가 검을 자신이 목에 댔지만 거기까지였다. 그는 카렌과 션, 둘 다 자신의 협박이 통하지 않는다는 것을 알아차렸다.

빌어먹을. 그의 시선이 바닥에 쓰러진 돈을 향했다. 이럴 줄 알았다면 저 녀석을 찌르지 않는 건데.

“헥터 어서, 순순히 투항한다면…….”

션이 입을 열었다. 헥터가 더 이상 난동을 부리지 않는다면 그도 지금 여기서 어떻게 헥터를 처리할지 고민하지 않을 생각이었다.

에버딘에게는 저택 안에서 난동을 부르다가 손님의 손에 맞아 죽은 아버지보다 저택에서 멀리 떨어진 곳에서 사고로 죽은 아버지가 더 나을 테니까.

하지만 헥터의 생각은 달랐다. 투항? 그는 고개를 들고 션을 쳐다봤다. 전부터 그가 마음에 들지 않았다. 자신이 뭐나 되는 것처럼 오만하게 구는 것부터 불길한 새빨간 눈동자까지.

션은 헥터가 가지고 싶었던 모든 것을 가진 남자였다. 그의 지위, 재산, 외모까지.

그가 가지고 싶은 최저선이 에버딘이라면 션은 그가 가지고 싶은 최고선이었다. 그래서 그는 일부러 에버딘과 마틴의 혼담을 진행시켰다. 그의 딸이 그가 가장 선망하는 남자와 결혼한다는 건 있을 수 없는 일이니까.

질투. 션은 헥터에게서 뿜어져 나오는 강력한 감정에 얼굴을 일그러트렸다. 그는 자신을 질투하는 남자들을 많이 만나 봤지만 헥터처럼 강력한 질투와 열등감을 가진 남자는 처음이었다.

게다가 그 질투가 그를 향한 것만이 아니었다는 것까지 션을 불쾌하게 만들었다.

"투항?"

헥터는 검을 들어 올렸다. 그는 한 번도 제대로 된 검술을 배운 적이 없었다. 하지만 오늘 사람을 여러 번 찌르는 데는 아무 문제가 없었다.

"이게 내 투항이다!"

그렇게 말하면서 그가 검을 휘둘렀다. 어디를 향해 휘두르는 거야? 카렌은 어리둥절해 했고, 션은 헥터의 검 끝이 향한 것을 알아봤다.

"나가!"

션의 외침과 동시에 카렌과 그의 몸이 뒷문을 통해 집 밖으로 빠져나갔다.

깡!

에버딘은 헥터가 검을 휘두르는 순간 이미 주방에서 떨어지고 있었다. 하지만 다음 순간 엄청난 소리가 나며 거센 바람이 그녀를 때렸다.

펑!

마치 바람에 떨어지는 낙엽처럼 에버딘과 뒤에 있던 사람들이 우수수 넘어졌다. 다행인 건 에버딘의 뒤에 먼저 넘어진 하인들 덕분에 그녀가 머리를 부딪치지 않았다는 점이었다.

하지만 아직 끝난 게 아니었다. 제일 먼저 빠져나갔던 션과 카렌이 빙 돌아 현관으로 달려오며 소리쳤다.

"다 나와! 집에서 나와!"

폭발 때문에 잠시 멍해 있던 에버딘은 웅웅거리는 소리와 함께 션의 목소리를 들었다. 하지만 그녀가 반응하기도 전에 션이 먼저 달려와서 그녀를 번쩍 들어 올렸다.

"무슨 일입니까?"

폭발음에 놀란 베르트가 달려왔다. 그의 질문에 션은 에버딘을 안아 든 채 집 밖으로 빠져나가며 소리쳤다.

"사람들 전부 대피시켜!"

"대피라니, 무슨……."

그렇게 중얼거리던 베르트의 눈에 엉망이 된 주방이 보였다. 그리고 기울어지는 천장도.

"이런, 씨……."

그의 입에서 욕이 튀어나왔다. 어떤 미친놈이 이래 놨어? 베르트는 그대로 몸을 돌려 넘어진 레슬리를 일으켜 세웠다. 그리고 이어서 하인들의 멱살을 잡아 세우며 소리쳤다.

"나가!"

에버딘이 정신을 차린 건 그쯤이었다. 그녀는 넘어진 주방에 무슨 일이 있었냐는 듯 멀쩡한 홀과 계단을 멍하니 보다가 발버둥 치며 소리쳤다.

"사람들! 위에 사람들이 있어!"

아직 하녀들이 이 층 방을 청소하고 있다. 에버딘의 외침에 션의 표정이 일그러졌다. 그가 알 바 아니기 때문이다. 하지만 그가 나서기 전에 레슬리가 이 층으로 뛰어 올라갔다.

"카렌!"

션이 부르는 것과 동시에 카렌이 현관으로 뛰어 들어왔다. 몇 번이나 넘어졌는지 그녀의 무릎과 손은 흙투성이였다.

하지만 카렌은 지체 없이 레슬리를 따라 이 층으로 뛰어 올라가며 소리쳤다.

"빨리 나가! 집 밖으로!"

그 사이, 베르트는 계단을 통해 삼 층으로 올라갔다. 거기 있는 하인 둘은 아직 죽지 않았으니 챙겨야 한다. 그는 투덜거리면서 하인을 한 팔에 한 명씩 부축해서 계단을 내려가기 시작했다.

"엘리스!"

션과 에버딘을 집 밖에 내려놓은 순간 에버딘은 그렇게 소리치며 다시 집 안으로 들어갔다.

그녀가 방으로 돌아가라고 명령했다. 아직도 엘리스는 자신의 방에 있을 것이다. 다시 뛰어 들어가는 에버딘을 간발의 차로 잡지 못한 션의 얼굴이 일그러졌다.

저 여자를 진짜.

그는 마음 같아서는 대체 무슨 생각이냐고 에버딘의 어깨를 잡고 흔들고 싶었다. 아니면 아예 못 움직이게 묶어 놔도 괜찮을 것 같다.

하지만 그런 생각도 잠시, 에버딘이 뛰어 들어가자 일 층의 천장 일부가 흔들리면서 무너지기 시작했다.

25

눈을 뜨자 새하얗고 텅 빈 공간이 에버딘을 반겼다. 예전에도 그녀가 본 적이 있는 곳이었다. 에버딘은 고개를 숙여 자신을 쳐다보고 있는 작은 소녀를 발견했다.

죽었구나.

에버딘의 심장이 철렁하고 내려앉았다. 마지막으로 기억나는 건 엘리스의 방에서 그녀를 발견한 거였다. 요란한 소리에 놀랐는지 엘리스는 자기 침대 밑에 들어가서 몸을 웅크리고 있었다.

엘리스는 무사할까. 그렇게 생각하는 에버딘에게 신이 대뜸 말했다.

"잘하는 짓이다."

여전히 열두 살 정도의 어린 소녀의 모습을 하고 있는 신은 에버딘을 못마땅하다는 듯 쳐다보고 있었다. 기껏 잘 살라고 두 번째 기회를 줬는데 또 죽어서 왔으니 못마땅한 것도 당연하다.

그 모습에 에버딘은 엘리스와 션을 떠올렸다. 작고 어린 소녀의 모습은 엘리스를, 당당하고 여유 있으며 약간 오만하기까지 한 태도는 션을 생각나게 했다.

션은 어떻게 됐을까. 에버딘의 머릿속에 그가 떠올랐다. 그녀가 저택으로 뛰어들었을 때, 션도 그녀의 뒤를 따라 들어갔다. 물론 그녀는 그 사실까지는 몰랐다.

겁을 내면서도 엘리스의 방으로 뛰어갔으니까.

"내가 착하게 살랬지?"

신은 그렇게 말하며 한숨을 내쉬었다. 하지만 그녀의 말을 다르게 이해한 에버딘은 인상을 쓰며 물었다.

"착하게 살았잖아?"

그녀는 착하게 살았다. 적어도 착하게 살려고 노력했다.

분명 어떤 부분에서는 착하지 않게 보였을 수도 있다. 하지만 최대한 착하게 행동하려 했고, 심지어 마지막 순간에 엘리스를 보호하기 위해 위험을 무릅쓰지 않았던가.

하지만 신이 말하는 건 그런 게 아니었다. 그녀는 투덜거리듯 내뱉었다.

"착하게 살긴, 개뿔."

그녀는 분명히 착하게 살라고 했다. 그러니까, 살라고 했다. 인간의 삶은 짧고 에버딘은 많은 것을 이루지 못하고 죽었으니까.

신은 다시 한숨을 내쉬고 아무것도 없는 땅을 한 번 걷어찬 뒤 말했다.

"이게 착하게 산 거야? 착하게 죽은 거지?"

"둘이 뭐가 달라?"

착하게 산 거나, 착하게 죽은 거나. 에버딘에게는 똑같았다. 결국 착하다는 행위가 중요한 거잖아.

하지만 신은 아니었다. 그녀는 둘이 뭐가 다르냐는 에버딘의 질문에 벌컥 화를 내며 물었다.

"솔직히 말해 봐. 너 착하게 죽으면 내가 널 봐줄 줄 알고 그런 거지?"

그건 아니다. 에버딘은 엘리스를 구해야 한다는 생각에 그런 생각을 할 여력도 없었다. 하지만 그때 신이 다시 말했다.

"다른 사람을 시킬 수도 있었잖아. 내 주변에 너보다 훨씬 발도 빠르고 힘도 좋은 사람이 있었어."

어떤 사람들은 그걸 멍청하다고 한다. 주변에 더 잘난 사람들이 있는데 못난 네가 왜 나대냐고 하는 사람도 있다.

신은 그걸 지적하고 있었다. 에버딘은 빈말로라도 신체 능력이 뛰어난 사람이 아니었다. 그녀는 달리기도 빠르지 않았고 힘도 약했다. 체력이 좋지도 않았으며, 위험 앞에선 도로를 지나다 차를 만난 산짐승처럼 얼어붙었다.

그럼에도 그녀는 엘리스를 구하기 위해 무너지는 저택 안으로 뛰어들었고 죽음을 맞이했다.

에버딘은 뭐라고 대답해야 할지 몰라 인상을 썼다. 그러자 신이 다시 물었다.

"억울하진 않아?"

억울하냐고? 생각하지 못한 질문에 에버딘은 다시 신을 쳐다봤다. 죽은 게 억울하냐면 그건 그렇다. 하지만 엘리스를 구하려다 죽은 게 억울하냐면 그건 아니었다.

"네가 처음 죽었을 때, 억울하다고 내게 매달렸었지."

이어서 신의 입에서 처음 듣는 이야기가 흘러나왔다. 억울하다고 매달렸다고? 에버딘은 몇 달 전에 신을 만났을 때 자신이 억울해했던가 하고 기억을 더듬었다.

확실히 죽었다는 사실에 허망해했던 기억은 있었다. 하지만 억울하다고 매달린 적은 없었다.

"내게 보여 준다고 했어. 기회만 준다면 네가 어떻게 진짜 착하게 사는지 보여 준다고 했지."

"내가?"

기억나지 않는 이야기에 에버딘은 당황해서 물었다. 어떻게 진짜 착하게 사는지 보여 주겠다고 했다고? 믿을 수가 없다. 그녀는 착하게 살기는커녕 좀 이기적으로, 못되게 살아야 한다고 생각하는 사람이었다.

"그래, 너. 에버딘 어셔."

"나? 난 에버딘 어셔가 아니라……."

현대인이다. 그녀는 할머니와 단둘이 살아온 현대인이었고, 이곳의 에버딘 어셔와 동시에 죽었다. 그래서 착하게 산 에버딘이 그녀의 몸으로 사는 조건으로 에버딘이 되기로 했다.

그렇게, 신에게 들었다.

"거짓말이었어."

어느새 신은 공중으로 떠오르고 있었다. 그녀는 아무것도 없는 허공에 앉더니 다리를 꼬며 에버딘을 쳐다봤다. 그리고 입을 딱 벌리고 어이없어 하는 에버딘을 향해 말했다.

"에버딘 어서도 너야. 네가 너무 억울해해서, 기회를 주기로 했거든."

"뭐?"

진짜다. 신은 믿을 수 없는 이야기에 크게 뜬 에버딘의 눈과 시선을 맞췄다.

에버딘 어서. 병약한 어머니를 둔 조용하고 착한 아가씨. 평생 아버지가 시키는 대로 살았고 종래에는 재산을 노린 아버지에게 살해당했다.

"대신 기억을 지웠지."

신은 그렇게 말하며 손을 뻗어 아무것도 없는 허공에서 뭔가를 끄집어냈다. 오로라처럼 빛이 나는 작은 공이었다.

"그럼 나는……."

"너도 진짜 너야."

에버딘으로 살기 전의 삶은 현대인이었다. 그녀는 원래 그랬다. 부모덕은 없었고, 모든 인간이 그렇듯 고독한 삶을 살았다.

신이 에버딘에게 기회를 주기로 한 건 그것 때문이었다.

할머니와 단둘이 살다 할머니의 장례식 후 사고로 죽은 생과 아버지가 시키는 대로 살다가 결국 아버지에게 살해당한 생. 거기서 그녀는 에버딘에게 동정심을 느꼈었다.

그때 에버딘과 한 이야기는 완전히 거짓말은 아니었다. 신이 에버딘에게 기회를 주고 싶었던 건 맞았다. 물론 그 기회를 얻는 건 이곳의 에버딘이 아니었지만.

"에버딘은 억울하다고 매달렸고, 네게 기회를 주고 싶었어. 그래서 에버딘의 기억을 빼앗고 네 기억을 불러왔지."

그래서 에버딘은 몇 달 전, 그날. 신의 앞에 서 있었다.

그녀는 받아들이기 힘든 사실에 멍한 표정을 짓고 신을 쳐다보고 있었다. 지금 그녀도 그녀고 에버딘도 그녀라는 게 이상하게 느껴졌다.

"하지만 난 에버딘을 한심하게 생각했어."

"누구나 남의 인생을 한심하게 생각해."

"그러면서 동시에 부러워했어."

"누구나 남의 인생을 부러워해."

인간은 누구나 남의 고통을 가볍게 보고 남의 기쁨을 더 크게 본다. 남의 인생을 더 쉽게 생각하고 재단한다. 그게 설령 자신의 인생이라 해도 기억에 없으면 그런 것이다.

자신이 그동안 부러워했고 한심하게 생각했던 삶이 사실은 자신의 것이라는 것을 알자 에버딘은 저도 모르게 한숨을 내쉬며 주저앉았다.

스스로가 멍청하게 느껴졌다. 그리고 부끄러워졌다.

"내가 에버딘의 것을 빼앗는다고 생각했는데."

그래서 죄책감을 느꼈었다. 에버딘의 고백에 신은 피식 웃었다. 그것도 알고 있었다. 그리고 재미있다고 생각했다.

그런 죄책감을 갖지 말라고 서로의 몸을 바꿨다는 거짓말을 한 거였다. 그런데 그녀는 그럼에도 죄책감을 느꼈다.

"한 번 더 기회를 줄게."

신은 천천히 바닥으로 내려와 에버딘의 앞에 서며 말했다. 기회를 준다고? 주저앉아서 고개를 떨구고 있던 에버딘은 생각하지 못한 기회에 놀라 고개를 번쩍 들었다.

"진짜로 착하게 살았으니까 말야."

정확하게 말하면 착하게 죽었지. 신은 그렇게 중얼거리며 다시 손 위에 오로라처럼 빛나는 공을 올려놓았다. 이게 진짜 에버딘 어셔의 기억이다.

"하지만 선택해. 지금 그 기억을 가지고 돌아갈 건지, 에버딘의 기억을 가지고 돌아갈 건지."

하나만 줄 거다. 그렇게 말하는 신의 손 위에서 에버딘의 기억이 반짝거리기 시작했다.

에버딘의 기억을 가지고 돌아갈 수 있다고? 에버딘의 시선이 신의 손 위에 놓은 반짝이는 공을 향했다.

어쩌면 그게 더 나을지도 모른다는 생각이 들었다. 현대인인 지금은 이곳의 생활 중에 불편한 게 너무 많았다. 신발, 옷은 물론이고 이동 수단이나 통신 수단부터 먹을 것까지.

하지만 왜 둘 다 가지면 안 되는 걸까. 그런 의문을 떠올리는 에버딘의 생각을 읽은 것처럼 신이 다시 말했다.

"날 믿어. 헷갈리기만 할 거고 별로 안 좋을 거야."

예전에 비슷한 일을 겪은 사람이 있었다. 전생과 현생의 기억을 가진 사람이었는데 결국 어느 쪽이 현생의 기억인지 구분하지 못해 미쳐 버렸다.

신은 에버딘이 그렇게 되는 걸 바라지 않았다. 그녀가 건강하게 살아남아서 그녀의 주장대로 착하게 살기를 바랐다.

"어, 그럼……."

곧바로 진짜 에버딘의 기억이라고 말하려던 에버딘이 멈칫했다. 진짜 에버딘의 기억이 과연 지금의 그녀에게 도움이 될까.

"에버딘은 영주로 능력이 있었어?"

진짜 에버딘의 기억이 영주로서의 능력을 담고 있다면 그쪽을 선택하는 게 나을 것이다. 그런 의도가 담긴 질문에 신은 빙그레 웃었다.

"안 알려 줘."

치사하네. 에버딘이 작게 중얼거렸다. 어느 쪽을 택해야 할지 모르겠다. 원래의 에버딘이 영주로 능력이 있었다면 그쪽을 택해야 할 것이다.

하지만 그렇게 되면 지금의 기억은 사라진다.

에버딘의 머릿속에 그동안 알고 지냈던 사람들이 떠올랐다. 아이린이나 크리스틴, 수잔, 도리스는 물론이고 엘리스와 마크까지.

션까지 잃어버린다면 그건 좀 가슴 아플 것 같았다.

"원래 에버딘이라면 션을 무서워하겠지?"

에버딘의 질문에 이번에도 신은 코웃음만 칠 뿐 아무 말도 하지 않았다. 아무것도 알려 주지 않겠다는 반응에 에버딘은 한숨을 내쉬고 다시 입을 열었다.

"그럼 하나만 알려 줘."

"안 된다니까."

"하나만."

어쩐지 절실한 반응에 신의 표정도 가라앉았다. 그녀는 다시 공중에 앉아 다리를 꼬며 말했다.

"말해 봐."

그렇다고 대답해 준다는 건 아니다. 그냥 들어만 보겠다는 거였다.

신의 허락에 에버딘의 눈동자가 흔들렸다. 그녀는 망설이다가 숨을 크게 들이쉬더니 조심스럽게 말했다.

"엄마 말야, 그러니까 에버딘의 어머니."

병약했던 선대 어셔 남작. 무능력하고 욕심 많은 남자와 결혼해 에버딘을 낳고 병상에서 죽은 남작.

지금까지 에버딘에게 에버딘의 어머니는 딱 그 정도의 이미지였다. 하지만 에버딘도 그녀라는 이야기를 듣자 선대 어셔 남작에 대한 느낌이 달라졌다.

에버딘은 다시 한 번 숨을 크게 들이쉬고 물었다.

"날 사랑했어?"

신이 입을 열기까지는 아주 짧은 찰나의 시간이었지만 에버딘에게는 억겁의 시간처럼 느껴졌다. 끔찍하게도 긴 시간이 지나고 신이 담담하게 말했다.

"그래."

*　　*　　*

“어때?”

제랄딘이 손을 떼자마자 션이 그녀의 목을 조를 것처럼 달려들며 물었다. 깜짝이야.

제랄딘은 재빨리 빼놓았던 장갑을 꼈다. 마치 멍이 든 것처럼 보랏빛으로 얼룩덜룩하던 그녀의 팔이 장갑 속에 가려졌다.

“안 된다고 했잖아.”

이 시도가 벌써 세 번째다. 처음의 놀라움도 잠시, 세 번째쯤 되자 제랄딘도 담담해졌다. 그녀는 잠자는 것처럼 평온한 에버딘의 얼굴을 들여다보고 말을 이었다.

“진짜 살아 있는 거 맞아?”

“맞아.”

못마땅한 질문에 션의 눈초리가 예리해졌다. 제랄딘은 그럼에도 불구하고 손을 뻗어 에버딘의 맥박을 살폈다.

느리지만 잡힌다. 살아 있다는 말이다.

이런 일은 처음이라 제랄딘은 다시 에버딘의 안색을 살폈다. 얼굴만 보면 자는 것 같다.

“넌 어때?”

제랄딘은 션에게 시선을 돌리며 물었다. 아주 예전에 비슷한 일이 있었다. 심하게 다친 사람을 그녀의 힘으로 치료해 주려고 손을 댔는데 아무 느낌도 느껴지지 않았다.

그때와 지금의 다른 점이라면 그때와 달리 에버딘은 겉으로 보이는 상처가 없고 살아 있다는 점뿐이다. 그때의 상대는 어느새 죽어 있었으니까.

즉, 제랄딘의 힘이 통하지 않는 상대는 죽은 사람뿐이라는 거다. 하지만 에버딘은 살아 있다.

"뭐가?"

션은 제랄딘이 무엇을 묻는 건지 알면서도 모른 척 물었다. 하지만 제랄딘은 션이 그녀의 힘이 에버딘에게 통하지 않을 것이라는 것을 알고 있었다고 생각했다.

제일 처음 그녀가 에버딘에게 통하지 않는다고 했을 때 전혀 당황하지 않았으니까.

"어셔 남작에게 해 봤어? 네 힘은 통해?"

안 통했지? 확신에 가까운 질문에 션이 입술을 다물었다. 안 통했다. 에버딘에게는 한 번도 통한 적이 없다. 당연히 그는 제랄딘도 안 통할 거라는 걸 알았다.

하지만 그럼에도 그녀를 부른 건 그 정도로 절박했기 때문이었다.

"르벨가는 어때?"

질문과 상관없는 질문이 션의 입에서 흘러나왔다. 르벨가. 웨스트, 브룩과 같은 개국 공신 집안이다. 하지만 션이 말하는 건 그런 게 아니었다.

르벨가는 왜? 느닷없는 질문에 어리둥절해하던 제랄딘이 입을 딱 벌렸다.

"말도 안 되는 소리 하지 마. 거긴 땅을 재생하는 힘이지 사람을 살리는 힘이 아니잖아."

"뭔가를 살린다는 점에서는 그게 그거지."

천연덕스러운 건지, 지푸라기라도 잡고 싶은 심정인 건지 모르겠다. 제랄딘은 물끄러미 션을 쳐다보다가 툭 내뱉었다.

"그럼 너도 그녀의 눈을 보고 명령하지 그래? 살아나라고."

"안 통해."

이미 해 봤다는 간접적인 고백에 제랄딘은 머리를 감싸며 말했다.

"르벨가는 후계자가 끊긴 지 이십 년도 넘었잖아."

마지막 르벨 백작이 후사 없이 사망하면서 백작 위는 방계에게로 돌아갔다. 그녀가 아는 한, 능력을 가진 자는 태어나지 않았다.

아니, 아니면.

문득 떠오른 생각에 제랄딘은 고개를 번쩍 들었다. 그녀의 힘도, 션의 힘도 에버딘에게는 통하지 않는다. 그리고 르벨가의 힘을 가진 자는 없는 것으로 알려져 있다.

"어셔 남작의 발, 봤어?"

웨스트가는 눈, 브룩가는 손, 르벨가는 발이다. 제랄딘의 질문에 션의 미간에 주름이 생겼다. 하지만 그가 대답하기도 전에 제랄딘이 재빨리 시트를 들어 에버딘의 발을 확인했다.

새하얗다. 제랄딘의 손과 팔을 물들인 불그스름한 색이 아니라 그냥 평범한 피부였다.

"아니군."

안도 섞인 말이 제랄딘의 입에서 흘러나왔다. 르벨 가는 밟은 땅을 되살아나게 한다. 단, 자신의 생명력을 깎아 먹으면서.

마지막으로 힘을 가졌다 알려진 르벨 백작은 좋은 사람이었다. 그녀는 척박해진 자신의 영지를 되살리고 사십도 안돼서 사망했다. 그 전에 후계를 남길 시간이 있었지만 이런 능력을 자식에게 물려주고 싶지 않다는 이유로 자식을 낳는 것을 거부했다.

물론 그 힘은 자식으로만 이어지지 않는다. 초대 르벨 백작의 피를 이은 자라면 누구나 이어질 수 있다. 그러니 죽은 르벨 백작의 조카 대에 힘을 가진 자가 태어났을 것이다. 아직 태어나지 않았더라도 언젠가 태어난다.

"에버딘은 우리 중 어느 쪽과도 관계가 없어."

때때로 피가 섞인 다른 가문에서 힘을 가진 아이가 태어나기도 한다. 그럴 때는 해당 가문에서 아이를 인수한다. 션이 에버딘을 만나고 나서 그녀의 혈통이나 집안에 대해 조사한 건 그런 이유였다.

"그런데 우리 힘이 통하지 않는단 말이지."

제랄딘이 이상하다는 듯 말했다. 제랄딘과 션의 힘은 모든 사람에게 통한다. 힘을 가진 자를 제외하고.

그래서 제랄딘은 예전엔 르벨가를 부러워했었다. 대가가 생명이라는 것을 알기 전까지.

"공작님."

그때 누군가 에버딘의 침실 문을 두드렸다. 익숙한 목소리에 제랄딘이 들어오라 이르자 테사가 문을 열고 들어왔다.

"남작님은 어떠세요?"

에버딘 어서 남작은 테사가 불려 온 그날부터 일주일째 잠들어 있다. 겉으로 보이는 문제는 하나도 없는데 전혀 눈을 뜨지 못해서 이 젊은 의사도 당황하고 있었다.

"똑같아. 수도는 어때? 뭔가 찾았어?"

제랄딘의 말에 테사의 시선이 에버딘을 향했다. 맥박은 느리지만 정상이다. 동공도 문제가 없다. 대체 무슨 문제인지 몰라서 그녀는 이틀 전 수도로 돌아가서 비슷한 사례가 있는지 찾아보고 온 참이었다.

"이런 경우가 별로 없어서……."

못 찾았다는 말이다. 이틀 동안 수도에 있는 아는 의사들을 다 만나서 이야기해 봤지만 뾰족한 수를 찾지 못했다. 제랄딘의 얼굴이 어두워졌다.

어쩌나.

그녀는 힐끔 션을 쳐다봤다. 그녀와 에버딘은 몇 번 만난 게 다다. 재미있는 사람이라고 친해지고 싶다고 생각하긴 했지만 친분이 깊지는 않았다.

하지만 션은 아니다. 그는 안 통할 걸 알면서, 그리고 제랄딘에게 부탁하는 걸 싫어하면서도 그녀를 불러올 정도로 절박했다.

그 정도로 소중한 사람이 눈을 뜨지 못하고 있다니 분명 괴로울 것이다. 걱정스러운 마음에 션의 안색을 살피는데 그는 오히려 담담해 보였다.

"괜찮아?"

"뭐가."

제랄딘의 질문에 션이 모르겠다는 듯 말했다. 놀라거나 실망해야 하는 거 아냐? 제랄딘은 이해가 되지 않아서 물었다.

"어서 남작 말야. 이대로 눈을 못 뜨면……."

"떠."

션은 제랄딘의 말을 싹둑 잘랐다. 살아 있다. 그거면 됐다. 언제라도 에버딘이 눈을 뜬다면 기다리면 된다.

단호한 태도에 제랄딘은 테사를 쳐다봤다. 차마 션의 앞에서 에버딘이 이러다 어떻게 되는지 물을 수가 없었다. 그녀는 자리에서 일어나 테사와 함께 방을 나섰다.

"어……."

복도로 나오자 복도에는 엘리스가 서 있었다. 에버딘이 걱정되지만 차마 들어갈 수가 없었던 그녀는 문 앞에 서서 이러지도 저러지도 못하고 서성거리고 있었다.

아까 들어갈 때도 있었는데. 테사는 엘리스를 기억하고 그녀에게 말했다.

"눈뜨시면 알려 줄 테니까 여기 서 있지 않아도 돼."

"아, 아니에요."

엘리스는 에버딘과 가까이 있고 싶은 것뿐이었다. 그녀는 어쩔 줄 몰라 하다가 테사에게 조심스럽게 물었다.

"저기, 저, 남작님은 어떠세요?"

들어가 보고 싶지만 션이 자리를 비우질 않아서 들어갈 수가 없었다. 걱정하는 엘리스의 모습에 테사는 에버딘을 발견했을 때의 이야기를 떠올렸다.

침대 밑에 숨은 엘리스를 감싼 채로 발견됐다고 했다.

저택의 일부가 무너지면서 엘리스의 방도 피해를 입었지만 에버딘이 감싼 덕분에 엘리스는 무사했다.

그게 엘리스를 죄책감에 들게 했다. 에버딘은 그녀를 구해 줬지만 엘리스는 자신 때문에 에버딘이 저렇게 됐다는 죄책감을 떨쳐 낼 수가 없었다.

게다가 저택이 이 난리가 난 터라 그녀를 다독여 줄 사람도 없었다.

테사는 물끄러미 엘리스를 쳐다보다가 말했다.

"몸에는 아무 문제가 없어. 그냥 주무시고 계신 거야."

"하지만, 저기, 일주일째잖아요."

엘리스도 들었다. 에버딘이 일주일째 눈도 뜨지 못하고 있다고. 이러다가 새로 온 남작님도 죽는 거 아니냐는 말에 그녀의 심장이 덜컹 내려앉을 때가 한두 번이 아니었다.

자기 때문에 에버딘이 저렇게 됐다는 죄책감 때문에 엘리스도 일주일째 잠을 자지도, 뭔가를 먹지도 못하고 있었다.

그제야 테사는 엘리스가 일주일 만에 가만히 누워만 있던 에버딘보다 훨씬 말라 버렸다는 것을 깨달았다. 하지만 지금으로서 그녀는 아무 말도 할 수가 없다.

뭐라고 해야 하지. 고민하는 테사 옆에서 제랄딘이 입을 열었다.

"맞아, 일주일째지. 그러니까 넌 가서 잘 먹고 잘 자야 돼."

"네?"

이건 또 무슨 소리람. 말도 안 되는 제랄딘의 말에 엘리스는 물론 테사도 놀랐다. 제랄딘은 엘리스 앞에 무릎을 굽히며 말했다.

"그래야 어서 남작이 일어날 때까지 버틸 수 있지. 만약 어서 남작이 일주일 뒤나 한 달쯤 뒤에 눈을 떴는데 네가 쓰러져 있으면 기분이 어떻겠어?"

"하지만……."

엘리스의 눈에 눈물이 고이기 시작했다. 매일 밤 울어서 더는 눈물이 나오지 않을 줄 알았는데 또 이렇게 눈물이 나온다는 게 그녀는 신기했다.

"저, 저, 저 때문에……."

엘리스의 목소리는 우느라 제대로 입 밖으로 나오지도 못했다. 하지만 제랄딘은 알아들었다. 그녀는 엘리스의 손을 잡으며 말했다.

"엘리스, 어서 남작은 널 구하려고 뛰어들었어. 네가 무사하길 바라서 그런 거야. 그렇겠지?"

그건 그렇다. 테사는 제랄딘의 의도를 알아차리고 고개를 끄덕였다. 고작 견습 하녀로 데려온 아이를 위해 위험 속에 뛰어들었다는 말을 들었을 때는 그녀도 에버딘이 미쳤다고 생각했다.

"저, 전, 그냥 제가 죽는 게 나, 나았을 거 같아요……."

엘리스의 말에 제랄딘과 테사의 표정이 굳었다. 두 사람은 엘리스에게 뭐라고 말해야 할지 몰라 서로를 쳐다봤다.

그때, 엘리스의 뒤로 조안이 나타났다.

"별소릴 다 하네! 쪼끄마한 게! 이리 와!"

조안은 엉엉 우는 엘리스의 손을 낚아채더니 그녀를 끌고 내려가 버렸다. 세상에. 제랄딘과 테사는 갑자기 나타나서 엘리스를 데려가 준 구원자에게 속으로 감사의 인사를 전하고 말했다.

"어서 남작이 꼭 일어나야 할 텐데."

"저도 그랬으면 좋겠어요."

어느새 저택 안의 사람들은 에버딘이 눈을 뜨길 간절하게 바라고 있었다. 에버딘과 함께 수도에서 온 사람들을 말하는 게 아니다.

저택에서 일하던 하인들도 에버딘이 일어나길 기도하고 있었다.

"저기, 저는 그럼 이만……."

테사가 그렇게 말하며 몸을 돌렸다. 제랄딘은 에버딘이 이대로 눈을 못 뜨면 어떻게 되는지 물어보려 했던 것을 떠올렸지만 묻지 않았다.

에버딘은 눈을 뜰 것이다. 션은 그렇게 믿고 있다. 그리고 이곳의 모든 사람들이 그녀가 눈을 뜨길 바라고 있다.

에버딘이 눈을 뜬 건 그날 새벽이었다. 그녀는 눈을 반짝 뜨고 눈동자만 굴려 주변을 살폈다.

그녀의 방이다. 헬름 영주의 저택에 있는 영주의 침실. 에버딘은 몸을 일으키려다가 몸에 힘이 하나도 들어가지 않는 것을 깨닫고 고개를 돌렸다.

그러자 어둠 속에서 누군가 침대 옆에 앉아 있는 게 보였다.

"어."

그녀가 깜짝 놀라서 소리를 내자 바로 그가 눈을 떴다. 션이었다. 그는 에버딘이 눈을 뜨고 있는 걸을 보고 멈칫하더니 다음 순간 자리에서 벌떡 일어났다.

네가 왜 거기에서 나와? 에버딘은 여전히 누운 채 션을 쳐다보고 있었다. 그가 왜 그녀의 침대 옆에 앉아 있었는지 모르겠다. 심지어 오래 있었는지 커다란 의자도 가져다 놓았다.

"정신이 들어? 기분은 어때? 몸은?"

다음 순간, 션의 입에서 질문이 쏟아져 나왔다. 에버딘이 그를 만난 이후로 그가 가장 많은 질문을 한 순간이었다.

뭐, 뭐라고? 에버딘은 몸에 기운이 없다고 말하려 했다. 하지만 그녀가 입을 연 순간 션이 몸을 돌리며 말했다.

"의사 부를게."

"잠깐!"

정신이 하나도 없다. 게다가 어찌나 기운이 없는지 잠깐이라고 말한 것만으로도 에버딘은 숨을 헐떡이기 시작했다.

"에버딘."

그녀가 숨을 헐떡이자 션이 곧바로 다시 그녀에게 돌아왔다. 그는 에버딘을 부축해서 앉을 수 있게 돕더니 한 팔로 그녀를 감싸 안으며 말했다.

"괜찮아?"

션의 질문에 그를 물끄러미 쳐다보던 에버딘이 대뜸 물었다.

"누구세요?"

그 순간, 방 안이 얼어붙었다. 에버딘은 확 굳어 버린 션을 보다가 웃음을 터트렸다.

"농담이야."

이런 장난은 살면서 해 볼 수 있는 게 아니다. 그 기회를 잡았으니 해 보고 싶었다.

에버딘의 느닷없는 장난에 굳어 있던 션은 인상을 쓰다가 한숨을 내쉬었다. 눈뜨자마자 장난칠 정신이 있다니 다행이다.

그는 그녀가 침대 헤드에 기대앉을 수 있도록 베개와 쿠션을 모아 에버딘의 등에 대 주었다. 그리고 침대 옆에 앉아 그녀를 쳐다봤다.

아까 농담한 걸로도 알 수 있긴 했지만 정신은 멀쩡해 보인다. 말도 별 무리 없이 하고 시선도 그를 잘 따라오고 있었다.

"몸은 좀 어때?"

움직일 수 있는 건지 묻는 거였는데 에버딘은 자신이 어딘가를 다쳤다고 생각했다. 마지막으로 기억하는 건 엘리스를 끌어안는 거였으니 무너진 벽이나 가구에 묻혀 다쳤을 수도 있다.

"나 어디 다쳤어?"

팔다리에 힘이 들어가지 않는 건 다쳐서인 걸까. 그렇게 생각하는 그녀에게 션이 재빨리 말했다.

"아니, 다친 곳은 없어. 그런데도 오래 눈을 뜨지 못해서 걱, 다들 걱정했지."

오래 눈을 뜨지 못했다는 게 무슨 소릴까. 에버딘은 션을 물끄러미 쳐다보다가 주변을 둘러보았다. 딱히 변한 건 없어 보인다. 무너진 건 주방과 그쪽에 인접한 구역이라 반대편인 에버딘과 몇몇 손님방, 응접실이나 창고 같은 곳은 멀쩡했다.

그녀는 다시 션을 보고 그가 약간 말라 있다는 것을 깨달았다.

"내가 얼마나 죽, 아니, 잠들어 있었는데?"

"일주일, 아니, 자정이 지났으니 팔 일째로군."

일주일? 생각하지도 못한 기간에 에버딘의 눈이 커졌다. 일주일이나 죽어 있었는데 살아날 수 있는 거야? 그녀는 손을 들어 앞뒤를 살폈다. 그러다가 문득 엘리스를 떠올렸다.

"엘리스는? 걔는 괜찮아?"

엘리스의 안위를 묻는 질문에 션의 얼굴이 일그러졌다. 에버딘은 일주일 넘게 눈을 뜨지 못했다. 그건 전부 그 계집애를 구하려 했기 때문이다.

그런데 눈을 뜨자마자 그 계집애를 걱정한다고?

"그래."

션의 목소리가 차갑게 흘러나왔다. 에버딘은 그를 이상하다는 듯 쳐다보며 물었다.

"정말로?"

그를 의심하는 태도에 션은 다시 화가 치밀어 올랐다. 그가 엘리스를 그냥 둔 건 에버딘이 그 계집애를 구하려 했기 때문이다.

그렇지 않았다면 엘리스는 일주일 전에 이 저택에서 쫓겨났을 것이다.

차가운 션의 태도에 에버딘 역시 이상하다는 것을 알아차렸다. 그녀는 허리를 세우며 말했다.

"보고 싶어. 불러 줘."

"안 돼. 의사부터 만나."

"의사는 볼 거야. 그 전에 엘리스를 불러 줘."

"너는!"

벌컥 화를 낸 션이 가까스로 숨을 가다듬었다. 일주일이나 눈을 뜨지 못했다. 그래 놓고서 그 계집애를 찾는다는 게 그는 이해가 되지 않았다.

하지만 그는 꾹 눌러 참고 다시 말했다.

"그 계집애는 흠집 하나 없어. 걱정 마."

"션, 엘리스를 구한 건 내 업적이야. 내 업적을 확인하는 걸 방해하지 말아 줘."

말도 안 되는 소리에 션의 입이 딱 벌어졌다. 그는 에버딘을 노려보며 말했다.

"아침에. 지금은 우선 의사를 보고."

"엘리스 보고 의사 볼 거야."

"에버딘."

화가 난 션이 몸을 일으켜 세웠다. 그는 그대로 상체를 숙여 에버딘의 침대를 짚고 그녀를 노려봤다. 그가 짚은 침대가 움푹 들어가는 게 에버딘에게도 느껴졌다.

"그 계집애의 죄책감을 덜어 주려는 거잖아."

"그게 나빠?"

"내 말은, 너부터 살피라는 거야."

이렇게 싸울 시간에 엘리스와 의사를 불러 줬으면 벌써 불렀겠다. 에버딘도 슬슬 짜증이 나기 시작했다. 오랜 기간 그녀를 살펴봐 줬다는 고마움은 어느새 저 밑으로 가라앉아 버렸다.

"살필 거야. 그러면서 엘리스의 죄책감을 덜어 주는 게 뭐가 나빠."

그냥 잠깐 얼굴을 보고 그녀가 무사하다는 것만 보여 주면 된다. 에버딘이 아는 엘리스라면 죄책감으로 일주일간 자지도, 먹지도 못하고 있을 테니까.

한참을 에버딘을 노려보던 션은 한숨을 내쉬며 몸을 바로 했다. 그는 에버딘의 이런 착한 부분이 마음에 들지 않았다. 솔직히 말하면 아주 싫었다.

하지만 그녀가 그런 성격이 아니었다면 두 사람은 만나지도 못했을 것이다.

"의사를. 그리고 남작이 구해 준 계집애도 데려와."

설렁줄을 당겨 레슬리를 부른 션은 혹시나 싶어 달려온 그녀에게 담담하게 지시를 내렸다. 그 모습이 퍽 익숙해서 에버딘은 자신이 잠들어 있던 시간이 정말로 일주일이 넘었다는 것을 체감했다.

"세상에."

문틈 사이로 침대에 앉은 에버딘을 발견한 레슬리의 눈에 눈물이 고였다. 눈을 떴다. 그녀의 남작님이.

반가워서 어쩔 줄 몰라 하는 레슬리에게 에버딘이 민망하다는 표정으로 손을 흔들자 그녀는 의사를 불러오라는 션의 지시를 떠올렸다.

"네, 네. 잠시만요!"

그동안 하인들에게 무수하게 뛰지 말라고 훈계해 온 그녀도 지금 이 순간만은 뛰지 않을 수가 없었다. 레슬리는 복도를 달려 테사의 방을 두드렸다.

그리고 그녀와 함께 남작의 침실로 달려간 뒤 이번에는 엘리스를 데려오기 위해 다시 뛰었다.

"전부 정상입니다. 조금 체력이 떨어지긴 하셨지만요. 그건 잘 드시고 잘 주무시면 회복될 겁니다."

테사는 에버딘의 진찰을 마치며 믿을 수 없다는 말을 했다. 눈을 뜬 에버딘은 정말로 아무 이상이 없었다.

"잠은 충분히 잔 것 같은데."

에버딘이 그렇게 말하자 션이 그녀를 노려봤다. 하지만 에버딘이 반박하기 전에 이번에는 레슬리가 엘리스를 데리고 돌아왔다.

"엘리스."

에버딘은 레슬리의 손에 떠밀리듯 들어오는 엘리스를 보고 활짝 웃으며 그녀를 불렀다. 엘리스는 한쪽 팔에 멍이 든 걸 제외하면 멀쩡했다.

"나, 남작님."

션의 눈치를 살피며 비틀거리듯 들어온 엘리스는 눈을 뜬 에버딘의 모습에 그대로 얼어붙었다. 남작님이 부른다는 레슬리의 말을 들었을 때도 믿지 못했는데 지금 에버딘의 모습을 보자 마치 꿈처럼 느껴졌다.

"이리 와."

에버딘은 침대 옆을 툭툭 치며 말했다. 그러더니 여전히 그녀의 곁에서 꿈쩍도 하지 않는 션에게 말했다.

"좀 비켜 줘, 엘리스 얼굴 좀 보게."

션의 눈이 가늘어졌다. 하지만 그는 말없이 몸을 움직여 엘리스가 다가올 수 있도록 자리를 만들어 주었다. 물론 그게 그가 자리에서 일어났다는 말은 아니다.

"죄, 죄송해요."

비틀비틀 다가오면서 엘리스는 눈물을 쏟기 시작했다. 그녀 때문이다. 에버딘 역시 그녀가 무슨 말을 하는지 알았다.

그래서 더 아무렇지 않게 말했다.

"뭐가? 넌 네 방에 있었을 뿐이고 내가 널 보려고 가다가 쓰러진 것뿐이야. 다친 곳도 하나도 없고."

"하, 하지만 제가, 제가 방에 없었으면……."

"방에 들어가라고 한 건 나였잖아."

엘리스는 에버딘이 시키는 대로 한 것뿐이다. 에버딘은 그렇게 말하고 엘리스를 끌어안았다. 정말로 엘리스가 무사해서 기뻤다. 엘리스를 구한 게 그녀의 업적이라고 말한 건 거짓말이 아니었다.

에버딘은 살면서 처음으로 누군가의 목숨을 구했다. 그렇게 뿌듯한 경험은 아무나 할 수 있는 게 아니다.

"엘리스, 네가 무사해서 기뻐. 만약 네가 다치거나 무슨 일이 일어났다면 난 더 힘들었을 거야."

"저, 정말요?"

엘리스가 코를 훌쩍이며 물었다. 그녀는 일주일간 선잠을 잘 때마다 악몽을 꿨다. 가끔은 저택의 사람들이 그녀를 비난하는 꿈이었지만 대부분은 에버딘이 유령이 되어 그녀를 원망하는 꿈이었다.

"당연하지. 내가 용기를 내서 너를 도우러 간 건데 네게 무슨 일이 있으면 어떡해."

에버딘의 위로에 엘리스가 다시 울기 시작했다. 에버딘은 엘리스를 끌어안고 그녀를 다독이다가 션을 쳐다봤다.

그는 못마땅하다는 표정으로 엘리스를 쳐다보고 있었다. 저 계집애가 에버딘과 한 침대에 있는 것도 그는 마음에 들지 않았다. 그리고 에버딘의 품에서 우는 것도.

“어서 남작은 쉬어야 하니까 그만 나가지.”

션은 그렇게 말하며 사람들을 방 안에서 내보냈다. 에버딘이 눈을 떴다는 기쁨에 다들 잊고 있지만 지금은 새벽이다. 저택의 반이 무너져서 할 일이 많다. 그러니 다음 날을 위해서 다시 잠을 청해야 한다.

엘리스는 떠나기 싫어서 망설였지만 레슬리가 재촉하자 어쩔 수 없이 물러났다. 그동안 전혀 잠들지 못했던 그녀는 오늘 밤 처음으로 제대로 된 잠을 자게 될 것이다.

엘리스가 얼마나 마음고생을 했는지 아는 레슬리는 그녀를 점심 때까지 깨우지 말아야겠다고 생각했다.

“세상에, 에버딘!”

이튿날 아침, 에버딘이 눈을 떴다는 소식에 그녀의 친구들이 몰려들었다. 다들 무너진 방에서 구해낸 그녀가 눈을 뜨지 못해서 얼마나 걱정했는지 모른다.

에버딘은 그레이스의 도움을 받아 몸을 닦고 옷을 갈아입은 뒤 침대 위에서 사람들을 맞이했다. 여기까지가 레슬리와 션의 타협선이었다. 에버딘은 일 층으로 내려가고 싶어 했고 레슬리와 션은 사람들을 만나는 것도 늦추길 원했으니까.

"괜찮아?"

"어디 아픈 데는 없어? 나 알아보겠어?"

아이린에 이은 수잔과 크리스틴의 질문에 에버딘은 정신을 차리지 못했다. 그러다가 맨 뒤에서 울음을 터트린 도리스를 보고 입을 딱 벌렸다.

그녀는 몰랐지만 에버딘이 누워 있는 동안 이 저택은 초상집이었다. 저택의 일부가 무너지고 영주는 쓰러져서 눈을 뜨지 못하고 있으니 당연했다.

션과 레슬리가 없었다면 사람들은 우왕좌왕했을 것이다.

"다들 나 때문에 많이 놀랐죠?"

에버딘의 질문에 네 사람은 말없이 고개를 끄덕였다. 그들은 다른 사람들보다 더 놀랐다. 주방이 폭발하던 당시 마을에 내려가 있었기 때문이다. 돌아와 보니 저택은 이 난리가 나 있고 친구는 쓰러져서 눈을 뜨지 못하고 있다고 하니 놀랄 수밖에 없다.

"괜찮아? 몸은 좀 어때?"

다시 시작된 질문에 에버딘은 작게 웃었다. 션과 똑같다. 그도 어제저녁 그녀가 눈을 떴을 때부터, 오늘 아침 자고 일어난 뒤에도 계속해서 몸은 어떠냐고 물었다.

하지만 아침에 검진하러 온 테사의 의견대로라면 멀쩡했다. 추후 다른 문제가 생길지 모르지만 지금 당장은 별문제가 없다고 말했다.

그리고 에버딘 역시 자신의 몸에 아무 이상이 없으리라는 것을 알았다. 제일 처음 다른 기억을 가지고 눈을 떴을 때 그랬던 것처럼.

"마을은 잘 구경했어요? 그동안 어떻게 지냈어요?"

에버딘은 역으로 네 사람에게 어떻게 지냈는지를 물었다. 그녀가 쓰러지고 일주일이 넘었으니 다들 어떻게 지냈을지 궁금했다. 그러자 도리스와 수잔이 시선을 부딪쳤다.

"평소랑 똑같지, 뭐. 여기가 조금, 문제가 생긴 건 알지?"

아이린의 말에 에버딘은 고개를 끄덕였다. 마지막 기억은 주방의 가스 오븐이 폭발한 것이다. 그리고 그쪽 천장이 무너져 내렸다.

덕분에 식사 준비를 하기가 어려워졌다는 건 에버딘도 예상할 수 있는 문제다. 저택이 무너져 내려도 사람들은 밥을 먹고 살아야 한다. 아이린과 도리스는 션이 잡아 가둔 폴라 대신 이 저택의 사람들을 위해 요리를 하기 시작했다.

"어, 정말요?"

아이린의 설명에 깜짝 놀란 에버딘은 미안한 표정을 지었다. 오늘 아침 그녀가 먹은 건 죽 한 그릇이 전부다. 그래서 에버딘은 아이린이 요리를 하고 있을 줄은 몰랐다.

"얼마나 재미있나 몰라. 노는 동안 손이 굳을까 봐 걱정했거든. 그렇지, 도리스?"

아이린은 에버딘이 미안해하자 재빨리 설명했다. 거짓말은 아니다. 그녀는 정말로 재미있었다. 평생을 일을 하며 살아서 헬름에 온 처음 며칠간은 불안했을 정도였다.

그래서 에버딘의 저택에 그녀의 도움이 필요로 하자 보람이 있었다. 심지어 이 저택은 그녀의 일을 도와줄 사람도 많다.

"그럼, 그럼요."

도리스는 우느라 훌쩍이면서도 고개를 끄덕였다. 그래도 고작해야 한두 달이다. 그 정도로 노는 걸로 손이 굳을 리가 없기 때문에 에버딘은 아이린의 핑계를 고맙게 받아들였다.

"감사합니다."

"감사할 게 뭐 있어. 우리도 여기서 쉴 수 있어서 좋지."

그렇지 않아도 웨스트 공작이 건물을 다시 짓는 동안 갈 곳이 없는 네 사람을 초대해 준 고마움을 어떻게든 갚을 생각이었다. 네 사람은 그 기회가 와서 기뻐하고 있었다.

"마을은 어때요?"

이어진 에버딘의 질문에 이번에는 아이린과 크리스틴의 시선이 부딪쳤다. 그리 좋지 않았다. 하지만 두 사람은 막 눈을 뜬 에버딘을 위해 좋은 이야기만 하기로 결심했다.

"호수가 있더라고. 알고 있었어?"

"아, 네. 어때요?"

헬름에는 호수가 있다. 에버딘의 침실에서 아주 작게 보인다. 네 사람은 이런저런 이유로 거기까지 가봤다.

"아주 좋던데?"

"물도 맑고, 움직일 수 있게 되면 거기로 소풍을 가도 좋을 것 같아."

도시락을 싸서 다 같이 소풍을 가면 재미있을 것 같다. 크리스틴의 말에 에버딘의 얼굴에 반가운 표정이 떠올랐다. 영지에 소풍 갈 만한 호수가 있다는 건 좋은 일이다.

그녀는 그 호수 주변을 영지민들이 즐길 수 있도록 꾸며야겠다고 생각했다. 하지만 그때, 밖에서 레슬리가 말했다.

"남작님, 공작님께서 오셨습니다."

그는 오늘 아침까지 에버딘의 곁을 지켰다. 그뿐만이랴. 아이린과 수잔의 시선이 부딪쳤다. 두 사람뿐 아니라 크리스틴과 도리스까지 의미심장한 웃음을 짓는 것을 본 에버딘이 물었다.

"왜 그래?"

"공작님 말이야. 내내 여기 계셨거든."

션은 한시도 에버딘의 곁을 떠나지 않았다. 밤에도 그녀가 눈을 뜰 수 있다며 곁을 지켰다. 이 저택에서 엘리스보다 더 먹지도, 자지도 않은 사람은 션 웨스트 공작뿐이다.

에버딘은 수잔의 설명에 입을 딱 벌렸다. 어젯밤에 눈을 떴을 때도 그가 있긴 했다. 그리고 아침에도 제일 먼저 봤다.

하지만 그녀가 쓰러져 있을 때는 아예 옆에서 상주했을 줄은 몰랐다.

"여기서 보고도 다 받으셨어."

"보고?"

이어진 수잔의 말에 에버딘이 어리둥절해서 물었다. 그러자 그녀가 에버딘의 침실에 있는 소파를 가리키며 말했다.

"저기서 이런저런 보고를 받으시더라고."

무너진 저택을 어떻게 수리할지, 폴라나 다친 하인들을 어떻게 처리할지를 그가 대신 처리했다. 그 외에도 급하게 허가가 필요한 일도 션이 확인했다.

헥터의 장례식이라도 처리했나? 에버딘이 그렇게 생각한 순간 레슬리가 다시 말하는 소리가 들려왔다.

"남작님, 공작님께서 오셨습니다."

에버딘이 대답을 안 하니 다시 확인하는 모양이다. 에버딘은 허둥지둥 들어오라고 대답했다. 그러자 아이린과 크리스틴이 남아서 구경하고 싶어 하는 수잔을 끌고 나가 버렸다. 물론 도리스도 세 사람을 따라간 건 말할 것도 없다.

"몸은 어때?"

그 질문, 이제 좀 지겹다. 에버딘은 자신의 얼굴을 보자마자 모든 사람들이 던지는 질문이 좀 지겹게 느껴졌지만 예의를 갖춰 대답했다.

"그럭저럭. 너는 어때?"

"나?"

"내내 여기 있었다며. 보고도 받았다며?"

에버딘의 질문에 션은 저도 모르게 그녀의 안색을 살폈다. 그녀가 쓰러져 있는 동안 자신이 마음대로 저택의 상황을 보고 받은 게 그녀의 기분을 상하게 하지 않았는지 걱정이 됐다.

"설명해 줄게."

션은 그렇게 말하며 에버딘의 침대 옆에 놓인 의자에 앉았다. 그리고 자신이 왜 보고를 받았는지 이야기하기 시작했다.

"주방과 저택 동쪽 일부가 무너져서 반대편도 위험한지 확인해야 했어. 어쩔 수 없이……."

"잠깐, 잠깐."

기대했던 것과 다른 설명에 에버딘은 손을 내밀어 그의 말을 멈췄다. 그녀는 왜 그가 보고를 받았는지를 물어본 게 아니었다.

그녀도 똑똑히 기억하고 있다. 저택이 무너지기 전에 션에게 대리 임무를 맡기겠다고 한 것을. 그러니 그가 보고를 받은 건 이상한 게 아니다.

그녀가 물어본 건 무슨 보고를 받았냐는 거였다.

"난 저택 상황이 어떤지 물어본 거야."

에버딘의 말에 션의 얼굴이 굳었다가 풀어졌다. 그는 픽 웃으며 고개를 숙였다.

저택의 상황은 어떻게 보면 긍정적이고 어떻게 보면 부정적이었다. 일단 주방이 완전히 망가졌다. 조리 도구는 아무것도 사용할 수 없다고 하는 게 맞을 것이다.

심지어 헥터와 돈이 보석을 숨겨 뒀다가 다시 파낸다고 여기저기를 헤집어 놔서 냉장방도 사용할 수가 없다. 결국 차갑게 보관해야 할 식료품을 재빨리 먹어 치워야 했다.

게다가 그쪽의 천장이 무너지면서 이 층의 방 몇 개에 바닥이 사라졌다. 그 말은, 이 저택에 손님이 오면 묵을 방이 부족하다는 말이다. 그리고 폭발이 일어난 그 날, 서쪽 하늘 용병대의 용병들이 여러 명 달려왔다.

긍정적인 부분은 무너지지 않은 반대편은 튼튼하다는 것이다. 그리고 용병들이 달려온 덕분에 일꾼이 꽤 확보됐다는 점이고.

"무너진 잔해는 걷어 냈어. 뚫린 벽은 일단 증축할 걸 생각해서 무너트리고 간이 벽을 만들어서 바람을 막았고."

어떻게 증축하고 싶을지는 에버딘의 마음이라 그걸 고려해서 굳이 그가 손을 대진 않았다. 션은 에버딘이 눈을 뜰 것이라고 믿어 의심치 않았다.

"다친 사람은 없어? 혹시, 저기, 사망자는?"

에버딘은 이어서 물었다. 저택의 일부가 무너져 내렸으니 분명 누군가 다쳤을 거라는 가정하에 나온 질문이었다.

하지만 기적적으로 크게 다친 사람은 없었다. 그러니까 에버딘이 걱정하는 사람 중에서는 없었다는 말이다.

션은 아무 문제 없다고 말하려다가 얼굴을 굳혔다.

"전 집사는 사망했어."

그는 폭발을 피했다 해도 살아남지 못했을 것이다. 그를 밀 때 헥터가 션과 카렌의 방해가 되도록 돈의 복부를 깊게 찔렀기 때문이다.

"그리고 어셔는……."

헥터의 이름이 션의 입에 나오자 에버딘의 표정도 어두워졌다. 장례식은 치렀을까. 그녀의 션이 성격상 헥터의 장례식도 치르지 않았을 거라고 생각했다.

하지만 헥터는 죽지 않았다. 폭발을 일으켰고 폭발의 중심에 있었지만 살아남았다. 전신 화상에 엄청난 골절상을 당했지만 여전히 살아 있긴 했다.

"살아 있어?"

에버딘은 헥터가 살아 있다는 말에 놀라서 입을 딱 벌렸다. 아무리 살 사람은 살고 죽을 사람은 죽는다지만 그 정도가 너무 심하다.

"뭐, 의식은 없지만."

어쨌든 살아 있긴 하다. 그건 전부 레슬리 때문이었다. 션은 살아 있는 헥터를 발견하자 언덕에서 던져 버리라고 말했다. 구르다 보면 죽겠지.

하지만 레슬리가 안 된다고 반대했다. 그녀가 션에게 처음이자 유일하게 반대한 순간이었다.

"남작님, 차를 가져왔습니다."

때마침 레슬리가 차를 가지고 들어왔다. 에버딘은 그녀가 차를 내려놓을 때까지 기다렸다가 불쑥 물었다.

"헥터를 살린 게 레슬리라면서요?"

여기서 헥터를 가장 싫어하는 사람을 고르라면 레슬리일 것이다. 에버딘은 그런 레슬리가 헥터를 치료하자고 주장했다는 게 신기했다.

치료라고 해도 기껏해야 연명 치료일 뿐이다. 테사는 오래 버텨 봐야 한 달을 버틸 거라고 했고 이런 상태의 사람을 몇 번 본 베르트와 카렌 역시 그 의견에 동의했다.

"죄, 죄송합니다."

에버딘의 질문에 레슬리는 손을 떨며 한 걸음 물러났다. 당연히 헥터를 위해 그런 짓을 한 건 아니었다. 레슬리는 오로지 자기 자신을 위해 헥터를 살려 놨다.

"아니, 비난하려고 물어본 게 아니에요. 난 레슬리가 잘했다고 생각해요."

헥터의 목숨을 붙여 둔 걸 잘했다는 에버딘의 칭찬에 션이 어이가 없어서 그녀를 쳐다봤다. 하지만 그녀는 늘 그렇듯 선의 시선을 가볍게 무시하고 말을 이었다.

"파렴치한인 범죄자라고 해도 아버지잖아요. 죽게 내버려 둔다면 세간에서 뭐라고 하겠어요."

단순히 행동만으로 보자면 헥터는 주방의 가스 오븐을 터트려서 다쳤다. 그 자리에 에버딘은 없었다. 그와 대적하고 있던 사람은 어셔가와 트러블이 있었던 선 웨스트 공작이고.

소문이 어떻게 날지 모르는 거다. 혼사 문제로 어긋나 있던 헥터와 선이 다투다가 헥터가 분노를 참지 못해 가스통을 터트렸다고 해도 그게 에버딘이 아버지를 방치할 이유가 되지 못한다.

그렇다고 에버딘이 사람들 하나하나 붙잡고 사실은 헥터가 어셔가의 재산을 노리고 있었다고 설명할 수 있는 것도 아니지 않은가.

"저도 그래요."

에버딘의 말에 레슬리는 고개를 숙이고 말했다. 그녀가 헥터의 연명 치료를 강행한 것엔 같은 이유가 있었다.

이미 레슬리는 헥터와 이혼을 신청했다. 이혼이 수리되기 전에 헥터가 사고로 사망한다면 아직 두 사람은 부부기 때문에 헥터의 재산은 레슬리에게 넘어온다.

남작가에 시집간 집사의 딸. 사고사한 부유한 남편. 거기에 사고 당시 남편이 바로 사망한 게 아니라 살아 있었는데 아무것도 하지 않았다는 게 알려지면 어떻게 될까.

"그렇군요."

에버딘은 레슬리가 무슨 생각으로 헥터를 치료했는지 이해했다.

하지만 아직 궁금한 게 한 가지 남아 있다. 그녀는 잠시 머뭇거리다가 조심스럽게 물었다.

"그냥 헥터의 유산을 받을 생각은 안 했어요? 사람들의 수군거림도 멀리 떠나면 상관없잖아요."

에버딘은 남작이고 영주니 이곳에 살아야 한다. 평생 사교계와 얇고 길게 연이 닿아야 할 것이다. 하지만 레슬리는 전혀 다르게 살 수 있다.

에버딘의 질문에 레슬리의 얼굴이 확 굳었다. 그녀는 허리를 세우고 턱을 들었다. 그리고 당당하게 말했다.

"제 것이 아닌 것은 탐내지 말라고 배웠습니다."

"하지만 레슬리는 헥터와 결혼했잖아요. 법적으로 헥터의 유산을 받을 자격이 있어요."

"남작님, 만약 그때 어르신을 죽게 내버려 두고 유산을 받았다면 저는 남작님이 눈을 뜨는 걸 보지 못하고 도망쳤을 거예요."

그러고 싶지 않다. 레슬리는 그렇게 살고 싶지 않았다. 자신과 자기 주변의 사람들에게 떳떳하고 당당하게 살고 싶었다.

그런 레슬리를 션은 신기하다는 듯 쳐다보고 있었다.

그는 이어서 에버딘을 쳐다보고 한숨을 내쉬며 말했다.

"끼리끼리 만났군."

그 남작에 그 집사다. 그는 에버딘이 만난 지 얼마 안 된 새어머니를 왜 그렇게 마음에 들어 했는지, 집사라는 지위를 주고 모든 것을 맡겼는지 이해했다.

"저는 남작님이 눈을 뜨실 거라고 믿었고 눈을 뜨실 때까지 기다릴 생각이었어요. 그러니 어르신이 이혼 전에 죽게 내버려 둘 수는 없었습니다."

레슬리의 이어진 말에 에버딘은 멍하니 그녀를 쳐다보고 있었다. 그녀가 자신을 그 정도로 좋아하는 줄은 몰랐다.

하지만 레슬리에게 에버딘은 인생의 구원자였다. 에버딘이 아니었다면, 그녀의 행동과 말이 아니었다면 레슬리는 아직도 헥터와 함께 살면서 움츠린 채 살고 있었을 것이다.

"어, 고, 고마워요."

어쩐지 쑥스러워서 에버딘은 얼굴을 붉히며 고개를 끄덕였다. 션뿐만 아니라, 레슬리도 그녀가 눈을 뜰 거라 믿어 의심치 않았다는 게 어쩐지 좀 부끄러웠다.

그 정도로 그녀를 생각하는 사람이 둘이나 있다는 게, 그 정도의 신뢰를 받는다는 게 약간은 부담스러우면서 동시에 기분 좋게 느껴졌다.

"필요한 게 있으시면 부르세요."

레슬리는 그렇게 말하고 남작의 침실을 나갔다. 그리고 닫힌 문에 등을 대고 깊게 심호흡을 했다.

다행이라는 생각이 들었다. 어서 남작이 눈을 떴다는 게. 그리고 그녀가 남작을 얼마나 믿고 좋아하는지 말할 기회를 가질 수 있었다는 게.

"헥터를 만날 수 있어?"

레슬리가 나가자 에버딘은 션에게 물었다. 연명 치료를 하고 있다니 이 저택에 있다는 말일 거다. 하지만 션은 인상을 쓰며 물었다.

"만나서 뭐 하게?"

"뭐, 그냥 궁금해서. 왜 그런 짓을 했는지 묻고 싶기도 했고."

자신의 딸의 인생을 왜 그렇게까지 엉망으로 만들려 했는지도 묻고 싶었다. 하지만 션은 고개를 저으며 말했다.

"만나지 마. 의식도 없다고 했잖아. 보기 그리 좋은 모습도 아니고."

폭발의 한가운데에 있던 사람이니 멀쩡할 리가 없다. 게다가 에버딘에겐 의식도 없다고 했지만 션은 헥터에게 약간의 의식이 남아 있다고 생각했다.

그리고 그만큼이나 엄청난 고통 속에서 살고 있을 것이다. 지금 헥터의 상태는 차라리 죽여 주는 게 배려일 정도다.

션은 테사에게 그 이야기를 듣고 더 이상 헥터의 연명 치료를 말리지 않았다.

"왜 그런 짓을 한 걸까."

에버딘은 의식도 없고 말도 못 한다는 션의 말에 한숨을 내쉬며 말했다.

아무리 생각해도 그녀는 헥터의 마지막 행동이 이해가 되지 않았다. 왜 하필 그때 가스통을 터트린 걸까. 그걸 터트리면 제일 먼저 자신이 죽는다는 걸 몰랐을까.

당연히 헥터도 알았다. 그는 션을 질투했고 에버딘을 질투했다. 그가 가스통을 폭발시킨 이유는 딱 하나. 그는 절대 가질 수 없다는 것을 알았기 때문이다.

폭발로 션이 죽고 에버딘이 크게 다친다면 바랄 게 없었던 거다. 헥터 어서는 열등감으로 똘똘 뭉친 자였고 남작과 결혼했지만 영지와 남작 위가 자신의 것이 아니라 딸의 것이 된다는 것에 분노하던 자였다.

하지만 션과 에버딘은 둘 다 그런 헥터를 이해하지 못했다. 션은 미친놈의 행동에 무슨 이유가 있겠냐고 에버딘을 위로하려고 입을 열었다.

하지만 그보다 먼저 누군가 문을 두드렸다.

"제랄딘입니다. 들어가도 되나요?"

제랄딘? 생각하지 못한 사람의 등장에 에버딘의 눈이 커졌다. 아, 맞다. 션은 아직 그녀가 이 저택에 있다는 것을 떠올리고 미간을 찡그렸다. 에버딘이 일어났으니 그녀는 이제 필요 없다.

하지만 그가 제랄딘을 돌려보내기 전에 에버딘이 그녀를 들였다.

"제랄딘? 들어와요."

제랄딘은 여전했다. 검은 머리에 훤칠한 키를 가진 그녀는 에버딘이 마지막으로 만났을 때처럼 자신의 긴 다리를 우아하게 휘감는 바지를 입고 있었다.

크리스틴에게 저런 바지 하나 만들어 달라고 해야지. 그렇게 다짐하는 에버딘에게 그녀가 반색하며 다가와서 인사를 건넸다.

"세상에. 진짜로 일어났네. 괜찮아요?"

대체 이 저택에 그녀가 쓰러져 있는 동안 얼마나 많은 사람이 찾아온 걸까. 에버딘은 합당한 의문을 품으며 제랄딘에게 손을 내밀었다.

"네. 괜찮아요. 여긴 어쩐 일이에요?"

"웨스트 공작이 불렀죠."

그렇게 말한 제랄딘이 션을 보고 싱긋 웃었다. 션이 불렀다고? 에버딘이 그를 쳐다보자 션의 얼굴이 일그러졌다.

제랄딘은 에버딘이 어리둥절해하는 표정을 짓는 것을 보고 그녀가 자신의 힘에 대해 전혀 모른다는 것을 알아차렸다. 어쩌면 션의 힘에 대해서도.

"좀 만져 봐도 돼요?"

제랄딘은 에버딘의 손을 잡으며 물었다. 만진다고? 뭘? 에버딘이 다시 어리둥절한 표정을 짓자 그녀는 자신의 장갑을 벗었다.

마치 멍이 든 것처럼 불그스름한 손과 팔이 드러났다. 제랄딘은 에버딘이 놀란 표정을 재빨리 갈무리하는 것을 보고 말없이 웃었다.

그녀의 이런 손을 보고 놀라는 사람이 양반이다. 어떤 사람은 비명을 지르거나 그녀를 괴물 보듯 보는 사람도 있었다. 그에 비해 에버딘은 놀란 표정조차도 재빨리 숨기고 있었다.

"손, 잡아도 돼요?"

제랄딘이 다시 손을 내밀며 묻자 에버딘은 머뭇거리며 자신의 손을 내밀었다. 그러더니 퍼뜩 생각나서 물었다.

"아프진 않아요?"

"네, 아프게 하지 않을 거예요."

"아니, 나 말고요. 당신이요."

제랄딘의 손은 아파 보인다. 멍인 든 것 같으면서 어떻게 보면 염색물이 든 것처럼 보이기도 했다. 에버딘이 자신의 손이 아픈 게 아닌지 걱정한다는 것을 깨달은 제랄딘은 놀란 표정을 지었다가 웃었다.

"상황에 따라 달라요."

그렇게 말하며 에버딘의 손을 잡은 제랄딘은 잠시 눈을 감았다. 그때 에버딘도 이상한 기운을 느꼈다. 훈훈한 열기 같은 게 제랄딘과 잡은 손을 통해 전해져 왔다.

"어?"

놀란 에버딘이 신음을 내뱉는 것과 동시에 제랄딘은 번쩍 눈을 떴다. 그리고 고개를 갸웃한 다음 에버딘의 얼굴을 물끄러미 쳐다봤다.

모르겠다. 이번에도 아무것도 느껴지지 않았다. 에버딘이 의식불명일 때와 똑같았다.

"왜요?"

에버딘의 질문에 그녀는 손을 떼고 다시 장갑을 끼기 시작했다. 그 모습에 에버딘은 제랄딘이 저 멍을 감추기 위해 장갑을 끼고 다녔다는 것을 알았다.

"아무것도 안 느껴져서요."

"병도?"

불쑥 션이 끼어들었다. 병에 걸린 것도 없냐는 질문에 제랄딘은 한숨을 내쉬고 말했다.

"그래. 병에 걸렸는지도 모르겠어."

"지금 뭐한 거예요?"

이해할 수 없는 대화에 에버딘이 물었다. 아무것도 안 느껴진다는 게 무슨 소리일까. 그리고 병에 걸렸는지 모르겠다는 건 무슨 말일까.

그녀의 질문에 제랄딘과 션의 시선이 부딪쳤다. 제랄딘은 침실을 돌아보고 빈 의자를 하나 가져와서 에버딘의 침대 옆에 앉았다.

그리고 방금 자신이 뭘 한 건지 설명하기 시작했다.

"어셔 남작, 건국 공신 가문에 대해 아십니까?"

그건 에버딘도 알고 있다. 수잔이 사교계 가십을 이야기할 때 들었다. 에버딘은 션과 제랄딘을 쳐다보며 말했다.

"웨스트 공작가와 브룩 백작가, 그리고 르벨 백작가였나?"

"맞아요. 그리고 또 한 가문이 있죠."

노헤임 이전에 알데릭스가 있었다. 알데릭스가 신의 분노를 받아 멸망한 뒤 세워진 나라가 노헤임이라고 전해지고 있다.

그때 노헤임을 세운 네 명의 가문이 웨스트, 브룩, 르벨. 그리고 알베르트.

"알베르트요?"

에버딘은 처음 듣는 이름에 어리둥절해서 물었다. 그녀가 사교계에 대해 잘 모르긴 하지만 건국 집안에 대해서는 알고 있다. 일단 셋밖에 안 되니까.

"왕가 말이야."

그때 션이 끼어들었다. 아, 왕가. 에버딘은 그제야 왕가의 성이 알베르트라는 것을 알았다. 왕가는 다들 왕, 전하, 폐하, 왕자님, 공주님으로 부르니 성을 알 필요가 없다.

"이야기는 이렇습니다. 타락한 알데릭스가 신의 분노를 받아 멸망하고 그 위에 노헤임을 세우면서 신은 노헤임을 세운 네 가문에 선물을 줬다고 합니다."

그게 제랄딘과 션이 가지고 있는 힘이다. 각 가문에서 한 세대에 한 명씩 나오는데 보통 장자의 장자에게로 이어진다. 그래서 노헤임의 계승권은 장자의 장자에게로 이어진다.

"공작님."

그때 카렌이 밖에서 문을 두드리며 션을 불렀다. 잠시 이야기가 끊겼다. 션이 문을 열자 카렌이 심각한 표정으로 말했다.

"잠깐 와 보셔야겠습니다."

"뭔데?"

그때, 에버딘이 끼어들었다. 그녀는 어느새 비틀거리면서 침대 밖으로 나와 션을 향해 걸어오고 있었다.

왜 일어나게 냅뒀냐는 션의 비난의 시선이 제랄딘을 향했다. 하지만 제랄딘은 션이 왜 자신을 노려보는지 몰라 어리둥절한 표정을 지었다.

"남작님. 일어나신 걸 봐서 기쁩니다."

카렌은 에버딘의 얼굴을 보자 재빨리 활짝 웃으며 인사를 건넸다. 그녀도 에버딘이 눈을 떴다는 이야기를 들었다. 하지만 에버딘이 먼저 만날 사람의 우선순위에 자신이 들어 있지 않다는 것을 알고 물러나 있었다.

"카렌도 무사해서 기뻐. 그런데, 무슨 일이야?"

“그게…….”

카렌은 이 이야기를 에버딘에게 해도 되는지 망설이며 션을 쳐다봤다. 그 시선을 본 에버딘이 재빨리 말했다.

“내가 일어났으니까 이젠 내가 대장이지. 안 그래?”

“그렇긴 한데 이건 용병대 문제라서요.”

그럼 할 말이 없다. 에버딘이 입을 다물자 션은 카렌에게 이야기하라고 고갯짓을 했다. 에버딘 앞에서 이야기해도 된다는 신호에 카렌이 입을 열었다.

“용병단 전체가 넘어지고 있습니다.”

“응?”

이건 또 무슨 소리야? 에버딘은 이해가 안 돼서 카렌을 멍하니 쳐다봤다. 그러다가 오래 일어나 있는 게 불편해서 중심을 잡은 다리를 바꿨다.

그러자 션이 재빨리 그녀의 어깨를 감쌌다. 체력이 낮아진 에버딘이 지치거나 넘어질까 봐 걱정이 됐기 때문이다.

하지만 에버딘은 비틀비틀 위태롭게 서 있었어도 넘어지지는 않고 있었다. 그녀는 카렌에게 다시 물었다.

“전체가 넘어진다는 게 무슨 소리야?”

“그, 전에 저와 베르트가 저택 밖으로만 나가면 넘어졌잖습니까?”

그랬었다. 에버딘은 이제는 몇 달 전으로 느껴지는 며칠 전 일을 떠올렸다. 아무 이유 없이 카렌과 베르트가 저택 밖으로만 나가면 넘어졌었다.

그게 이제는 용병대 전체에게 확산됐다. 분명 용병대가 처음 도착한 날에는 괜찮았다. 하지만 이틀 전에 두 명이 갑자기 넘어지더니 오늘은 마지막 세 명까지 넘어졌다. 이건 카렌과 베르트, 존을 제외한 숫자다.

"용병이 다섯 명이나 와 있어?"

에버딘은 전혀 다른 부분에서 놀라 물었다. 이 저택에 나라에서 가장 강한 용병대의 용병 여덟 명이 머물고 있다는 말이다.

서쪽 하늘 용병대가 마음만 먹는다면 에버딘을 감금하고 헬름을 차지하는 건 일도 아니다.

물론 션은 그럴 생각은 추호도 없었다. 애초에 용병대가 온 건 사라진 헥터를 찾기 위해서였고 도착했을 때 이미 저택이 피해를 입은 뒤라 저택을 수리하는 데 손을 보태고 있었다.

"불편하면 돌려보내지."

션의 말에 에버딘의 얼굴이 일그러졌다. 집 밖으로만 나가면 넘어진다는데 어떻게 돌려보낸단 말인가. 그녀는 한숨을 내쉬며 이마를 짚었다.

이제 영주의 굴레인 모양이다. 눈 뜨자마자 상황을 파악하고 해결책을 찾는 게.

"다들 지금 여기서 묵고 있는 거지?"

카렌은 에버딘의 질문에 고개를 저었다. 원래는 시내의 여관에서 머무르도록 했다. 물론 헬름의 여관은 끔찍하게 낡았고 더러웠지만 적어도 야영보다는 나았으니까.

"저택 밖을 나가지 못하게 됐으니 다들 여기서 머물러야겠네."

에버딘은 그렇게 말하고 레슬리를 불렀다. 그리고 시내의 여관에서 용병대의 짐을 찾아오도록 시킨 뒤 션에게 말했다.

“옷 갈아입게 나가 줘.”

“왜?”

션의 왜, 라는 질문은 정말 바로 튀어나왔다. 왜라니? 에버딘은 그가 대체 무슨 의도로 왜라고 물은 건지 몰라서 눈을 깜빡였다. 나가는 게 싫다는 건가?

그녀도 전에 션이 옷을 갈아입을 때 나가 줬다. 자신의 명예를 위해서.

션은 에버딘이 이해하지 못하는 것을 깨닫고 다시 물었다.

“옷은 왜 갈아입어?”

“이 꼴로 나갈 순 없잖아.”

지금 에버딘은 잠옷에 가운만 걸치고 있다. 나가려면 옷을 갈아입어야 한다는 말이다. 하지만 션은 다시 인상을 쓰며 물었다.

“어딜 가?”

누가 보면 에버딘이 그의 뒤통수를 세게 때린 다음 도망치려고 하는 것 같다. 에버딘은 어이가 없어서 션을 멍하니 쳐다보다 말했다.

“건물 상황이 어떤가 봐야지.”

느닷없이 손님이 늘게 생겼으니 확인해 봐야 한다. 방은 몇 개나 사용할 수 있는지, 식료품은 얼마나 남았는지. 그렇게 생각하자 에버딘의 머릿속에 신경 써야 할 일들이 차근차근 떠올랐다.

헥터와 돈에게 찔린 하인들뿐 아니라, 폴라가 어떻게 됐는지도 확인해야 하고 다른 하인들이 교육 상태나 저택 보수를 도와주는 용병들의 보수 문제도 생각해야 한다.

하지만 션은 눈 뜬 지 채 몇 시간도 안 된 에버딘이 걸어 다니고 온갖 일에 신경을 쓴다는 게 못마땅했다. 그는 허리에 손을 얹으며 말했다.

"그런 건 집사에게 맡겨."

"여긴 내 집이고 내 재산이야. 일주일 넘게 누워 있었는데 얼마나 더 맡겨야 해?"

집사에게만 맡길 수 없다는 태도에 션은 적어도 휠체어를 가져오려고 했다. 하지만 당연하게도 이 마을에서 찾을 수 있는 휠체어는 바퀴가 두 개 빠져 버린 오래된 것뿐이었다.

결국 두 사람은 제랄딘과 레슬리까지 도망칠 정도로 말다툼을 한 끝에 극적인 타결을 이뤄 냈다. 션이 에버딘을 부축해 주는 거.

"세상에."

무너진 벽을 보자 에버딘은 저도 모르게 감탄을 내뱉었다. 주방 쪽 벽은 아예 날아갔고 그 여파로 위층 벽까지 아슬아슬했기 때문에 허물어 버렸다. 그리고 널빤지를 가져다가 바람만 막았다.

그게 엄청나게 이상해 보였다. 끔찍하다기보다는 좀 우스꽝스러웠다. 에버딘은 션의 팔에 손을 얹은 채 서쪽 하늘 용병들이 보수한 벽을 쳐다보다가 웃음을 터트렸다.

"에버딘?"

이게 뭐람. 에버딘은 멀쩡한 반대편 벽을 떠올리며 배를 잡고 웃었다. 멀쩡한 쪽은 고풍스러운 대저택인데 이쪽은 완전 무너져 가는 폐허다.

한참을 웃은 에버딘은 웃느라 힘들어서 션의 팔에 몸을 기댄 채 숨을 헐떡였다. 그런 그녀를 션이 걱정스럽게 쳐다보고 있었다.

기분이 상하지 않은 것 같아서 다행이긴 한데 배를 잡고 웃은 것만으로 헐떡일 정도로 체력이 떨어진 건 걱정스럽다.

그때, 에버딘은 이상한 느낌에 바닥을 쳐다봤다. 누군가 그녀의 치맛자락을 잡아당기는 느낌이 들었다. 처음엔 션이 밟았다고 생각했는데 그의 발은 있어야 할 곳에 얌전하게 놓여 있었다.

물론 지금까지 그가 그녀의 치맛자락을 밟은 적이 없기도 했다.

"응?"

뭔가가 보였다. 그게 뭔지는 그녀도 모르겠다. 하지만 뭔가가 보이는 것 같았다.

"왜 그래?"

에버딘이 물끄러미 바닥을 보고 있자, 션도 무슨 일인가 하고 그녀를 따라 쳐다봤다. 그러자 에버딘은 그 뭔가가 후다닥 도망치는 느낌이 들었다.

"잠깐 가만 있어 봐."

"뭐?"

무슨 소리냐고 한쪽 눈썹을 올리는 션을 버려두고 에버딘은 천천히 뭔가가 도망친 쪽을 향해 걷기 시작했다. 그녀의 뒤로 션이 따라오려 했지만 에버딘은 다시 손을 뻗어 그를 말렸다.

"잠깐만, 좀 떨어져서 와."

이게 대체 무슨 상황인지 모르겠다. 션은 여전히 못마땅하다는 표정으로 에버딘과 그녀가 쳐다보는 바닥을 살폈다. 하지만 그의 눈에는 보이지 않는다. 바닥은 그냥 풀이 자라난 흙바닥이었고 에버딘은 마치 뭔가를 찾는 것처럼 좌우를 두리번거리며 걷고 있었다.

찾았다.

에버딘은 외부 창고 가까이 가서야 그녀의 치맛자락을 잡아당겼다가 도망친 존재를 발견했다. 여전히 흐릿하게 보여서 집중하지 않으면 주변 환경에 녹아 들어가 버리지만 불투명한 유리처럼 보이긴 했다.

"요정인가?"

에버딘은 그대로 바닥에 쪼그리고 앉아 누구에게랄 것도 없이 말했다. 이 땅에 요정이 살고 있다고 했다. 그녀의 눈앞에 있는 게 그 요정이 아닐까.

키는 그녀의 무릎 정도. 생긴 건 잘 안 보이지만 옷을 입고 있고 인간형이라는 건 느껴졌다.

상대는 에버딘이 자신을 따라왔다는 것에 약간 당황한 느낌이었다. 하지만 곧 조심스럽게 그녀를 향해 다가오더니 따라오라는 듯 천천히 커다란 나무 옆으로 다가갔다.

"응?"

밑을 파 보라는 것 같다. 에버딘은 나무 옆을 파 보라는 듯한 이상한 존재의 행동을 물끄러미 쳐다보다가 상대가 흠칫 놀라서 뒤로 물러나자 고개를 돌렸다.

몇 발짝 떨어져서 따라오던 션이 어느새 그녀의 뒤에 서 있었다.

"사람 좀 불러와 줘."

"왜?"

"저기 좀 파고 싶어서."

대체 저 요정이 왜 저길 파라고 했는지 궁금하다. 션은 에버딘의 말에 말없이 다가가서 나무 옆을 파 주었다. 이걸로 그녀가 만족해서 침대 위로 돌아간다면 얼마든지 팔 수 있다.

"음?"

하지만 놀라운 일이 일어났다. 땅을 파던 션은 얼마 파지 않아 손가락에 닿는 딱딱한 감각에 인상을 썼다. 작고 동그란 게 가득 들어 있었다.

"뭐가 있어?"

"도토리 같은데."

도토리다. 상당한 양의 도토리가 나무 옆에 파묻혀 있었다. 다람쥐가 묻어 놨나? 그렇게 생각한 그는 곧 고개를 저었다.

다람쥐가 묻었다고 하기엔 양이 너무 많다. 이게 대체 여기 왜 있는 거지? 어리둥절해 하는 그에게 에버딘이 말했다.

"나한테 주는 건가 봐."

"누가?"

"음, 모르겠어. 아마 요정?"

어쩐지 횡설수설하는 듯한 에버딘의 말에 션의 미간에 주름이 생겼다. 열이라도 오르는 건 아니겠지. 그는 재빨리 손수건으로 손을 닦고 그녀의 이마를 짚었다.

잘 모르겠다. 션의 체온이 높아서 잘 느껴지지는 않았다. 그는 잠시 에버딘을 쳐다보다가 말했다.

"열이 있어. 가지."

"어? 진짜?"

당황하는 에버딘에게 션이 물었다.

"안고 가?"

"아, 아니."

에버딘은 그것만은 사양이었다. 안 그래도 다들 그녀의 얼굴만 보면 몸은 어떠냐고 물어보는데 션이 안고 가는 순간 어서 남작, 오늘내일한다는 소문이 퍼질지도 모른다.

결국 에버딘은 션과 함께 다시 건물 안으로 들어왔다.

"의사는?"

건물 안으로 들어가자마자 션이 테사를 찾았다. 그렇지 않아도 에버딘이 걱정돼서 살피러 나오려던 레슬리는 그의 질문에 당황하며 물었다.

"잠시 마을에 나가셨는데요. 어디 다치셨나요? 혹시 남작님이?"

"아니, 저 괜찮아요."

에버딘이 그렇게 말했지만 션과 레슬리의 걱정 앞에서는 아무 소용 없었다. 션이 약간 열이 있는 거 같다고 하자 레슬리는 재빨리 조안을 불러왔다.

"열이 있다고요? 흠."

"조안?"

당신은 왜 또 여기 있어? 에버딘이 조안을 보고 놀라는 사이 조안은 손을 들어 에버딘의 이마를 짚었다. 표정은 별문제가 없어 보인다.

"약간 열이 있긴 하지만 심하진 않은데. 이 정도면 좀 쉬면 나아요."

멀쩡하다는 말이다. 하지만 션이 납득할 수 없다는 듯 끼어들었다.

"어지럼증을 느끼는 거 같더군."

"내가?"

에버딘은 깜짝 놀라서 션을 돌아봤다. 사실 그가 하려던 말은 에버딘이 헛것을 보는 거 같다는 말이었다. 션은 에버딘을 쳐다보며 말했다.

"바닥만 쳐다보면서 걸었잖아. 요정을 봤다고 말했고."

그건 진짜로 봤기 때문이다. 에버딘은 억울해서 말했다.

"진짜로 봤어. 너도 나무 밑에 묻은 도토리를 봤잖아."

그렇게 말하면 할 말이 없다. 션은 못마땅하다는 듯 입을 다물었지만 여전히 에버딘이 헛것을 봤다고 생각했다. 요정이 인간에게 도토리를 준다니. 말도 안 된다.

"도토리요?"

조안이 어리둥절해서 끼어들었다. 웬 도토리? 그녀의 질문에 에버딘이 재빨리 설명했다.

"뭔가 보일 듯 안보일 듯 이상한 게 따라오라고 해서 따라갔는데……."

"그게 요정을 따라간 거였어?"

이 여자가 정말. 션은 에버딘의 설명에 놀라 불쑥 끼어들었다. 요정을 따라간다니, 큰일 날 뻔했다. 노헤임의 사람이라면 요정에게 끌려가서 행방불명된 이야기를 한두 번쯤은 들으며 자란다.

하지만 조안은 전혀 다른 생각을 하고 있었다. 그녀는 잠시 생각하다가 말했다.

"그거 애들이 모아 둔 거 아닌가?"

"애들이요?"

에버딘의 질문에 조안은 고개를 돌려 마크와 엘리스를 찾았다. 에버딘이 쓰러져 있을 때 아이들이 열심히 모아 두는 걸 봤다.

그녀는 저 멀리 지나가던 마크를 불러 물었다.

"너, 남작님 드린다고 모아 둔 거 어디에 뒀어?"

조안의 질문에 마크의 얼굴이 밝아졌다. 그녀의 말대로 마크와 엘리스는 지난 며칠간 에버딘이 일어나길 바라며 도토리를 모아 놨다.

사건이 일어나기 전, 에버딘이 모아 둔 도토리로 뭔가를 만들었다는 것을 기억하고 있기 때문이다. 그 음식이 사라졌을 때 남작님이 얼마나 실망했는지도 알았기 때문에 기쁘게 해 드리고 싶었다.

"저쪽이요!"

마크는 신이 나서 엘리스와 함께 도토리를 모아 둔 곳에 세 사람을 안내했다. 망가진 주방 근처에 커다란 바구니를 두고 거기에 도토리를 모아 두고 있었다.

"나무 밑에 묻어 두진 않았고?"

에버딘의 질문에 마크가 왜 그런 데에 두냐는 표정을 지었다. 그는 다람쥐가 아니다. 굳이 모은 도토리를 나무 밑에 묻어 둘 이유가 없다.

"요정한테 도토리를 받으면 안 되는 거예요?"

그녀에게 도토리를 준 게 요정이라는 게 확실해지자, 에버딘은 조안에게 물었다. 요정을 따라가면 안 되는 건 아까 전 션의 태도로 확실히 알겠다.

그럼 요정에게 뭔가를 받는 건?

"안 되지."

"안 돼."

조안과 션의 입에서 동시에 대답이 흘러나왔다. 안 되는 거야? 에버딘이 놀란 표정을 짓자 조안과 션의 얼굴이 이번에도 동시에 일그러졌다.

요정에게 뭔가를 받으면 안 된다. 요정은 준 만큼 받으려 한다. 문제는 그 기준이 요정의 기준이라는 점이다.

"요정한테 과일 하나 얻어먹고 아이를 뺏긴 이야기 몰라?"

모른다. 에버딘은 말도 안 되는 소리에 눈살을 찌푸렸다.

"애를 뺏겨?"

"요정은 주고받는 게 확실해요. 준 게 있다면 자기 기준으로 딱 그만큼 받으려 하죠."

도깨비랑은 다르네. 에버딘은 션과 조안의 이야기를 들으며 생각했다. 도깨비는 건망증이 있어서 뭘 빌려 가면 몇 번이나 되돌려준다. 반대로 도깨비한테 도움을 받으면 마찬가지로 몇 번이나 빚을 갚으라고 쫓아온다는 이야기가 있다.

하지만 그런 도깨비도 과일 하나 줬다고 애를 뺏었다는 이야기는 들어 본 적이 없다.

"저기, 그거요."

그때 마크가 끼어들었다. 어린애는 어른들 이야기에 끼어드는 거 아냐. 조안이 그렇게 말하려 했을 때였다. 에버딘이 마크에게 고개를 돌리며 물었다.

"그거 뭐?"

"그, 전에 주인님이 주방에서 없어졌다고 한 거 말이에요. 그, 그, 이상한, 저기, 그거……."

마크는 도토리묵을 말하고 싶었지만 이름을 몰랐기 때문에 이상한 괴물 같은 거라고 말하려 했다. 하지만 다행히 눈치가 좀 자랐기 때문에 이상한 거에서 멈출 수 있었다.

다행히 에버딘은 그가 무엇을 말하는지 금세 알아차렸다.

"묵?"

그건 또 뭐야? 어리둥절한 조안의 맞은편에서 션은 마크가 뭘 말하는 건지 알아차렸다. 진흙 같은 이상한 음식을 말하는 거다. 사람들을 고문할 때 쓰는 줄 알았는데.

"그걸 요정이 가져간 거 아닐까요?"

"먹으려고?"

"장난치려고?"

이번에는 에버딘과 션이 동시에 되물었다. 당연히 먹을 거라는 가정은 에버딘의 말이었다. 그녀는 장난친다는 션의 말에 그를 노려봤다.

그러자 션은 잘못 말했다는 표시로 재빨리 두 손을 들어 올렸다. 그는 먹을 생각이 들지 않았지만, 요정은 또 모르지.

"도토리로 만든 젤리 같은 거예요. 그걸 요정이 먹었다면, 고맙다는 표시로 도토리를 줄 수도 있는 건가요?"

에버딘은 이어서 조안에게 물었다. 그럴 수 있다. 조안은 고개를 끄덕였다. 물론 상대는 요정이다. 그녀는 잊기 전에 재빨리 덧붙였다.

"그게 보답일 수도 있고 또 뭐가 있을 수도 있죠."

"또 뭐라니, 뭐가 있는데요?"

"글쎄요. 요정에게 보답을 받은 사람 중 가장 유명한 일화는……."

조안이 어떤 사례가 있을지 떠올리는 사이 션이 다시 끼어들었다.

"늙지 않는 사람 이야기도 있지."

다친 요정을 돌봐준 대가로 평생 젊은 모습 그대로 살다간 사람도 있다. 에버딘은 그건 좋은 거 아니냐고 말하려다가 멈췄다.

평생. 그러니까 늙어 죽을 때까지 젊은 모습이었다는 말이다.

"허어."

"그만큼 요정의 대가라는 건 도통 알 수가 없는 거라서요."

그때 밖에서 요란한 소리가 들려왔다.

"악!"

에버딘과 션, 조안은 누군가 넘어지는 소리에 소리가 난 쪽으로 고개를 돌렸다. 이어서 션과 에버딘의 시선이 부딪치는 것과 동시에 조안이 혀를 차며 말했다.

"무슨 짓을 했길래 저렇게 미움을 받고 있나 몰라."

"잠깐, 저것도 혹시 요정의 짓이에요?"

에버딘의 질문에 조안이 그녀를 쳐다봤다. 그러더니 긍정하는 듯한 표정을 지었다.

"아마도요. 저 숲의 요정은 마음에 안 드는 사람을 못살게 군다는 말이 있거든요. 그러고 보면 재미있네요."

한쪽은 보답으로 도토리는 받고 다른 한쪽은 나가기만 하면 우당탕 넘어지고 있다. 에버딘의 머릿속에 그 두 가지 사건이 혹시 연결되어 있는 게 아닐까 하는 생각이 들기 시작했다.

"카렌!"

곧바로 에버딘은 카렌을 찾았다. 물어볼 게 있다. 그녀와 그녀의 용병대 사람들에게.

"요정이 화날 만한 일 말입니까?"

잠시 후, 카렌에게 부탁해 응접실에 모인 베르트가 에버딘의 질문을 다시 물었다. 진짜 요정을 말하는 건가? 그가 곤란하다는 표정으로 돌아보자 그와 함께 불려 온 다른 용병들이 어이없다는 표정을 짓고 있었다.

요정이라는 건 그들의 할머니 때도 이미 이야기로만 들었던 존재다. 그게 아직도 있다고?

말도 안 된다는 용병들의 표정을 에버딘도 봤다. 그녀는 한숨을 내쉬며 말했다.

"그거 말고 뾰족한 수도 없잖아요. 딱 여러분만 그렇게 된 이유가 있을 테니까요."

병이라면 제일 약한 존재부터 걸릴 것이다. 이 중에서 굳이 고르자면 일주일 넘게 의식이 없었던 에버딘이겠지.

하지만 에버딘은 아까 멀쩡하게 밖을 걷고 왔다. 그녀의 말에 용병들이 심각하게 서로를 쳐다보기 시작했다.

그때 가장 뒤에 서 있던 용병이 불쑥 입을 열었다.

"저희만 그런 거 아닙니다만."

"바네사, 이름부터 밝히고 말해야지."

에버딘의 옆에 앉아 있던 카렌이 가볍게 타박했다. 그러자 바네사가 그녀를 향하 살짝 고개를 숙였다가 든 뒤 다시 에버딘에게 말했다.

"바네사 르쉬드입니다. 그리고 여기 하인 중 한 명도 넘어지는 걸 봤습니다."

"넘어져? 그냥 발을 헛디딘 거 아니고?"

카렌의 질문에 바네사의 얼굴에 장난스러운 미소가 떠올랐다. 그녀는 카렌을 쳐다보며 말했다.

"뭐, 그것도 꽤 의심스럽긴 해요. 하지만 열 발자국 가는 동안 세 번 넘어졌으면 그 녀석은 세상에서 제일가는 멍청이거나 저희와 비슷한 현상을 일어난 거겠죠."

"그 하인의 이름은?"

에버딘이 묻자 바네사의 시선이 다시 그녀에게 돌아왔다. 카렌에게 보였던 장난스러운 미소는 온데간데없이 싸늘한 표정이었다.

하인의 이름을 기억하지 못하는 바네사가 그의 외모를 묘사하자 에버딘은 레슬리를 시켜 그를 불러오도록 했다.

"요정 말입니까?"

하인이 불려 오자 에버딘은 그가 누군지 바로 알아봤다. 전 집사가 글로버 다음으로 총애하던 하인이었다. 오스틴은 느닷없는 남작의 질문에 당황하다가 말했다.

"아니요, 모르겠습니다. 게다가 전 여기 산 지 이 년이 넘었는데요."

이제 와서 요정의 미움을 살 일이 없다는 말이다. 에버딘은 오스틴의 말에 잠시 생각하다가 베르트에게 물었다.

"베르트, 며칠 전에 넘어지기 직전에 창고를 둘러보고 있었다고 했잖아?"

그랬나? 베르트는 에버딘의 기억력에 놀라 잠시 자신의 기억을 더듬었다. 그랬다. 공작님이 주변에 누가 숨어 있거나 숨긴 게 없는지 확인하라고 했다.

"그때 뭔가 건드린 건 없어?"

"없, 잠깐……."

있다. 집히는 바가 있는 베르트의 행동에 순간 모든 사람이 긴장했다.

"있긴 합니다만……."

별거 아니었다. 봉긋하게 흙이 덮여 있는 게 있길래 살살 파헤쳐 봤더니 누군가 도토리를 묻어 놓은 게 보였다. 거기까지 들었을 때 에버딘이 입을 딱 벌렸지만 베르트는 그 사실은 모른 채 계속해서 말했다.

"그것뿐입니다. 건들지도 않았습니다. 그런 쓰잘데기없는 걸 굳이 만질 이유도 없고요."

건들지도 않았으니 요정의 미움을 받을 이유가 없다. 하지만 에버딘은 베르트의 말에 집중했다.

"그거, 혹시 소리 내서 말했어?"

"뭘 말입니까?"

"쓰잘데기없다고 말했냐고."

그랬다. 일그러진 베르트의 표정이 곧 말도 안 된다는 표정으로 변했다. 정확히 말하면 쓰레기라고 했다.

"뭐야, 그럼 진짜 요정이 기분이 상한 거야?"

카렌은 베르트의 이야기에 어이가 없어서 자리에서 일어나며 말했다. 그런 별거 아닌 이유라면 그녀도 집히는 구석이 있다.

베르트가 처음 넘어졌을 때 요정 때문인 거 아니냐고 말하자 요정은 무슨 요정이냐고 비아냥거렸던 거다.

"어, 정말입니까?"

카렌이 비아냥거린 이후로 넘어지기 시작했다는 말에 서 있던 용병 중 하나의 표정이 바뀌었다. 그도 비슷한 짓을 했다.

베르트와 카렌이 밖에만 나오면 넘어지는 게 요정 때문이라는 말에 멍청한 요정이 멍청한 짓만 한다고 비웃었던 기억이 났다.

그리고 그건 그 용병 한 명뿐이 아니었다. 대다수의 용병이 비슷한 소리를 했다는 게 밝혀지자 오히려 당황한 건 에버딘이었다.

진짜 요정의 미움을 산 건가?

"그럼 어떻게 합니까?"

곧이어 카렌이 물어왔다. 처음엔 요정의 미움을 샀을지도 모른다는 어서 남작의 말이 말도 안 된다고 생각했는데 점점 그럴듯하게 느껴졌다.

에버딘은 카렌의 질문에 당황해서 눈을 굴렸다. 그러게. 그녀도 그렇지 않을까라고 생각했지 그다음에 어떻게 해야 할지는 모른다.

“어, 음. 사과하면 어떨까요?”

“그럼 풀릴까요?”

그건 모르겠다. 에버딘은 망설이며 말했다.

“글쎄요. 밑져야 본전이니까요. 저도 요정은 처음 봐서…….”

“봤다고요? 요정을?”

잠시 용병들 사이에 소란이 일어났다. 다들 션이 그랬던 것처럼 에버딘을 이상하게 보는 게 역력했다. 당황하는 에버딘을 대신해서 카렌이 손뼉을 치며 말했다.

“자, 그만 해산. 밑져야 본전이니 사과해 볼 사람은 해 봐.”

“하실 겁니까?”

다시 바네사가 물었다. 카렌은 에버딘을 한번 쳐다보더니 씩 웃으며 말했다.

“돈 드는 것도 아닌데 뭐.”

놀랍게도 이튿날부터 카렌은 저택 밖을 아무 문제 없이 돌아다닐 수 있게 됐다. 전혀 넘어지지 않는 그녀를 본 용병들이 앞다퉈 창고 쪽으로 가서 사과한 덕분에 에버딘은 꽤 재미있는 광경을 볼 수 있었다.

물론 그게 모든 사람에게 통한 건 아니었다. 카렌과 베르트, 그리고 몇몇 용병들에게는 통했지만 하인 오스틴과 바네사를 비롯한 두어 명의 용병에게는 통하지 않았다.

"뭔가 더 나쁜 짓 한 거 아냐?"

며칠이 지나도 몇몇 사람에게는 통하지 않았단 말을 들은 에버딘이 그렇게 말했다. 단순히 요정의 기분이 상할 만한 말이 아니라 더 나쁜 뭔가를 한 게 아닐까.

"글쎄."

션은 에버딘의 서재에서 서류를 읽고 있었다. 너 수도로 안 올라가도 되니? 에버딘은 그렇게 말하고 싶은 것을 눌러 참았다.

이미 제랄딘은 볼일이 있다며 올라갔다. 그리고 테사도. 하지만 션은 올라갔다가 다시 내려왔다.

그녀가 쓰러졌을 때 저택을 돌봐준 건 고맙다. 그리고 그가 있으면 훨씬 도움이 되고 좋다.

하지만 문제는 션에게는 션의 일이 있다는 점이다. 그에게도 가족이 있고 영지가 있다. 물론 웨스트햄튼이야 훨씬 오래되고 안정된 영지니까 에버딘보다야 일이 적겠지만 과연 괜찮은 걸까.

"동생들은 어때?"

결국 에버딘은 완곡하게 돌려서 물었다. 어제 그는 잠깐 일이 있다며 수도에 올라갔다가 오늘 아침에 돌아왔다.

사실은 당일치기로 바로 돌아오려고 했었다. 하지만 밀린 일이 많아서 당일치기는 무리였다.

"동생?"

에버딘이 별생각 없이 던진 질문이었는데 션에게는 전혀 다르게 들렸다. 그는 인상을 쓰며 읽던 서류를 내려놓더니 자리에서 일어나 그녀에게 다가왔다.

"아네트가 안 찾아?"

그렇게 말하면서도 그녀는 아네트가 션을 찾을 거 같지는 않다는 생각을 하고 있었다. 그녀도 그 나이 때 집에 할머니가 없으면 신이 났다. 잔소리할 사람이 없으니 얼마나 좋았던가.

문제는 밤에 혼자 자야 한다는 점이었지만.

"아, 아네트."

에버딘이 말한 동생이 마틴이라고 생각한 션은 그녀의 입에서 아네트가 나오자 저도 모르게 안도했다.

과연 아네트가 그를 찾을까? 말도 안 되는 상상에 션의 얼굴에 미소가 떠올랐다. 그는 에버딘이 일하는 책상에 몸을 기대며 말했다.

"그 앤 내가 없는 걸 더 좋아할걸."

끽, 하고 그의 무게가 가해지자 책상이 작은 소리를 냈다. 동시에 책상 위에 얹은 에버딘의 손에도 그 무게감이 약간이나마 전해져 왔다.

에버딘은 그녀보다 훨씬 큰 션을 올려다보면서 그가 자신의 오빠라면 어떨까 하는 생각을 했다. 그건 좀 아깝다. 이렇게 잘생긴 남자가 오빠라면 눈이 너무 높아질 거 아닌가.

"그래도 가족이 있는 게 좋지."

에버딘은 그렇게 말하며 펜을 잉크에 찍었다. 저택 안에 있는 모든 재산을 드디어 전부 적었다. 물론 레슬리와 다른 하인들의 도움 덕분이다.

이제 남은 건 영지에 대해 기록하는 거다. 그래야 정확한 그녀의 영지가 어디까지인지, 영지에 어떤 게 있는지 확실하게 알 수 있으니까.

션은 에버딘의 말에 가족도 가족에 따라 다르다고 말하려다가 입을 다물었다. 헥터는 여전히 살아 있다. 질기기도 하지.

하지만 그리 오래가지는 못할 거라는 게 테사의 의견이었다. 그는 기껏 해 봐야 이번 달을 넘기지 못할 것이다.

어릴 때 어머니를 잃고 자신을 해치려 한 아버지도 오늘내일하는 에버딘이 그래도 가족이 있는 게 좋다고 말했다. 션은 거기에 대고 가족도 가족 나름이라고 말할 자신이 없었다.

"남작님."

다행히 션이 에버딘에게 말할 말을 고민하는 사이 레슬리가 서재를 찾았다. 그녀는 들어오라는 에버딘의 말에 문을 열더니 에버딘 앞에 션이 서 있는 것을 보고 잠시 움찔했다.

"무슨 일이에요?"

"전에 지시하신 도토리요. 준비가 끝났다는 걸 알려드리려고요."

"벌써요?"

요정이 선물로 준 도토리를 말하는 거다. 이번에도 묵을 만들려고 에버딘은 몇 번 물에 담갔다 빼고 말린 뒤 곱게 빻았다.

그리고 다시 자루에 담아 물속에 넣고 치대 도토리 가루만을 빼냈다.

다시 그 물을 며칠간 내버려 둔 뒤, 위에 남은 맑은 물을 버리고 가라앉은 앙금을 말린 게 바로 도토리 가루다.

열흘은 걸릴 줄 알았는데 날이 맑고 선선해서 금세 말랐다. 에버딘은 펜을 내려놓고 일어나며 레슬리에게 말했다.

"가서 못 나가는 사람 좀 불러와 줄래요?"

용병 셋과 하인을 불러 달라는 말에 레슬리가 고개를 끄덕이고 물러났다. 그 사이, 에버딘은 주방으로 향했다.

"또 그 이상한 걸 만들게?"

"이상한 게 아니라 묵."

에버딘은 가볍게 션을 타박하며 준비된 도토리 가루를 살폈다. 아이들이 모아 온 것까지 함께했더니 그래도 양이 꽤 된다.

"부르셨습니까?"

곧이어 오스틴이 용병들과 도착했다. 그는 함께 불린 용병들을 보고 약간 긴장하는 듯하더니 도토리 가루를 손에 든 에버딘을 보고 어리둥절한 표정을 지었다.

"요정에게 사과를 해도 소용이 없다고 했잖아?"

그랬다. 에버딘의 말에 오스틴은 고개를 끄덕였다. 그들에게는 통하지 않았다. 그렇다고 에버딘의 말이 틀렸다고 하기엔 그게 통한 사람이 더 많다.

"그래서 생각해 본 건데 너흰 좀 더 큰 실수를 한 거 같단 말이야."

그게 뭔지는 모르겠지만. 션은 용병과 하인들의 표정을 보고 그들도 그게 뭔지 모른다는 것을 깨달았다. 이윽고 오스틴이 입을 열었다.

"남작님, 전 아무리 생각해도 요정이 기분 나쁠 만한 말을 한 적이 없습니다.”

“그럼 기분 나쁠 행동을 했겠지.”

말을 안 했는데 행동은 더더욱 했을 리가 없다. 억울하다는 오스틴 앞에서 에버딘은 냄비를 꺼내 도토리 가루를 붓고 물을 담았다.

그러고 나서 불 위에 올리며 말했다.

“저어.”

큰 냄비 하나 가득이다. 그래도 끓이면 졸아서 반의반으로 줄어든다. 오스틴은 주걱을 받아 들고 냄비 앞으로 다가가며 물었다.

“어, 교대로 저으면 됩니까?”

“아, 아냐. 이 사람들은 할 일이 따로 있어.”

뒤이어 에버딘은 끙끙거리며 커다란 통을 가져왔다. 재빨리 션이 그녀 대신 받아서 들어 보니 물에 담긴 콩이었다.

에버딘이 수도에서 션에게 받은 대량의 콩이다.

“먹을 게 부족하다고 해서 말이야.”

그렇지 않아도 먹을 게 적은 마을에 용병들까지 왔으니 식비가 만만치 않았다. 그래서 에버딘은 받아 둔 콩으로 이것저것 만들기 시작했다.

“콩 수프입니까?”

용병이 내키지 않는다는 표정으로 물었다. 하지만 그런 게 아니다. 그녀는 우선 콩을 갈기 위해 대장간에서 부탁해 만든 그라인더를 꺼내며 말했다.

“아니, 두부를 만들 거야.”

그게 뭐야? 어리둥절해 하는 사람들 뒤에서 도와줄 게 있는지 따라 들어온 아이린과 수잔이 물었다.

"콩국수 같은 거야?"

콩국수라는 말에 에버딘은 예전에 수도에 있을 때 사냥꾼들에게 만들어 줬던 걸 떠올렸다. 그러고 보니 그런 것도 만들었었지.

굉장히 오래된 것처럼 느껴졌다. 에버딘은 그라인더를 용병들에게 밀며 말했다.

"갈아. 최대한 곱게 갈아야 할 거야."

"곱게 어떻게 갑니까?"

"간 걸 또 넣어서 갈면 되지."

그것뿐만이 아니다. 간 콩을 면포에 짜서 콩물만 내야 한다. 에버딘의 지시에 용병들의 얼굴이 일그러졌다. 그 모습을 어느새 문 앞에서 션과 카렌, 베르트가 지켜보고 있었다.

"내 착각인지 모르겠는데."

카렌은 부하들을 지켜보다가 베르트를 향해 작게 속삭였다. 어서 남작이 또 신기한 걸 만든다길래 궁금해서 쫓아왔는데 거슬리는 사실을 하나 발견했다.

"바네사가 남작님을 싫어하는 거 맞지?"

션의 시선이 카렌과 베르트를 향했다. 바네사가 에버딘을 싫어한다고? 그는 말도 안 된다는 표정을 지었지만 베르트는 아니었다.

베르트는 어쩔 수 없지 않냐는 표정으로 말했다.

"그렇지, 뭐."

"뭐?"

참다못한 션이 두 사람의 대화에 끼어들었다. 바네사가 에버딘을 싫어한다고? 왜? 그는 누군가 에버딘을 싫어한다는 걸 이해할 수가 없었다.

"어, 모르셨습니까?"

카렌은 션의 미간에 생긴 주름을 보고 당황해서 물었다. 아는 줄 알았는데. 그녀는 바네사를 한 번 보고 아이린과 대화를 나누는 에버딘에게 시선을 던지며 말했다.

"바네사가 싫어할 타입이잖습니까."

"싫어할 타입이라니?"

정말 몰랐나 보다. 베르트와 카렌의 시선이 부딪쳤다.

"바네사뿐만이 아닐걸요."

이번에는 베르트가 나섰다. 에버딘은 바네사가 싫어할 타입이다. 그녀의 표현에 따르면 작고 약하고 주제 파악을 못 하니까.

"야."

카렌은 베르트의 거침없는 말에 기겁해서 말리려 했지만 이미 늦었다. 에버딘이 주제 파악을 못 한다는 말까지 들은 션의 표정이 딱딱하게 굳었다.

심지어 그에게서 냉기가 풀풀 느껴지기 시작하자 카렌은 신음을 흘리며 이마를 감싸 쥐었다.

"뭐, 바네사 입장에선 그리 틀린 말도 아니잖습니까. 집이 무너지는데 꼬마 애 하나를 구하겠다고 뛰어든 건 사실이니까요."

베르트는 최대한 중립적으로 말했다. 그는 에버딘을 좋아했지만 바네사의 의견 역시 틀리지 않았다고 생각했다.

그날, 주방이 폭발했을 때 에버딘은 뛰어들지 말았어야 했다. 좀 거칠게 말하면 에버딘 같은 사람은 입 닥치고 안전한 곳에서 몸이나 사리고 있어야 한다.

션은 베르트의 설명에 저도 모르게 주먹을 쥐었다. 누군가 에버딘에 대해 그런 식으로 말한다는 게 불쾌해서 견딜 수가 없었지만 머리 한구석에서는 그도 같은 생각을 했다는 것을 인정했다.

그리고 그 사실 때문에 태어나서 처음으로 그는 수치심으로 에버딘을 쳐다볼 수가 없었다.

에버딘은 얌전하게 안전한 곳에 앉아서 그의 보호나 받아야 한다고 생각했다. 평생 좋은 것, 아름답고 귀한 것만 보고 접하면서 고통이나 시련 같은 걸 느끼지 않은 채 살았으면 했다.

"바네사가 어셔 남작만 싫어하는 건 아닙니다."

부랴부랴 카렌이 중재하러 나섰다. 바네사는 서쪽 하늘 용병대의 용병 중 가장 어린 축이 끼지만 미래가 기대되는 인재다.

지금 이 대화가 있기 전까지 션도 바네사를 가장 마음에 들어 했다. 그래서 일부러 그녀를 에버딘의 호위로 붙일 생각도 하지 않았던가.

"우리가 원래 좀 그렇잖습니까. 약한 사람을 좀, 뭐랄까……."

"무시하지."

다시 베르트가 툭 끼어들었다. 아오. 카렌은 그를 쳐다보며 인상을 썼지만 그의 말이 맞았다. 용병은 강한 자들이고 위험에 대항해서 싸우는 것으로 돈을 버는 자들이다.

약한 자를 무시하고 더 나아가서는 경멸하는 경향이 있다.

노련한 용병들은 그런 감정을 숨기기도 하지만 아직 그런 훈련이 덜 된 용병들은 바네사처럼 잘 숨기지 못한다.

"너희도?"

션의 질문에 카렌과 베르트는 시선을 부딪쳤다. 사실은 약간 그런 생각을 하기도 했다. 그들은 에버딘이 어느 면으로는 조심성이 있지만 어느 면으로는 부주의하다고 생각했다.

예를 들면 저택 밖으로 나갈 일이 있으면 에버딘은 반드시 누군가와 함께 나간다. 하지만 누군가의 비명 소리가 들리면? 앞뒤 안 가리고 뛰어나간다.

"그런 건 훈련하면 되는 거긴 합니다."

카렌은 최대한 에버딘에게 우호적으로 말했다. 용병대에 들어오면 훈련받는 것 중 하나다. 어떤 소리가 나도 갑자기 움직이지 말 것. 주위를 살피고 상황을 파악할 것.

그녀는 머리를 쓸어 넘기며 말을 이었다.

"남작이 위험한 순간에 움직이지 않도록 훈련을 받으면 됩니다. 제일 먼저 도망치는 걸……."

"영주가?"

션은 불쾌감과 경멸을 숨기지 못하고 카렌의 말을 싹둑 잘랐다. 영주가 위험한 순간에 제일 먼저 도망가면 된다고?

"너흰 그런 대장을 믿고 따를 수 있나?"

션의 지적에 카렌과 베르트의 입이 닫혔다. 아니, 절대 그럴 수 없다. 위험한 순간에 제일 먼저 도망가는 대장은 대장이 아니다. 그는 돌아오는 순간 효수될 것이다.

션은 주방이 폭발하던 날 에버딘과의 대화를 떠올렸다. 그는 위험하다고 가만히 있으라고 말했고 그녀는 자신은 영주라고 반발했다.

거기에 대고 그가 뭐라고 말했던가. 후계자도 없으니 자기 몸을 보전해야 한다고 말했다.

그 말 자체는 틀리지 않았다. 후계자가 없는 영주는 영지민을 위해 자신을 지켜야 한다.

하지만 헬름의 영주도 그러한가? 션은 대충 수습한 주방과 수리 중인 벽을 살펴보고 베르트와 카렌에게 말했다.

"너희들이라면, 이런 곳의 영주라면 자기 몸을 보호하는 걸 우선으로 할 건가?"

그의 질문에 카렌과 베르트도 주변을 살폈다. 헬름은 영지 크기에 비해 발달하지 못한 마을이고 영지민의 수도 적다. 당장 영지민들은 먹을 것이 부족하고 몇 년간의 헥터의 잘못된 통치로 영주에 대한 신뢰가 낮았다.

"아뇨."

"영지를 포기할 게 아니라면, 아니요."

다들 미친 짓이라고 했고 바네사나 몇몇 용병들은 에버딘이 주제파악도 못한다고 투덜거렸지만 에버딘의 행동 자체는 틀리지 않았다.

그녀가 엘리스를 구하려 뛰어든 걸 본 하인들은 에버딘을 믿고 따르기 시작했다. 카렌조차도 에버딘의 깡 하나는 인정했을 정도니까.

그날 그 폭발은 영주의 아버지가 일으켰다. 그 소문은 이미 수도까지 다 퍼졌다. 만약 거기서 엘리스가 죽었다면 어떤 소문이 났을까.

영주가 수도에서 끌고 간 소녀가 영주의 아버지 때문에 죽었다는 소문이 났겠지. 만약 에버딘이 자기 몸을 지키기 위해 피했다면? 그 자리에 영주는 뭘 하고 있었냐는 비난이 분명 일어났을 것이다.

원래 그렇다. 에버딘과 가까운 사람들에게 그녀는 약하고 느린 사람이지만 그녀를 영주로 알고 있는 사람들이 그런 걸 알 수도, 이유도 없다.

영주는 믿을 수 있어야 한다. 실제 어떤 사람이건 강하고 심지가 굳은 사람으로 보여야 한다.

에버딘이 일개 귀족 아가씨고 어느 가문으로 시집가서 귀족 부인으로 살 거라면 그녀는 조용히, 안전하게 위험을 피하며 사는 게 현명할 것이다. 하지만 그녀는 남작이고 영주다.

작위와 영지를 가진 사람이 조용히, 안전하게 위험을 피하며 사는 게 불가능에 가깝다는 것을 션은 누구보다 잘 알았다. 그는 자신이 그동안 에버딘을 어떻게 대했는지를 떠올리고 신음을 내뱉었다.

그녀에게 끊임없이 안전하게 가만히 있으라고 말했다. 심지어 제일 먼저 가려던 그녀를 억지로 잡고 멈추기도 했다.

그는 에버딘을 남작으로 대하지 않았다.

"젠장."

자신의 실수를 깨달은 션은 작게 욕을 내뱉고 주방 밖으로 나가 버렸다. 뭐야? 카렌과 베르트는 멍하니 션의 뒷모습을 바라보다가 서로를 쳐다봤다.

"바네사 때문에 저러시는 건가?"

"주의를 줘야 하나?"

뭐라고? 웨스트 공작이 어서 남작을 마음에 두고 있으니 행동을 조심하라고? 그러면 바네사는 에버딘을 더더욱 싫어할 것이다. 그렇지 않아도 그녀는 에버딘이 션을 꼬셔서 자기 좋을 대로 이용하고 있다고 생각하고 있다.

"잠깐, 바네사가 남작을 싫어하는 게 저렇게 티가 나는 거잖아?"

그때, 카렌의 머릿속에 뭔가가 떠올랐다. 그녀는 고개를 돌려 주방 안에서 에버딘이 시키는 대로 콩을 가는 용병들을 쳐다봤다. 다들 바네사와 자주 어울리던 녀석들이다.

"르쉬드."

카렌이 바네사를 부르자 그녀가 고개를 돌렸다. 바네사는 에버딘에게와 달리 진지한 표정으로 재빨리 카렌에게 다가가며 말했다.

"부르셨습니까?"

"너 말야, 어서 남작 싫어하지?"

"네?"

느닷없는 질문에 바네사의 얼굴이 굳었다. 베르트는 그녀가 자신과 카렌의 얼굴을 살피는 것을 보고 끼어들었다.

"조심해, 이 멍청아. 그런 거 티 내면 안 된다고 못 들었어?"

들었다. 하지만 티가 나는 지는 몰랐다. 당황한 바네사에게 카렌이 다시 물었다.

"저 녀석들하고 어셔 남작 욕을 했어, 안 했어?"

"네?"

"솔직히 말해. 했지?"

했다. 바네사의 얼굴이 붉게 달아올랐다. 그녀는 처음부터 에버딘 어셔 남작이 마음에 들지 않았다. 마틴과의 결혼을 거부하느라 자살했다는 소문을 들었을 때부터 그랬다.

이유는 단순했다. 감히 남작인 주제에 공작의 동생과의 결혼을 거부한다는 이유로 죽어 버려서 공작의 얼굴에 먹칠을 했다는 거.

그 미움은 그녀 때문에 웨스트 공작과 용병대의 대장과 부대장이 헬름까지 내려갔다는 이야기로 이어졌다. 그리고 헬름에 와서 어셔 남작의 얼굴을 보자 더욱더 에버딘에 대한 편견이 짙어졌다.

에버딘 어셔 남작. 예쁘장한 여자였다. 검술은커녕 평생 숟가락보다 무거운 건 들어 본 적 없는 것 같은 팔만 봐도 그녀는 어셔 남작이 어떤 종류의 사람인지 알 것 같았다.

얼굴로 이성을 유혹해서 자기 좋을 대로 이용해 먹는 작자. 그녀가 가장 싫어하는 마틴과 똑같은 부류의 인간이다.

"그건 왜 물어?"

베르트가 카렌을 툭 치며 말렸지만 카렌은 요지부동이었다. 그녀는 베르트를 막으며 말했다.

"짚이는 게 있어서 그래. 솔직히 말해, 르쉬드. 저 녀석들과 했지?"

"죄, 죄송합니다."

바네사의 입에서 사과가 튀어나왔다. 카렌은 거기서 멈추지 않았다. 그녀는 가슴 앞으로 팔짱을 끼며 다시 물었다.

"어디서, 뭐라고 했어?"

용병들이다. 수위는 듣지 않아도 뻔했다. 하지만 그래도 물어본 건 혹시나 하는 생각 때문이었다.

"그게……."

바네사는 입술을 깨물고 에버딘을 돌아보았다. 어디선가 면포를 가져온 그녀는 커다란 그릇 위에 그것을 펼치고 있었다.

"말해."

카렌의 명령에 바네사는 눈을 질끈 감았다. 그리고 작은 목소리로 뭐라고 말했는지 말하기 시작했다.

"억."

베르트의 입에서 신음이 흘러나올 정도였다. 듣고 있던 카렌은 그보다 더 심한 욕도 들었기 때문에 눈썹 하나 까딱하지 않았지만 확실히 남작이자 공작의 친구라 할 만한 사람에게 할 말은 아니었다.

"르쉬드."

베르트는 한숨을 내쉬며 머리를 감싸 쥐었다. 지금 이 자리에 웨스트 공작이 없어서 다행이다. 만약 그가 있었다면 바네사는 지금쯤 서 있을 수 없을 것이다.

아니, 어쩌면 이 세상 사람이 아니었을 수도 있다.

"죄, 죄송합니다."

"나한테 할 게 아니지."

다시 사과하는 바네사에게 카렌은 냉정하게 말했다. 그녀는 에버딘의 욕을 다른 동료와 공유했다. 그건 에버딘에게 사과해야 할 문제다.

"가서 사과하고 와."

"고작 뒤에서 욕 좀 한 걸로요?"

바네사의 항변에 카렌은 에버딘을 쳐다봤다. 저기 있는 놈들의 공통점은 에버딘의 욕을 했다는 거다. 그녀는 어쩐지 그게 요점인 거 같았다.

"어서 남작."

카렌은 항변하는 바네사를 무시하고 에버딘에게 다가갔다. 그리고 그녀가 자신을 쳐다보자마자 한쪽 무릎을 꿇으며 말했다.

"죄송합니다. 대신 사과드립니다. 제 부하들이 무례한 짓을 저질렀습니다."

"부대장!"

"어?"

깜짝 놀란 사람들 사이에서 카렌은 눈썹 하나 까딱하지 않았다. 요정은 에버딘에게 도토리를 줬다. 그리고 그녀는 요정을 직접 봤다고 말했다.

그렇다면 적어도 요정이 에버딘을 마음에 들어 한다는 뜻이다. 게다가 요정에게 사과하라는 에버딘의 해답이 카렌에게는 맞았다.

"용서해 주십시오."

에버딘은 느닷없는 카렌의 행동에 멍청한 표정을 짓고 있었다. 그러다가 얼굴을 들지 못하는 바네사를 발견하고 얼굴을 일그러트렸다.

"무슨 무례한 짓을 했는데?"

"이 녀석들이 남작님의 뒷말을 한 모양입니다. 제가 책임지고 다시는 그런 생각도 못 하도록 가르치겠습니다."

훌륭한 태도였다. 에버딘은 다시 한 번 어째서 용병대의 대장이 카렌이 아니라 베르트인지 모르겠다고 생각했다. 그리고 바네사를 쳐다보며 말했다.

"사과는 직접 해야 하는 거 아냐?"

다시 바네사의 얼굴이 새빨갛게 달아올랐다. 그녀는 카렌 옆에 한쪽 무릎을 꿇고 작은 목소리로 말했다.

"죄, 죄송합니다. 용서해 주십시오."

없는 데선 나라님 욕도 한다는 데. 에버딘은 그렇게 생각하고 한숨을 내쉬며 말했다.

"그래. 이번은 용서해 줄게."

다행이다. 베르트는 그렇게 생각하고 안도의 한숨을 내쉬었다. 하지만 그걸로 끝이 아니었다. 카렌은 여전히 무릎을 꿇은 채 말했다.

"그걸 요정들에게 말해 주시겠습니까?"

"응?"

에버딘은 카렌의 부탁에 어리둥절한 표정을 지었다가 곧 입을 딱 벌렸다. 그러니까 그녀의 말은 바네사가 넘어지는 이유가 에버딘의 욕을 하는 걸 요정들이 들었기 때문이라는 거다.

그럴 리가 없다. 에버딘은 그렇게 생각하면서 순순히 고개를 끄덕였다. 그리고 그대로 밖으로 나가 말했다.

"요정들아, 바네사는 나한테 사과했어."

나가 봐. 카렌이 눈짓했다. 바네사는 카렌과 에버딘의 행동에 말도 안 된다는 표정을 짓고 있었다. 하지만 그녀가 등 떠밀려 어쩔 수 없이 밖으로 나갔을 때 그녀의 발에 걸리는 건 하나도 없었다.

"세상에."

그 모습을 지켜보던 사람들 모두 믿을 수 없는 사실에 입을 딱 벌렸다. 바네사와 함께 에버딘의 욕을 했던 용병과 하인 오스틴이 앞을 다퉈 에버딘에게 사과를 하기 시작했다.

그녀가 똑같이 밖에 대고 외치자 그들도 다시 정상적으로 걷기 시작했다.

며칠 뒤, 헬름에는 한 가지 소문이 퍼졌다. 새로 온 영주님은 요정의 사랑을 받고 있다는 소문이었다.

26

"금붙이가 이 정도나 나왔다고요?"

나는 레슬리가 준 서류를 확인하고 깜짝 놀라서 소리쳤다. 이틀 전에 헥터가 사망했다. 그리고 딱 그 하루 전에 레슬리와 헥터의 이혼이 성사되었고.

레슬리는 나 대신 헥터의 사망으로 내가 받게 될 유산을 정리해 주었다. 아니, 정정하자. 내가 돌려받게 될 돈이다.

"네. 지금 보고 계시는 게 수도의 저택에 보관해 둔 금붙이의 목록이고 다음 장을 넘기시면 수도의 은행에 보관해 둔 금붙이 목록입니다."

어마어마하잖아? 주방이 폭발한 뒤 이 저택에 있는 재산을 모두 확인했을 때도 상당한 양이 나왔다. 그리고 거기엔 죽은 집사 돈이

나 도망친 하인 글로버의 재산도 전부 포함됐고.

글로버는 어떻게 됐나 모르겠네. 나는 펜을 빙글빙글 돌리며 서류를 확인했다. 삼 층에 있던 하인들을 찌른 건 헥터였지만 돈 역시 공모자였기 때문에 하인들은 앞다퉈 돈과 글로버가 얼마나 이 저택의 재산을 빼돌렸는지 고발해댔다.

그 횡령에는 분명 하인들의 도움도 일부 있었을 것이다. 하인들의 봉급은 기괴할 정도로 높았고 하는 일이 거의 없었으니까.

심지어 일 층에서 이 층으로 따듯한 물을 옮기는 데에도 따로 수당을 지급했다. 당연한 이야기지만 이 층에 있는 건 나와 내 가족, 손님들의 방이다. 즉, 하인들이 물을 옮기는 건 오직 주인 가족을 위해서라는 말이다.

그리고 이 저택은 한동안 주인 가족이 없었음에도 이 층으로 따듯한 물을 옮겼다는 이유로 수당이 지급되고 있었다.

"하인들은 어때요?"

나는 서류를 내려놓으며 레슬리에게 물었다. 헥터의 장례식을 어떻게 치를지 결정한 뒤 나는 집안사람들을 모두 불러 모아 이야기했다.

과도하게 지급된 봉급을 재분배하겠다는 거였다. 적어도 하지 않은 일로 받은 돈은 뱉어 내야 할 거 아냐.

물론 선택지를 줬다. 동의하는 사람은 각자 레슬리에게 뱉으라고 했다. 그리고 동의하지 않는 사람은 돌려주지 않아도 되니 그걸 퇴직금이라 생각하고 저택을 나가라고.

"반 이상이 찾아왔습니다."

"오늘 저녁까지 안 찾아오는 사람들은 사표 수리하세요."

그동안 헥터와 돈의 총애로 모은 돈이 상당하긴 하겠지만 그게 평생 먹고살 정도는 아니다. 이 마을에 제대로 된 일자리가 있을지도 모르겠고.

아니, 아니지. 어쩌면 일자리는 많을지도 모른다. 얼마 전 레슬리가 영지의 가구 수와 종사하는 일, 가게의 종류 같은 거 조사해서 가져다줬었는데 월등하게 일손이 부족해 보이긴 했다.

쌀과 밀을 재배하는 농사일을 말하는 게 아니다. 옷감을 만드는 방직 공장도 거의 안 돌아가고 있었고 목공소나 축산 쪽도 마찬가지였다.

유일하게 하나 있는 대장간이 그나마 최근에 제대로 돌아가기 시작했는데 그건 대장간에 메간이 돌아왔기 때문일 것이다.

"저, 그리고……."

계속해서 헥터의 재산을 어떻게 처분할지 고민하는 데 레슬리가 입을 열었다. 헥터의 재산 중 일부는 그녀에게도 떼어 줄 생각이었다.

그녀는 헥터와 살았고 그럼에도 내게 공정하게 대해 줬다. 그것만으로도 나는 그녀가 상을 받아야 한다고 생각한다.

"공작님 말입니다."

"션이요?"

나는 레슬리의 입에서 나온 션의 이야기가 고개를 들었다. 션은 오늘 아침 갑자기 수도로 떠났다. 또 일이 있다고 했다.

있겠지. 나도 이렇게 바쁜데 그는 안 바쁘겠냐고. 심지어 마틴이 저지른 일을 수습까지 하려면 아주 짜증이 머리끝까지 치솟을 거다. 이번엔 어떤 부인한테 보석을 선물하는 바람에 상대 남편이 항의했다고 한다.

나 같으면 열 받아서 펄쩍펄쩍 뛸 텐데 션은 낯빛 하나 바뀌지 않았다. 그리고 겸사겸사 수도에 한 번 올라갔다 와야겠다고 하며 떠났다.

"남작님께서 지불한 비용을 거절하셨습니다."

션이면 그럴 줄 알았다. 그래서 션에게 주지 않고 베르트에게 줬다. 어쨌든 이 저택의 일을 도와준 건 용병이고 용병을 부려 먹었으면 비용을 지불해야 하니까.

"용병 대장한테 줬잖아요?"

"공작님께서 돌려주라고 하셨답니다."

아니, 그렇다고 또 돌려줬어? 나는 과연 서쪽 하늘 용병대가 어떻게 운영되는 건지 걱정하기 시작했다. 물론 그게 쓸데없는 걱정이라는 건 안다.

"만 씨 어디 있어요? 이야기 좀 해야겠는데요."

카렌은 션과 함께 수도로 올라갔기 때문에 나는 베르트를 찾았다. 내 말에 레슬리가 고개를 끄덕이더니 재빨리 말했다.

"그리고 상인과도 만나 보셔야 할 것 같습니다."

"상인? 무슨 상인이요?"

"비럭이라는 중간상인데 남작님께서 만나 보셔야 할 것 같습니다."

헬름에서 쌀을 사고 가져온 밀가루를 파는 상인이라고 한다. 쌀을 사 간다고? 나는 수도에서 봤던 쌀을 떠올렸다. 그걸 누가 어떻게 가지고 나갔나 했더니 그런 중간 상인이 있었던 모양이다.

그렇겠지. 나는 곧 그게 당연하다는 것을 떠올렸다. 마을과 마을은 연결되어 있고 물자를 서로 사고팔아야 발전한다. 그렇지 않으면 어떻게 부족한 물자를 구하고 남아도는 물자를 처분한단 말인가.

"우선 만 씨부터 볼게요."

레슬리는 알겠다며 나를 뒷 마당으로 안내했다. 어느새 잡초를 깨끗하게 제거한 뒷마당은 깨끗해져 있었다. 이것도 다 용병들 덕분이다. 그래서 일을 해 준 비용을 지급한 건데 그걸 거절했다는 게 이해가 안 된다니까.

"이야기 좀 해."

내가 다가가서 말을 걸자 존과 낄낄대고 있던 베르트가 무슨 일이냐는 듯 나를 쳐다봤다. 늘 느끼는 건데 웨스트햄튼 사람들은 다 골격이 큰 모양이다. 베르트와 카렌은 물론이고 가장 어리다는 용병도 키가 꽤 크다.

내가 조용히 이야기하자고 하자 베르트가 창고 쪽으로 손을 내밀며 말했다.

"걸어도 됩니까? 한동안 저택 안에만 갇혀 있었더니 온몸이 찌뿌둥해서 말입니다."

밖을 돌아다닐 수 있게 된 지 며칠이 지났는데도 용병들은 여전히 해를 만난 뒷산의 염소들마냥 뛰어다니고 있었다. 내가 고개를 끄덕이며 발걸음을 떼자 베르트가 갑자기 안절부절해 하며 덧붙였다.

“힘드시면 말하셔야 합니다.”

고작 걷는 걸로 힘들 리가 없지만 내가 쓰러졌다가 일어난 지 며칠 안 됐다는 이유로 배려해 주는 모양이다. 나는 피식 웃으며 입을 열었다.

“레슬리에게 들었는데 지불한 비용을 거절했다며?”

“아, 네. 생각해 주신 건 감사합니다만 안 주셔도 됩니다.”

“어째서? 용병들은 여기 와서 충분히 고생했고 일을 해 줬잖아. 션이 받지 말라고 했다고 안 받아도 되는 거야?”

“뭐, 공작님께서 받지 말라고 하신 건 사실입니다만, 저와 카렌이 동의한 거기도 합니다.”

너넨 동의하면 안 되는 거 아냐? 어이없어하는데 베르트가 나를 쳐다보며 씩 웃었다. 흠. 얘도 보면 꽤 잘생겼단 말야.

션이 있으면 주변에 있는 남자는 안색부터가 달라지는 느낌이다. 그가 워낙 잘생겨서 일시적으로 내 눈이 높아져 버리기 때문이다.

하지만 베르트는 거기서도 살아남는 몇 안 되는 인재 중 하나였다. 션이 수도로 가 버린 지금은 베르트도 상당한 미남이라는 게 보이기 시작했다.

“애초에 저희가 온 건 저희 실수 때문이었잖습니까. 그래서 저택도 저렇게 돼 버렸고요.”

나는 잠시 베르트가 무슨 소리를 하는 건가 하고 그를 쳐다보다가 헥터를 떠올렸다. 그러네. 저택이 저 모양이 된 건 궁극적으로는 헥터가 빌어먹을 자식이기 때문이다.

하지만 그런 그를 감시하기로 한 용병들이 놓쳐 버리는 바람에 헥터가 여기로 도망칠 수 있었던 거다. 그 이후의 이야기는 너도 알고 나도 알고 하늘도 알지.

나는 고개를 돌려 깨끗해진 뒷마당을 확인했다.

"하지만 저택을 수리해 줬잖아. 마당도 저렇게 깨끗하게 정리해 줬고."

비싼 용병들을 그렇게 사용하고 있다는 게 좀 찝찝하다. 난 카렌의 몸값이 얼만지 알거든.

"저건 그거죠. 피해 보상."

베르트는 그렇게 말하더니 다시 나를 보며 빙그레 웃었다. 흠? 나는 그의 미소를 보고 지금 그가 무슨 짓을 하고 있는지 깨달았다.

미인계를 쓰고 있네?

생각해 보면 그들이 헥터를 놓치는 바람에 저택의 주방이 폭발했고 집사가 죽었다. 하인 둘은 찔린 상처가 좋지 않아 평생 문제가 생길 거라 했고.

냉정하게 생각하면 내가 이걸로 용병대에 문제를 걸면 걸 수 있는 거였다. 베르트는 그걸 최대한 막고 싶은 거고.

나는 베르트의 반짝반짝 빛나는 미소를 보다가 불쑥 물었다.

"그 미소, 통해?"

"네. 의외로 중년 이상의 남성분들한테 아주 잘 먹힙니다."

허허. 내가 어이없다는 듯 웃자 베르트는 영업용 미소가 아닌 보통의 미소를 지으며 말했다.

"게다가 평생 이 저택 밖으로 나가지 못할 뻔도 했잖습니까. 몇몇 녀석들은 그 이유도 발칙했고요."

발이 걸려서 넘어지는 걸 말하는 거다. 몇몇 용병들이 내 욕을 한 것도.

나는 다시 고개를 돌려 내 욕을 했다던 용병들을 쳐다봤다. 그들은 그 뒤로 어기적어기적 걷고 있다.

대체 무슨 벌을 받았는지 알고 싶지도 않다. 특히나 새벽마다 듣기 괴로운 신음과 기합 소리로 잠을 깨게 되면 더더욱.

나는 용병대에 피해 보상을 요구하는 것과 이 정도에서 적당히 덮어 두는 것 중 어느 쪽이 더 나을지 잠시 고민했다.

내가 서쪽 하늘 용병대에 피해 보상을 요구한다 해도 그게 먹힐지 알 수 없다. 저쪽은 나라에서 제일가는 용병단이고 이쪽은 작은 영지의 영주인걸.

차라리 여차하면 션을 통하지 않아도 용병대의 도움을 받을 수 있도록 이쯤에서 덮는 게 낫지 않을까.

"그래."

"필요하시면 언제든지 불러 주세요."

베르트는 내가 고개를 끄덕이자 재빨리 영업용 미소를 지으며 말했다. 지금까지 왜 카렌이 아니라 이 녀석이 대장인지 궁금했는데 이젠 알겠다.

그는 카렌도 션도 가지지 못한 걸 가지고 있었다. 영업용 미소.

나는 그대로 천천히 걸어 저택 안으로 들어갔다. 베르트는 친절하게도 나와 함께 걸어 줬는데 어쩌면 그게 친절해서가 아니라 내가 쓰러질까 봐 걱정돼서인지도 모르겠다.

"다음."

레슬리의 얼굴을 보자마자 그렇게 말하자 그녀는 재빨리 나를 상인이 기다리고 있는 응접실로 안내해 주었다. 나는 응접실 안으로 들어가며 인사를 건넸다.

"어서 와요. 비럭 씨라고요."

"비럭이라고 불러 주십쇼."

비럭은 약간 왜소한 체격의 남자였다. 인상이 별로 마음에 안 드는데. 나는 일어선 비럭에게 앉으라고 손짓하고 소파에 앉으려다가 나를 따라 들어온 베르트를 발견하고 속삭였다.

"왜 따라와?"

"아 참, 잊고 있었는데요."

뭘? 베르트는 싱글벙글 웃으며 속삭였다.

"공작님께서 남작님이 일정에 항상 함께하라고 하셨습니다."

아무래도 션의 안에서 내 신뢰도는 무한으로 수직 하강한 모양이다. 나는 여기는 내 집 안이고 저 남자는 그냥 중간상일 뿐이라고 말하려다가 말았다.

그래, 마음대로 해라. 네가 힘들지, 내가 힘드냐?

"저분은……."

비럭은 나와 속삭인 베르트가 나가지 않고 내 뒤에 서자 의아한 얼굴로 물었다. 집사는 아까 만났을 테고 베르트는 누가 봐도 하인이 아니니 궁금할 거다.

나는 시치미를 뚝 떼고 말했다.

"호위예요. 신경 쓰지 마세요."

"호위라니, 안위에 문제라도 있으신 겁니까?"

거참, 궁금한 것도 많다. 나는 다시 시치미를 뚝 떼고 이상하다는 듯 말했다.

"왜요? 호위가 있는 영주는 제가 처음인가요? 그럴 리 없을 텐데요."

"그건, 그건 아닙니다만……."

대충 던져 본 건데 걸린 모양이다. 비럭은 헛기침을 하더니 구태의연한 인사말을 늘어놓았다. 그러고는 헥터의 행방을 묻기 시작했다.

"그러고 보니 전에 뵈었을 때는 아버님인가요? 어셔 남, 아니 어셔 씨와 이야기를 나눴었는데요."

헥터는 이 자에게도 자신이 남작이라고 거짓말을 한 모양이다. 그리고 비럭은 그게 거짓말이라는 걸 알고 있었고.

창피해서 얼굴이 다 화끈거린다. 어휴, 진짜.

"네, 얼마 전에 돌아가셨어요."

"저런, 고인께서 평온하시길 빕니다."

"감사합니다."

그러고 보니 헥터가 죽었다는 것을 사교계에 알려야겠다는 생각이 퍼뜩 들었다. 보통은 장례식으로 알리는 거 같던데 난 그를 위해 손톱의 때만큼도 돈을 쓸 생각이 없다. 장례식을 치른다고 해도 과연 누가 오기나 할지 의문이고.

"저와 만나고 싶다고 하셨다고요?"

"아, 아아, 네."

나를 찬찬히 들여다보고 있던 비럭은 내 질문에 고개를 끄덕였다. 그 시선이 그리 마음에 들지 않았지만 나는 모른 척하고 말했다.

"무슨 일인가요?"

비럭의 얼굴 위에 사람 좋아 보이는 미소가 떠올랐다. 그러니까 사기꾼 같은 미소를 지었다는 말이다.

"제가 이곳의 쌀을 사 드리고 있지 않습니까?"

그랬어? 나는 모르는 일이었지만 일단 아무 말도 하지 않았다. 그러자 그걸 긍정이라고 생각했는지 비럭이 고개를 끄덕이며 말을 이었다.

"그리고 남작님께서도 물론 아시겠지만 쌀은 팔리지가 않아서요. 운송비만 해도 손해가 이만저만이 아니란 말입니다."

그럼 안 사면 되잖아? 당연한 시장 논리가 머릿속에 떠올랐다. 하지만 그의 말이 또 틀린 건 아니라서 나는 이번에도 입 닥치고 있기로 했다.

쌀이 안 팔리는 것도 사실이고 이 나라의 도로 사정이 내가 살던 곳에 비하면 떨어지는 것도 사실이다. 수도에서 헬름으로 오는 반나절도 힘들어서 혼났다.

웨스트햄튼까지는 수도에서 이 주 정도 걸린다는 데 괜찮나 모르겠네.

자연스럽게 머릿속에 션이 떠올랐다. 에이, 씨. 저리 안 가? 나는 내 머릿속에 등장한 션을 밀어 버린 뒤 다시 비럭에게 집중했다.

"그래서, 가격을 좀 낮췄으면 하는데요."

싸게 달라는 말이다. 지금까지 얼마에 팔았지? 나는 무표정하게 물었다.

"얼마나요?"

비럭의 입에서 금액이 흘러나왔다. 응? 생각보다 별로 안 싼데? 거기까지 생각한 나는 재빨리 다시 물었다.

"몇 그램당이요?"

"그램당?"

비럭은 잠시 어리둥절한 표정을 짓더니 곧 씩 웃었다. 그 미소가 기분이 별로 좋지 않았다. 날 무시하는 미소였다.

"당연히 한 포대 값이죠."

한 포대가 몇 그램이더라? 내가 살던 곳은 곡식을 가마니로 셌고 가마니는 80키로였다. 한 포대는 20키로였고.

어느 쪽이건 말도 안 되는 가격이다. 도매가라는 게 원래 이런 건가. 나는 내가 수도에서 빵집을 하면서 샀던 밀가루 가격을 생각하고 인상을 썼다.

그가 제시한 금액은 내가 산 밀가루 가격의 십분의 일이다. 이건 너무하지 않나? 베르트는 어떻게 생각하는지 고개를 돌려 봤는데 그는 무표정하게 나와 비럭을 쳐다보고 있었다.

"좀 기다려 줄래요? 나 혼자 결정할 일이 아니라서요."

"아하, 이번 영주님은 다른 사람의 의견에 귀를 기울이시는군요."

그게 왜? 내가 왜 그러냐는 표정을 짓자 비럭은 별거 아니라는 듯 고개를 저으며 말을 이었다.

"전 영주님은 결단력이 빠른 분이셨거든요. 아무래도 그분이 훨씬 경력이 있으시니 그러셨겠지만요."

그러니까 나는 귀가 얇고 경력이 적어서 결단력이 없다는 말인가 보다. 하하하. 나는 귀여운 짓을 하는 비럭의 얼굴을 잠시 물끄러미 쳐다봤다.

이런 식으로 사람을 살살 긁어서 자기 유리한 쪽으로 대답을 받아내려는 모양이다. 나는 씩 웃으며 말했다.

"전 경력도 없고 결단력도 없는 사람이라서요. 좀 기다려 줄래요?"

그제야 비럭의 얼굴에 당황하는 표정이 떠올랐다. 왜 이런 종자들은 비꼬는 걸 자기만 사용할 수 있다고 생각하는 걸까. 자기가 남들보다 더 똑똑하다고 생각하나?

"자, 잠깐만요."

내가 자리에서 일어나려 하자 비럭이 재빨리 손을 내밀었다. 왜 또? 그는 내가 자신을 쳐다보자 허겁지겁 사과했다.

"그런 뜻이 아니었는데 기분이 상하셨다면 죄송합니다. 전 그저 전 영주님과 친분이 있어서…… 그분을 못 본다고 생각하니 아쉬워서 말입니다."

"전 영주님은 내 어머니고 몇 년 전에 돌아가셨는데요."

정확히 말하면 햇수로 이 년이고 기간으로 치면 일 년도 채 안 됐다. 그가 말하는 영주는 헥터겠지만 그는 영주가 아니란다. 내 지적에 비럭이 아차 하는 표정을 지었다. 그는 다시 서둘러 입을 열었다.

"아이고, 죄송합니다. 제가 실언을 했네요. 사죄의 의미로 여기에 팔려고 한 밀을 좀 더 싸게 드리겠습니다."

"얼마나?"

밀을 아주 싸게 주겠다면 용서해 줄 수도 있다. 하지만 비릭이 내뱉은 금액은 수도에 있을 때 내가 도매상에서 산 것보다 더 비싼 금액이었다.

너 장난 하니? 나는 어이가 없어서 실실 웃으며 말했다.

"역시 생각 좀 하고 올게요. 기다려줘요."

나는 거기까지만 말하고 베르트와 함께 응접실을 나섰다. 그러자 안절부절못하며 복도에 서 있는 레슬리가 눈에 들어왔다.

"말도 안 되죠."

그때 베르트가 불쑥 말했다. 응? 내가 고개를 돌리자 내 뒤에 있던 그의 가슴이 보였다.

어휴, 얘도 또 키가 크지, 참. 나는 재빨리 한걸음 물러나며 고개를 들었다. 그러자 베르트가 약간 화난 표정으로 말했다.

"저건 사기예요, 사기."

용병인 베르트가 보기에도 말도 안 되는 가격이었나 보다. 그 사이, 레슬리가 내가 다가와서 속삭였다.

"뭐라고 하던가요? 혹시 쌀을 더 싸게 팔라고 하지 않나요?"

"어, 맞아요."

어떻게 알았지? 내가 놀란 표정을 짓자 레슬리가 들고 있던 책을 펼치며 말을 이었다.

“이런 걸 발견했는데요.”

작년 날짜로 상인에게 쌀을 팔았다는 기록이 적혀 있었다. 내가 날짜를 확인하자 레슬리가 미간에 주름을 만들며 덧붙였다.

“쓰다 말다 한 모양이에요. 이다음은 반년 뒤거든요.”

돈과 헥터가 영지 관리를 아주 지들처럼 한 모양이다. 나는 레슬리가 가리키는 금액을 확인했다. 그리고 그녀가 페이지를 넘겨 반년 전의 기록을 가리키는 것을 보고 입을 딱 벌렸다.

일 년 전에는 ‘어라, 좀 싸게 팔았는데?’ 싶었던 금액이 반년 뒤에는 ‘이거 너무 싸잖아?’ 정도로 낮아졌다.

“이렇게 팔아도 되는 겁니까?”

어느새 나와 레슬리의 머리 위에서 장부를 보고 있던 베르트가 물었다. 레슬리는 고개를 저으며 말했다.

“아뇨. 이 가격이면 차라리 묻어서 비료로 쓰는 게 나아요.”

파는 게 오히려 손해라는 말이다. 그럼 헥터는 왜 팔았던 거지? 나는 비릭의 제안을 거절하기 위해 다시 응접실로 돌아갔다.

그리고 자리에 앉으며 말했다.

“미안하지만 거절해야겠네요.”

“쌀을 사 드리는 사람은 저밖에 없을 텐데요.”

먹을 사람이 없다고 죽 쒀서 개 줄 수는 없지 않니? 내가 아무 말도 하지 않자 비릭은 헛기침을 하더니 나를 설득하기 시작했다.

“그럼 영지민들에게는 어떻게 설명하려고 그러십니까? 기껏 농사지은 걸 아무 데도 팔지 못한다고 하면 그들에게 얼굴을 들지 못하실 텐데요.”

아. 나는 그제야 헥터가 손해를 보고 비럭에게 쌀을 팔았던 이유를 깨달았다. 그러니까 헥터는 영지민들 보기 부끄러워서 밑지는 장사를 하고 있었다는 거다.

이거 완전 바보 아냐.

아니, 아니지. 나는 고개를 저어 밑지는 장사를 바보라고 했던 생각을 취소했다. 밑지는 장사가 꼭 바보짓인 것만은 아니다. 밑지고 팔았다는 것만 알리지 않으면 사기에도 도움이 될 테니까.

하지만 최소 작년부터 올해까지 이 년 동안 밑지고 팔았다면 그건 그냥 바보짓이다. 나는 표정 변화 없이 말했다.

"할 수 없죠."

비럭은 잠시 멍한 표정으로 나를 쳐다보더니 마치 엄청난 무기라도 되는 것처럼 말했다.

"그러시면 저는 밀을 팔 수가 없습니다."

뭐라는 거야. 나는 비럭의 엄청난 공격에 어이가 없어서 입을 딱 벌렸다. 내가 지금 제대로 들은 거 맞지? 고개를 돌려 베르트를 보자 그도 나와 같은 표정을 짓고 있었다.

하지만 비럭은 나와 베르트의 표정을 전혀 다르게 받아들인 모양이었다. 그는 우쭐한 표정으로 다시 말했다.

"쌀을 싸게 사는 대신 밀을 팔아 드린 거란 말입니다. 이렇게 나오시면 저도 밀을 팔 수가 없죠."

섬나라 국회의원이야 뭐야. 나는 어이가 없어서 멍하니 보다가 재빨리 물었다.

"계약 안 한다는 거죠?"

"네?"

"못 판다며? 들었지?"

급한 마음에 반말이 튀어나왔다. 하지만 베르트가 적절하게 끼어들어 주었다.

"네. 저쪽이 먼저 못 판다고 했습니다. 계약 안 한다는 거죠."

"그럼 할 수 없네. 베르트, 이분을 밖까지 배웅해 드려."

"어? 어어?"

베르트가 나서자 비럭이 당황하며 일어났다. 하지만 먼저 못 팔겠다고 한 건 너다. 나는 자리에서 일어나서 문을 열고 레슬리에게 말했다.

"레슬리, 손님 가신대요."

복도에서 불안한 표정으로 내가 나오길 기다리던 그녀는 내 말에 놀란 표정을 짓더니 베르트와 함께 나오는 비럭을 보고 더더욱 놀란 표정을 지었다.

"실수하시는 겁니다."

비럭은 마지막까지 내게 수작을 멈추지 않았다. 사기도 이 정도 근성이어야 치는구나. 나는 자신에게 아주 비싸게 밀을 사지 않으면 내가 얼마나 손해인지 떠들어대는 헛소리에 고개를 절레절레 흔들었다.

"나 아니면 어디서 살려고! 두고 보라지! 여기까지 가져다주는 게 어디 쉬운 줄 알아?"

"입 좀 닥치게 할까요?"

하도 시끄럽게 떠들어대자 베르트가 참다못해 내게 물었다. 그러자 비럭의 입이 재빨리 닫혔다.

"됐어."

베르트가 손보는 게 오히려 아까운 자다. 내가 손을 흔들자 베르트는 그대로 비럭을 데리고 밖으로 나가버렸다. 그러자 걱정스러운 표정으로 나를 기다리던 레슬리가 물었다.

"계약 안 하신 거예요?"

"할 리가 없잖아요."

내가 말도 안 된다는 듯 말하자 그녀가 놀란 표정으로 물었다.

"어떻게요? 앞으로 삼 년은 더 저자와 거래해야 하는데요?"

"저쪽이 먼저 안 판다고 하던데요?"

"안 팔겠다고요? 그거참 다행인데, 갑자기요?"

"쌀을 싸게 안 팔면 자기도 우리한테 밀을 안 팔겠대요."

레슬리의 표정은 여기서 더 놀랄 수도 있구나라는 생각이 드는 표정으로 변했다. 그녀는 놀라움과 모자란 사람을 보는 표정으로 비럭을 찾는 것처럼 복도 저편을 쳐다보더니 인상을 썼다.

"진짜 그랬다고요?"

레슬리가 이러는 것도 이해가 된다. 나도 누군가 다른 사람에게 비럭의 행동을 들었으면 내가 뭘 잘못 들었나 했을 테니까.

"호강에 겨워서 요강에 똥 싸나 봐요."

레슬리는 내 말에 눈을 동그랗게 뜨더니 다음 순간 웃음을 터트렸다. 응? 그렇게 웃긴가? 할머니가 맨날 하던 말인데.

나는 머리를 긁적이며 레슬리가 웃는 걸 멈출 때까지 기다렸다가 입을 열었다.

"그래서 말인데, 밀을 살 곳을 알아봐야겠어요."

지금까지 이 영지에 밀을 어떻게 공급해 왔는지도 알아야겠다. 영지에서 장사를 하는 상인들이 알아서 사 왔으려나? 그런데 내 허락 없이 영지에 대량의 곡식을 가져와도 되는 건가?

나는 머릿속에 떠오른 의문을 레슬리에게 질문했다. 그러자 그녀가 고개를 끄덕이며 설명했다.

"허가를 받아야 해요. 세금도 내야 하고요. 하지만 최근에 허가를 받은 기록은 없습니다."

"허가를 안 받은 걸까요, 못 받은 걸까요?"

두 개의 차이는 크다. 안 받은 거라면 이 마을 사람들이 애초에 식량을 공급할 의지가 없다는 뜻이지만 못 받은 거라면 헥터가 또 멍청한 짓을 했다는 뜻이니까.

후자가 아닐까. 그렇게 생각하는데 레슬리도 나와 비슷하게 생각했는지 고개를 저으며 말했다.

"그건 잘 모르겠습니다. 워낙 기록해 둔 게 없어서요."

아무래도 이 저택에 기록관이 한 명쯤 있어야 할 것 같다. 영지 경제 상태가 나아지면 기록관을 한 명 고용해야지. 그전에는 우선 내가 적어야겠다.

"아, 그리고요."

오늘부터 빈 책을 찾아서 적어야겠다고 생각하는데 레슬리가 다시 입을 열었다. 할 일이 많네. 나는 움직이려다 말고 그녀의 말을 기다렸다.

"식당으로 주점 건물을 수배해 놨는데, 괜찮을까요?"

그러고 보니 사고가 나기 전에 튀긴 주먹밥이나 두부 같은 걸 영지에 알리기 위해 마을에 있는 식당을 하나 수배해 달라고 부탁했었다. 주점이면 괜찮을 것 같은데. 주방도 있고 기본적으로 술과 안주를 먹는 곳이니 식당으로 쓰기도 좋을 거다.

나는 고개를 끄덕이며 말했다.

“위치만 괜찮으면 어디든 상관없어요.”

“위치는 아주 좋아요, 다만…….”

다만? 레슬리가 말을 흐리는 건 처음이라 나는 눈을 크게 뜨고 그녀의 말을 기다렸다. 그러자 망설이던 레슬리가 조심스럽게 입을 열었다.

“아시는 곳이에요.”

이 마을에서 내가 아는 주점이 있나? 여기 와서 저택 주변을 벗어난 적이 없는데?

나는 대체 어디길래 그러는지 확인하기 위해 사람들을 데리고 레슬리와 함께 마을로 내려갔다.

“아, 여기.”

레슬리가 왜 자신 없어 했는지 알겠다. 우리 앞에서는 낡고 커다란 주점이 서 있었다. 슬쩍 옆을 보니 수잔도 경악하는 표정으로 건물을 쳐다보고 있었다.

나와 그녀가 제일 처음 이 마을에 도착했을 때 마차가 섰던 곳이다.

“위치는 좋네요.”

나는 레슬리의 안색이 어두워지자 재빨리 말했다. 위치 하나는 진짜 끝내주게 좋다. 시내 중심이니까. 주점 앞에 사람들이 모일 수 있는 공간도 있다.

나는 주변을 둘러보고 주변 건물 이 층에서 사람들이 우리를 살피고 있는 것을 확인했다. 갑자기 저택에서 사람들이 내려오니까 궁금해서 내다보는 모양이다.

"산 거예요?"

이 땅은 내 것이다. 아니, 정확하게 말하면 왕의 것이지만 왕이 어셔 가문이 끝나기 전까지 어셔 가문의 가주에게 빌려줬다.

그러니 이 땅은 내 것이고, 영지민 중 하나가 일정 기간 동안 땅을 빌리기로 하고 이 건물 지은 거다. 내가 원래 있던 곳에서는 기본적으로 땅을 사고판다는 개념이라 처음엔 잘 이해가 되지 않았다.

건물은 내 건데 땅은 아니라니? 그러다가 땅 주인이 갑자기 나가라고 하면 건물을 머리에 이고 떠날 수 있는 것도 아니잖아?

하지만 레슬리에게 물어보니 여긴 기본적으로 땅을 빌리는 기간이 아주 길다고 한다. 가장 짧은 게 이십 년이고 오십 년, 백 년도 있다고.

"건물 주인이 건물을 포기했어요."

레슬리의 대답에 나는 깜짝 놀라서 그녀를 쳐다봤다. 건물주가 건물을 포기했다고? 그게 말이 되나? 어리둥절해 하는 내게 레슬리가 속삭였다.

"남작님께서 건물을 건전하게 사용하신다면 포기하겠다고 하더군요."

건전하게, 라는 게 무슨 뜻이지? 나는 미간을 찡그린 채 레슬리를 쳐다보다가 주점으로 시선을 돌렸다. 그다지 좋지 않은 생각이 들었다.

끼익.

문에 손을 대자 시끄러운 소리를 내며 문이 열렸다. 나는 들어가자마자 훅 풍겨 오는 역겨운 냄새에 인상을 쓰지 않으려 애쓰며 어둠에 눈이 익기를 기다렸다.

전에 왔을 때는 나쁜 냄새 때문에 바로 후다닥 나왔었다. 하지만 지금은 이 주점을 사용해야 한다. 나는 레슬리를 돌아보고 그녀가 이런 악취가 나는 걸 알고 있는지 확인했다.

다행히 레슬리도 몰랐던 모양이다. 그녀의 얼굴이 일그러지는 것을 확인하는데 안쪽에서 어떤 남자가 어슬렁거리며 우리 쪽으로 다가와서 말을 걸었다.

"어떻게 왔소?"

"이분은……."

레슬리가 재빨리 나서려 했다. 하지만 나는 그녀의 손을 잡아 막고 남자에게 말했다.

"오늘부터 이 건물을 쓰기로 했는데. 넌 누구야?"

남자의 시선이 나를 위아래로 훑기 시작했다. 그 모습을 본 레슬리의 손에 힘이 들어갔지만 나는 일단 그가 뭐라고 하는지 기다렸다.

"이 가게 오너인데."

오너라는 말은 여기 와서 처음 들었다. 나는 남자를 따라 있어

보이는 말을 하는 그를 위아래로 훑어보았다. 생긴 건 험상궂게 생겼다. 키는 평범했고.

아닌가? 큰 편인데 내가 션과 웨스트햄튼 사람들한테 익숙해서 평범하다고 느끼는 건가?

"건물 주인에게 권리를 넘겨받았습니다."

레슬리가 나서자 남자의 시선이 이번에는 그녀를 훑었다. 슬슬 이 남자가 우리를 모르나? 하는 생각이 떠오르기 시작했다.

나와 레슬리의 얼굴은 모를 수 있다. 하지만 영지에 사는 사람이라면 영주가 왔다는 것은 알 것이다. 그리고 마을에서 못 보던 여자들이 오면 영주일지도 모른다는 생각이 들어야 하는 거 아냐?

"너희가 뭔데……."

비웃으며 그렇게 말하던 남자는 우리를 위협하려는 듯 다가오다가 멈칫했다. 그제야 내 뒤에 약간 떨어져서 서 있는 베르트를 발견한 모양이다.

남자는 베르트와 존, 그리고 내 얼굴을 번갈아 쳐다보더니 뭔가를 생각하기 시작했다. 사고력이 부족한 모양이지? 나는 그를 돕기 위해 한 걸음 앞으로 나서며 말했다.

"에버딘 어셔 남작이야. 네 이름은?"

"남작?"

남자의 눈이 커졌다. 그는 믿을 수 없다는 표정으로 나를 쳐다보더니 다시 한 번 내 뒤에 서 있는 사람들을 살폈다. 혹시 몰라서 베르트뿐만 아니라 존도 데려오길 잘했다는 생각이 들었다.

"네 이름은 뭐냐고."

내가 다시 묻자 남자가 슬금슬금 뒤로 물러나기 시작했다. 어허, 어딜 가. 나는 그에게 다가가며 계속해서 물었다.

"여기서 뭐 해? 오너라니, 하는 일이 뭐야? 이 건물 주인한테 허가는 받았어? 네가 여기 담당자야? 여기 청소한 지는 얼마나 됐어?"

이른바 담당자 나오라고 해! 전법이다. 남자는 내 쏟아지는 질문에 뭐라고 말하지 못하고 입만 뻐끔거리더니 뒷걸음질로 도망치기 시작했다.

"야, 너 이름이 뭐냐니까?"

내가 그렇게 소리친 순간, 남자가 발을 삐끗하고 뒤로 벌러덩 넘어졌다. 아이고. 눈을 질끈 감는 것과 동시에 콰당! 하고 요란한 소리가 울려 퍼졌다.

잠시 뒤, 사람들이 웃음을 터트리기 시작했다. 제일 크게 웃은 건 당연히 베르트였다. 그를 따라 존도 웃기 시작하자 레슬리와 도리스도 웃음을 터트렸다.

"괜찮아?"

걱정돼서 한 말이었는데 그게 더 남자를 부끄럽게 했나 보다. 그는 얼굴을 새빨갛게 붉히더니 벌떡 일어나서 그대로 뒷문으로 줄행랑을 쳐 버렸다.

"불쌍하잖아."

나는 몸을 돌려 여전히 배를 잡고 웃는 베르트와 존에게 말했다. 넘어졌는데 보고 있던 사람들이 웃음을 터트리다니, 좀 안됐다.

하지만 베르트는 아닌 모양이었다. 그는 눈물을 닦으며 말했다.

"지도 찔리는 게 있으니 도망친 거 아니겠습니까?"

그건 그렇다. 나는 고개를 돌려 남자가 도망친 뒷문을 확인한 뒤 가게 안을 살피기 시작했다.

"청소할까요?"

나와 함께 가게 안을 살핀 레슬리가 물었다. 놀랍게도 주점인데 일 층엔 아까 본 남자 외엔 아무도 없었다. 심지어 주방도 텅 비어 있다.

아니, 텅 비었단 말은 취소다. 술병은 엄청나게 많았다.

"어, 네. 청소해 주세요. 그리고 이거 말인데."

나는 아무것도 붙어 있지 않은 술병을 들어 올리며 누구에게랄 것도 없이 물었다. 이거 누구한테 물어봐야 해?

"이게 뭔지 아는 사람?"

다행히 베르트와 존이 나서 주었다. 두 사람은 내가 꺼낸 것과 똑같은 술병을 들어 마개를 따더니 냄새를 맡았다. 그리고 그대로 홀짝 마셨다.

"베르트!"

깜짝 놀랐는데 그들은 아무 일도 없다는 표정을 짓고 있었다. 존이 인상을 쓰며 병을 살펴보더니 다시 한 번 안에 든 것을 마시기 시작했다.

그 사이, 베르트가 내게 다가와서 자신이 마신 술병을 내밀며 말했다.

"밀주입니다."

"밀주? 술이란 말이야?"

"맡아 보시죠."

병 끝에 코를 내자 정말 알코올 냄새가 바로 올라왔다. 윽, 이게 뭐야. 나는 그리 좋지 않은 술 냄새에 인상을 쓰며 물러났다. 그러자 베르트가 씩 웃더니 다시 남은 술을 홀짝 마셨다.

으엑, 그런 거 마시지 마. 대체 뭐로 만든 건지 의심스럽다. 내가 다시 술병에 코를 대고 냄새를 맡자 따라 들어온 도리스가 기겁해서 말했다.

"마시지 마세요."

좀 억울하다. 난 그냥 냄새만 맡으려 한 거란 말이다. 내가 억울하다는 표정을 짓자 도리스가 웃으며 말했다.

"저 두 사람이면 몰라도 사장님은 배탈 날 수 있어요."

도리스의 말에 존과 베르트가 뿌듯한 표정을 짓는 게 보였다. 그게 자랑스러운 일은 아닌 거 같은데. 나는 재빨리 술병을 내려놓고 주방을 정리하기 시작했다.

그 사이, 밖에서도 하녀들이 청소를 시작하는 소리가 들렸다. 곧 있으면 우리를 여기까지 마차로 데려다준 하인이 돌아가서 여기서 사용할 쌀과 콩을 가지고 올 것이다.

나는 도리스와 함께 주방의 모든 문을 열고 오븐을 확인하고 쓸 만한 조리 도구를 찾기 시작했다. 부족하면 대장간에 주문을 해야 한다. 저택에도 남아 있는 조리 도구가 몇 개 없거든.

밖에서도 모든 창문을 열었는지 서늘한 공기가 들어왔다.

"남작님, 이거 걸치세요."

약간 쌀쌀하다 싶었을 때 레슬리가 주방으로 들어와서 숄을 건네주었다. 이건 또 언제 가져온 거야? 그녀는 주방에 있는 벽난로에도 불을 지피더니 의자를 난로 앞에 가져와서 말했다.

"깨끗하게 닦은 거예요. 여기 앉으세요."

"다들 일하는데……."

"일어나신 지 얼마 되지도 않았는데 남작님이 열이 나면 안 됩니다."

내가 아프면 안 된다는 완강한 태도에 나는 하는 수 없이 난로 앞에 앉았다. 아, 이럴 거면 내가 온 이유가 없잖아. 난 청소하러 온 건데.

그때 이 층에서 비명 소리가 울려 퍼졌다.

"아아악!"

엄마야! 나는 깜짝 놀라서 벌떡 일어났다가 우뚝 멈췄다. 그렇지 않아도 엘리스를 구한다고 저택으로 뛰어든 일로 엄청나게 혼이 났다.

딱히 션만을 이야기하는 게 아니다. 도리스와 아이린 아주머니는 물론 레슬리와 믿었던 크리스틴과 수잔까지 한마디씩 했다.

심지어 카렌도 다시는 그런 짓 하지 말라고 말을 얹었었지. 조안만이 내게 묘한 웃음을 지어 보였을 뿐이다.

"가만히 계세요!"

레슬리가 제일 먼저 내게 달려왔다가 내가 서 있는 것을 보고 외치더니 다시 밖으로 뛰어나갔다. 다들 날 너무 과보호하는 거 같지 않아?

"이 층에 누가 있었나 봐요."

나와 함께 주방에 있던 도리스가 슬쩍 밖으로 고개를 내밀더니 말했다. 아까 도망친 남자의 동료가 있었던 모양이다.

나는 도리스를 따라서 주방 밖으로 고개를 내밀었다. 하녀들이 청소를 위해 싹 내갔는지 가게 일 층은 테이블과 의자가 사라져서 텅 비어 있었다.

"여자들이죠?"

내 질문에 도리스가 고개를 끄덕였다. 멀리서 레슬리가 존과 함께 어떤 여자들에게 질문을 던지는 게 보였다. 베르트는 어디 있지? 고개를 돌려 가게 안을 살폈지만 그는 보이지 않았다.

"뭘 찾으십니까?"

그때 문 옆에서 베르트가 툭 튀어나오며 물었다. 엄마야! 벽에 붙어 있어서 그의 모습이 보이지 않았던 모양이다.

"어, 저 사람들이 다야?"

"네. 이 층과 삼 층 전체를 다시 확인했습니다. 혹시 몰라서 지하도 찾아봤고요."

원래는 식당 겸 주점 겸 여관으로 사용하려고 세운 건물인가 보다. 베르트는 지하는 창고처럼 되어 있다고 설명했다. 물론 텅 비어 있었다고.

그러니까 이 건물은 이 층과 삼 층은 여관으로 쓰려고 했고, 일 층은 식당 겸 주점이었던 모양이다. 이렇게 큰 건물이 텅 비어 있다니 속상하기까지 하네.

"남작님."

그때 레슬리가 다가오며 나를 불렀다. 나는 자세를 바로 하고 그녀와 베르트가 이 층에서 찾아낸 여자들을 쳐다봤다.

다들 어딘지 모르게 겁먹은 것처럼 보인다. 베르트에게 가서 우리가 벌을 주지 않을 거라고 말하게 하는 게 좋으려나. 그렇게 생각하는데 가까워진 레슬리가 내게 속삭였다.

"여기서 일하던 사람들이랍니다. 사장은 거스라는데 아까 도망친 남자를 말하는 것 같아요."

"사장이 직원을 버리고 도망친 거예요?"

말이 돼? 어이없어하는데 레슬리가 여자들을 한 번 돌아보더니 다시 속삭였다.

"이야기해 보니 불법이었던 것 같아요."

"어디가?"

뭐가 불법이라는 거지? 너무 많아서 오히려 집히는 바가 없었다. 위생은 볼 것도 없이 탈락이고 건물 주인에게 허가를 받은 것도 아니니 장사하는 것도 탈락이다.

저 여자들한테 월급을 안 줬나? 나는 다시 한 번 여자들을 쳐다봤다. 그러자 그녀들이 겁에 질리는 게 보였다.

설마 불법 취업 같은 건 아니겠지? 인상을 쓰는데 레슬리가 망설이며 말했다.

"음, 모든 게 다 불법이더라고요."

그건 나도 아는데. 나는 조심스럽게 물었다.

"이 영지 사람이 아니라는 말이에요?"

일종의 불법 취업이다. 영지민은 영주의 허락 없이 다른 영지에 가서 일을 할 수 없다. 당연히 이사도 안 된다. 그래서 지금 우드 부부의 아이들이 허가를 기다리느라 수도에 남아 있는 거 아닌가.

"그렇긴 한데요."

으으, 그거면 골치 아파진다. 당장 저 사람들을 자기 영지로 돌려 보내고 해당 영주에게 몰랐다고 서신을 보내야 한다. 하지만 그때 레슬리가 한 줄기 빛 같은 말을 했다.

"통행증이 없는 사람들이에요."

통행증은 그러니까 한 영지에서 다른 영지로 이동할 때 가지고 다녀야 하는 거다. 정확히 말하면 어느 영지의 영지민이라는 것을 증명할 수 있는 표식 같은 거다.

영지민은 성인이 되면 영지에서 통행증을 받는다. 만약 이게 없다면 영지에서 나갈 수는 있지만 들어갈 수는 없다.

그러니까 저 사람들은 어떤 영지에 소속된 영지민이 아니라는 말이지.

나는 다른 영지의 영주와 부딪칠 일이 없다는 사실에 잠시 기뻐하다가 재빨리 새로운 의문을 떠올리고 물었다.

"통행증이 없는데 어떻게 들어올 수 있는 거죠?"

말도 안 된다. 통행증이 없는데 아무나 들어온다면 위험한 사람들이 마을에 들어올 수도 있다. 예를 들면 산적 같은 범죄자들.

내 질문에 레슬리가 곤란한 표정을 지었다. 저 표정은 그리 내 마음에 들지 않는 대답이 나올 표정이다.

"원래는 보안관이 통행증을 확인해야 하지만 여긴 보안관이 없어요."

"보안관?"

"수도에는 치안관이 있잖아요? 영지엔 보안관이 있어요."

치안관은 왕궁 소속이지만 보안관은 영주의 소속이라는 말이다. 나는 인상을 쓰고 레슬리를 쳐다보다가 저도 모르게 베르트를 돌아보았다.

치안관이 없다면 치안은 엉망이 된다. 보안관이 치안관이라면 이 마을의 치안은 엉망이라는 말이다.

나는 그제야 내가 마을에 내려올 때마다 거리에 사람이 거의 없었던 이유를 깨달았다. 미쳤네, 진짜.

"마지막 보안관은 어디로 갔어요? 아니, 잠깐. 그럼 이 영지는 통행증을 확인하는 사람이 아무도 없다는 거예요?"

그거 엄청 위험한 거 아닌가? 아니, 아닌가? 반대로 생각하면 그 정도로 영지를 침범하려는 미친놈은 없나? 하지만 레슬리는 이번에도 내 마음에 그리 들지 않는 대답을 내놓았다.

"원래는 전 집사가 했답니다."

"아오."

무슨 상황인지 알겠다. 아까 도망친 거스에게 뇌물이라도 받은 거겠지. 나는 머리를 감싸 쥐며 한숨을 내쉬었다. 그리고 여자들을 쳐다보며 말했다.

"그럼 저 여자들은 어디 있던 사람들이에요?"

"산속에 살던 사람들인데 일자리와 통행증을 준다는 말에 따라 왔답니다."

영지가 아닌 곳에도 당연히 사람이 산다. 하지만 그들은 통행증이 없으니 이동이 제한된다. 당연히 영지나 수도에 들어갈 수 없으니 영지와 영지를 이동하는 상인들에게 비싸게 돈을 주고 물건을 사야 한다.

내가 생각해도 영지민이 아닌 사람들은 영지민이 되길 바랄 거 같다. 그게 수도라면 더더욱 바랄 게 없겠지.

“어떻게 할까요? 쫓아낼까요?”

내가 한숨을 내쉬자 레슬리가 물었다. 나는 쫓아내냐는 질문에 깜짝 놀라 그녀를 쳐다봤다. 그리고 머릿속에 떠오른 질문을 던졌다.

“거스가 무슨 일을 시키려고 데려온 건데요? 왜 일 층이 아니라 이 층에서 숨어 있었던 거죠?”

“숨어 있었던 게 아니라…….”

레슬리가 망설이자 베르트가 불쑥 끼어들었다.

“갇혀 있었습니다. 이런 곳에 통행증을 미끼로 끌려온 사람들이 하는 일은 뻔하죠.”

“만 씨!”

그의 말에 레슬리가 벌컥 화를 냈다. 그게 무슨 소리야? 멍하니 베르트를 쳐다보던 나는 뒤통수를 누군가 세게 때리는 느낌에 눈을 크게 떴다.

“내가 지금 생각하는 그게 맞아요?”

나는 믿을 수 없어서 레슬리에게 물었다. 그러자 레슬리가 한숨을 내쉬더니 베르트를 노려보기 시작했다.

돌아버리겠네. 나는 허리에 손을 얹은 채 그 자리에서 서성거리기 시작했다. 내 영지에서 그딴 짓을 하고 있었단 말이야?

“조금이라도 긍정적인 부분을 이야기하자면요.”

그때 레슬리가 내 눈치를 보며 입을 열었다. 여기서 긍정적인 부분이 대체 어디 있는데? 나는 벌컥 화를 내려다 말고 입을 다물었다.

"저 사람들은 와서 내내 이 층에만 갇혀 있었대요. 만난 사람은 없었고요."

"얼마나 갇혀 있었는데요?"

"음, 두세 달 정도요."

내가 여기 내려오기 전부터 갇혀 있었다는 말이다. 으아아아아. 나는 분노와 속상함 중에서 어느 쪽 감정을 택해야 할지 몰라서 다시 서성거리기 시작했다.

화가 나고 속상해서 견딜 수가 없었다. 아무것도 모르는 사람들이 영지민이 되고 싶어서 속아서 끌려왔다는 게. 내 땅에서 그런 일이 일어나고 있었는데 나는 그걸 몰랐다는 게.

"사장님."

"남작님."

도리스와 레슬리가 깜짝 놀라서 내게 다가왔다. 나는 두 손으로 얼굴을 가리고 잠시 숨을 골랐다.

"그 새끼 잡아 와."

목소리가 떨리긴 했지만 그래도 말은 입 밖으로 튀어 나왔다. 나는 입술을 깨물고 베르트를 쳐다봤다. 잡아 와서 죽여 버릴 거야.

베르트는 내 태도에 약간 놀란 표정이었다. 그는 나를 멍하니 쳐다보더니 곧 진지한 표정으로 고개를 끄덕였다.

"알겠습니다."

"저 사람들은……."

다시 울컥했기 때문에 나는 입을 다물고 숨을 골랐다. 눈앞이 뿌옇게 변했다. 나는 재빨리 눈을 깜빡인 뒤 레슬리에게 다시 물었다.

"저 사람들은 어떤 걸 원한대요? 돌아가고 싶대요?"

돌아가고 싶다면 돌려보내 줄 거다. 하지만 원하는 게 그게 아닐 수도 있다는 생각이 들었다. 레슬리는 내 표정을 찬찬히 쳐다보더니 조용히 말했다.

"확인해 보겠습니다."

"원하는 대로 해 줘요."

돌아가고 싶다면 그렇게 해 주면 된다. 혹시라도, 아주 혹시라도 돌아가고 싶어 하지 않는다면 통행증을 주고 나의 영지에서 살게 해 주고 싶었다.

27

식당 청소는 우리가 마을로 내려간 이튿날이 되어서야 끝이 났다. 어찌나 더러웠던지 먼지로 끈적거리는 바닥과 기둥, 창틀을 닦느라 혼이 났다고 들었다.

“여자들은 임시로 식당에서 일을 하기로 했습니다.”

나는 레슬리의 보고를 받으며 고개를 끄덕였다. 원래는 방직 공장 쪽이 훨씬 일손이 부족해서 그쪽으로 보내려 했다.

하지만 몇 개월이나 갇혀 있던 사람들이 바로 일을 하는 건 무리라서 식당에 머물면서 식당 일을 돕기로 했다고 한다.

돕는다고 해도 아이린 아주머니가 만든 음식을 창문 옆에 있는 식탁에서 먹는 것뿐이다. 일을 도와줄 하인도 한 명 보내 주기로 했다.

"하지만 팔릴까요?"

그때 레슬리가 조심스럽게 물었다. 가난한 동네에서 새로운 음식이 팔리겠냐는 질문에 나도 입술을 꾹 다물었다.

솔직히 말하면 그건 나도 자신이 없다. 여기가 수도라면, 그리고 축제 기간이라면 새로운 음식을 도전해 볼 수 있겠지.

하지만 헬름은 시골에 가깝고 가난한 영지다. 영지민들도 대부분 가난하겠지. 그래서 가격을 저렴하게 잡았다. 마을 사람들 대부분이 약간 무리하면 살 수 있을 정도의 금액으로.

그 금액을 책정하는 데 가장 큰 도움을 준 건 수잔과 조안이었다. 수잔은 내가 쓰러져 있는 동안 크리스틴과 함께 마을 여기저기를 돌아다니며 마을의 소문을 수집했다고 한다.

그 와중에 이 마을의 물가도 확인했다고.

"내가 배운 게 하나 있는데요."

물론 할머니한테 배운 거다. 그리고 수도에서 빵집을 하면서 확인한 거고.

"뭐든 공짜는 안 되더라고요. 그러면 사람들이 가치를 깎아내 버려요."

너무 비싸면 당연히 안 되지만 너무 싸거나 공짜도 문제가 된다. 사람들은 자기가 돈을 지불한 것에 가치를 부여한다. 공짜로 얻은 것에는 가치를 두지 않는다.

내 설명에 레슬리가 고개를 끄덕이며 말했다.

"그건 그래요. 똑같이 집안을 돌보고 있지만 어르신과 살 때와 지금은 확실히 다르거든요."

그래? 나는 놀란 표정으로 레슬리를 쳐다봤다. 그녀는 헥터와 살 때도 거의 집사처럼 집안을 돌봤다. 지금은 내게 봉급을 받으며 집사로 일하고 있지.

"사람들은 그렇더라고요. 어셔 부인일 때 제가 참견하면 들을 가치가 없는 것처럼 굴었거든요."

하지만 지금은 다르다. 나는 하인들이 레슬리를 어려워하는 것을 떠올렸다. 그녀는 사사건건 하인들을 지적했다. 복도에서 뛰지 마라. 딱 달라붙는 바지 입지 마라. 머리카락은 늘 깨끗하게 정돈해라. 손톱 밑도 깨끗하게 씻어라.

뭘 그런 것까지 지적해야 하나 싶은 것까지, 하인들을 지적해야 했다. 덕분에 사표를 내고 떠난 두 명의 하인을 제외한 나머지들은 지금 제법 하인 꼴을 하고 있었다.

"그러고 보니 달라붙는 바지는 어떻게 됐어요?"

나는 장딴지에 딱 달라붙도록 수선한 바지를 입고 다니던 하인들을 떠올리고 물었다. 좀 우스운 광경이었다. 남자들이 하나같이 승마바지 같은 바지를 입고 다녔으니까.

레슬리는 그 모습을 보자마자 기겁해서 당장 원상태로 돌려놓으라고 호통쳤다. 모든 하인이 다 그러고 다니길래 난 또 그게 마을에서 유행이라도 하는 줄 알았다.

"새 바지를 지어 줬습니다. 비용은 봉급에서 차감했고요."

덕분에 마을의 의상실에 약간의 수입이 생겼다고 들었다. 거기에 식당에서 일하게 된 여자들에게도 옷을 하나씩 해 줬으니 더더욱 도움이 됐겠지. 나는 킬킬거리며 말했다.

"너무 혼내지 마세요. 덕분에 의상실이 좀 살았잖아요?"

"혼내야죠. 어디 건방지게 남작님께……."

거기까지 말한 레슬리가 아차 하는 표정으로 입을 다물었다. 나한테 뭐? 내가 어리둥절한 표정을 짓자 그녀는 재빨리 주제를 돌렸다.

"그리고 폴라는 십 년간 식당에서 무급으로 일을 한다는 계약을 받아들였습니다."

그랬겠지. 나는 고개를 끄덕였다. 폴라가 헥터와 돈을 주방으로 들인 바람에 그 사달이 났다. 당연히 그녀는 그동안 감옥에 갇혀 있었다.

그러다가 아이린 아주머니가 식당에서 일을 시키면 어떻겠냐고 제안했다. 그렇지 않아도 싸게 팔아야 하는 식당이니 직원 일당이라도 줄이자는 의견이었다.

아니면 감옥에 평생 갇혀 있어야 하니 나라도 받아들였을 거다. 대신 통행증은 빼앗았다.

뭐, 이 땅에 그녀의 친척들이 좀 있으니 돈 없어도 굶지는 않겠지.

"그리고 내일부터 저택을 수리할 인부들이 올 거예요."

이것도 영지의 경제가 돌게 하기 위한 일환이다. 나는 고개를 끄덕였다. 지금 이 영지에서 돈을 쓸 수 있는 사람은 나와 몇몇 사람뿐이다. 그 몇몇 사람들은 전부 폴라와 죽은 돈의 친척이고.

"은행 쪽과는 언제 만나 보시겠어요? 저쪽은 편한 날짜로 잡아달라고 하던데요."

아, 은행. 나는 돈과 폴라의 친척 중 하나인 은행장을 떠올렸다. 헬름에도 은행이 있다. 그야, 그래야 사람들이 돈을 맡기고 대출을 받고 하겠지.

문제는 예금보다 대출이 더 많다는 거지만.

"최대한 빨리 잡아 주세요."

대출 이자도 잡아야 한다. 내가 이 마을에 대해 조사하면서 가장 놀란 것 중 하나가 그거였다. 대출 이자가 어마어마하다는 거.

내가 살던 곳도 대출 이자가 높아서 문제가 된 적이 있다. 신용불량자나 파산한 사람들 굉장히 많이 늘어났다고.

그나마 다행인 건 여긴 신용불량자가 된다고 해서 크게 생활에 문제가 있지는 않다는 거다. 여기에 신용 카드가 있기를 해, 핸드폰이 있기를 해.

"아, 핸드폰."

나는 문득 생각난 핸드폰에 주먹을 꽉 쥐며 신음했다. 핸드폰 하고 싶다. 처음엔 진짜 힘들었는데 지금은 버틸 만하다.

그래도 여전히 가끔 생각나면 아쉽다. 핸드폰으로 검색하면 좋은데. 그리고 시간 나면 틈틈이 하던 게임도 그립다.

지금은 게임 할 시간도 없지만.

"괜찮으세요?"

멍하니 손에 느껴지는 것 같은 상상 속의 핸드폰을 생각하고 있자니 레슬리가 걱정스러운 표정으로 물었다. 나는 재빨리 상상 속의 핸드폰을 상상 속의 주머니에 넣어 버리고 말했다.

"그만둔 보안관은 어디 있는지 알아봤어요?"

"아, 네. 영지 외곽에 살고 있다고 합니다."

"가요."

나는 자리에서 벌떡 일어나며 말했다. 왜 그만둔 건지 이야기를 해 보고 싶다. 그래서 사람을 보내 이야기하고 싶다고 했는데 보안관이 거절했다고 들었다.

"가 보시게요?"

레슬리가 놀란 표정으로 물었다. 내가 일어난 채로 왜 그러냐는 표정을 짓자 그녀가 머뭇거리며 말했다.

"전 끌고 오라고 하실 줄 알았어요."

"그 사람이 죄를 지은 것도 아닌데 왜요?"

나는 그냥 보안관과 이야기를 해 보고 싶은 것뿐이다. 왜 그만뒀는지, 어떻게 마을의 치안을 지켰는지.

레슬리는 내 말에 고개를 끄덕이더니 물러나며 말했다.

"마차를 준비하겠습니다. 만 씨와 가실 거죠?"

솔직히 말하면 션과 가고 싶다. 여기서 내가 가장 믿을 수 있는 건 그 사람이니까. 하지만 지금 그는 여기 없고 앞으로도 내 곁에 항상 있을 수 없을 것이다.

거기까지 생각한 나는 내가 션을 그리워하고 있다는 것을 깨달았다. 일을 처리하고 온다더니 며칠째 안 오고 있다.

무슨 일이 있는 걸까. 약간 불안한 기분이 들었다. 생각해 보면 나와 션의 관계는 아무것도 아니다. 어쩌면 친구 정도로 생각할 수는 있겠지.

하지만 우리의 시작이 그리 좋지가 않아서 친구라고 말해야 할지도 모르겠다.

나는 한숨을 내쉬고 고개를 끄덕였다. 멍하니 앉아서 션과 내 관계 따위를 생각할 시간이 내게는 없다. 지금 내가 생각할 건 잘생긴 남자가 아니라 망해가는 영지다.

"이쯤일 것 같은데."

내 부탁을 받아 나와 함께 저택을 나온 베르트가 마차 창문을 열며 말했다. 그러자 말을 몰던 바네사의 목소리가 들려왔다.

"앞에 인가가 보입니다."

원래는 얘까지 데려올 생각이 없었는데. 나는 마차가 멈추자 베르트의 도움을 받아 마차에서 내리며 바네사를 쳐다봤다.

날이 생각보다 쌀쌀하지 않았다면 그냥 말을 타고 올 생각이었다. 마차를 끌고 오는 건 너무 거창한 느낌이 든단 말이다.

하지만 레슬리가 극구 반대했다. 심지어 베르트도 날 자기 말에 태우는 걸 거부하고 나섰기 때문에 어쩔 수가 없었다. 나는 베르트를 앞세우고 천천히 바네사가 말한 인가로 다가갔다.

의외로 영지 외곽에 모여 사는 사람들이 많았다. 우리가 다가가자 여기저기 흩어져 있던 사람들이 바짝 긴장하는 게 보였다.

"좀 더 데려올 걸 그랬나?"

내 질문에 베르트가 나를 돌아보며 피식 웃었다. 뒤에서 바네사가 비웃는 소리도 들려왔다. 이 둘이 이러니까 이상하게 안심이 된다.

"전 보안관 길버트 딕슨을 만나러 왔는데."

사람들이 우리 앞을 가로막자 베르트가 당황하지 않고 외쳤다.

이 사람들은 대체 뭐지? 어리둥절해 하는데 사람들 사이에서 웬 여자가 헤치고 나와서 말했다.

"그 사람은 왜 찾지?"

"물어볼 게 있어서."

피부가 따끔따끔한 느낌이 날 정도로 날 선 긴장감이 이어졌다. 여자는 나를 쳐다보더니 베르트에게 물었다.

"어디서 왔지?"

그때, 갑자기 바네사가 나를 확 잡아당겼다. 엄마야! 깜짝 놀라서 비틀거리는데 이번에는 베르트가 나를 잡아 부축해 주었다.

그는 바네사를 한번 노려보더니 별거 아니라는 듯 말했다.

"우린 그냥 이야기만 할 거야. 아무 짓도 하지 않고."

베르트의 말에 여자의 허리춤에 닿았던 손이 떨어졌다. 바네사가 왜 갑자기 날 잡아당겼나 했더니 저 여자가 검 손잡이에 손을 가져다 대서 그랬던 모양이다.

나는 여전히 우리를 믿기 어렵다는 표정으로 쳐다보는 여자와 사람들에게 말했다.

"에버딘 어셔예요. 전 보안관인 딕슨 씨가 왜 그만뒀는지 묻고 싶어서 왔어요."

"어셔라고?"

여자의 표정이 일그러졌다. 동시에 모여 있던 사람들이 여차하면 우리를 공격하거나 도망치려는 듯 자세를 잡는 게 보였다.

그때 뒤에서 바네사가 짜증 섞인 한숨을 내쉬는 소리가 들렸다. 앤 왜 따라와서 시종일관 이렇게 짜증인지 모르겠네.

"어서 남작과 무슨 관계죠?"

어서 라는 성에 여자의 말에 존대가 섞였다. 나는 베르트를 한 번 쳐다보고 여자에게 말했다.

"그게 난데요."

그 순간 모여든 사람들이 얼어붙었다. 다들 깜짝 놀란 표정으로 나를 쳐다보더니 곧 그럴 리 없다고 수군거리기 시작했다.

"남작이라고?"

"남작은 남자잖아?"

"저렇게 젊은 여자가?"

다들 헥터가 남작이라고 생각하고 있었던 모양이다. 나는 한숨을 내쉬고 앞으로 나갔다. 그러자 베르트가 여차하면 나를 지키기 위해 내 옆에 바짝 붙었다.

"내가 에버딘 어서 남작이에요. 내 아버지가 날 속이고 영지를 엉망으로 만들고 있다는 걸 알고 고치러 왔어요."

내 말을 믿어도 그만 믿지 않아도 그만이다. 이게 사실이니까. 나는 사람들이 내 말을 믿지 않고 내게 돌을 던질 가능성도 생각하고 있었다.

그런 생각을 한 건 나뿐만이 아니었는지 베르트가 나를 보호하기 쉽도록 슬쩍 자세를 바꿨다.

서쪽 하늘 용병대의 몸값이 비싼 이유를 알겠다. 나는 느슨하게 서 있는 베르트의 한쪽 발이 나보다 앞으로 나가 있는 것을 확인하고 가볍게 감탄했다.

"에버딘 어서 남작이라고?"

그때, 이번에도 사람들을 헤치고 나온 웬 남자가 우리 앞으로 다가왔다. 아까 나온 여자가 나보다 몇 살 많아 보였다면 지금 나온 남자는 헥터보다 약간 나이가 더 들어 보였다.

"길버트 딕슨 씨?"

내 질문에 남자가 고개를 끄덕였다. 이 남자군. 나는 보안관이라고 하기엔 약간 둔해 보이는 남자의 몸을 보고 고개를 끄덕였다.

길버트는 배가 나온 평범한 아저씨처럼 생긴 남자였다. 하지만 그의 허리춤에도 검이 꽂혀 있긴 했다.

"묻고 싶은 게 있어서 왔어요."

내 말에 길버트가 나를 빤히 쳐다봤다. 그러더니 고갯짓하며 말했다.

"제집으로 오시죠."

"남작님."

베르트가 재빨리 나를 불렀다. 나도 안다. 나는 길버트와 내 사이의 공간을 쳐다봤다.

저기가 내 영지의 끝이다. 그러니까 저 사람들은 내 영지 밖에서 살고 있는 거다.

위험할 수도 있다. 저 사람들은 내 영지에서 살기를 포기하고 영지 밖으로 나갔다는 말이니까. 그만큼 나를, 아니, 어셔 남작을 싫어한다는 말이다.

하지만 반대로 저들이 어셔 남작을 해칠 정도로 모든 것을 포기한 건 아니라는 생각이 들었다. 귀족을 해치면 그 즉시 처벌 대상이다. 왕은 군대를 풀어 귀족을 해친 자를 잡으려 할 것이다.

이 사람들은 조악하지만 집을 지었고 인가를 이뤄 살고 있다. 즉, 귀족을 건드려 몰살당할 생각은 없다는 뜻이다.

“남작님께서 오시기엔 너무 누추한 곳이라 거부감이 드나 보죠?”

어떻게 해야 할지 고민하는데 제일 먼저 나섰던 여자가 빈정거리며 말했다. 그러고 보니 길버트랑 좀 닮았네. 나는 그녀를 쳐다보다가 말했다.

“아뇨, 딕슨 씨. 거긴 내 영지가 아니라서요. 내가 함부로 넘어갔다가 문제가 생기면 그건 국왕 폐하께 폐가 되거든요.”

내 땅에서 내가 다친 거면 그건 온전히 내 문제지만 내 땅이 아닌 곳에서 내가 다치면 그건 땅 주인의 문제이기도 하다. 내 지적에 여자가 움찔했다.

딕슨 씨라는 말에 반박하지 않는 걸 보니 길버트의 딸이 맞는 모양이다.

“걱정 마십시오, 남작님.”

그때, 길버트가 내게 말을 걸었다. 그는 나무로 만든 집 앞에 서서 말을 이었다.

“여기서 남작님께 해가 될 것은 아무것도 없을 겁니다. 제 명예를 걸죠.”

“아버지!”

역시 내 생각이 맞았다. 여자가 길버트를 아버지라고 불렀다. 나는 잠시 길버트를 쳐다보다가 고개를 끄덕이고 발걸음을 내디뎠다.

“대장!”

뒤에서 바네사가 베르트를 부르는 소리가 들려왔다. 날 어떻게 해 보라는 의민가 본데 베르트가 받아들이지 않았나 보다. 두 사람은 조용히 내 뒤를 따라왔다.

"길버트 딕슨입니다. 이쪽은 제 딸인 멜라니 딕슨이고요."

예의 바른 길버트와 달리 멜라니는 인사를 하지 않고 고개를 돌려버렸다.

나는 바네사를 한 번 쳐다보고 씩 웃었다. 야, 너랑 닮았다.

"질문이 있어서 오셨다고요."

"사실은 저택에 모시고 싶었는데 거절하셨다고……."

"당연하지! 거길 왜 가!"

내 말이 끝나기도 전에 멜라니가 벌컥 소리쳤다. 응? 내가 그녀를 쳐다보자 길버트가 멜라니에게 한마디 했다.

"멜라니, 예의를 지켜."

"예의는 무슨!"

팍 화를 낸 멜라니가 그대로 집 밖으로 나가 버렸다. 쾅! 하고 문이 닫히면서 집이 무너질 것처럼 울려 퍼지는 것 보자 약간 걱정이 됐다. 이 집, 괜찮은 건가?

나는 멜라니가 문을 세게 닫는 바람에 우수수 쏟아지는 먼지 때문에 둘러보던 것을 멈췄다. 소매로 코와 입을 가리고 숨 쉬고 싶은데 그게 길버트에게 너무 무례하게 보일까 봐 할 수가 없었다.

베르트 역시 나와 비슷한 걱정을 했나 보다. 그는 자신이 까치발을 하면 닿을 것 같은 천장을 보더니 길버트에게 물었다.

"겨울을 날 수는 있는 겁니까?"

베르트의 질문에 길버트가 웃음을 터트렸다. 사람 좋네. 나는 기분 나쁘다고 해도 할 말이 없는 질문에도 웃는 길버트를 보고 감탄했다.

그리고 동시에 헥터가 이런 사람에게 무슨 짓을 했길래 보안관 자리를 놓고 영지를 떠나게 했는지도.

"위는 잘 막아 놔서 괜찮습니다. 눈과 비 정도는 막아 줄 겁니다."

"하지만 바람은 못 막죠."

이번에는 바네사가 끼어들었다. 넌 또 왜 그러니. 고개를 돌려보자 베르트도 나와 비슷한 표정으로 그녀를 쳐다보고 있었다. 하지만 길버트는 자기 딸보다 어린 바네사가 귀엽다는 듯 웃으며 말했다.

"바람은 옷을 한 겹 더 입으면 되지."

말이 되지만 동시에 안 된다. 여긴 제대로 된 집이 아니다. 나는 침대 하나와 의자 하나, 벽난로 하나가 전부인 집을 돌아보고 조심스럽게 말했다.

"아까 말씀드린 건 진짜였어요. 부끄럽지만 어머니가 몸이 약해서 아버지가 대신 영지를 관리하고 계셨거든요. 어머니가 돌아가신 건 작년이었고요."

내 설명에 길버트는 물끄러미 나를 쳐다보다가 자리에서 일어났다. 그러더니 벽난로에 걸린 솥을 들여다보고 문을 열어 밖을 향해 소리쳤다.

"멜라니, 마실 거 좀 갖다 줄래?"

멜라니가 대답하는 소리는 들리지 않았다. 하지만 길버트는 다시 돌아와서 자리에 앉았다.

난로에 걸어 둔 솥으로 물도 끓이고 음식도 만들고 하는 모양이다. 여기는 제대로 된 주방 도구가 마련되어 있지 않다는 게 눈에 보였다.

길버트는 다시 나를 물끄러미 쳐다보다가 입을 열었다.

"그렇다면 아무것도 모르시는 겁니까? 남작님의 아버지께서 어떻게 하셨는지도요?"

모른다. 하지만 그렇게 말하려 입을 연 순간 내 얼굴이 새빨갛게 달아올랐다.

모른다는 건 부끄러운 답이다. 나는 남작의 후계자였고 영주가 될 사람이었다. 그런데 아무것도 몰랐다는 건 말이 안 된다.

내가 정말 아무것도 몰랐을까. 나는 다시 입을 다물고 생각했다. 유일한 남작의 딸인데, 자신이 다스려야 할 영지가 어떻게 되어 가고 있는지 하나도 몰랐다는 게 말이 될까.

내가 길버트라면, 그리고 영지에 사는 사람들이라면 몰랐다는 대답에 더 화가 날 것 같았다. 이렇게 고생하며 사는 동안 영주가 될 사람은 천하태평으로 아버지에게 모든 것을 맡기고 있었다니.

"부끄럽지만요."

나는 가까스로 입을 열었다. 입이 열 개라고 해도 할 말이 없다. 내가 제일 먼저 해야 할 건 사과였다.

"사실은 내가 기억이 거의 없어요. 몇 달 전에 죽을 뻔했거든요."

내 설명에 길버트의 입이 딱 벌어졌다. 그가 뭔가를 질문하려 했지만 누군가 똑똑하고 문을 두드리는 바람에 질문은 나오지 못하고 사라졌다.

"들어오거라."

길버트의 허락에 들어온 멜라니가 우리 앞에 기름기가 뜬 국물 같은 것을 내려놓았다. 이게 뭐지? 궁금했지만 일단은 사과를 하는 게 먼저였다.

"아버지는 내가 영주가 되는 걸 반기지 않으셨어요. 심지어 어머니가 돌아가신 뒤 작위를 물려받으려는 저를 방해하셨고요."

남에게 말하기엔 그리 유쾌하지 않은 이야기가 입에서 흘러나왔다. 나는 나와 어서 가문의 명예를 위해 너무 자세히 설명하지 않도록 주의하며 내가 몰랐던 이유를 설명했다.

그리고 잠시 입을 다물었다가 길버트를 향해 고개를 숙이며 말했다.

"하지만 이 모든 게 결국은 다 핑계고 변명이라는 것도 알아요. 영지가 이렇게 된 건, 그리고 당신들이 이렇게 살고 있는 건 내 잘못이에요."

길버트와 멜라니의 얼굴에 놀란 표정이 떠올랐다. 둘 다 내가 내 잘못이라고 시인할 줄은 몰랐다는 표정이었다.

나는 잘못을 바로잡기 위해 여기 왔다. 그러기 위해서 어째서 길버트가 보안관 직을 그만뒀는지 알아야 했다.

"내가 묻고 싶은 건 하나예요. 딕슨 씨, 왜 보안관 직을 그만두고 여기로 왔나요?"

길버트와 멜라니의 시선이 부딪쳤다. 두 사람은 내가 정말로 모른다는 사실에 당황하고 있었다. 하지만 나는 정말로 모른다.

그게 나를 무기력하게 만들었다. 동시에 내가 아주 나쁜 영주인 것처럼 느껴졌다.

영주는 모든 것을 알고 있어야 한다. 그리고 아주 강해야 한다. 설령 저들이 나를 비난한다 해도 그걸 받아들일 수 있어야 했다.

"헬름에 전염병이 돌았던 것을 알고 계십니까?"

아니, 그건 몰랐는데. 내가 아무 대답도 하지 않자 멜라니는 그럴 줄 알았다는 표정을 지었고 길버트는 한숨을 내쉬었다.

전염병이 언제 돌았던 거지? 어리둥절해 하는 내게 길버트가 다시 말했다.

"몇 년 됐습니다. 그때 마을의 반 이상이 병에 걸렸고요. 당연하지만 치료비가 아주 많이 들었습니다."

어쩐지 길버트가 무슨 이야기를 하는지 알 것 같은 느낌이 들었다. 나는 인상을 쓴 채 그가 뭐라고 하는지 가만히 듣고 있었다.

"사라는, 그러니까 제 아내도 그중 하나였습니다. 약값은 비쌌고 제 봉급으로는 감당하기 어려웠죠."

머릿속에 헬름의 은행은 대출 이자가 아주 높다는 게 자연스럽게 떠올랐다. 젠장. 나는 저도 모르게 주먹을 꽉 쥐었다.

"은행은 처음에 그리 높지 않은 금리로 돈을 빌려줬습니다. 두 번째 빌릴 때는……."

"금리가 두 배로 올라갔지."

멜라니가 길버트의 말을 가로막듯 끼어들었다. 그녀는 나를 노려보고 있었다. 그 시선이 나를 꿰뚫는 것처럼 느껴졌다.

왜 멜라니가 나를 미워하는지 알겠다. 그녀의 입장에서는 이 모든 게 내 탓이었을 것이다. 헥터가 헬름을 관리하는 바람에, 그가 돈과 그의 친척들을 봐주는 바람에 애꿎은 영지민들이 피해를 입었다.

"대출 이자가 높았지만 우리가 뭘 할 수 있었겠어? 엄마를 버려?"

멜라니의 말끝이 작게 떨렸다. 그건 그녀만의 이야기가 아니었을 것이다. 영지민의 반이 병에 걸렸다 했으니 모든 영지민들의 이야기일 것이다.

"딕슨 부인은……."

나는 조심스럽게 물었다. 여기에 길버트와 멜라니만 있는 걸로 알 것 같았지만 묻지 않을 수가 없었다. 길버트는 잠시 숨을 고르는 것처럼 입을 다물었다가 천천히 말했다.

"작년에 갔습니다."

그래서 이 집이 이렇게 조악했구나. 나는 어째서 이곳에 있는 집들이 전부 움막처럼 임시로 지은 집 같은지 알게 되었다.

길버트는 아내가 죽기 전까지는 영지에서 버텼던 거다. 아내의 치료를 위해서.

눈앞에 뜨거워졌다. 나는 숨을 고르느라 입을 다물었다가 고개를 들었다. 내가 할 수 있는 건 하나밖에 없었다.

"미안해요."

문득 나는 엘리스를 구하기 위해 무너지는 저택으로 뛰어들었던 내 행동이 얼마나 책임감 없는 행동이었던가 하고 생각했다.

내게는 책임질 사람이 많았다. 눈앞의 딕슨 부녀 외에도 여기에 도망쳐서 살고 있는 사람들도 내 책임이었다.

"젠장."

나는 두 손에 얼굴을 묻으며 욕을 내뱉었다. 부끄러움이 목 끝까지 차올라서 숨을 쉴 수가 없었다. 이 사람들은 내 책임이었다. 예전부터. 그리고 지금도. 어쩌면 앞으로도.

몸이 부들부들 떨리기 시작했다. 멜라니의 어머니가, 길버트의 아내가 죽은 건 내 잘못이 아니겠지만 그들이 치료비를 감당하지 못하고 도망친 건 내 잘못이었다.

나는 입술을 깨물었다. 그리고 천천히 숨을 고른 뒤 고개를 들었다.

"여기 있는 사람들은, 그러니까 여기 살고 있는 사람들은 전부……."

목소리는 끔찍하게 흘러나왔다. 하지만 다행히 길버트와 멜라니는 내가 무슨 말을 하는지 알아듣고 재빨리 대답했다.

"네. 빚을 감당하지 못하고 도망친 사람들입니다."

"우리는 떠날 수 있지만, 여기에 남았어요."

멜라니의 말투가 조금 얌전해졌다. 그녀는 여전히 흥분한 표정이었지만 예의 바르게 말을 이었다.

"영지 밖에서 다른 사람들이 살아남기 어려울 수도 있으니까요."

그게 무슨 소린지 모르겠다. 내가 어리둥절한 표정을 짓자 바네사가 불쑥 말했다.

"영지 밖은 강도단도 있고 산짐승이나 몬스터도 있으니까요."

몬스터도 있다고? 그러고 보니 그런 말을 들었던 기억이 난다.

예전엔 영지와 영지끼리의 싸움에 고용됐던 용병대가 지금은 몬스터를 처리하는 데 고용되고 있다고.

나는 놀라서 다시 한 번 길버트의 집을 확인했다. 이 집이 몬스터의 위험에서 사람들을 지킬 수 있나? 베르트가 기침만 한 번 해도 흔들릴 거 같은데?

"저와 멜라니가 여기 사람들에게 싸우는 법을 가르쳐 주고 있습니다."

"검이요?"

베르트가 흥미를 나타냈다. 그러자 길버트가 웃으며 말했다.

"활도요."

무기는 검뿐만이 아니다. 수도에서 본 용병 중에는 끝에 쇠공이 달린 방망이 같은 걸 들고 다니는 사람도 있었다. 아니면 도끼 같은 것도.

여긴 총이 없나? 문득 의문이 들었다.

"총은 안 쓰나요?"

내 질문에 베르트와 바네사가 깜짝 놀란 표정을 지었다. 왜 놀라? 여긴 총이 없어?

"어, 총이 뭡니까?"

길버트의 질문 덕분에 베르트와 바네사의 놀란 표정이 사라졌다. 베르트가 나를 신기하다는 듯 쳐다보며 말했다.

"화약을 넣어 쏘는 무기입니다."

"아, 그거."

있는 모양이다. 길버트는 총이 뭔지 알게 되자 베르트와 똑같이 나를 신기하다는 표정으로 쳐다봤다. 나는 멜라니까지 비슷한 표정으로 나를 보고 있는 것을 발견하고 당황해서 말했다.

"그런 게 있다는 말을 들었거든요."

"아직 연구 중인 걸로 압니다. 워낙 비싼 데다가 활보다 빠르지 않거든요."

이건 또 무슨 소리야? 나는 말도 안 되는 소리에 인상을 썼다. 총이 활보다 빠르지 않다고? 지나가던 선비가 토끼한테서 여우를 구해 주는 소리다.

"손이 많이 갑니다. 한 번 쏘고 나면 안에 남은 화약을 긁어내고 다시 화약을 채워야 하니까요. 가끔은 무기 자체가 폭발하는 경우도 있다더군요."

이어진 베르트의 설명에 나는 바네사를 쳐다봤다. 그녀 역시 그의 말에 동의하듯 고개를 끄덕이고 있었다.

그렇구나. 여기서 아직 총이 안 쓰는 이유를 알겠다. 내가 살던 곳에서도 이미 조선 시대 때 총의 존재를 알고 있었지만 비슷한 이유로 안 썼다고 들었다.

그 뒤로는 국가에서 한정적으로 허용해 줬다. 할머니와 살던 곳에서 가끔 사냥꾼들이 사냥한다는 말을 들었거든.

"그런데, 이게 무슨 찹니까?"

그때 멜라니가 가져온 차를 들여다보던 베르트가 물었다. 기름기가 떠 있는 게 아무리 봐도 고깃국이다. 나는 나무로 대충 깎아 만든 컵을 들고 냄새를 맡았다.

"고깃국이요."

"무슨 고기인데요?"

"소고기요."

멜라니가 불쑥 말했다. 소고기 국? 슬쩍 보니 길버트도 같은 걸 마시고 있었다. 나는 똑같이 홀짝 국을 마셨다.

갈비탕? 그거보다는 좀 연한 느낌이었다. 나를 따라서 국을 홀짝이던 베르트가 물었다.

"소를 키울 수 있습니까?"

그러게? 나는 베르트의 질문에 이상하다는 생각이 들어 고개를 들었다. 여기 사람들이 영지 내에 있는 사람들보다 먹을 게 부족하면 부족하지, 여유 있진 않을 거다. 우리가 이상하다는 듯 쳐다보자 길버트가 곤란한 표정으로 말했다.

"소의 꼬리입니다."

그 순간 풋! 하고 누군가 입에 든 것을 뿜는 소리가 들려왔다. 왜 저래? 나는 바네사를 한 번 쳐다보고 다시 고깃국을 마셨다.

뜨끈뜨끈해서 추운 곳에서 마시기엔 딱 좋았다.

"꼬리요?"

베르트까지 못 먹을 걸 먹었다는 표정을 짓고 있었다. 여긴 소꼬리 안 먹나? 나는 컵 한 잔을 다 마시고 테이블에 내려놓으며 말했다.

"맛있는데 좀 더 끓여야겠네요."

맛이 왜 연했는지 알겠다. 꼬리곰탕은 아주 푸우우욱 익혀야 한다. 색이 뽀얗게 나올 때까지.

내 태도에 베르트와 바네사는 기괴한 것을 보는 표정으로 쳐다보기 시작했다. 그러자 멜라니가 도전하는 표정으로 물었다.

"더 드릴까요?"

"그래도 돼요?"

내가 언제 또 여기서 꼬리곰탕을 먹어 보겠어. 나는 컵을 내밀며 물었다. 그러자 베르트와 바네사의 얼굴이 일그러졌다.

두 사람은 내 컵을 받아 들고 나가는 멜라니를 표정 관리를 못하고 쳐다보다가 자신의 컵으로 시선을 떨어트렸다. 아, 두 사람은 컵이 아니라 그냥 그릇이구나.

컵이 부족했나 보다.

"억지로 드시지 않으셔도 됩니다."

길버트는 내가 멜라니와 자신의 기분을 맞춰 주려고 억지로 더 달라고 한 줄 알았나 보다. 여긴 진짜로 소꼬리를 안 먹나 보네.

그럼 소꼬리를 다 버리나?

"아뇨, 꼬리곰탕 좋아해요. 좀 더 오래 끓여서 색이 하얗게 된 걸 더 좋아하지만요."

열 시간쯤 끓인 곰탕. 거기에 갓 담근 겉절이나 깍두기까지 있으면 완전 끝이다, 끝. 아, 깍두기 먹고 싶다. 겉절이는 어렵더라도 깍두기는 담글 수 있지 않을까?

길버트는 내 대답에 입을 딱 벌렸다. 그는 당황한 표정으로 물었다.

"많이 드셔 본 것처럼 이야기하시는군요?"

많이 먹었지. 어렸을 때 할머니가 끓여 주셨으니까. 곰탕에 고춧가루를 풀어서 빨갛게 먹어도 맛있다. 아니면 미역국이나 떡국으로 끓여도 맛있다.

나는 많이 먹었다는 걸 슬쩍 피해서 말했다.

"어릴 때 조금요."

아침에 할머니가 미리 밥을 말아 놓고 빨리 먹고 가라고 한 적도 있지. 국물에 불은 밥은 술술 넘어갔다. 여기서도 그게 가능하다. 쌀도 있겠다, 아주 좋은 국밥이 될 테니까. 잠깐.

머릿속에 반짝하고 아이디어가 떠올랐다. 날도 쌀쌀해졌는데 식당에서 국밥을 팔면 어떨까. 여기서는 소꼬리를 안 먹는다니 생각보다 싸게 구할 수 있을 거다.

"소꼬리는 어디서 구했어요?"

나는 길버트에게 불쑥 물었다. 때마침 내게 주기 위해 컵을 들고 들어오던 멜라니가 움찔하고 멈춰 섰다.

"여기저기에서요. 아는 사람이 있습니다."

길버트는 정확히 어디서 구하는지 말하는 것을 피했다. 그것까지 말할 정도로 나를 믿는 건 아닌 모양이다.

나는 그걸 왜 묻냐는 표정을 짓는 멜라니를 보고 재빨리 다시 설명했다.

"사실은 시내에 식당을 차렸어요. 쌀 소비도 늘리고 요리 방법도 알리려고요. 거기서 이걸 팔아 볼까 해요."

멜라니와 길버트의 얼굴에 어리둥절한 표정이 떠올랐다. 나는 베르트와 바네사도 비슷한 표정을 짓는 것을 보고 말을 이었다.

"좀 더 진하게 끓여서 소금 간을 치고 쌀을 익혀서 말아 먹으면 든든하고 맛있거든요."

위에 파도 좀 썰어 올리면 더 좋을 거다. 그렇게 생각하니 배가 고파졌다.

"구할 수 있으면 살게요. 어때요?"

"사, 산다고요? 이걸?"

"남작님."

베르트도 깜짝 놀라서 나를 말렸다. 그는 내게 몸을 기울이더니 작게 속삭였다.

"소꼬리는 다들 버리는 부윕니다. 그걸 돈을 주고 사다니요."

"하지만 딕슨 씨가 구해 오는 거잖아. 배달비는 줄 수 있지. 안 그래?"

내 말에 베르트가 할 말이 없는 것처럼 물러났다. 나는 다시 자세를 바로 하고 길버트에게 말했다.

"구할 수 있으면 구해서 시내에 있는 가장 큰 주점에 갖다 두세요. 밤이라도 상관없으니까요."

"가장 큰 주점이요? 설마……."

길버트와 멜라니가 놀란 표정을 지었다. 워낙 큰 주점이라 두 사람도 어딜 말하는지 알 거다. 아니면 거기서 무슨 짓을 하려 했는지 알아서 놀라는 건지도 모르겠다.

나는 흥분하지 않기 위해 주먹을 꽉 쥐었다. 아직도 도망친 그 새, 아니, 자식은 찾고 있다. 잡으면 손가락 하나하나씩 부러트려 줄 거야.

"내가 인수했어요. 식당으로 쓰고 있고요."

"거기, 거기에 음, 갇힌 사람들은요?"

역시 알고 있군. 나는 멜라니의 질문에 그녀를 향해 고개를 돌려 대답했다.

“한동안 식당에서 일하기로 했어요. 건강을 회복하고 일이 손에 익으면 다른 직장을 찾아 줄 생각이에요.”

그러자 멜라니와 길버트의 얼굴에 안도가 떠올랐다. 두 사람은 서로를 보고 안도의 한숨을 내쉬더니 나를 보며 말했다.

“감사합니다.”

“어떻게든 그 사람들을 구하고 싶었거든요.”

멜라니의 태도는 이제 완전히 예의 바르게 변해 있었다. 그렇구나. 나는 적어도 마을에 거스의 행동에 반대하는 사람들이 있다는 사실에 안도했다.

* * *

“이거 고염 아닌가?”

이튿날, 나는 아이린 아주머니와 함께 이른 아침을 먹고 느긋하게 산책을 나갔다. 그동안 보지 못했던 저택 주변을 둘러볼 생각이었다.

물론 요정들에게 묵을 주기 위해서이기도 했고.

도토리로 만들어서 그런지 요정들은 묵을 정말 좋아했다. 전에 용병들을 시켜 만든 묵도 깨끗하게 싹 먹어 치웠다. 그래서 나는 사람들에게 산책하다 도토리가 보이면 주워서 가져와 달라고 부탁했다.

물론 다람쥐를 위해서 너무 많이 가져오지는 말라고도 했고.

"고염이 뭐야?"

고염을 뭐라고 해야 하지? 나는 눈알만 한 주황빛 열매가 열린 나무 앞에서 잠시 고민했다. 고염은 고염이다. 어릴 때 할머니가 고염을 따다가 항아리에 담아 푹 삭혀서 줬었다.

"어, 음. 감 같은 건데요."

감보다는 훨씬 작다. 그리고 감나무를 고염 나무에 접붙이기를 해서 기른다.

"감은 또 뭐야?"

응? 여기 감도 없나? 나는 잠시 고민하다가 말했다.

"이거랑 비슷한 건데 열매가 좀 더 커요."

"먹는 거야?"

"그럼요. 얼마나 맛있는데요."

홍시로 먹어도 맛있고 곶감을 만들어도 맛있다. 하지만 아이린 아주머니는 고염 열매를 하나 따서 입에 넣더니 인상을 쓰며 말했다.

"좀 떫은데."

"안 익어서 그래요."

좀 더 추워진 다음에 따서 숙성시켜야 한다. 고염끼리 접붙이기를 하면 감이 나오지 않을까? 아닌가? 그냥 고염이 나오려나?

나중에 과수원 하는 사람을 불러서 이야기를 해 봐야겠다.

다시 천천히 걸어서 저택 쪽으로 다가가자 레슬리가 부른 인부들이 주방 바깥쪽을 살피고 있는 게 보였다.

"이쪽은 좀 더 여유 있게 해 줘요."

레슬리가 사람들에게 지시를 내리고 있었다. 이렇게 보니 좀 아깝다. 주방은 조리 도구가 거의 다 새것이었는데.

"이건 뭡니까?"

그때 일꾼 중 하나가 나무 아래에 내려놓은 그릇을 보고 물었다. 앗, 그건 건드리면 안 되는데!

"그건 손대지 마세요!"

레슬리 역시 깜짝 놀라서 외쳤다. 괜히 그걸 건드려서 요정이 화나게 하면 곤란하다. 저 사람들도 또 다 넘어질 거 아냐.

나는 재빨리 사람들에게 다가가 설명했다.

"요정에게 주는 거예요. 그러니 신경 쓰지 마세요."

"요정이요? 그게 무슨……."

어허. 나는 입술에 손가락을 대고 쉿 소리를 냈다. 그리고 허리에 손을 얹으며 말했다.

"이곳엔 요정들이 살아요. 여러분의 말, 행동을 다 보고 듣고 있으니까 조심해 주세요. 혹시라도 그들의 기분을 상하게 하면……."

뭐라고 말을 해야 알아들을까? 나는 잠시 고민하다가 솔직하게 말했다.

"여기서 걸어 나가지 못할 수도 있어요."

사람들은 내가 농담한다고 생각하고 웃기 시작했다. 진짠데.

"아니면 아예 못 나갈 수도 있지. 저기 저 용병들한테 물어봐요."

아이린 아주머니까지 합세하자 사람들의 안색이 그제야 해쓱해졌다. 진짜라니까? 우리는 그것 보라는 표정을 짓고 몸을 돌렸다.

그때, 저 멀리에 있던 남자가 소리쳐서 물었다.

"이건 뭡니까?"

어, 저건 내 거다. 나는 깜짝 놀라서 손을 번쩍 들며 외쳤다.

"내 거예요! 그것도 손대지 마세요!"

"썩은 거 같은데요?"

"아니에요!"

썩은 거 아니다. 일부러 사람들이 접근하지 않도록 최대한 멀리 떨어트려 놨는데 그걸 또 발견한 모양이다.

다행히 아까 요정을 화나게 하지 말라는 말이 먹혔는지 사람들은 더 이상 손대지 않고 공사를 시작했다. 나는 한 번 더 레슬리에게 주방을 어떻게 수리할 건지 확인하고 저택 안으로 들어왔다.

"남작님, 쉘리 오웬 양이 도착했습니다."

응? 쉘리 오웬 양이라고? 일 층 서재에 앉아 일을 하며 은행장을 기다리는데 레슬리가 문을 두드리며 말했다. 나는 시간을 보고 은행장이 오기로 한 시간보다 좀 늦었다는 것을 확인한 뒤 들어오라고 말했다.

"만나서 반갑습니다."

쉘리 오웬은 사십 대 정도로 보이는 여자였다. 이름 때문에 여자인 줄은 알았다. 내가 놀란 건 레슬리가 그녀를 오웬 양이라고 불렀다는 점이다.

평소라면 오웬 씨라고 말했을 것이다. 이런 식으로 오웬이 결혼을 하지 않았다는 걸 알려 준 거다.

쉘리는 가정교사처럼 입고 있었다. 그러니까 내가 수도에 있을 때 내 빵집 손님이었던 사람 중 하나처럼 입었다는 말이다.

그 손님도 목까지 올라오는 블라우스에 넓게 퍼지지 않는 스커트를 입고 다녔다. 단정하고 약간은 고리타분한 게 흠잡을 데 없는 여성용 정장 같은 느낌이라 무슨 일을 하는지 물어봤었다. 알고 보니 어느 귀족 집의 가정교사였지.

"앉으세요."

나는 책상에서 일어나며 소파를 가리켰다. 손님이 오면 이야기할 수 있도록 서재 한가운데에는 소파와 테이블이 마련되어 있다.

곧이어 레슬리가 차를 가져다주었다.

바쁘네. 하인을 시킬 수도 있을 텐데 내가 오웬을 만난다는 걸 하인들이 알면 시끄러워질까 봐 그녀가 직접 움직이는 모양이다. 나는 레슬리에게 고맙다고 입 모양만으로 인사하고 쉘리를 쳐다봤다.

"절 보자고 하셨다고요."

약속 시간보다 늦었음에도 오웬은 미안한 기색이 없었다. 이건 별로 안 좋은데.

"은행을 하고 있다고요."

쉘리는 내 말에 훗 하고 웃었다. 으음. 어쩐지 무시하는 느낌이라 기분이 영 좋지가 않다.

그녀는 고개를 기울이고 나를 보더니 대뜸 말했다.

"왜 보자고 하셨는지 말씀하세요."

직설적이군. 나는 원만하게 이야기를 끌어가기 위해 준비했던 이야깃거리들은 모두 뒤로 밀어 버렸다. 아, 이거 생각해 내느라 고민했는데.

물론 그중에는 결혼했냐는 이야기도 있었다. 가족 이야기로 끌고 갈 수 있잖아.

“은행에서 대출을 해 줬다고 들었어요.”

내 말에 쉘리가 그럴 줄 알았다는 표정을 지었다. 내가 이자를 낮춰 달라는 부탁을 할 거라는 걸 그녀도 알고 있었다는 뜻이다.

나는 그게 누군가에게 이야기를 들어서 일지, 그녀도 자기 은행의 대출 이자가 너무 높다는 것을 알고 있어서 일지 잠시 고민했다.

하지만 그 고민을 계속하기도 전에 쉘리가 먼저 입을 열었다.

“이자를 낮춰 달라고 하시는 거라면 어려워요, 남작님.”

오, 내가 뭘 부탁할지 아네? 나는 왜 어렵냐는 표정으로 그녀를 쳐다봤다. 쉘리는 나를 마치 어린아이 보는 표정으로 바라보며 말을 이었다.

“남의 돈을 썼으면 그만한 대가를 내놓아야죠. 그만한 금액을 무상으로 빌려줄 수는 없잖아요?”

와, 완전 나쁜 고리대금업자 같은 말이었다. 이런 말을 들을 줄은 몰랐는데. 그렇다고 그녀가 쉽게 ‘네 알겠습니다!’ 하고 내려줄 걸 기대한 것도 아니었지만.

“그만큼 받았으면 충분하지 않아요?”

나는 찻잔을 감싸 쥐며 물었다. 오웬의 은행은 상당한 이득을 얻었다. 이자만으로 이미 대출해 준 원금을 메우고도 남았다고 들었다.

그 정도 했으면 적당히 해야 하지 않을까? 내 질문에 쉘리가 피식 웃으며 대답했다.

“아직 원금은 돌려받지도 못했는데요.”

“이자만으로 충분히 원금이 찼다고 들었는데요.”

“이제 본전인 거죠. 몇 년 동안이나 기다려 줬잖아요?”

쉘리의 말도 틀리지는 않다. 남의 돈을 몇 년이나 썼으면 그에 상응하는 대가를 줘야 하는 법이다.

하지만 그게 원금의 몇 배라면 말이 달라진다.

나는 한숨을 내쉬며 말했다.

“헬름 영주로서 금리를 낮춰 달라고 부탁하고 싶어요.”

다시 쉘리가 가소롭다는 듯 웃었다. 그녀는 나를 철없는 어린애 보듯 보며 말했다.

“남작님, 저는 제 사업을 어떻게 꾸려 갈지에 대한 조언은 받지 않아요. 남작님도 영지를 어떻게 다스릴지 제 조언을 듣지 않으시는 것처럼요.”

오, 완전 맞는 말.

하마터면 고개를 끄덕일 뻔했다. 하지만 그녀의 말에는 큰 문제가 있다. 나는 씩 웃으며 말했다.

“저는 제 곁에 조언해 주는 사람을 두고 있는데요.”

“남을 믿는 것도 좋지만 좀 더 주체적이 되시는 게 좋겠어요.”

조언하는 사람을 두는 거랑 주체적인 거랑 무슨 상관이지? 어리둥절해 하는 내 앞에서 쉘리는 씩 웃으며 일어났다.

“하실 이야기 끝났다면 이만 가 보겠습니다.”

"안 내린다는 거죠?"

안 내릴 거라는 건 안다. 하지만 확인을 위해 다시 물었다. 그러자 쉘리는 나를 말귀 못 알아듣는 어린애 보듯 보며 말했다.

"확실하게 말씀드리죠. 제 사업에 왈가왈부하지 마세요."

흠. 그렇단 말이지. 나는 고개를 끄덕이며 자리에서 일어났다. 쉘리 오웬을 설득하는 게 유일한 방법이라 그녀를 부른 게 아니다.

그게 가장 원만하고 너 좋고 나 좋기 때문에 시도한 거였다. 나는 그녀에게 손을 내밀어 악수를 청했다.

"그래요. 그럼 우리 서로 왈가왈부하지 않는 걸로."

쉘리는 그제야 나를 이상하다는 듯 쳐다봤다. 하지만 그녀가 무슨 말을 하기 전에 레슬리가 문을 두드렸다.

"남작님."

무슨 일이지? 나는 표정 관리를 하며 문을 열고 들어오는 레슬리를 쳐다봤다. 그녀는 내가 쉘리와 이야기하는 걸 알고 있다. 방해한 데는 분명 이유가 있을 것이다.

"선물이 왔는데요."

레슬리가 작게 속삭이자 쉘리가 궁금하다는 표정을 지었다. 나는 내게 선물을 보낼 사람이 누가 있는지 생각하며 마찬가지로 작게 물었다.

"중요한 선물이에요?"

내가 아는 한 나한테 선물을 보낼 사람이 없다. 애초에 그 정도로 나와 친분이 있는 사람이 없다. 기억을 잃기 전 친하게 지낸 친구들이라면 내가 살아 있다는 소식을 들었을 때 이미 편지를 보내

거나 찾아왔겠지.

형식적인 안부 편지는 몇 장 받았다. 그걸 보고 내가 얼마나 인간관계가 협소했는지, 얼마나 비사회적으로 살았는지 알았을 뿐이다.

"아셔야 할 것 같아요."

레슬리의 표정이 심상치 않았기 때문에 나는 재빨리 쉘리에게 고개를 돌렸다. 그리고 영업용 미소를 지으며 말했다.

"가 보신다고요?"

간다고 한 지 몇 분 지났음에도 그녀는 여전히 서재에 남아 있었다. 내 말에 레슬리가 눈치 빠르게 끼어들었다.

"배웅해 드리겠습니다."

대체 무슨 선물이기에 레슬리가 이렇게 쫓아왔는지 궁금했기 때문에 나는 쉘리를 배웅하는 레슬리를 따라 서재 밖으로 나갔다.

그리고 현관으로 나가자 레슬리가 왜 그렇게 당황했는지 단번에 알 수 있었다.

"어머."

쉘리가 작게 감탄을 내뱉었다. 저택 앞에는 끝이 보이지 않을 정도로 마차가 줄을 지어 서 있었는데 일단 제일 앞에 있는 마차는 꽃이 잔뜩 실려 있었다.

나는 끊임없이 재채기하는 마부에게 다가갔다가 그가 낯이 익다는 것을 발견했다. 어디서 봤더라?

"어, 아가, 에취! 에취!"

이 아저씨도 날 아는 모양인데. 나는 그에게서 살짝 물러나 있다가 보다 못해 물었다.

"괜찮으세요?"

"에취! 에취! 에, 에, 에……."

나올락 말락 한 재채기의 뜸을 들이던 남자가 결국 기침이 멈췄는지 재빨리 코를 문질렀다. 그러더니 자리를 박차고 뛰어나와 저택 쪽으로 도망치듯 다가왔다.

아, 누군지 생각났다. 나와 수잔이 처음 이 영지로 올 때 타고 온 우편 마차를 끌던 마부다. 일주일에 한 번 헬름과 수도를 오간다고 들었는데.

"오늘은 오는 날 아니잖아요?"

내 질문에 손수건을 꺼내 코를 푼 아저씨가 반가운 표정으로 대답했다.

"헬름으로 가는 일이 있다길래 자원했죠."

그러고 보니 이 마을에 딸이 있다고 했었지. 내가 그와 했던 대화를 떠올리는 사이, 마부는 다시 재채기를 하기 시작했다.

"감기 걸린 거 아니에요?"

내가 걱정스럽게 묻자 그는 몇 번 더 재채기를 하더니 몸을 부르르 떨었다. 그러고는 끔찍하다는 표정으로 말했다.

"꽃 때문인가 봅니다."

저런, 꽃가루 알레르기인가 보다. 나는 하인을 시켜 마부에게 마실 것 좀 가져다주라고 지시했다. 그리고 쉘리를 마중하고 돌아온 레슬리가 마차 뒤쪽에서 뭔가를 확인하던 남자를 끌고 왔다.

"남작님, 웨스트 공작가의 하인인 비토 씨입니다."

선? 깜짝 놀라는 내게 레슬리가 비토라고 소개한 남자가 들고 있던 서류를 넘기며 말했다.

"선 웨스트 공작님께서 보내셨습니다. 꽃 세 마차와 밀가루 다섯 마차. 그리고 햄 다섯 마차……."

"자, 잠깐만."

이게 무슨 소리야? 나는 비토의 말을 멈추고 다시 목을 빼서 마차 행렬을 쳐다봤다. 이게 대체 몇 대야?

고개를 돌려보니 비토는 나를 멀뚱멀뚱 쳐다보며 서 있었다.

"계속 읽을까요?"

뭘? 나는 어이가 없어서 그에게 다가갔다. 비토는 두세 장쯤 되는 서류를 들고 있었는데 거기에 어떤 물품이 마차 몇 대에 실려 있는지 적혀 있었다.

다시 말하지만 몇 개가 아니라 몇 대다.

"미쳤나 봐."

나는 마차 열 대 분량의 목재를 보고 눈을 의심하며 중얼거렸다. 목재라고? 이건 왜 보낸 거야? 심지어 어느 산 나무인지까지 적혀 있었다.

"벽돌도 있습니다."

비토는 내 중얼거림에 별거 아니라는 듯 말했다. 벽돌도 있어? 놀라는 내게 그가 서류를 넘겨 다음 장을 확인시켜 주었다.

"말도 있어?"

여기까지 말도 끌고 왔어? 나는 비토가 넘겨준 서류를 보고 어이가 없어서 소리쳤다. 그러자 그가 당연하다는 듯 말했다.

"마부와 제가 타고 갈 말을 제외한 모든 동물은 다 남작님께 드리는 선물입니다."

이건 또 무슨 소리야? 저도 모르게 이마에 주름이 생겼다. 그러자 비토가 다시 설명했다.

"수레를 끌고 있는 말도 선물입니다. 돌아갈 때 저희가 쓸 몇 필을 제외하고 말입니다."

나만 입 벌린 거 아니지? 고개를 돌려보자 레슬리도 입을 딱 벌리고 있었다. 그녀도 지금 수레를 끌고 있는 말도 선물이라는 것까지는 몰랐나 보다.

"각 물건을 어디에 둘지 알려 주시면 옮겨 놓겠습니다. 그리고 이쪽에 용병대분들이 계시다고 알고 있는데요."

용병들을 불러 달라는 말에 레슬리가 허둥지둥 안으로 들어갔다. 나는 멍하니 마차 행렬을 지켜보다가 비토에게 다시 물었다.

"션이 나한테 주는 선물이라고?"

"네. 값어치가 나가는 건 따로 가지고 오신다고 하셨습니다."

지금 이거보다 더 값어치 나가는 게 또 있단 말이야? 머릿속이 복잡해졌다. 이 남자, 갑자기 왜 이래?

그때 비토가 내게 서류를 내밀며 수령 확인을 해달라고 부탁했다. 아, 그래. 받았으면 받았다는 증거가 필요하겠지.

하지만 그렇게 생각한 순간 머릿속에 의문이 떠올랐다.

"근데 이걸 왜 보낸 거야?"

내 질문에 비토가 그것도 모르냐는 표정을 지었다. 아, 혹시 용병대가 헥터를 놓쳐서 이 사달이 난 거에 대해 나름대로 사과하는 건가?

그런 거치곤 좀 과한 거 같은데. 나는 용병들을 데려온 레슬리에게 수령 확인을 해 달라고 부탁하고 다시 비토에게 물었다.

"션은? 언제 온대?"

그렇지 않아도 일이 있다고 올라간 지 며칠째인데 아직도 돌아오지 않는 게 좀 걱정되던 터였다. 아, 물론 그가 꼭 여기로 돌아올 이유가 없다는 건 안다.

그리고 나한테 언제 돌아올 거라고 알려 줄 이유가 없다는 것도 알고.

근데 꼭 금방 돌아올 것처럼 가 놓고 며칠째 연락도 없다가 느닷없이 이런 걸 보내니까 하는 말이다.

약간 무뚝뚝했던 비토의 표정이 내가 션의 안부를 묻자 풀어졌다. 그는 미소 비슷한 것까지 지으며 말했다.

"곧 오실 겁니다. 출발하기 전에 공작님께서도 이곳으로 오실 준비를 하고 계셨으니까요."

"무슨 일 있는 거 아니지? 같이 오면 안 됐던 거야?"

굳이 따로 올 필요가 있었나? 션의 몸 상태가 안 좋다거나 무슨 문제가 있는 건 아니겠지?

그렇게 생각하자 불쑥 걱정이 되기 시작했다. 그는 나보다 훨씬 크고 강하고 힘이 세서 지금까지 아프거나 다칠 거라는 생각은 해 본 적도 없다.

하지만 션도 인간이잖아. 진짜 아픈 건 아니겠지?

그를 걱정하는 질문에 비토의 표정이 훨씬 온화해졌다. 그는 빙

그레 웃으며 말했다.

“아닙니다. 따로 준비할 게 있다고 하셨습니다. 아마 이틀 뒤에 도착하실 겁니다.”

이틀 뒤. 그를 볼 수 있다고 생각하자 기분이 훨씬 나아졌다.

* * *

“공작님께서 오셨습니다.”

수도 노헬, 웨스트 공작의 저택에 돌아온 아네트는 션이 왔다는 집사의 말에 얼굴이 밝아졌다. 큰오빠가 왔다. 그녀는 옷도 갈아입지 않고 곧바로 공작의 침실로 달려 올라갔다.

하지만 션은 거기 없었다. 그는 옷을 갈아입고 막 방에서 나오던 참이었다.

“설마 뛰어다니는 건 아니겠지?”

션과 복도에서 딱 마주친 아네트가 깜짝 놀라서 멈췄지만 이미 늦었다. 그는 아네트가 뛰어 올라오는 소리를 들었을 뿐만 아니라 그녀가 그를 보자마자 멈추는 것도 봤다.

무표정한 얼굴로 그렇게 질타한 그는 뒤따라 나오는 하인에게 지시했다.

“아까 이야기한 건 언제까지 준비할 수 있지?”

“하루 정도면 충분합니다.”

“준비되는 대로 먼저 보내.”

“알겠습니다.”

하인이 고개를 꾸벅하고 자리를 뜨자 션도 복도를 걷기 시작했다. 그는 어쩐 일로 그에게 다가온 아네트를 신기하다고 생각했지만 아무 말도 하지 않았다.

평소의 아네트와 션은 그리 친한 관계가 아니었다. 두 사람은 친해지기엔 너무 나이 차이가 많이 났고 서로를 대하는 걸 어려워했다.

션에게 아네트는 에버딘과 비슷할 정도로 작고 손대면 망가질까 두려운 작은 동생이었고 아네트에게 션은 다가가기 어려운 큰오빠였다.

하지만 그래도 지금 아네트는 션을 만나서 좋았다. 늘 한집에 있다가 그가 헬름으로 떠나 버리는 바람에 얼굴은커녕 목소리도 못 들은 지 며칠째다.

평소라면 션의 발소리를 듣자마자 도망쳐 버렸을 테지만 아네트는 오랜만에 만난 큰오빠가 반가웠다.

"어디가? 아주 올라온 거야?"

"잠깐 일이 있어. 며칠 안에 다시 내려갈 거고."

재잘대며 따라오는 아네트의 질문에 무뚝뚝하게 대답하며 션은 보폭을 줄이지 않았다. 덕분에 아네트는 숨을 헐떡이며 션을 따라가야 했다.

그는 늘 이렇게 걸었다. 키가 큰 탓에 다리가 길었고 그에게 뭔가를 이야기하려면 하인들은 거의 뛰다시피 해서 따라잡아야 했다.

"무슨, 무슨 일인데? 오늘 나랑 공연 보러 가면 안 돼?"

아네트의 요청에 션의 걸음이 멈췄다. 그는 붉은 눈으로 어쩐지 익숙하지 않게 그에게 말을 거는 여동생을 내려다보다가 물었다.

"브레이디 부인과 함께 가."

가정교사와 함께 가라는 말에 아네트의 얼굴이 어두워졌다. 브레이디 부인과 가는 것도 질렸다. 게다가 그녀는 꼭 보고 나면 감상문을 쓰라고 한단 말이다.

아네트는 공연을 포기하고 다시 부탁했다.

"그럼 식사는? 새로 생긴 식당에 가고 싶어."

"말해 둘 테니 브레이디 부인과 다녀와."

그래도 밥은 같이 먹을 수 있을 줄 알았던 아네트의 얼굴에 실망감이 차올랐다. 하지만 션은 아네트의 실망을 이해하지 못했다.

늘 식사를 함께하자고 하는 건 션이었고 그럴 때마다 핑계를 대며 빠져나간 건 아네트였다. 그렇다고 션이 아네트와 친해지고 싶어서 식사를 하자고 하는 건 아니었지만.

그에게 함께 식사를 하는 건 일종의 훈육이었다. 아네트가 싫어하는 걸 알지만 상관없는.

"무슨 일이야?"

션은 이상하다는 듯 물었다. 아네트의 태도가 이상하게 느껴졌다. 자꾸만 그에게 응석을 부리는 느낌이었다.

하지만 안타깝게도 션은 열 살 이후로 응석을 부려 본 적이 없었고, 아네트가 자신에게 응석을 부릴 거라는 생각 자체를 못 했기 때문에 지금의 아네트를 전혀 이해하지 못했다.

"아냐."

결국 아네트는 고개를 저으며 물러났다. 그냥 반가웠다. 아무도 오지 않는 텅 빈 저택에서 혼자 식사를 하고, 혼자 수업을 듣고, 혼자 잠에 들다가 며칠 만에 큰오빠를 봐서 반가웠다.

평소처럼 말썽부리지 않았는지 묻고 식사나 하자고 하면 마지못하는 척 따라나설 생각이었다. 그런데 막상 그녀는 뒷전인 듯 션이 행동하니 서운했다. 하지만 션은 평소와 같았다.

“마틴 오라버니 때문이지?”

아네트의 질문에 다시 걸음을 옮기던 션의 미간에 주름이 생겼다. 그는 남녀 간의 치정문제를 알기엔 아네트가 아직 어리다고 생각했다.

물론 그렇다고 모를 아네트가 아니다.

“넌 몰라도 돼.”

션은 그렇게만 말하고 저택을 떠났다. 그는 해결해야 할 문제가 많았다. 마틴의 일도 그중 하나였다.

“이쪽으로 오십시오.”

저택을 나선 션이 향한 곳은 클럽이었다. 그가 들어서자 지배인이 재빨리 션을 안쪽 방으로 안내했다.

그때 한쪽에 앉아 카드 게임을 하던 남자들의 대화가 그의 귀를 잡았다.

“에버딘 어셔 남작?”

“왜, 그, 지난번에 죽었다고 떠들썩했던 여자 말이야.”

“아.”

남자들은 에버딘에 대한 이야기를 하고 있었다. 자연스럽게 션의 발걸음이 느려졌다. 남성용 클럽인지라 여기를 출입하는 자들은 다 귀족이지만 저들은 작위가 없는 귀족이었다.

헥터처럼 작위를 가진 자의 자식이지만 작위를 물려받지 않은 자들은 작위 있는 여자를 잡아 신분 상승할 기회를 노리기도 한다.

"부모는 모두 사망했고 아직 미혼이라더군."

"영지는 어때?"

"별로야. 하지만 여기서 그리 멀지 않지."

그것만으로 상당한 메리트다. 부인이 영지를 다스리는 동안 남편은 수도로 올라와서 부인의 돈으로 쇼핑을 하거나 도박을 할 수 있으니까.

"꽃을 보내야겠군."

남자들은 그렇게 말하며 킬킬대고 웃었다. 그게 그리 마음에 들지 않는다. 그렇다고 그가 저들이 에버딘에게 꽃을 보내는 걸 막을 권리는 없다.

션은 불현듯 션은 에버딘에게 구혼을 해야겠다고 생각했다.

딱히 저들이 에버딘에게 꽃을 보낸다는 걸 보고 따라 하는 건 아니었다. 사실 그는 지금의 에버딘에게 구혼이라는 게 그리 반길 만한 상황이 아니라는 걸 알았다.

하지만 에버딘에게 도움이 되고 싶었다. 혼자 영지를 되살리겠다고 뛰어다니는 걸 보면 뭐라도 도움이 되고 싶었다. 그리고 한편으로는 그런 도움을 그녀가 반기지 않을 거라는 것도 알았다.

에버딘은 남의 도움을 바라지 않는다. 그건 그녀가 독립적인 성격이라는 뜻이지만 영지를 다스리는 데는 도움이 되지 않는다. 특히나 헬름처럼 엉망이 된 영지를 다스릴 때는 더더욱.

구혼이 아니라 구애라면 그녀도 좀 더 부담스럽지 않게 받아들일 수 있지 않을까. 그렇다면 에버딘의 눈동자 색과 닮았다는 이유로 사 둔 보석을 선물할 수 있다.

션은 얼마 전에 사둔 초록색 보석을 떠올리며 걸음을 옮겼다. 그녀가 부담스러워하지 않을 이유를 대서 선물하고 싶었는데, 구애라면 선물할 이유가 충분하다. 모두 구실일 뿐이었지만.

"내 집에 가서 세공사를 불러오라고 전해 주게."

션은 지배인에게 그렇게 이르고 사람들이 그를 기다리는 안쪽 회의실로 향했다.

"주인님께서 오셨습니다."

그날 저녁, 옷을 갈아입기 위해 저택으로 돌아온 마틴은 집사의 귀띔에 얼굴을 일그러트렸다. 형이 한동안 떠나있어서 편했는데 돌아왔다니까 골치가 아파 왔다.

"내가 온 거 말하지 마."

그는 그렇게 말하고 재빨리 자신의 방으로 향했다. 얼른 옷만 갈아입고 다시 나가야겠다. 그렇게 생각하며 방에 들어가 재킷을 벗은 그는 그것을 소파에 던지려다가 멈칫했다.

션은 거기 있었다. 소파에 앉아 등받이에 몸을 기대고 긴 다리를 꼰 채.

그대로 얼어붙은 마틴에게로 션의 붉은 눈동자가 향했다. 그는 멍청한 표정을 한 채 벗은 재킷을 들고 서 있는 동생을 향해 일어났다. 그리고 한숨을 내쉬며 말했다.

"내가 전에 분명히 경고했지."

경고? 마틴은 눈동자를 굴렸다. 션이 그에게 한 경고는 아주 많았다. 하인에게 손찌검하지 마라. 용병에게 건방지게 굴지 마라. 손님 앞에서 말조심해라.

하지만 션이 말한 경고는 마틴이 생각하는 수준이 아니었다. 그는 한 걸음 내딛는 것과 동시에 동생의 머리카락을 움켜잡았다.

"악!"

마틴이 비명을 질렀지만 션은 눈썹 하나 까딱하지 않았다. 그는 그대로 마틴의 머리를 소파 등받이에 박으며 으르렁댔다.

"내가 뭐라고 했지?"

"뭐? 뭐, 뭘 말하는 거야?"

퍽!

다시 마틴의 머리가 소파에 부딪혔다. 이번에는 꽤 셌다. 덕분에 마틴의 눈앞에서 별이 반짝였지만 션은 여전히 그의 머리를 움켜잡은 채 나직하게 말했다.

"내가 분명히 말했지. 내 집안에 먹칠하지 말라고."

내 집안. 션은 그렇게 말했다. 우리 집안이 아니라 내 집안이라고.

이 집안, 웨스트 공작가는 션의 것이다. 거기에 마틴은 더부살이를 하고 있는 것뿐이다. 어쩌면 그가 마틴을 동생으로 그리고 가족으로 받아들일 수도 있었을 것이다.

하지만 그 기회는 열다섯 살의 마틴이 하인의 코뼈가 부러지게 때리고 하녀의 옷을 강제로 벗기려 했을 때 사라졌다.

"내가 뭘 했다고 이래!"

마틴은 눈앞이 번쩍이는 와중에도 지지 않고 외쳤다. 그는 잘못한 게 없다. 하인을 몇 대 때리긴 했지만 입 다물고 있으라고 확실히 손을 봐 뒀다. 도박 빚도 얼마 전에 다 갚았다.

하지만 션은 여전히 마틴의 머리를 꽉 잡고 있었다. 어찌나 힘이 센지 마틴은 소파 등받이에 얼굴을 박은 채 꼼짝도 할 수가 없었다.

"내가 누누이 말했어. 네 아비처럼 굴지 말라고."

형의 말에 마틴의 몸이 굳었다. 네 아비. 마틴의 아버지와 션의 아버지는 같은 사람이다. 하지만 같은 사람을 대하는 두 사람의 감정은 전혀 달랐다.

마틴에게 아버지는 불쌍한 사람이었다. 사랑하는 여자를 지키지 못하고 기 센 부인에게 평생을 잡혀 살다가 부인이 죽자 간신히 빛을 보나 했는데 얼마 안 되어 죽은 불쌍한 아버지.

하지만 션에게 아버지는 버러지만도 못한 작자였다. 그는 결혼의 신성함도 남자로서 정절도 모르는 수치스러운 자였다.

"네 아비라니, 우리 같은 아버지 밑에서 태어났을 텐데?"

마틴의 빈정거림에 션은 한숨을 내쉬었다. 그러게나 말이다. 그런 버러지 같은 작자 밑에서 태어난 것도 울화통이 터지는데 반쪽짜리 동생 하나도 버러지 같은 짓을 하고 있다.

"아랫도리 더럽게 놀리지 말라는 말이다."

션은 마틴의 머리에서 손을 놓으며 말했다. 덕분에 마틴은 허리를 펼 수가 있었다. 그도 키가 커서 그렇게 소파 등받이에 얼굴을 박고 있으면 꽤 힘들다.

이 여자, 저 여자 만나는 건 상관없다. 마틴은 얼굴만은 꽤 괜찮으니 여자들도 데리고 다닐 맛이 나겠지. 션의 머릿속에 허바드 백작이 떠올랐다. 그녀도 딱 잘라 말하지 않았던가.

마틴의 얼굴을 원한 거지 그의 습관이나 행동까지 떠맡을 생각은 없다고.

하지만 남의 부인에게 집적거리는 건 상황이 다르다. 당한 부인이 웃으면서 넘겼으니 망정이지 기분 상해했다면 가문 간의 문제로 번질 수 있다. 사실 션은 만약 그가 에버딘과 결혼한다면 누군가 에버딘에게 그렇게 집적거렸을 때 상대와 상대의 가문을 가만히 내버려 둘 자신이 없었다.

"마지막 경고야."

션은 일어나자마자 머리부터 다듬는 마틴을 한심하게 쳐다보며 입을 열었다. 그동안 무수히 많은 경고를 했지만 이번이 진짜 마지막이었다.

"한 번 더 이런 일이 벌어지면 혀를 뽑아 버리고 수도원에 처넣을 거다."

그는 그럴 수 있다. 반쪽짜리 남동생에게 일말의 호의도 없으니 더더욱.

마틴은 형의 말이 진심이라는 것을 깨닫고 가볍게 몸을 떨었다. 하지만 그가 방을 나가자마자 겁을 먹었다는 사실 자체에 화가 나서 의자와 액자를 때려 부수기 시작했다.

"벌써 가는 거야?"

다음 날 저녁, 다시 헬름으로 가기 위해 집사가 션의 짐을 꾸리는 것을 본 아네트가 션에게 물었다. 수도로 올라온 지 고작 며칠밖에 안 됐는데 션은 헬름에 꿀이라도 발라 둔 것처럼 돌아갈 준비를 하고 있었다.

"그래."

아네트는 에버딘이 그렇게 좋은 거냐고 물으려다가 말았다. 어제, 션이 세공사를 불러 최대한 빨리 세공해 달라고 요청했다는 말을 들었다. 그렇게 하느라 세공비는 보석값만큼이나 나갔을 것이다.

"같이 갈래?"

션은 뭔가 할 말이 있는 듯한 아네트에게 그렇게 물었다. 같이 가고 싶다면 데려갈 생각이었다. 에버딘도 반대하지는 않을 것이다.

하지만 아네트는 고개를 저었다. 처음으로 그녀는 큰오빠를 누군가에게 빼앗겼다는 생각이 들었다.

* * *

이튿날, 나는 시내에 있는 식당에서 도리스와 이야기하고 있었다. 길버트가 약속대로 소꼬리를 잔뜩 가져다 둔 덕분에 꼬리곰탕을 만들겠다는 계획을 실현하기가 쉬워졌다.

"소꼬리…… 잖아요?"

"푹 끓일 거예요."

이걸 왜 가져다 달라고 했냐고 묻는 도리스에게 나는 꼬리곰탕을 어떻게 요리하면 되는지 설명하기 시작했다. 몇 시간 동안 찬물에 담가 핏물을 제거한 뒤 한번 끓여 불순물을 제거하고 그 뒤엔 몇 시간 동안 푹 끓여야 한다.

사실 뼈로 국물을 내는 건 여기도 꽤 흔한 요리법이다. 그게 꼬리가 아니라서 그렇지.

설명을 듣는 내내 미심쩍은 표정이던 도리스가 설명을 다 듣고 나서 조심스럽게 물었다.

"그걸 판다고요?"

"알아요. 소꼬리 안 먹는 거."

저택의 다른 사람들한테도 물어봤는데 다들 고개를 절레절레 흔들었다. 심지어 마크와 엘리스조차도 기겁하는 표정을 지었다.

하지만 아깝잖아! 정 그러면 육수로라도 쓰면 된다. 스튜 같은 걸 만들 때.

"밥을 해서 말아 먹는 거예요. 따듯하고 밥 때문에 든든할 거고요."

내 설득에 도리스의 표정도 점점 변해갔다. 그녀는 진지하게 듣다가 고개를 끄덕이며 말했다.

"일단 해 볼게요. 시간이 오래 걸려서 그렇지 그렇게 복잡한 요리는 아니니까요."

무슨 소리. 엄청나게 번거로운 요리다. 몇 시간 동안 물을 갈아가며 핏물을 빼 줘야 하고 오래 끓이는 동안 불도 봐야 한다.

요리법이 단순하다고 해서 절대 간단한 요리가 아니라는 말이다.

하지만 내가 그렇게 말하기 전에 레슬리가 식당에 들어왔다.

"남작님!"

응? 그녀가 어찌나 서두르며 나를 불렀는지 벽에 기대 있던 존도 깜짝 놀라서 자세를 바로 할 정도였다. 나는 자리에서 일어나며 그녀를 쳐다봤다.

레슬리는 어딘지 모르게 약간 상기된 표정이었다. 무슨 일 있나? 그녀는 너무 흥분하지 않으려 애쓰는 몸짓으로 내게 다가오더니 침착하게 말했다.

"공작님께서 오셨어요."

"응?"

내일 오는 거 아니었어? 분명 비토가 어제 이틀 뒤에 온다고 했는데? 나는 반가운 마음에 당장 저택으로 돌아가려고 발걸음을 내디뎠다.

"아, 잠깐."

지금 션이 중요한 게 아니지. 아니, 션이 중요하긴 하지. 나는 그대로 몸을 돌려 같은 테이블에 앉아 있던 수잔에게 말했다.

"수잔, 나 좀 도와줘."

"응?"

도리스를 도와주러 식당에 나와 있던 수잔의 눈이 커졌다. 이왕 식당에 나와 있으니 내 대신 소문 좀 내줬으면 좋겠다.

나는 그녀에게 어떤 소문을 내면 되는지 설명했다.

"대출? 네가?"

"대환 대출인데, 쉽게 말하면 나한테 돈을 빌려서 그걸로 은행의 빚을 갚는 거야."

"하지만 결국은 빚이잖아?"

나한테 빌리는 것도 결국은 빚이긴 하다. 하지만 아주 큰 차이점이 있다.

"이자가 다르지."

나는 아주 싸게 빌려줄 거다. 나는 오웬 은행에서 받는 이자의 십분의 일을 제시했다. 그러자 수잔은 물론 도리스도 걱정스러운 표정으로 물어왔다.

"그렇게 적게 받고요?"

"괜찮겠어? 저쪽은 그 열 배를 받는다며?"

"괜찮아. 돈을 벌려고 시작하는 게 아니니까."

손해만 안 보면 된다. 사실은 손해를 볼 각오도 하고 있다. 할머니가 그랬다. 피해자라고 온전히 선할 거라고 생각하면 안 된다고.

돈을 떼먹힐 각오도 하고 있다는 말이다. 그리고 한두 명이 돈을 갚지 않아 생길 피해라도 영지 밖으로 도망친 사람들을 구제할 수 있다면 얼마든지 받아들일 수 있었다.

"부탁할게."

나는 소문이라면 한 능력 하는 수잔에게 남작이 대환 대출을 실행한다는 소문을 퍼트려 달라고 부탁하고 레슬리와 함께 저택으로 돌아왔다.

이번에도 저택 앞에 마차가 줄줄이 서 있으면 어쩌나 했는데 다행히도 저택 밖에는 아무것도 없었다. 그리고 레슬리와 함께 저택으로 들어가자 홀 한가운데에 커다란 조각상이 하나 서 있었다.

이건 뭐야? 나는 분명 아침에 나올 때는 없었던 조각상이 서 있는 것을 발견하고 다가갔다. 그러다가 그게 조각상이 아니라 션이라는 것을 깨달았다.

"엄마야."

멀리서 봤을 때는 조각상인 줄 알았다. 좀 그런 거 있잖은가. 사람 다리가 이렇게 길고 사람 얼굴이 이렇게 잘생길 리가 없으니 조각상이라고 생각하는 거.

션은 못 본 며칠 동안 내가 떠올렸던 기억보다 더 잘생긴 얼굴이었다. 나는 멍하니 그의 얼굴을 쳐다봤다.

잘생기긴 진짜 잘생겼단 말이야.

나를 돌아본 션의 얼굴이 어리둥절한 표정으로 변했다가 곧 걱정스러운 표정으로 변했다. 잘생긴 얼굴에 표정 변화가 생기자 기분이 좀 이상해졌다.

불안하면서 가슴이 철렁 내려앉았다.

"왜 그래?"

낮은 목소리가 그의 입에서 흘러나왔다. 어, 어어?

나는 저도 모르게 뒤로 한 발짝 물러났다. 심장이 주체를 못 하고 뛰기 시작했다.

"에버딘?"

션은 한 걸음 만에 내게 다가왔다. 으아아, 왜 다가오세요. 나는 당황해서 뒤로 물러났다.

"왜 그래? 어디 안 좋아?"

"아니, 아니, 아니."

나는 재빨리 손을 내밀어 흔들었다. 다가오지 않았으면 좋겠다. 션이 가까워질수록 심장이 터질 것처럼 뛴다.

다행히 그는 내가 멈추라는 지점에서 우뚝 서서 걱정스럽다는 듯 나를 쳐다보기 시작했다. 좋아. 나는 잠시 심호흡을 하고 심장을 가라앉혔다.

"일은 다 끝났어?"

조금 침착해지자 그의 안부를 물을 수 있게 되었다. 션은 내 태도를 이상하다는 듯 쳐다보더니 어깨를 으쓱하며 말했다.

"급한 건 대부분."

대체 그 급한 게 뭐였는지 궁금하다. 하지만 물어봐도 되는지 알 수가 없어서 물어볼 수가 없었다. 나는 어색하게 내 손가락을 만지작거리다가 불쑥 인사했다.

"아, 맞다. 어제 보내 준 거 잘 받았어. 고마워."

내 인사에 션이 뭐라고 말하려는 듯 입을 열었다가 다물었다. 그러더니 다시 내게 다가오며 물었다.

"몸은 어때?"

몸? 내가 무슨 소린지 모르겠다는 표정을 짓자 그는 내 앞에 우뚝 멈추더니 나를 살펴보며 말했다.

"열이 나거나 다친 곳은? 무리하게 움직인 적은 없고?"

엄마 같은 소리를 하네. 나는 어이가 없어서 픽 웃었다. 그러자 그에게서 굉장히 좋은 냄새가 났다. 묵직하고 시원한 남성적인 냄새였다. 이 남자는 왜 항상 좋은 냄새가 나는 걸까.

"아무 일도 없어."

"베르트가 그러던데 영지 외곽까지 나갔다 왔다며."

그랬다. 내가 고개를 끄덕이자 못마땅하다는 표정을 지은 션은 한숨을 내쉬었다. 그러더니 품 안으로 손을 넣으며 말했다.

"손 줘 봐."

"응?"

"잘 안 쓰는 손 줘."

왼손 말이야? 나는 별생각 없이 손을 내밀었다. 그러자 션이 내 손을 잡고 가만히 내려다보기 시작했다.

왜 그래? 나는 내 손을 잡은 그의 손을 보고 한숨을 내쉬었다. 이 남자는 뭐든 크다. 키도 크고 손도 크고.

발도 크지.

시선이 그의 구두를 향했다가 다시 가슴으로, 그리고 잘생긴 얼굴로 올라갔다. 션은 내 손을 물끄러미 내려다보다가 자기 품에서 뭔가를 꺼내 내 손가락에 끼워 주기 시작했다.

"뭐, 뭐 하는 거야?"

깜짝 놀라서 잡아 빼려고 했는데 이미 그는 이미 내 검지에 반지를 끼워 놓았다. 응? 검지라고?

션은 그제야 만족스럽다는 표정을 짓더니 내 손을 놓았다. 그리고 다시 품을 뒤지며 말했다.

"끼고 있어. 여차하면 널 지켜줄 거야."

"이게 뭔데?"

이 남자가 지금 내 손에 반지를 끼워 준 거지? 나는 어이가 없어서 내 손을 들여다보았다. 엄청나게 투박한 반지였다. 촌스러워.

두꺼운 금테에 가운데에 알이 굵은 보석이 박혀 있었다. 보석 맞지?

나는 새까만 보석을 보고 인상을 썼다. 이런 검은 보석도 있나?

"마력석이야. 위험한 순간에 네 주변에 있는 걸 전부 날려 버릴 거야."

"그게 더 위험한 거 아냐?"

만약 내 주변에 션이나 다른 사람이 있으면 어쩌고? 내가 그렇게 묻자 션은 굉장히 이상하다는 표정으로 말했다.

"내가 곁에 붙어 있으면 위험할 리가 없지."

재수 없어, 진짜. 아주 가끔 그가 이런 식으로 오만하게 굴 때면 왜 사람들이 그를 피하는지 좀 알 것 같다. 나는 이어서 션이 품에서 꺼내는 작은 단도를 보고 눈살을 찌푸렸다.

"그건 또 뭐야?"

"이것도 마법이 걸려 있어."

션은 그렇게 말하며 시연하듯 검집에서 검을 꺼냈다. 안에서 이게 과연 무기로 도움이 될까 싶을 정도로 작고 예쁜 검날이 모습을 드러냈다.

검 끝을 위로 향한 채 내게 검날을 보여 주며 말을 이었다.

"사람 피부에 닿는 순간, 상대를 마비시켜 버려."

이건 또 뭐야? 내가 인상을 쓰자 션은 다시 검을 검집에 넣더니 그대로 내게 내밀었다.

"가지고 다녀."

"뭐?"

"원래는 독을 바른 걸 준비할까 했는데 독은 눈이 없으니까 말이야."

독은 눈이 없다는 게 무슨 소린지 모르겠다. 내가 인상을 쓴 채 그를 쳐다보자 션이 아, 하고 고개를 끄덕이더니 설명했다.

"주인을 가리지 못한다는 말이야. 독은 쓰는 사람도 중독될 수 있잖아."

"이건 아냐?"

"난 못 써."

션은 그렇게 말하더니 곧바로 검집에서 검을 꺼내 자기 손바닥에 댔다. 으아아악! 무슨 짓을 하는 거야! 내가 깜짝 놀라서 달려들자 그는 재빨리 내게서 손을 떨어트리며 말했다.

"특정한 조건이 맞는 사람만 쓸 수 있어."

"마법으로?"

"그래, 마법으로."

여기가 왜 기술이 발전을 안 했는지 알겠다. 나는 마법을 특정 조건을 걸어 사용할 수 있다는 사실에 놀라 멍하니 션의 손과 그가 들고 있는 단도를 쳐다봤다.

션이 쥐고 있는 검은 장난감처럼 보였다. 그가 자기 손에 세게 그었지만 그의 피부에는 작은 흠 하나 나지 않았다. 저게 내가 쓰면 달라진다고?

"항상 가지고 다녀."

나는 인상을 쓰며 검을 받았다. 션이 들고 있을 때는 장난감 같았는데 내가 드니까 장식용 같다. 나는 검을 검집에서 빼며 그를 쳐다봤다.

그는 해 보라는 표정을 짓고 있었다. 엄지로 슬쩍 만져 보니 날이 뭉툭한 게 전혀 무기로 느껴지지 않는다.

"궁금하면 죄수를 불러와서 실험해 보던가."

죄수에게도 인권이라는 게 있다. 여긴 없나? 나는 고개를 저으며 검을 다시 검집에 꽂았다. 그리고 주머니에 넣으며 말했다.

"아니, 그건 안 되지. 어쨌든 잘 쓸게."

내가 검을 챙기자 션은 만족스러운 표정을 지었다. 위험한 순간에 내가 이걸 뽑을 정신이 있는지 모르겠다.

바네사도 나와 비슷한 생각을 하고 있는 모양이다. 고개를 들자 션의 뒤에서 바네사가 떨떠름한 표정을 짓고 있는 게 보였다. 나는 그녀를 향해 미소를 지어 보였지만 바네사는 그대로 고개를 돌려 떠나 버렸다.

재가 왜 날 싫어하는지 모르겠다. 하지만 가끔은 이유도 없이 싫은 사람이 있는 법이다. 그게 바네사한테는 나인가 보지.

나는 어깨를 으쓱하고 몸을 돌렸다. 그러자 내 뒤에 서 있는 바람에 바네사의 행동을 봤는지 어쩔 줄 몰라 하는 존이 보였다.

"감자전 만들 건데. 도와줘."

나는 재빨리 존을 툭 치며 말했다. 오늘 저녁은 감자전을 할 거다. 주방이 폭발하기 전에 사 둔 돼지고기로 만든 햄도 넣어야지.

당연하지만 여기도 감자전 같은 게 있다. 차이점이라면 일단 감자를 삶아서 으깬 다음 밀가루를 섞어 굽는다는 거지만.

헬름은 밀가루 대신 쌀가루를 섞어 굽기 시작했다고 한다. 거기에 잼을 얹어서 먹는다고.

"아, 감자 하니까 말인데."

션은 감자전을 하기 위해 주방으로 향하는 나와 존을 따라오며 입을 열었다. 아니, 정확히 말하면 존이 션의 뒤에 있으니 그는 나를 따라오는 거다.

"전에 말한 감자 칼 말이야. 영지에서 평이 좋아."

감자 칼? 나는 션의 말에 어리둥절해 하다가 내가 쓰러지기 전에 메간을 시켜 감자 칼을 만들도록 했다는 것을 떠올렸다.

그러고 보니 그거 어떻게 됐지? 집수리에 영지 문제에 정신이 없어서 잊고 있었다.

하지만 션은 잊지 않았던 모양이다. 그는 내가 기억한다는 표정을 짓자 고개를 끄덕이며 말을 이었다.

"그래서 그걸 내 영지뿐 아니라 수도까지 확대해서 팔아 보고 싶은데. 어때?"

어떻다니, 뭐가 어떻다는 거지? 내가 다시 어리둥절한 표정을 짓자 션이 씩 웃었다. 오, 또 이러네.

심장이 다시 미친 듯이 뛰기 시작했다. 이 남자의 미소는 내게 좀 위험하다. 나는 저도 모르게 뒤로 물러나며 물었다.

"뭐가?"

"이쪽에 공방을 차리고 싶은데."

공방? 정신이 번쩍 들었다. 그러니까 션의 말은 웨스트햄튼에서 만들어서 수도로 가져오면 운송비나 시간이 너무 많이 드니 아예 내 영지에서 공방을 차리고 싶다는 말이다.

이거 좋은 제안인가? 일단 땅을 빌릴 테니 임대료를 내겠지. 직원들은 어떻게 할 생각이지? 웨스트햄튼에서 데려오나? 아니면 내 영지민들을 고용할 생각인가?

머릿속에 여러 가지 생각이 마구 떠오르기 시작했다. 정신을 차리자 션은 어느새 존과 함께 감자와 감자 칼을 찾아 놓고 있었다.

그 사이에 손도 닦았나 보다. 나는 소매를 걷어붙인 션의 팔뚝을 보고 멈칫했다.

"껍질 벗길까요?"

존이 물었다. 나는 고개를 끄덕이고 강판을 찾았다. 전에 치즈를 가는 강판이 있는 걸 봤는데.

"치즈 강판이요?"

다행히 아이린 아주머니가 재빨리 눈치채고 찾아다 주었다. 이것도 폭발 이후에 주문한 거라 반짝반짝 빛나는 새것이다.

"껍질을 벗긴 다음에 이걸로 갈아 줘."

나는 존에게 그렇게 부탁하고 햄을 한 덩이 꺼냈다. 이것도 잘게 잘라서 섞어서 구우면 맛있다. 그러자 션이 당연하다는 듯이 내게서 햄을 가져가더니 칼을 들며 물었다.

"어떻게 잘라?"

"얇고 길게."

"채 쳐 달라고?"

이 남자는 대체 못 하는 게 뭐지? 나는 능숙하게 햄을 채 치는 션을 보고 인상을 쓰다가 물었다.

"땅을 빌려 달라는 거야?"

션은 햄을 채 치던 그대로 나를 쳐다봤다.

으아아, 왜 여길 보고 칼질하세요? 불안한 마음에 내 시선이 그의 손에 못 박혔지만 그는 별거 아니라는 듯 햄을 자르며 말했다.

"네가 원한다면. 하지만 네 아이디어니까 동업하고 싶은데."

동업이라는 말은 임대료를 내는 게 아니라 수익을 나누겠다는 건가? 그렇게 생각한 순간 옆에서 존의 비명이 들려왔다.

"악!"

아이고, 저런. 강판에 손을 긁었나 보다. 깜짝 놀라서 달려온 아이린 아주머니가 자신이 하겠다고 나섰지만 존은 고개를 저으며 다시 감자를 갈았다.

"맛있는데?"

"겉은 바삭하고 안쪽은 쫀득하네요."

그날 저녁 내놓은 감자전은 대성공이었다. 불평불만이 많은 바네사조차도 웅얼거렸을 정도니까 아주 훌륭한 성공이었을 것이다.

몇몇 사람들은 헬름에서 먹는 그대로 잼을 얹어 먹었지만 존과 베르트가 감자전에 마요네즈를 발라 먹기 시작하자 다들 따라 하면서 가벼운 소동이 일어났다.

그때 션이 내게 슬쩍 몸을 기울이며 속삭였다.

"시간이 언제 나?"

시간? 나는 깜짝 놀라서 그에게서 몸을 떨어트렸다. 아니, 왜? 다시 심장이 미친 듯이 뛰기 시작했다.

그러자 션이 이상하다는 듯 다시 말했다.

“공방 말이야. 이야기해야지.”

아, 그거.

28

“괜찮은 조건 같아요. 자세한 건 변호사와 상의해 보는 게 좋겠지만요.”

내 앞에 앉아서 제안서를 살펴본 레슬리는 그렇게 말하더니 잠시 입을 다물었다. 그리고 다시 입을 열었다.

“솔직히 말하면 좀 놀랐어요. 너무 괜찮은 제안이라서요.”

그렇지? 나는 레슬리의 말에 제안서로 시선을 던졌다. 션이 전에 말한 공방 제안서였다. 물론 그가 작성한 건 아니고 그의 부하가 작성했지만 어쨌든 션의 입김이 들어간 건 확실했다.

션은 내게 동업을 제안했다. 나는 땅을 제공하고 그는 재료를 제공하기로 했다. 수익은 반씩 나누는 걸로.

꽤나 관대한 제안이었다. 션 웨스트 공작이라면 내게 임대료를 지불하고 수익을 전부 가져가는 것도 가능했을 것이다.

심지어 지금 헬름이 노는 땅이 많다는 것을 생각하면 그쪽이 그에게 더 유리한 계약이다. 하지만 션은 임대료를 무상으로 하는 대신 수익을 나누는 것을 제안했고 나는 받아들이기 전에 가장 믿을 수 있는 레슬리에게 의견을 물었다.

"레슬리도 이 제안을 받아들이는 게 좋다고 생각하는 거죠?"

"네, 하지만 구체적인 건 변호사와 상담해 보시길 권해 드려요."

레슬리의 말에 나는 고개를 끄덕였다. 좀 더 자세한 건 변호사와 의논할 거지만 기본적으로 나는 션의 제안을 받아들일 생각이었다.

"변호사와 약속을 잡을까요?"

"네, 그렇게 해 주세요."

아마 수도에 있는 변호사를 부르거나 레슬리가 수도로 올라가서 변호사를 만나고 와야 할 거다. 아니면 내가 가거나.

내 대답에 레슬리는 고개를 끄덕이더니 늘 가지고 다니는 노트에 뭔가를 적었다. 그리고 고개를 들어 물었다.

"아참, 쉘리 오웬 씨가 만나고 싶다고 하는데요."

그럴 줄 알았다. 수잔에게 내가 대환 대출을 시작했다는 소문을 퍼트려 달라고 한 지 며칠이 지났다. 첫날은 아무 반응이 없었는데 둘째 날 길버트가 저택을 찾아와서 첫 번째 고객이 되겠다고 말했다.

그리고 그 이튿날 길버트의 이야기를 들은 영지 밖의 사람들이 몇 명 찾아왔다.

그날 바로 차용증을 쓰고 돈을 내주었기 때문에 길버트를 비롯한 찾아온 몇몇 사람들은 바로 쉘리에게 돈을 갚았다고 들었다. 그리고 헬름은 훌륭한 보안관과 그 조수를 되찾을 수 있었지.

"그래요. 약속 잡아 주세요."

나는 잠시 고민하다가 고개를 끄덕이며 말했다. 그녀가 뭐라고 하는지 들어 봐야겠다.

"이상입니다."

레슬리가 그렇게 말하며 자리에서 일어났기 때문에 나는 그녀를 따라 일어나며 물었다.

"조안은 어디 있어요?"

지금 엘리스와 마크의 교육은 조안이 맡아 주고 있다. 아, 물론 조안만 맡고 있는 건 아니다. 처음엔 수잔도 참여했는데 그녀가 해주는 이야기는 아이들이 듣기엔 좀 문제가 될 만한 게 많아서 식당에서 소문을 내주는 데 주력해 달라고 부탁했다.

크리스틴은 간단한 수선을 가르쳐 주고 있고, 가끔은 베르트와 카렌이 용병의 훈련에 포함시킨다고 들었다. 하지만 주력 교육자는 조안이었다.

"지금쯤이면 텃밭에 있을 거예요."

레슬리는 그렇게 말하며 내 옷차림을 쳐다봤다. 밖에 나가기는 좀 뭐나? 나는 그녀를 따라 내가 입고 있는 바지를 쳐다봤다.

"나가는 건 좀 그래요?"

크리스틴이 부탁했던 바지를 오늘 아침에 완성했다며 가져왔다. 제랄딘이 입은 것보다 좀 더 심플하게 만들었다는데 내가 보기엔 치마바지였다.

"글쎄요."

레슬리가 모르겠다는 표정을 지었다. 언 듯 보면 그냥 긴 주름치마 같다. 하지만 내가 움직이기 시작하면 바지로 보인다. 나는 어깨를 으쓱하고 조안을 찾아 저택 밖으로 나갔다.

텃밭은 나와 조안이 함께 만들었다. 관리는 거의 조안이 하고 있다고 봐야겠지만. 나는 멀리서 아이들을 데리고 밭에 난 잡초를 캐는 조안을 보고 웃었다.

그리고 가까이 다가가서 모종삽으로 잡초를 캐는 것을 보고 웃음을 멈췄다.

"호미 없어요?"

"호, 뭐요?"

조안이 고개를 들며 물었다. 엘리스와 마크도 고개를 들었다가 내 차림새를 보더니 입을 딱 벌렸다. 조안에게도 내 차림이 꽤 파격적이었나 보다.

그녀는 눈을 화등잔만 하게 뜨더니 후다닥 일어나서 내게 다가오며 말했다.

"뭘 입은 거에요?"

"바지요."

그렇게 이상한가? 살짝 고민하는데 엘리스가 내게 다가와서 물었다.

"저도 그런 거 입어도 되나요?"

"안 되지!"

된다고 하려고 했는데 조안이 불쑥 끼어들었다. 그녀는 말도 안 된다는 듯 내 주위를 빙글빙글 돌며 말을 이었다.

"잠옷 같잖아요! 어떻게 이런 걸……."

그렇게 이상한가? 다시 고민이 시작됐다. 그때 저쪽에서 카렌과 베르트가 다가왔다.

"카렌, 나 이상해?"

나는 카렌을 돌아보며 물었다. 당연하지만 카렌도 바지를 입고 있다. 그녀는 내 차림을 보고 고개를 기울이며 물었다.

"실내복 아닌가요?"

"이렇게 하면 바지거든."

내가 걸음을 옮기자 카렌의 눈이 커졌다. 그리고 베르트의 눈도. 카렌은 멍하니 나를 쳐다보다가 웃기 시작했다.

아니, 뭐야. 그렇게 이상해?

"나쁘진 않은데요."

그때 베르트가 불쑥 말했다. 그렇지? 나쁘지 않다는 내 생각과 같은 사람이 드디어 나타났다. 카렌 역시 웃음을 멈추고 말했다.

"죄송합니다, 남작님. 어울려요. 남작님이 그런 걸 입으실 줄은 몰랐거든요."

조안은 카렌과 베르트의 발언에 못마땅하다는 표정을 짓고 있었다. 얼마나 편한데? 나는 조안을 향해 돌아보며 말했다.

"움직이기도 편해요. 조안도 하나 만들어 줄게요."

"그런 남사스러운 걸 어떻게 입어요!"

"뭐가 남사스러워요? 사실은 이 정도 짧게 만들고 싶었는데……."

나는 그렇게 말하며 무릎 위에 손을 가져다 댔다. 반바지를 만들고 싶었는데 크리스틴이 기겁했기 때문에 포기했다.

그런데 이번엔 조안은 물론 베르트와 카렌까지도 깜짝 놀란 표정을 지었다.

"뭘 입어요?"

응? 나는 카렌의 놀란 목소리에 눈을 깜빡였다. 누가 보면 내가 팬티만 입고 돌아다니겠다고 말한 줄 알 거다. 나는 마크가 킥킥대는 것을 보고 카렌에게 물었다.

"반바지. 왜? 이상해?"

"다 큰 성인이 짧은 바지를 왜 입어요!"

이것만은 카렌과 베르트도 조안과 같은 생각인가 보다. 나는 그게 뭐가 문제냐고 물어보려다가 산책을 하고 오는지 숲 쪽에서 다가오는 션을 보고 손을 흔들었다.

션의 의견도 좀 들어봐야겠다.

"뭘 입고 있는 거야?"

불행하게도 션은 조안과 같은 의견이었던 모양이다. 그는 내 옷을 보자마자 인상을 쓰며 물었고 나는 오기로 다리를 벌리며 말했다.

"바지! 왜! 떫어?"

션의 미간에 생긴 주름이 깊어졌다. 그는 나와 내 바지를 물끄러미 쳐다보더니 신음을 내뱉으며 말했다.

"네가 그걸 원한다면 입어야지."

바지가 어지간히 마음에 안 드는 모양이네. 나는 자세를 바로 하고 허리에 손을 얹으며 물었다.

"반바지 입는다고 하면 아주 기절을 하겠네?"

"반바지가 뭐야?"

선은 아예 반바지가 뭔지도 모르는 모양이었다. 내가 다시 무릎 위에 손을 대며 설명하자 그의 얼굴이 일그러졌다.

"유아용 바지를 입겠다고?"

"그게 왜 유아용이야?"

"애기들만 입어요."

그때 킥킥대던 마크가 끼어들었다. 진짜? 내가 놀라서 쳐다보자 엘리스가 곤란한 표정으로 말했다.

"열 살만 되어도 다들 안 입으려고 해요."

왜? 이해가 안 되네? 내가 이해를 못 하자 베르트가 끼어들었다.

"뭐, 발랑 까진 새, 애, 그러니까 녀석들은 입긴 합니다만."

너 방금 마크랑 엘리스 보고 말 고쳤지? 어이없다는 표정을 짓는데 카렌이 킬킬 웃으며 말했다.

"정확히 말하면 바지를 수선해서 무릎 아래로 딱 맞게 입죠."

자연스럽게 얼마 전 우리 집 하인들이 그러고 다녔던 게 떠올랐다. 나는 이해할 수가 없어서 물었다.

"그냥 승마복이잖아?"

"승마복과는 다릅니다. 승마복은 부츠를 신잖습니까."

어차피 부츠 안에 바지를 넣나 바지를 줄이나 그게 그거 아냐? 그렇게 생각하는데 카렌이 내게 다가와서 속삭였다.

"종아리를 드러내는 건 좀 야하니까요."

내가 무슨 소리를 들은 건지 모르겠다. 나는 믿을 수 없어서 물었다.

“남자가?”

“남녀 모두요.”

그게 더 이해가 안 되는데. 종아리를 드러낸 게 왜 야하다는 거야? 내 시선이 자연스럽게 션과 베르트의 다리를 향했다.

둘 다 딱 붙지 않는 바지를 입고 있다. 그러고 보면 수도에서는 종아리가 딱 붙는 바지를 입은 남자를 가끔 본 적이 있지만 다들 차림새나 행동이 가벼웠다.

“튼튼한 종아리는 정력의 상징이잖아요.”

그때 조안이 끼어들었다. 뭐가 어쩌고 저째? 나는 깜짝 놀라서 마크와 엘리스를 쳐다봤다. 둘 다 당연히 조안의 말을 듣고 킥킥대고 있었다.

“애들아, 내가 목이 말라서 그런데 가서 물 좀 가져다줄래?”

나는 재빨리 아이들을 쫓아냈다. 이런 이야기를 애들 있는 데서 할 수는 없다. 어쩌다가 내가 입은 바지에서 주제가 정력의 상징까지 옮겨갔는지 모르겠네.

나는 한숨을 내쉬며 말했다.

“그럼 종아리를 드러낸 남자들은 성적 어필을 하는 거란 말이에요?”

“그래.”

션의 대꾸에 나는 어이가 없어서 신음을 내뱉었다.

“아, 어쩐지 레슬리가 펄펄 뛰더라.”

“네 바지를 보고?”

레슬리가 내 바지를 보고 펄펄 뛰게 뭐 있어? 나는 짜증을 내며 말했다.

"아니, 전에 하인들이 종아리를 줄인 바지를 입고 다녔거든. 레슬리가 펄펄 뛰길래 왜 그러나 했더니……."

우리 집 하인들은 발랑 까진 놈들이라는 뜻이니 펄펄 뛸 만도 하다. 그걸 몰랐네. 다시 한숨을 내쉬는데 션의 표정이 심상치 않았다. 그때 베르트가 킬킬대며 말했다.

"남작님께 잘 보이려고 했군요."

그 뒤로 묘하게 션의 기분이 안 좋아졌다. 아, 물론 나한테 기분 안 좋은 티를 냈다는 게 아니다. 내가 그걸 알았던 건 션의 침실을 정리하는 하인이 쫓아와서 하소연을 했기 때문이다.

무서워서 가까이 못 가겠다는 말에 레슬리는 다른 하인과 교체해 줬다고 한다. 그러고 보니 얘는 왜 수도에 있는 자기 집에 안 가고 여기에 있는 거지?

조금 여유가 생기자 별생각 없던 것에 의문이 생겼다. 물론 그 여유가 생기기 전까지 나는 정신없이 일을 해야 했다.

식당의 매출을 확인하고 조안을 내 조언자로 고용했으며 멈춰 있는 공방과 가게를 파악했다.

목장과 과수원이 제대로 돌아가고 있는지도 체크 했고 영지 내에 망가진 도로는 없는지, 하수시설과 오물처리 시설도 확인했다.

여기까지 하고 나니 그제야 마을이 조금 돌아가기 시작했다. 식당 앞에 있는 가게들이 다시 문을 열었고 식당에 온 사람들이 디저트는 없냐고 묻기 시작했다고 한다.

"디저트?"

"지금 하고 있는 건 다 식사잖아요? 식사보다는 좀 더 가벼우면서 출출할 때 먹을 수 있는 걸 파는 건 어떨까 해서요."

이럴 때 먹는 게 바로 쿠키지만 쿠키는 밀가루와 설탕, 버터가 필요하다. 전에 션이 준 밀가루는 전부 식당 앞의 가게에 맡겨서 팔아 버렸다. 좀 싸게 파는 대신 인당 구매할 수 있는 무게에 제한을 둬서.

"계란은 어때요?"

"팔기에는 좀 부족해요."

션이 보내 준 동물 중에 닭도 있었다. 하인들이 커다란 닭장을 만들어서 매일 아침 계란을 수거하고 있다. 나는 그 닭의 반을 영지 밖에서 살다가 내게 돈을 빌려 쉘리의 빚을 갚은 사람에게 주고 기르게 했다.

무정란은 팔고 유정란은 부화시켜서 수를 늘리는 거다. 그러면 몇 달 뒤에 영지에 닭고기를 공급할 수 있겠지.

"떡을 팔아 볼까요?"

내 제안에 도리스가 그게 뭐냐는 표정을 지었다. 떡도 워낙 종류가 많아서. 나는 뭘 만들어야 할지 고민했다.

가장 만들기 쉬운 거로 하자면 설기겠지. 그걸 여기 사람들이 좋아하겠느냐가 문제겠지만.

그다음으론 송편 같은 거. 손이 많이 가고 식감을 좋아할지 모르겠지만 인절미보다는 나을 거다. 나는 자연스럽게 인절미는 제일 뒤쪽으로 밀어 놓았다.

"두 가지 만드는 걸 알려 줄게요. 둘 다 쌀가루로 만드는 건데……."

막 설명을 시작하는 데 밖에서 문을 두드린 레슬리가 문을 열고 말했다.

"남작님, 오웬 씨가 도착했습니다."

벌써 그렇게 됐나? 시간을 확인해 보니 약속한 시간보다 일렀다. 이번에는 일찍 왔나 보지? 지난번에 그녀가 늦었던 게 생각났다.

허허.

급한 모양이네. 나는 자리에서 일어나며 도리스에게 말했다.

"만드는 거 알려 줄 테니까 쌀가루랑 채반 좀 준비해 줄래요? 쪄야 하니까 커다란 냄비도 있어야 해요."

만들어 보고 괜찮으면 찜통을 만들어야겠다. 나는 도리스가 알겠다고 고개를 끄덕이는 것을 확인하고 일 층의 응접실로 향했다.

"어서 오세요."

쉘리는 응접실에 앉아 있었다. 이미 레슬리가 차를 내줬는지 찻잔을 들고 있었다. 급하게 찾아온 것치고 그녀는 꽤 여유 있어 보였다.

사업하는 사람이라면 이래야겠지. 나는 어떤 상황에서도 여유를 잃지 않는 그녀의 모습을 본받아야겠다고 생각하며 쉘리의 맞은편에 앉았다.

"날이 많이 쌀쌀해졌더군요."

그랬다. 나는 그녀가 먼저 내뱉는 날씨 이야기에 말없이 고개를 끄덕였다. 아침마다 식사를 하고 산책을 하는데 오늘 아침에는 선이 나가자마자 인상을 쓰더니 자기가 입고 있던 재킷을 벗어서 덮어 주었다.

솔직히 말하면 좀 무거웠다. 션의 재킷은 내겐 너무 크고 무겁다.

"이맘때쯤엔 수도가 더 좋죠. 한겨울이면 호수도 얼 정도로 추워지거든요."

그런가? 나는 여름쯤부터의 기억밖에 없기 때문에 겨울 날씨에 대해서는 할 말이 없다. 이 나라도 눈이 내릴까? 내가 전에 살던 세계는 겨울에도 눈이 오지 않는 나라가 있다고 들었다.

"수도로 돌아가실 생각은 없으세요?"

셸리는 찻잔을 내려놓으며 물었다. 그때까지 나는 한 마디도 하지 않고 있었다. 수도로 돌아갈 생각? 나는 하녀가 가져다준 찻잔에 손을 대며 말했다.

"글쎄요. 한동안은 없는데요."

"남작님처럼 젊은 분께는 이런 시골보다 도시 쪽이 더 재미있지 않을까요?"

확실히 그럴지도 모른다. 헬름은 공연장도 없고 구경할 만한 큰 시장도 없다. 그게 영주로서는 가슴이 아프다. 여기 사는 사람들도 문화생활을 즐기고 번화 거리를 구경할 수 있어야 한다.

나는 차를 한 모금 마시고 찻잔을 내려놓으며 말했다.

"그러기 위해 헬름을 수도처럼 번화하게 만들려고요."

나를 쳐다보는 셸리의 표정이 멈칫하더니 다시 미소로 변했다. 그녀는 여유로운 표정으로 물었다.

"남작님, 남작님께선 아직 젊어요. 이런 시골에서 연애도 즐거움도 하나 없이 사실 거란 말이신가요?"

그게 무슨 소린지 모르겠다. 나는 어리둥절해서 물었다.

"왜 즐거움이 하나도 없다고 생각해요?"

난 지금 굉장히 재미있다. 매일 조안과 엘리스, 마크와 함께 텃밭을 확인하는 것도 재미있고 도리스, 아이린 아주머니와 새로운 레시피를 만드는 것도 재미있다.

레슬리에게 영지가 얼마나 복구되어 가는지 보고 받는 것도 재미있고 가끔 마을로 내려가서 문을 연 가게가 늘어난 걸 보면 얼마나 기쁜지 모른다.

식당에서 요리만 돕던 직원들이 서빙까지 하는 걸 봤을 때는 너무 행복해서 눈물이 나왔다. 그리고 집으로 돌아오면 잘생긴 남자가 날 기다리고 있지.

거기까지 생각한 나는 션에게 왜 아직도 이 집에 있냐고 묻지 말아야겠다고 결심했다. 누구나 집에 잘생긴 석상 같은 남자가 있는 건 아니잖아?

"난 지금 굉장히 재미있어요. 영지에 사람이 늘어나는 것도 재미있고, 그 사람들이 자기 생활을 찾아가는 걸 돕는 것도 좋아요."

내 대답에 셸리의 표정이 일그러졌다. 그녀는 찻잔을 들어 목을 축이더니 심기일전한 것 같은 표정으로 다시 말했다.

"돈은 여기서 제가 충분히 벌어서 보내드릴게요. 그걸로 수도에서 더 재미있고 즐거운 거 하면서 사세요."

그제야 나는 셸리가 왜 갑자기 수도 운운했는지를 깨달았다. 그러니까 호랑이 없는 숲에 여우가 왕 노릇 할 수 있도록 나보고 수도로 꺼지라는 거다.

그럴 수는 없지. 나는 일부러 생각하는 척 찻잔을 들어 올렸다. 나는 호랑이가 없는 동안 여우가 숲에 무슨 짓을 했는지 봤다. 그리고 여우를 믿을 수 없다는 것도 확실하게 느꼈다.

"난 수도보다 헬름이 더 좋아요."

"그런 분이 그동안 헬름은 신경도 안 쓰고 수도에서 사셨나요?"

쉘리의 입에서 각오한 비난이 튀어나왔다. 그 비난은 길버트와 멜라니 부녀에게도 들었다. 그렇다고 아프지 않다는 건 아니고.

나는 찻잔을 내려놓고 쉘리를 똑바로 쳐다봤다. 그리고 낮은 목소리로 말했다.

"놀랍지 않아요? 헬름을 신경 쓴 당신은 마을 사람들의 삶을 망쳐 놨는데 신경 안 쓴 내가 인제 와서 신경 쓰니 다시 살아난다는 게요."

"망친 게 아니라……."

쉘리의 얼굴이 확 하고 달아올랐다. 망친 게 아니라 신경 쓰지 않은 거겠지. 어디 감히 헬름을 신경 썼다고 말해 보지 그래?

나는 턱을 들고 그녀의 변명을 기다렸다. 하지만 쉘리는 변명이 아니라 날 설득하기로 노선을 바꾼 모양이었다.

"남작님, 아직 여기 사람들을 잘 모르셔서 그러는데 이곳 사람들이 돈을 제대로 갚을 거 같아요? 후회하실 거예요."

그럴지도 모른다. 나는 쉘리의 말에 등을 소파에 기댔다. 어쩌면 아무도 안 갚을 수도 있다. 문제는 내가 돈을 벌려고 그러는 게 아니라는 거다.

"뭔가 오해를 하고 있는 거 같아요, 오웬 씨."

나는 처음 만났을 때 쉘리가 나를 쳐다봤던 것과 똑같은 시선으로 그녀를 쳐다보며 입을 열었다.

"난 돈을 벌려고 하는 게 아니에요. 영지를 살리려고 하는 거죠. 내가 헬름에 관심이 없다고 했지만 헬름에 관심이 없는 건 내가 아니라 당신이에요."

그녀의 돈을 갚지 못해 파산한 영지민이 도망칠수록 내 영지는 일할 사람이 부족해진다. 영지는 땅과 영주만으로 이뤄지는 게 아니다. 거기서 살고 생산 활동을 할 영지민이 가장 중요하다.

인간은 환경이 안 좋아도 살아남을 수 있다. 인간만 있다면 숲에서도 마을을 이루고 생산 활동을 할 수 있다. 내 조상은 몇 번의 전쟁과 탄압도 이겨 내고 살아남았다.

할머니가 그랬다. 사람이 가장 강하다고.

쉘리는 돈을 중요시했고 나는 영지에 사는 사람들을 중요시했다. 그게 그녀와 나의 차이였다.

내 지적에 쉘리의 얼굴이 다시 달아올랐다. 그게 수치심인지 분노인지는 모르겠다. 어쩌면 둘 다일지도 모르고.

"그래서 선택한 게 남작님의 재산을 털어 제게 주는 거란 말이죠? 덕분에 저는 부자가 되겠네요. 남작님보다 더요."

쉘리는 금세 안정을 찾고 나를 비웃었다. 맞다. 결과적으로는 그렇게 된다. 어쩌면 쉘리가 나보다 더 부자가 될 수도 있겠지.

하지만 그게 뭐가 대수라는 거지? 나는 이해가 안 돼서 물었다.

"오웬 씨, 당신은 어차피 내 영지민이에요. 아무리 많은 돈을 벌어도 그 돈은 여기서 써야 해요. 그렇죠?"

그리고 그 돈은 결국 내게 세금으로 들어올 거다. 쉘리가 나보다 더 부자가 된다고 해서 내가 망하는 건 아니다. 그녀가 쓰는 모든 돈이 결국은 내게 세금으로 돌아온다.

오히려 그녀가 영지에 돈을 쓸수록 그녀에게 물건을 판 상인들이 돈을 벌겠지.

게다가 쉘리는 내 허가가 없이는 다른 영지로 이사 갈 수 없다. 뭐, 나 몰래 도망치면 가능하겠지만 통행증 없이 어디 얼마나 잘 살 수 있나 보자.

나는 할 말을 찾지 못하는 쉘리를 보고 한숨을 내뱉었다. 그리고 자리에서 일어나며 말했다.

"우리, 분명 전에 만났을 때 이야기 끝내지 않았나요? 서로의 일에 왈가왈부하지 않기로요."

그건 내가 아니라 쉘리가 요구한 거였다. 그녀는 내 말에 나를 쏘아보더니 내가 내민 손을 잡지 않고 말했다.

"후회하게 되실 거예요."

"언젠가는요."

살다 보면 누구나 어떤 부분이든 후회하게 된다. 나는 내가 후회할 가능성이 쉘리의 제안을 받아들이지 않아서 보다는 영지민들을 돕지 못해서일 가능성이 높다고 생각했다.

"에버딘."

쉘리를 배웅하고 돌아서는데 이번에는 션이 나를 찾고 있었다.

바쁘다, 바빠. 나는 주방으로 향하며 대답했다.

"무슨 일 있어?"

"잠깐 멈춰 봐."

왜? 주방에서 도리스가 날 기다린다. 나는 주방 입구에 멈춰 서 그에게 몸을 돌렸다. 그러자 션이 들고 있던 상자를 열며 말했다.

"방금 도착했거든."

뭐가? 션이 들고 있는 건 보석 상자처럼 보였다. 아니, 보석 상자처럼이 아니라 보석 상자가 맞네.

상자 안에서 목걸이와 귀걸이가 모습을 드러냈다. 나는 깜짝 놀라서 뒤로 물러나며 물었다.

"이게 뭐야?"

"네 눈동자 색과 똑같은 보석을 찾았거든."

왜? 이해가 안 된다. 나는 어리둥절해서 물었다.

"나 주는 거야? 왜?"

내 질문에 션의 표정이 진지해졌다. 그는 내게 허리를 숙이며 말했다.

"너한테 구애 중이니까."

순간 세상에 정적이 찾아왔다. 아무것도 들리지 않았다가 잠시 뒤 모든 소리가 밀려오기 시작했다. 위층에서 하인들이 걸어 다니는 소리와 주방에서 도리스와 수잔, 크리스틴이 떠드는 소리가 들려왔다.

그리고 복도 저편에서 엘리스와 마크가 용병들 틈에 껴서 소리치는 것까지.

나는 얼떨떨한 기분으로 션을 멍하니 쳐다보고 있었다. 그러다가 제일 먼저 머릿속에 떠오른 건.

이 남자 역시 날 좋아하잖아!

"이……."

"이?"

내가 입을 열자 션이 고개를 기울였다. 나는 주먹을 꽉 쥐고 소리쳤다.

"이 거짓말쟁이!"

너 나 안 좋아한다며! 전에 내가 물어보니까 정색하고 아니라고 했잖아! 내가 얼마나 민망했는지 알아?

이쪽은 속상해서 한 말이었는데 그는 말 그대로 받아들였던 모양이다. 션은 미간에 주름을 만들더니 내 앞에 한쪽 무릎을 꿇으며 말했다.

"사실은 구애가 아니라 구혼을 하고 싶지만 지금 네게 구혼은 부담스러운……."

"잠깐, 잠깐, 잠깐."

이 남자가 지금 뭐라는 거야. 나는 그의 설명을 당황해서 막았다.

"연애하자고?"

"지금 바라는 건, 그래."

지금 바라는 게 연애라는 건 장기적으로는 결혼을 원한다는 건가? 그렇게 생각하자 갑자기 이 상황이 굉장히 부끄럽고 어색하게 느껴졌다.

내가 결혼을? 션 웨스트랑?

"에버딘."

내가 다시 뒤로 물러나자 션이 한숨을 내쉬며 나를 불렀다. 그는 내 손을 잡더니 보석 상자를 억지로 쥐여 주며 말을 이었다.

"강요할 생각 없어. 생각해 보라는 거야."

기분이 이상했다. 나는 션의 손이 닿았던 내 손으로 시선을 떨어트렸다. 그 부위가 이상할 정도로 뜨겁게 느껴졌다. 나는 그가 내 손에 쥐여 준 보석 상자를 발견하고 다시 그에게 내밀며 말했다.

"이런 건 안 줘도 돼."

물론 나야 받아서 좋지만 이런 비싼 보석까지 줄 필요는 없다. 게다가 나는 이미 그에게 많은 것을 받지 않았던가.

머릿속에 며칠 전에 그가 보낸 수많은 것들이 떠올랐다. 목재와 벽돌부터 말과 닭, 햄과 밀가루 같은 먹을 것까지.

게다가 엄청난 양의 꽃도 보냈다. 잠깐.

꽃까지 머릿속에 떠오르자 이상한 생각이 들었다. 나는 인상을 쓰며 물었다.

"지난번에 보낸 것도 구애용이었어?"

나는 그게 용병단이 헥터를 놓친 것에 대한 사과라고 생각했다. 물론 그와 그의 용병들이 내 저택에서 머물고 있으니 그 대가도 포함되어 있고.

하지만 그렇게 쳐도 좀 과하다. 내 질문에 션이 몰랐냐는 표정으로 대답했다.

"그렇지."

원래 구애를 그렇게 하는 건가? 꽃과 보석이 아니라 목재와 닭으로? 나는 할 말을 잃고 션을 쳐다보고 있었다. 그러자 그가 일어나며 말했다.

"너는 영주니까, 다른 걸로 구애해야 한다고 생각했을 뿐이야."

"하, 하지만 꽃 줬잖아?"

엄청난 양의 꽃을 줬다. 그 꽃은 내 방뿐만 아니라 서재와 응접실, 주방과 식당까지 죄다 꾸미고도 남았다. 게다가 지금은 보석도 주려고 하고 있고.

션은 내 시선을 따라 보석 상자를 쳐다보더니 어깨를 으쓱하며 말했다.

"구애잖아. 꽃과 보석은 당연히 줘야지."

진짜? 이 나라는 원래 그래? 원래 이렇게 많이 주는 거야? 나는 다시 보석 상자를 내밀며 말했다.

"그럼 꽃만 받을게."

그것도 엄청나게 많다. 마차로 몇 대나 왔으니까. 션은 나를 물끄러미 쳐다보더니 한숨을 내쉬며 말했다.

"난 감정 표현 잘 못 해. 익숙하지도 않고."

그런가? 나는 느닷없는 말에 어리둥절했다. 물론 감정 표현이 확실하지는 않지만 표정이나 분위기로 읽을 수 있다. 그는 싫은 건 확실하고 좋으면 태도가 부드러워진다.

마음에 들면 아주 만족스러운 상태가 된다. 가끔은 배부른 짐승처럼 느껴질 때도 있다.

"하지만 물질은 확실하지. 가져. 내가 널 얼마나 원하는지 표현하는 거라고 생각해."

"그걸 꽃으로만 표현하면 안 돼?"

순수한 질문이었는데 션의 얼굴이 삐뚜름한 미소가 떠올랐다. 그의 몸에서 위험한 느낌이 뿜어져 나오기 시작했다.

"난 네가 질식하는 건 바라지 않아."

그게 무슨 소린지 모르겠네. 내가 물어보려는 찰나, 주방에서 도리스가 나오더니 나를 발견했다.

"사장님, 준비 다 됐어요."

거기까지 말한 그녀는 나와 션의 상태를 발견하고 멈칫했다. 그러더니 슬금슬금 뒷걸음질로 주방으로 들어가 버렸다.

그럴 필요 없는데. 나는 방금 나와 션의 대화를 그녀가 듣지 못한 것을 다행으로 여겨야 하는지 고민하며 도리스를 따라 주방으로 들어갔다. 션은 어떻게 하는지 뒤돌아보니 그는 못마땅한 표정으로 나를 따라오고 있었다.

그 안은 거의 텅 비어 있었다. 벽을 허물고 다시 오븐을 설치했지만 아직 조리대와 찬장은 제작 중이었다. 나는 식탁 위에 올려 둔 조리 도구를 보고 고개를 끄덕였다.

최소한의 도구만 놓여 있었다. 냄비와 채반. 그리고 쌀가루.

면포도 필요하다. 나는 채반에 쌀가루를 내린 뒤 할머니에게 배운 대로 물을 넣었다. 그리고 그걸 다시 채반에 비벼 내리기 시작했다.

"왜 또 내리는 거예요?"

도리스의 질문에 나는 채반을 비비다 말고 그녀를 쳐다봤다. 도리스뿐만 아니라 크리스틴과 수잔도 궁금하다는 표정으로 나를 쳐다보고 있었다.

심지어 저 뒤쪽에서 조안이 마크와 엘리스를 데리고 구경하고 있는 것도 보였다.

어, 그건 잘 모르는데. 난 그냥 할머니가 하던 대로 하는 것뿐이다. 그때 조안이 불쑥 말했다.

"뭉치면 안 되나 보죠?"

"어, 네. 맞아요."

맞나? 모르겠다. 채반에 쌀가루를 다 내린 뒤 설탕을 넣자 이번에는 수잔이 물었다.

"설탕을 그것만 넣어?"

"응. 이 정도면 충분해."

"그럼 무슨 맛으로 먹어?"

이것만 넣어도 달다. 나는 백설기의 은은한 단맛이 좋았다. 여기에 건포도나 콩을 넣기도 하는데 솔직히 건포도는 진짜 싫었고 콩은 그럭저럭 먹을 만했다.

"콩을 넣기도 하고 건포도를 넣기도 해. 단호박을 넣기도 하고."

쑥을 넣어도 맛있다. 그러고 보니 수도에 있을 때 쑥을 캤었는데. 그거 말려서 어디에 뒀더라?

나는 채반에 면포를 깔고 쌀가루를 올렸다. 그리고 물이 끓는 냄비에 그릇을 엎은 뒤 채반을 올리고 냄비 뚜껑을 덮으며 말했다.

"해 보고 반응 괜찮으면 찜통을 주문 제작하죠."

이쪽에도 찌는 도구가 있긴 한데 계란을 삶는 거라 크기가 작다.

나는 일단 백설기는 그렇게 해 놓고 다시 남은 쌀가루로 돌아왔다.

그리고 끓은 물을 쌀가루에 부으며 익반죽을 시작했다.

"찬물로 하면 안 돼?"

"그래도 되는데 뜨거운 물로 반죽하는 게 더 맛있더라고."

식감이 다르다. 우선 스푼으로 살살 섞은 뒤 어느 정도 식자 손으로 뭉치기 시작했다. 아이고, 뜨거워.

"뭉치면 돼?"

그때 션이 나섰다. 나는 반사적으로 그에게 손을 내밀며 말했다.

"아냐, 이거 뜨거워."

"그러니까 내가 해야지."

션은 그대로 그릇을 가져가더니 반죽을 뭉치기 시작했다. 나는 몇 번이나 주물러야 했는데 그가 몇 번 뭉치자 금세 반죽이 뭉쳐졌다.

힘 좋네.

나는 아무 말 없이 쌀가루를 반죽하는 그를 쳐다보다가 구경하고 있던 마크와 엘리스를 불렀다. 그리고 손을 닦으라고 시킨 뒤, 잼을 꺼냈다.

콩이나 깨를 넣는 게 보통이지만 갑자기 생각한 거라 그건 준비를 못 했다. 대신 잼을 넣어도 되지 않을까.

"잘 봐."

나는 션이 반죽을 마친 떡 반죽을 약간 떼어 둥글게 굴렸다. 그리고 엄지로 눌러 홈을 판 뒤 그 안에 잼을 수저로 떠 넣었다.

"잘 막아야 돼."

잼이 흘러나오지 않게 양옆을 잘 붙이자 뚱뚱한 반달 모양의 송편이 완성됐다. 아니, 잼이 들어갔으니 잼떡인가?

내가 시범을 보이자 마크와 엘리스가 그대로 따라서 만들기 시작했다.

"밤을 넣어도 맛있어."

"그럴 것 같아요."

도리스도 손을 씻고 나서서 꿀떡을 빚기 시작했다. 거기에 크리스틴과 수잔이 합세하자 내가 나설 필요가 없었다. 나는 손을 닦고 백설기를 확인했다.

"뭐 하는 거야?"

그때 마크의 목소리가 들려왔다. 왜 저러지? 슬쩍 가서 살펴보니 엘리스가 동물 모양으로 빚고 있는 게 보였다. 토끼인지 개인지 구분이 안 가는 게 문제지만.

"이렇게 해도 돼요?"

마크의 질문에 조안은 물론 션까지 나를 쳐다봤다. 나는 상관없다고 말하려다가 수잔이 별 모양으로 만들고 있던 것을 보고 웃음을 터트렸다.

"상관은 없어. 그런데 속이 너무 부족하면 맛이 없을 수도 있어."

의외로 모양이 가장 예쁜 건 크리스틴이었다. 그다음이 도리스. 나는 내가 시범 삼아 만든 것보다 훨씬 예쁜 크리스틴과 도리스의 꿀떡을 보고 눈을 크게 떴다.

심지어 조안조차도 나보다 더 깔끔한 모양으로 만들어 놓았다. 나는 마크의 떡이 내 것보다 엉망인 것을 보고 안도의 한숨을 내쉬었다. 아니, 잠깐. 이거 안도할 일이 아니잖아?

나는 마지막 희망을 품고 션에게 물었다.

"당신은 안 만들어?"

"난 이렇게 작은 건 못해."

좋아. 그럼 션의 실력을 마크 밑으로 둬도 되겠지.

다들 손을 닦는 사이에 나는 다시 물이 끓은 냄비에 면포를 깐 채반을 넣었다. 그리고 그 위에 사람들이 빚은 떡을 넓게 깐 뒤 뚜껑을 덮으며 말했다.

"솔잎이 있으면 좋은데…… 이렇게 한 판씩 익혀야겠다."

"솔잎? 그걸로 뭘 하는데?"

크리스틴의 질문에 나는 어깨를 으쓱하며 말했다.

"씻어서 면포 대신 깔아. 그럼 떡에서 솔잎 향이 나거든."

"음식에 나뭇잎을 쓴다고?"

수잔 역시 이상하다는 표정이었다. 하지만 그 나뭇잎 향을 입힌 떡이 얼마나 맛있는데 몰라서 그러는 거다.

가장 대표적으로 망개떡이 있다. 망개떡이 얼마나 맛있는데. 추운 겨울날 늦은 저녁때 골목을 돌아다니는 상인의 목소리가 귓가에 생생하다.

찹쌀떡~ 망개~ 떡.

"백설기부터 먹어 봐."

떡을 찌는 사이에 나는 사람들에게 백설기를 잘라서 내놨다. 잘될지 걱정했는데 모양은 별로지만 식감은 내가 전에 먹은 것과 비슷했다.

하지만 의외로 사람들 반응은 별로였다.

"나쁘진 않은데……."

다들 말을 아꼈지만 이게 무슨 맛인지 모르겠다는 게 표정에 드러났다. 유일하게 괜찮다고 먹은 건 선이었다.

"맛있는데?"

그는 제일 큰 조각을 포크로 찍어서 순식간에 먹어 치우며 그렇게 말했다. 내가 먹어 봐도 평범하게 맛있는 백설기였다.

하지만 이 사람들은 별로였나 보다. 아, 이건 예상왼데.

다행히 잼을 넣은 송편, 아니, 꿀떡은 반응이 괜찮았다. 우리는 식당에 꿀떡 몇 개를 간단한 요깃거리로 팔기로 하고 주방을 정리했다.

29-1

"남작님, 그레이스입니다."

서재에 앉아 있던 에버딘은 들어가도 되는지 허락을 구하는 그레이스의 목소리에 고개를 들었다. 들어와도 된다. 그녀가 허락하자 그레이스가 문을 열고 들어왔다.

"다과를 가져왔습니다."

그렇게 말하며 그레이스는 쟁반에 얹고 온 찻잔을 책상에 내려놓았다. 그러자 찻잔에 담긴 새까만 물이 찰랑였다. 에버딘은 제일 먼저 그녀가 자신이 시킨 대로 떡을 구웠는지 확인했다가 커피를 발견하고 눈을 크게 떴다.

"어?"

"떡은 시키신 대로 구웠어요. 그리고 꿀도 좀 가져왔고요."

저택의 지하에 보관해 둔 꿀과 와인이 좀 있었다. 전 집사인 돈은 마음에 들어 하는 하인만 한두 명 데리고 내려가서 와인을 홀짝이곤 했다.

덕분에 와인은 몇 병 사라졌지만 꿀은 그대로 남아 있었다.

"이거, 커피 아니야?"

에버딘의 질문에 그레이스는 뿌듯한 표정을 지었다. 아버지께 부탁해서 구해 왔다. 헬름에는 없지만 수도에는 커피 하우스가 몇 군데 있다. 즐겨 찾는 사람들은 예술가들과 수도사들뿐이지만.

하루 종일 활기차게 있을 수 있다는 점에서 커피는 예술가와 수도사, 노동자들 사이에서 인기 있는 음료였지만 같은 이유로 귀족들에게는 아니었다. 수색이 그리 곱지 않다는 것도 한몫했다.

하지만 그레이스는 예전에 에버딘이 커피를 찾았던 것을 기억하고 있었다.

"저희한테 잘해 주셨잖아요. 전에 찾으시길래 드리고 싶었어요."

잘해 줬다는 말에 에버딘은 그게 무슨 소리냐는 표정을 지었다. 그녀는 깨닫지 못했지만 그레이스나 다른 하녀들은 에버딘이 와서 훨씬 나아졌다. 전 영주 대리인 헥터는 자신이 가지지 못한 작위를 가진 어셔 남작과 그 후계자인 에버딘에게 열등감을 가지고 있었고 그걸 영지의 하녀들에게 풀었다.

그가 영지를 다스리기 시작하면서 하녀들은 사람들 앞에 나서는 게 금지되었다. 손님은 물론 헥터가 와도 뒤에서 조용히 움직여야 했고 보이면 크게 혼이 났다.

자연스럽게 하인들이 앞에 나서고 시중을 드는 일을 전담하게 됐고 하녀들은 뒤에서 궂은일을 하게 됐다. 그러면서 봉급은 형편없었으니 하녀들이 항의하는 것도 당연했지만 소용은 없었다.

영지를 다스리는 헥터가 그걸 원했고 돈과 폴라가 헥터의 지시대로 움직였으니까.

그럼에도 그레이스가 저택에 남아 있었던 건 영지의 다른 일자리에 비해 저택의 일이 더 나았기 때문이다. 그게 돈과 폴라는 더욱 기고만장하게 만들었다. 두 사람은 항의하는 하녀들에게 그럼 그만두고 나가라고 윽박질렀고 실제로 견디다 못해 나간 하녀도 있었다.

영지 밖으로 나가서 살고 있던 건 길버트 무리뿐만이 아니다. 일부는 근방에서 지나가는 상인들의 물자를 빼앗으며 살고 있다는 말도 들었다. 다들 에버딘에게는 차마 말하지 못하고 있었지만.

"고마워, 잘 마실게."

에버딘은 그녀가 아는 것과 약간 다른 커피의 모습에 놀라지 않고 찻잔을 들어 올렸다. 커피 가루를 그대로 주전자에 물과 함께 넣고 끓여서 기름이 떠 있고 밑에는 가루가 약간 가라앉아 있었다.

심지어 상당히 진하기까지 했다. 그래도 그녀를 생각해서 구해서 만들어 왔다니 기분이 좋았다.

"남작님."

그레이스가 물러나려 했을 때, 이번에는 레슬리가 에버딘을 찾았다. 그레이스와 교체하듯 서재로 들어온 그녀는 에버딘 앞에서 주방의 공사가 거의 끝나간다는 것과 주문한 케이크 틀이 잘못 왔다는 것을 알렸다.

"대장간 쪽에 주의해 달라고 하겠습니다. 오후에 하인을 시켜 식당으로 보내고요."

몇 개는 저택에서 쓰고 몇 개는 식당에서 쓰려고 했는데 그게 전부 저택으로 왔다. 에버딘은 고개를 끄덕이다가 말했다.

"내가 식당에 가져갈게요. 빼놔 주세요."

"직접이요?"

"어떻게 됐나 구경도 할 겸, 일하는 사람들도 보게요."

식당에서 일하는 여자들은 체력을 많이 회복해서 지금은 음식을 만들거나 서빙하는 일을 하고 있다. 사람들이 곰탕이나 꿀떡을 어떻게 받아들이는지도 궁금했다.

에버딘의 지시에 레슬리가 걱정스러운 표정으로 말했다.

"그럼 조금만 기다려 주시겠어요? 로빈이 지금 하는 일을 끝내면 수행 준비를 시키겠습니다."

두 명의 하인이 그만두는 바람에 하인의 수가 부족하다. 오스틴은 저택 밖에서 영주의 욕을 하나 요정에게 걸려 크게 혼이 난 녀석이라 그에게 영주의 수행을 맡길 수는 없었다.

에버딘은 고개를 끄덕이다가 물었다.

"용병들은요?"

몇몇 용병들은 수도로 올라갔다. 지금 남아 있는 건 카렌과 바네사뿐이었다. 레슬리는 재빨리 대답했다.

"버넷 씨와 만 씨는 다음 주쯤에 돌아온다고 했습니다."

그러면서 훈련이 필요한 녀석들을 데려와도 되냐고 에버딘에게 허락을 구했다. 수도는 보는 눈이 많아서 훈련하기가 어렵기 때문이다. 헬름이라면 사람도 적고 저택의 뒷마당이 워낙 넓어서 훈련하기 좋았다.

에버딘은 과연 그래도 되는 걸까 하고 고민했지만 션이 용병들을 마음대로 써먹을 수 있어서 좋지 않냐고 말해서 허락했다.

“그리고 공방에서 일할 웨스트햄튼 사람들도 오고 있고요.”

이어진 보고에 에버딘은 고개를 끄덕였다. 헬름의 대장장이는 메간뿐이라 해도 과언이 아니다. 그녀가 혼자 수도에서 팔 감자 칼을 만들고 다른 사람들을 가르치는 건 불가능하기 때문에 웨스트햄튼의 실력 있는 대장장이를 몇 불러오기로 했다.

“그 사람들이 살 숙소는요?”

“근방으로 정했습니다.”

빈 대장간에서 멀지 않은 주택을 하나 수배해 놓았다. 청소를 하고 침구를 새것으로 갈아 주면 될 것이다. 거기까지 말한 레슬리는 잠시 서재 밖으로 나가더니 꽃다발과 화분을 하나씩 가지고 들어왔다.

“그리고 이건 방금 온 건데요.”

또 선물이 왔다. 마차 몇 대분의 꽃모종이 오는 바람에 하녀들이 신이 나서 레슬리에게 알려 주려고 왔었다. 에버딘은 레슬리의 손에 들린 작은 꽃 화분과 거대한 꽃다발을 보고 인상을 쓰다가 벌떡 일어났다.

“또 션이 보낸 거예요?”

“네. 감사 인사는 제가 할까요?”

“못살아. 제가 할게요.”

같은 집에 사는데 꽃을 또 보낸 것도 어이가 없지만 그걸 레슬리를 통해서 감사 인사하는 것도 말이 안 된다. 에버딘은 이마를 짚으며 꽃다발과 화분을 받아 들었다.

그리고 서재를 빠져나가자 레슬리가 재빨리 숄을 가져와서 그녀의 어깨에 덮어 주며 말했다.

"뒷마당에 계세요."

션은 아까 승마를 하고 돌아왔다. 그러니 마구간 쪽에 있을 것이다. 에버딘이 꽃다발과 화분을 들고 저택을 빠져나가다가 화분을 옮기는 하녀들을 발견했다.

"에취! 에취!"

"그레이스, 들어가라니까."

그레이스는 연신 재채기를 하면서도 꽃을 옮기고 있었다. 감기인가? 에버딘은 걱정스러운 마음에 다가가서 말했다.

"들어가서 따듯한 차라도 마셔. 조안한테 가서 감기에 좋은 거 만들어 달라고 하고."

"아뇨, 괜, 에취! 에취!"

이렇게 보니 감기는 아닌 것 같다. 에버딘은 그레이스의 얼굴을 살피며 말했다.

"꽃가루 알레르기 있는 거 같은데. 감기가 아니라. 조안한테 가서 이야기해."

에버딘은 억지로 그레이스를 들여보내고 남은 하인들에게 말했다.

"혹시 또 꽃가루 알레르기 있는 사람 있어?"

없다. 다행히 그레이스 외에는 아무 문제가 없었다. 에버딘은 고개를 끄덕이고 그대로 저택의 뒤로 향했다. 큰 저택이라 일하는 사람도 많이 필요하다. 열 명도 안 되는 사람들이 청소를 하고 요리를 하고 빨래를 하고 있으니 다들 바쁠 것이다.

새로운 하인을 고용해야겠는데. 그렇게 생각하는 에버딘의 눈에 승마복을 입은 채 펜스에 기대 카렌과 바네사의 훈련을 구경하는 션이 들어왔다.

"허."

그제야 에버딘은 왜 하인들이 종아리에 딱 달라붙는 바지를 입었는지, 그런 바지를 사람들이 야하다고 했는지 깨달았다.

승마복을 입은 션의 모습은 근사한 걸 넘어선 무언가였다. 그녀는 전에도 승마복을 입은 션을 봤다는 것을 떠올렸다.

그런 좋은 기억은 쉽게 잊혀지지 않는 법이다.

"다리가 비잖아!"

그때 카렌의 고함 소리가 들려왔다. 깜짝 놀란 에버딘이 고개를 돌리자 카렌이 바네사를 향해 낮은 발길질을 하는 게 보였다.

"어!"

깜짝 놀란 에버딘과 달리 바네사는 쉽게 카렌의 공격을 피했다. 와, 대단하네. 에버딘은 박수를 치려다가 자신이 각각 화분과 꽃다발을 들고 있는 것을 깨닫고 션에게 다가갔다.

"무슨 일이야?"

션은 용병들이 대충 만들어둔 펜스에 기대 있다가 에버딘을 보고 몸을 바로 했다. 그러자 그의 몸이 순식간에 쭉 늘어났다. 에버딘은 션의 곁으로 다가갔다가 그의 시선이 저 위로 올라가자 당황해서 한걸음 물러나며 말했다.

"꽃, 보냈잖아."

션은 에버딘의 손에서 화분을 받아 들며 물었다.

"그런데?"

뭐가 문제냐는 태도에 에버딘의 말문이 막혔다. 그녀는 멈칫했다가 말했다.

"같이 살면서 선물은 무슨 선물이야. 안 보내기로 합의했잖아."

같이 산다는 말에 션의 얼굴에 미소가 번졌다. 그는 다시 펜스에 몸을 기대며 에버딘을 물끄러미 쳐다봤다. 일하다 왔는지 에버딘은 그녀의 빨간 머리를 하나로 묶고 있었다.

그녀의 뺨에 묶이지 않은 잔머리가 부드럽게 흘러내리는 게 보였다. 햇빛 아래에서 약간 창백하다 싶은 에버딘의 피부가 투명하게 보였다.

션은 그녀가 서늘한 바람에 감기라도 걸릴까 싶어 위치를 바꿔 자신의 몸으로 바람을 막았다. 그리고 손을 뻗어 에버딘의 잔머리를 귀 뒤로 넘겨 주며 말했다.

"꽃으로 표현하라며."

그 순간 그를 올려다보던 에버딘의 얼굴이 확 하고 달아올랐다. 덕분에 그녀의 머리를 넘겨 주던 션이 멈칫했다.

지금 부끄러워한 건가? 그는 에버딘이 부끄러워하는 걸 처음 봤다. 그녀는 심지어 그가 옷을 갈아입을 때도 남아서 구경해도 되냐고 물었던 사람이다.

뭔가 통했는데 뭐가 통했는지 모르겠다. 션은 에버딘의 뺨에서 손을 떼지 못하고 그녀를 내려다보고 있었다.

다행히, 그리고 그에게는 안타깝게도 에버딘의 당황은 그리 오래가지 않았다. 에버딘은 션에게서 한걸음 물러나며 말했다.

"너무 많잖아. 내가 말한 건……."

그녀가 말한 건 이런 게 아니었다. 하지만 그래서 구체적으로 어떻게 표현하라고 하는 거냐고 묻는다면 그녀는 할 말이 없었다.

에버딘의 기억 속에 남자에게 꽃을 받아 본 적이 없기 때문이다. 이렇게 자주, 엄청나게 많이 받는 건 전혀 경험이 없었다.

"적당히란 말이지."

션은 한숨을 내쉬며 말했다. 그녀가 뭘 말하는 건지 알겠다. 적당히 하라는 거겠지. 하지만 그는 뭐가 적당히인지 모른다.

그에게 적당히는 지금 이게 적당한 거였다.

꽃 따위 얼마나 보내도 웨스트가의 경제 사정에는 눈곱만큼도 영향을 끼치지 않는다. 마음 같아서는 나라의 모든 꽃 농장을 사서 주고 싶은 심정이다.

그것도 괜찮지 않을까. 기분 좋은 생각에 션의 얼굴에 미소가 떠올랐다. 당연히 에버딘은 그 미소에 불길해 하며 다시 뒤로 물러났다.

"왼쪽!"

그 순간 카렌이 그렇게 외치면 바네사의 오른쪽을 공격했다. 못마땅한 표정으로 에버딘과 션을 구경하고 있던 바네사는 반사적으로 오른쪽으로 피하다가 카렌의 검에 맞아 나가떨어졌다.

"주의를 흐트러트리지 말랬지."

카렌의 지적에 에버딘은 물론 구경하던 마크와 엘리스도 입을 딱 벌렸다. 그리고 에버딘이 뭐라고 말하기 전에 엘리스가 말했다.

"아까 왼쪽이랬잖아요."

"맞아! 치사해!"

왼쪽이라고 하면 당연히 왼쪽을 공격하는 줄 안다. 누구라도 바네사처럼 오른쪽으로 피했을 것이다.

하지만 바네사는 아무 말 없이 얼굴을 붉히며 자리에서 일어났다. 카렌은 어깨를 으쓱하며 말했다.

"얘들아, 우린 기사가 아니라 용병이야."

그게 무슨 소린지 모르겠다. 엘리스와 마크는 눈살을 찌푸렸고 에버딘은 션을 쳐다봤다.

그러자 그녀를 쳐다보고 있던 션과 눈이 마주쳤다. 그가 시종일관 에버딘을 쳐다보고 있었기 때문이지만 그녀는 몰랐기 때문에 별생각 없이 물었다.

"저게 무슨 소리야?"

"살아남는 게 최고라는 말이지."

기사는 누군가를 지키기 위한 존재지만 용병은 아니다. 때로는 호위 업무를 하기도 하지만 기본적으로 용병은 자신의 몸으로 싸우는 게 일이다.

무슨 짓을 해도 살아남아야 한다. 그게 기본적으로 신입이 용병대에 들어오면 배우는 거였다.

마크와 엘리스는 살아남는 게 최고인 것과 왼쪽을 외치고 오른

쪽을 공격하는 게 무슨 소린지 몰랐지만, 에버딘은 알아들었다. 목숨을 건 전투에 규칙이 있을 리가 없다. 무슨 짓을 해서라도 이겨야 살아남는다.

그리고 반대로도 그러니 상대방의 말을 곧이곧대로 듣지 말아야 한다.

"치사해요!"

"치사해!"

에버딘은 카렌을 향해 치사하다고 외치는 마크와 엘리스를 보고 웃음을 터트렸다. 말려야 하나? 그렇게 생각하는 그녀를 바네사가 못마땅하게 쳐다보고 있었다.

고작 뒷마당으로 나오면서 에버딘은 숄까지 걸치고 나왔다. 바네사는 그게 꼴불견이라고 생각했다. 들고 온 화분과 꽃다발 중 화분을 웨스트 공작에게 넘긴 것도 못마땅했다.

본인이 들지 않을 거면 왜 들고 왔단 말인가.

물론 숄은 레슬리가 걸쳐 준 거고 화분은 션이 빼앗다시피 받아 든 거지만 바네사의 눈에는 에버딘이 약한 척, 예쁜 척하는 것처럼 보였다.

원래 싫은 사람은 모든 게 다 싫은 법이다. 그녀는 에버딘의 빨간 머리도 마음에 들지 않았다. 그녀의 창백하다 싶게 하얀 피부도, 가녀린 몸도.

그런 주제에 카렌이나 바네사처럼 바지를 입고 다니는 것도 싫었다. 어렵고 힘든 건 용병들에게 시키고 웨스트 공작에게 선물을 뜯어내는 것도 짜증이 났다.

"얘들아, 훈련 방해하지 마."

에버딘은 그렇게 말하고 션에게서 화분을 받아 들었다. 이제 이걸 정리하는 하인들에게 가져다주고 주방에서 케이크 틀을 받아다가 식당에 내려가 봐야 한다.

션은 다시 그녀에게서 화분을 빼앗으며 물었다.

"산책이나 할까?"

"나 마을에 내려가 봐야 해."

"왜?"

이유는 많다. 에버딘은 다시 션에게서 화분을 빼앗아 들고 몸을 돌리며 말했다.

"식당에 가 보려고. 가져다줄 것도 있고."

"같이 가."

션은 금세 에버딘의 뒤를 따라오며 말했다. 이번에는 화분뿐 아니라 꽃다발까지 빼앗아 든 것은 말할 것도 없다.

하인을 데리고 가는 것보다는 낫겠지. 에버딘은 일손이 부족하다는 것을 떠올리고 고개를 끄덕였다.

* * *

"영주님이 무슨 공작이랑 결혼할 거라던데 그게 사실이야?"

수잔은 마을 중앙에 있는 식당에 앉아 있었다. 정확히 말하면 바 뒤편에.

원래는 바텐더가 서서 술을 내주는 곳이지만 이 식당은 술을 팔지 않는다. 대신 수잔이 식사를 한 사람들에게 돈을 받고 있다. 때로는 지금처럼 혼자 온 손님과 수다를 떨기도 했다.

"웨스트 공작님 말이죠?"

수잔은 빙그레 웃으며 말했다. 무슨 공작이 아니라 션 웨스트 공작이다. 그리 좋은 소문은 못 들어 봤고 지금도 수잔을 비롯한 거리의 상인들은 그를 어려워하지만 에버딘은 아닌가 보다.

생각해 보면 에버딘은 처음부터 션 웨스트 공작을 어려워하지 않았다. 그녀는 자신이 귀족이라는 걸 몰랐을 때도 웨스트 공작을 두려워하거나 피하지 않았고 오히려 거리를 위해 나서서 거래를 제안했다.

"그 사람, 좀 무서운 사람이라며."

근처 세탁소에서 일하는 여자가 조심스럽게 말했다. 션 웨스트 공작. 어떤 사람인지 몰랐는데 최근에 그가 얼마나 무시무시한 사람인지 소문을 들었다.

"소문은 그렇긴 한데 우리랑은 별로 상관없어요."

수잔은 웨스트 공작에 대한 무시무시한 소문을 떠올렸다가 재빨리 떨쳐내며 말했다. 그에 대한 무서운 소문은 많았다.

웨스트햄튼에서 한 달에 한 번 공개 처형이 이뤄진다거나 저택에 침입한 도둑이 이튿날 시체로 발견됐다는 소문들. 하지만 헬름의 저택에서 가끔 마주치는 웨스트 공작은 소문과는 좀 달랐다.

아니, 어떤 면으로는 소문과 비슷하기도 했다. 수잔은 잠이 안 와서 새벽에 물을 마시러 내려갔다가 뒷마당에서 용병들과 다투는 공작을 본 적도 있다.

다투는 게 아니라 훈련이었지만 웨스트 공작은 저러다 사람을 죽이는 게 아닐까 싶을 정도로 존을 몰아붙이고 있었다.

하지만 낮에 보는, 정확히는 에버딘과 함께 있는 그는 좀 달랐다. 좀이 아니지. 수잔은 재빨리 자신의 생각을 정정했다. 에버딘과 함께 있는 웨스트 공작은 동일 인물인가 싶을 정도로 다른 태도였다.

분위기가 훨씬 부드러웠고 시선은 항상 에버딘을 향하고 있었다. 한번은 에버딘이 별것 아닌 일로 웃음을 터트렸는데 웨스트 공작이 따라서 미소를 짓는 걸 보고 수잔은 물론 용병들도 눈을 의심했다.

그걸 보면 적어도 웨스트 공작이 에버딘에게 푹 빠져 있다는 것만은 확실했다. 문제는 에버딘 쪽인데.

"헛소문이야? 영주님은 공작한테 관심이 없어?"

다시 손님의 질문이 이어지자 수잔은 인상을 썼다. 관심이 없나? 에버딘은 웨스트 공작에게 아주 관심이 많았다. 문제는 그게 이성의 살아 있는 남성을 향한 관심이냐는 거겠지만.

그걸로 수잔과 크리스틴은 꽤나 설전을 벌였다. 거기에 아이린과 도리스도 참여하면서 설전은 더 크고 깊어졌다.

과연 에버딘이 웨스트 공작을 좋아하는가. 단순히 좋아하느냐는 질문이라면 네 명 다 그렇다는 대답을 내놨다. 문제는 그 좋아하는 감정이 어떤 감정이냐는 거다.

아이린은 남녀문제는 모르는 거라고 말했다. 저러다가 정분나서 결혼하는 건 시간문제라고도 했고.

하지만 크리스틴은 반대였다. 그녀는 에버딘 성격상 정말 웨스트 공작을 좋아했다면 같은 귀족이고 상대방도 자신을 좋아하니 이미 뭔가가 됐어도 됐을 거라고 말했다. 몇 달이 지나도록 두 사람 관계가 진척이 되지 않고 있다는 건 둘 중 한 명이 상대를 이성으로 보고 있지 않다는 거다. 그리고 상대를 이성으로 보지 않는 건 에버딘이라고 주장했다.

거기에 반박하고 나선 게 도리스였다. 그녀는 수도에 있을 때 이미 두 사람의 사이가 심상치 않다고 주장했다. 분명 키스 정도는 했을 거예요! 그게 도리스의 선언이었다.

"글쎄요. 아예 관심이 없겠어요? 저쪽은 부유하고 괜찮은 남자잖아요."

물론 그 눈이나 태도만 빼면 말이지만. 수잔이 속으로 그렇게 덧붙였을 때 곁에서 듣고 있던 또 다른 손님이 끼어들었다.

"부유하고 괜찮아?"

"네, 웨스트 공작님은 상당한 부자예요."

수잔의 머릿속에 며칠 전에 웨스트 공작이 보낸 선물이 떠올랐다. 목재부터 식량과 동물까지 엄청나게 보냈다. 그녀는 물로 목을 축이고 덧붙였다.

"얼마 전에 요 앞에서 판 밀가루 있잖아요? 그거 웨스트 공작님이 선물로 준 거예요."

그걸 한 사람당 한정을 두고 저렴하게 팔았다. 그렇지 않아도 웬 밀가루를 이렇게 싸게 파냐고 수군거렸는데 이제 식당의 손님들은 그 이유를 알게 되었다.

"그게 영주님한테 준 선물이었어? 밀가루가?"

"밀가루뿐만이 아니에요. 닭과 말도 선물했어요. 최근에 생긴 양계장이 그때 받은 닭으로 시작하는 거잖아요."

그건 몰랐다. 손님들은 서로를 쳐다봤다. 그것 외에도 에버딘은 마을 안에서 마차 사업을 시작하려고 하고 있었다. 수도나 큰 영지는 마차 택시 같은 운송 수단이 있다. 헬름 역시 몇 년 전까지만 해도 비슷한 게 있었지만 영지민들이 빠져나가면서 유명무실해져 버렸다.

그걸 에버딘은 션이 준 말과 마차로 되살리려는 거다. 하지만 아직 수잔은 그걸 몰랐기 때문에 딱 여기까지만 이야기했다.

"그럼 그 공작님이라는 사람이 우리 영주님한테 구혼하고 있는 거네?"

다시 사람들의 관심은 에버딘과 션의 관계로 옮겨갔다. 그러자 곁에 있던 손님이 션의 외모를 물었다.

"괜찮다며? 얼마나 괜찮은데?"

얼마나 괜찮냐고? 수잔의 미간에 주름이 생겼다. 솔직히 말하면 그녀를 포함한 네 사람 다 웨스트 공작을 끔찍하다고 말했다. 에버딘은 잘생겼다고 했지만 아이린은 붉은 눈이 몸서리쳐지게 무섭다고 말했고 크리스틴은 곁에 있는 것 자체가 숨이 막힌다고 말했다.

하지만 얼굴을 제외하면 몸은 괜찮다. 아니, 괜찮은 건 오히려 그 가치를 깎아내리는 말이다. 션 웨스트는 괜찮다는 말이 모욕이 될 몸을 가지고 있었다.

"커요. 다."

"몸집이 크다는 거야?"

그렇게 말하면 좀 다르다. 수잔은 잠시 생각하다가 입을 열었다.

"키가 굉장히 커요. 서쪽 하늘 용병들이 다 큰 걸 보면 그쪽 사람들은 다 큰가 봐요."

웨스트햄튼 쪽 사람들은 다들 키가 크다. 그리고 다들 꽤 잘생겼다. 수잔의 머릿속에 베르트와 카렌이 차례로 떠올랐다. 특히 베르트는 저택 안의 한 줄기 빛이 되어 주고 있었다.

얼마나 잘생겼는지 그가 지나가면 저택의 하녀들이 킬킬거리느라 일을 못 할 정도다. 카렌 때문에 저택 안에 바지에 대한 거부감이 옅어졌고.

"그리고 힘이 세요. 아니, 이건 외모가 아니구나. 음, 어깨가 넓어요. 체격 자체가 굉장히 좋은 편이고요. 어떻게 보면 꼭 흑마 같다고 해야 하나……."

그것도 성질 더러운 흑마 같다. 수잔이 그렇게 말한 순간 문이 열리면서 누군가 들어왔다. 잠시 사람들 사이에 정적이 흐르고 뒤를 돌아본 손님이 수잔에게 물었다.

"붉은 눈을 가졌어?"

29-2

어떻게 알았지? 깜짝 놀라는 수잔 앞에 에버딘이 보였다. 그리고 사람들을 조용하게 만든 원흉도.

"어쩐 일이야?"

수잔은 벌떡 일어나서 에버딘에게 다가가며 물었다. 에버딘 뒤에 선 션 때문에 식당 안은 쥐 죽은 듯 조용해졌다.

그뿐만이 아니었다. 그의 시선이 향하는 곳마다 사람들이 시선을 피해 고개를 돌리거나 슬그머니 일어나서 식당을 나가 버렸다.

이러면 곤란하다.

에버딘은 재빨리 션을 데리고 주방으로 들어갔다. 그리고 가져온 케이크 틀을 내려놓으며 말했다.

"메뉴가 잘 팔리는지 보고 싶어서요. 그리고 계란과 쌀가루로 만들 수 있는 케이크도 하나 알려드리려고요."

주방에 앉아 있던 도리스와 직원들의 시선이 부딪쳤다. 메뉴는 그럭저럭 팔린다. 여기서 그럭저럭 팔린다는 건 잼을 넣은 꿀떡과 차가 그럭저럭 팔린다는 거고 꼬리곰탕은 거의 팔리지 않는다는 말이다.

"계란과 쌀가루로 만드는 케이크요?"

도리스가 벌떡 일어나며 물었지만 이미 에버딘의 시선은 꼬리곰탕을 끓이는 솥을 향한 뒤였다. 한 솥 가득 끓였지만 거의 남아 있다. 곰탕이야 오래 끓여서 오래 먹는 거니 하루 이틀 정도는 상관없지만 남는 건 에버딘의 기분을 상하게 할 것이다.

걱정하는 도리스 앞에서 에버딘은 어깨를 으쓱해 보였다. 솔직히 말하면 그녀도 잘 안 팔릴 수도 있다는 각오는 했다. 베르트나 바네사의 반응만 봐도 인기 없다는 걸 알 수 있었으니까.

"우선 케이크부터 만들까요?"

꼬리곰탕의 장점은 재료비가 거의 안 든다는 거다. 물에 넣고 오래 끓이기만 하면 되니까.

아무도 안 먹으면 내가 가져가서 떡국이나 끓여 먹지, 뭐. 에버딘은 그렇게 생각하며 케이크 틀을 조리대 위에 내려놓았다.

"케이크요?"

도리스가 이상하다는 표정으로 물었다. 케이크 틀이라는데 이상하게 생겼다. 원통형인데 안에 기둥이 달려 있었다. 이걸로 케이크를 구우면 안이 뻥 뚫린 케이크를 만들게 된다.

하지만 에버딘은 별거 아니라는 듯 케이크 틀을 들더니 안의 기둥을 분리해냈다. 그리고 놀라는 사람들 앞에서 틀을 깨끗하게 세척하고 돌아섰다.

"계란은 들어왔죠?"

션이 선물한 닭 덕분에 최근 영주의 저택에 계란 수급이 수월해졌다. 영지 내에도 차근차근 계란이 풀리기 시작할 것이다.

도리스는 고개를 끄덕이며 저택에서 보내 준 계란을 가져왔다. 커다란 그릇 두 개를 꺼낸 에버딘은 계란을 각각 흰자와 노른자로 분리한 뒤 흰자에 설탕을 약간 넣고 거품기로 휘저으며 말했다.

"거품이 단단해질 때까지 저어야 해요."

그녀가 살던 곳에서는 이걸 전기로 움직이는 거품기를 이용해서 만들었다. 하지만 여기는 전기도 없고, 전동 거품기는 더더욱 없으니 어쩔 수 없다.

그때, 션이 그녀의 손을 잡으며 물었다.

"같은 방향으로 저으면 돼?"

"이거 좀 힘들어."

에버딘의 대꾸에 션은 멈칫하더니 어이없다는 듯 물었다.

"나한테?"

두 사람 뒤에서 도리스는 물론 수잔과 직원들까지 웃음을 참느라 힘들어하고 있었다. 에버딘은 이상하다는 듯 말했다.

"나한테 힘들면 당신한테도 힘들겠지."

션에게 그건 굉장히 생소한 경험이었다. 그는 언제나 강하고 지치지 않는 지배자였다. 그의 부하들은 물론 동생들까지 션은 지치거나 힘들지 않을 거라고 믿었다.

사람들은, 특히 마틴은 자신이 벌인 일들을 션이 해결할 거라 믿어 의심치 않았고 그는 어쩔 수 없이 마틴의 기대에 부응해야 했다.

그걸 에버딘은 정면으로 부인하고 있었다. 베르트나 카렌도 아니고 하다못해 션을 싫어하는 마틴조차 그가 힘들어할 거라는 생각을 안 하는데 말이다. 겨우 거품 내는 것에.

"괜찮아."

션은 힘들지 않다는 말 대신 괜찮다고 말하며 에버딘의 손에서 거품기를 받아 들었다. 그리고 그녀가 원하는 대로 계란 흰자를 거품 내기 시작했다.

"와."

션이 거품을 내기 시작하자 에버딘은 저도 모르게 탄성을 내뱉었다. 소매를 걷어붙인 탓에 그의 팔뚝에 힘줄이 도드라졌다. 에버딘의 탄성에 고개를 돌린 도리스와 수잔도 눈을 동그랗게 떴다.

에버딘이 션을 잘생겼다고 말할 때마다 대체 어디가 잘생긴 거냐고 생각했는데 지금은 좀 알겠다. 하지만 그런 생각도 션이 인상을 쓰며 고개를 들자 쏙 들어갔다.

도리스는 재빨리 에버딘에게 몸을 돌리며 물었다.

"또 뭐가 있어야 해요?"

"쌀가루랑 체는 있고…… 오븐에 불을 미리 넣으세요."

차근차근 재료를 확인한 에버딘이 또 다른 그릇에 덜어 놓은 노른자를 포크로 저으며 말했다.

"남은 설탕 좀 넣어 줄래요? 그리고 거기 있는 기름도요."

기름? 돼지기름을 말하는 건가? 도리스가 돼지비계로 낸 기름에 손을 대자 에버딘이 재빨리 말했다.

"아뇨, 식물 기름이요. 근데 올리브오일은 안 돼요. 아니면 버터를 녹인 것도 괜찮고요."

콩기름이라면 있다. 도리스가 내밀자 에버딘은 설탕을 섞은 노른자 안에 콩기름과 우유를 넣었다. 그리고 체에 친 쌀가루를 섞은 뒤 션을 쳐다봤다.

그는 이미 흰자의 거품을 단단하게 낸 뒤 손을 닦고 있었다. 심지어 사용한 거품기를 깨끗하게 씻어 걸어 두는 모습에 에버딘은 물론 수잔과 도리스까지 감탄을 금치 못했다.

"쌀가루로 케이크가 돼요?"

"콩가루로도 돼요."

전에 해 봤다. 에버딘이 전에 살던 곳에서 그녀의 할머니가 한약을 먹느라 밀가루를 금지당한 적이 있다. 그때 케이크를 너무 드시고 싶어 해서 쌀가루로 케이크를 만들어 드렸다.

거품이 꺼지지 않도록 두 그릇 안의 내용을 살살 섞은 그녀는 미리 씻어 둔 케이크 틀에 물을 뿌린 뒤 반죽을 붓기 시작했다.

"이거 구울게요. 다음."

케이크를 굽는 동안 꼬리곰탕을 살펴볼 때다. 에버딘은 솥으로 다가가서 냄새와 색을 확인했다. 별문제는 없어 보인다. 여기나 거기나 소고기는 똑같은지 그녀가 아는 꼬리곰탕의 모습이었다.

"조금 퍼드릴까요?"

도리스의 질문에 에버딘은 고개를 끄덕였다. 션은 그녀의 뒤에서서 솥 안을 확인해 보고는 이상하다는 듯 물었다.

"이게 뭐라고?"

"꼬리곰탕."

"뭔가의 꼬리라는 거지?"

"소꼬리야."

그의 얼굴도 다른 사람들처럼 일그러졌다. 이걸 판다고? 팔리기나 해? 션은 그렇게 말하고 싶은 심정을 재빨리 숨기고 물었다.

"먹어 봤어?"

당연한 걸 묻는 사람이 또 있다. 에버딘은 도리스가 퍼준 국을 받아 들었다가 퍼뜩 떠오른 생각에 그릇을 다시 그녀에게 내밀며 말했다.

"나가 있을 테니까 밥이랑 같이 내줄래요?"

"네? 밖이요?"

"사람들 사이에 앉아 있을게요. 밥이랑 위에 파도 좀 썰어서 내주세요."

대체 뭘 하려는 거지? 어리둥절해 하는 도리스와 직원들 사이에서 수잔과 션은 에버딘이 뭘 하려는지 깨달았다.

사람들이 먹지 않으려는 버리는 부위로 만든 꼬리곰탕을 영주가 먹는다는 것. 그게 의미하는 바는 크다.

"나도 먹지."

션은 재빨리 그렇게 말하고 주방 밖으로 나갔다. 웨스트 공작까지? 깜짝 놀라는 사람들을 뒤로하고 에버딘이 그를 따라잡으며 속삭였다.

"안 먹어도 돼."

좋아하지도 않고 익숙하지도 않으며 원하지도 않는 사람에게 억지로 먹일 생각은 없다. 에버딘은 자신이 좋아하는 걸 모든 사람이 좋아할 수는 없다는 걸 알았다.

션이 그녀에게 구애한다고 해서 이런 것까지 맞춰 줄 필요는 없다.

하지만 그는 딱히 그녀에게 맞춰 주기 위해 먹어 보겠다고 한 게 아니었다.

션의 시선이 그의 뒤에 딱 달라붙은 에버딘과 그녀가 그를 막기 위해 잡은 자신의 재킷을 향했다. 그의 얼굴에 미소가 떠올랐다가 아무도 눈치채기 전에 사라졌다.

션은 식당의 한가운데에 있는 자리에 가서 에버딘을 위해 의자를 당겨 주며 말했다.

"먹어 보고 싶어."

"안 좋아하잖아."

"그건 모르는 거지."

"나 때문에 억지로 먹는 거라면……."

"에버딘."

그는 에버딘을 눌러 앉힌 뒤 의자를 식탁 쪽을 향해 밀어 넣어주며 그녀의 말을 막았다. 그리고 우아하게 반대편으로 돌아가서 의자에 앉으며 말했다.

"네가 먹는 거라면 무슨 맛인지 궁금한 것뿐이야."

그는 늘, 에버딘의 모든 게 궁금했다. 그녀가 뭘 좋아하는지, 뭘 싫어하는지. 이번엔 무엇 때문에 화를 냈고 무엇 때문에 웃었는지 알고 싶었다.

이번 일도 마찬가지였다. 에버딘이 먹는다고 했다면, 그리고 팔기로 했다면 그런 결정을 내린 데에는 이유가 있을 것이다.

곧이어 도리스가 긴장한 표정으로 쟁반 가득 그릇을 올리고 다가왔다. 에버딘이 요청한 대로 파를 썰어 올리고 밥을 한 공기씩 곁들여서.

"이건……."

어떻게 먹냐고 션이 묻기도 전에 에버딘이 수저를 들어 올렸다. 그녀는 김이 모락모락 나는 밥을 그대로 국에 말더니 야무지게 파 조각까지 챙겨서 입에 넣었다.

저렇게 먹는 거군. 션은 스튜와 별다를 게 없다고 생각하며 수저를 들었다. 밥을 마는 걸 제외하면 맛은 평범한 고기 수프였다.

"아, 깍두기가 있어야 하는데."

그때 에버딘이 안타깝다는 듯 중얼거렸다. 진짜 깍두기가 있어야 한다. 아니면 겉절이.

"깍두기가 뭐야?"

"무를 주사위 모양으로 잘라서 고춧가루랑 이것저것 버무려서 맵게 만드는 거야."

"무?"

무를 맵게 만든다고? 션의 얼굴이 일그러졌다. 그의 머릿속에 커봤자 에버딘의 주먹만 한 빨간 무가 떠올랐다. 보통 고기에 장식으로 쓰거나 샐러드에 넣어 먹는다.

그걸 맵게 양념해서 먹는다고? 왜?

"그렇게 먹으면 뭐가 좋아?"

션의 질문에 에버딘이 이상하다는 듯 물었다. 요거트를 쇠 수저로 먹으면 안 된다는 소릴 하고 있다. 그녀는 다시 국밥을 먹으며 말했다.

"맛있지."

국밥에 김치를 곁들여 먹는 건 나트륨 과다섭취로 안 좋다고 한다. 하지만 그게 맛있는데 어쩌란 말인가. 에버딘은 아깝다고 생각하며 국밥을 한 그릇 뚝딱 먹어 치웠다.

그것을 본 션도 별말 없이 자신의 음식을 다 먹었다. 뜨끈뜨끈한 밥과 국을 먹으니 온몸이 후끈후끈해졌다.

"겨울에 괜찮겠는데."

션이 그렇게 중얼거리자 에버딘이 빙그레 웃으며 물었다.

"그렇지?"

한겨울, 아침에 학교를 가거나 출근하기 전에 이렇게 먹고 가면 얼마나 든든했는지 모른다. 에버딘은 자리에서 일어나 수잔에게 돈을 지불하며 말했다.

"안 팔리면 저택으로 가져다줘. 내가 먹게."

에버딘과 션이 떠나자 식당 안은 다시 한바탕 소란이 일어났다. 영주님이 소꼬리로 만든 수프를 먹었다. 그게 마을 사람들에게 얼마나 충격적인 사건이었는지 다른 가게의 사람들도 식당으로 찾아와서 수잔에게 물었다.

"맛만 본 게 아니고 진짜 다 드셨다고?"

"한 그릇 다요."

수잔은 싱글벙글 웃으며 과장되게 말했다.

"이 큰 그릇으로 하나 가득이었어요."

물론 거짓말이다. 에버딘이 사용한 그릇은 평범한 스튜 그릇이었고 식당 안에 있던 사람들 모두 봤다. 하지만 수잔에게 거짓말하지 말라고 하는 사람은 아무도 없었다.

어쨌든 영주가 한 그릇을 먹고 나갔다. 그녀와 함께 온 무서운 남자도.

"같이 온 사람은 누구야? 못 보던 남자라던데?"

영지 사람들은 서쪽 하늘 용병대에게 익숙했다. 그들은 처음 헬름에 왔을 때 영지에 있는 작은 여관에서 묵었기 때문이다. 손님이 없어서 폐점한 지 오래된 여관에 누가 묵는다길래 다들 신기해했었다.

물론 용병대의 흉흉한 모습에 아무도 말을 걸지 못했지만 그래도 다들 용병의 얼굴을 기억하고 있었다. 이런 폐쇄된 마을에 나타난 덩치 큰 용병들을 잊기란 쉽지 않다.

그래서 사람들은 새로운 남자의 등장을 매우 신기하게 받아들였다. 영주님과 함께 왔으니 높은 사람일 텐데 대체 누군지 감이 잡히질 않는다.

"아, 그분이 웨스트햄튼의 공작님이에요."

안쪽에서 그릇을 든 도리스가 나와서 끼어들었다. 영주님이 먹었다는 말에 몰려든 사람들이 꼬리곰탕을 주문한 통에 안에 있는 직원들은 파를 써느라 정신이 없었다.

이것도 영주님이 먹는 방법이었다는 말 때문에 갑자기 확 늘었다. 그전까지는 몇 안 되는 꼬리곰탕을 주문한 사람들 전부 파는 왜 넣었냐고 하나하나 빼고 먹었었다.

"그 남자가? 아니, 그분이?"

깜짝 놀란 손님 곁에서 다른 사람들이 수군거리기 시작했다. 키가 크고 눈이 붉었다. 그래서 무서웠다. 그들에게 션의 인상은 딱 그 정도였다.

"잠깐, 웨스트햄튼의 공작님이면 우리 영주님한테 구혼한다는 그 사람 아냐?"

"소문이 별로 안 좋다며?"

"헬름을 노린다고 들었는데?"

이건 또 무슨 소리야? 수잔과 도리스의 얼굴이 일그러졌다. 두 사람은 수군거리는 사람들에게 대체 무슨 소리냐고 묻기 시작했다.

"웨스트 공작이 나랑 결혼해서 헬름을 집어삼키려 하고 있다고?"

그날 저녁, 에버딘은 식당 문을 닫고 돌아온 도리스와 수잔에게 영지에서 떠도는 소문을 듣고 인상을 찡그렸다. 수잔은 어이가 없어서 어깨를 들썩이며 덧붙였다.

"웨스트햄튼이 험한 동네라 거기 사람들을 헬름으로 이주시키고 헬름 사람들을 노예로 부린다는 소문이 있대."

"어쩌다가, 아니, 왜, 아니, 잠깐……."

너무 말도 안 되는 소문이라 에버딘의 말문이 막혔다. 그녀는 어이가 없어서 이마를 짚고 한숨을 내쉬었다. 왜 그런 소문이 난 건지 이해도 안 되거니와 어쩌다 그런 소문이 났는지도 모르겠다.

그녀는 한참을 그렇게 있다가 도리스에게 물었다.

"직원들도 그렇게 생각해요?"

"웨스트 공작님이 사장님과 결혼해서 헬름을 집어삼킬 거라고요?"

에버딘이 고개를 끄덕였다. 도리스는 뭐라고 대답해야 할지 잠시 생각하다가 입을 열었다.

"언뜻 보면 그럴듯해 보이긴 해요. 웨스트햄튼은 소문으로만 들었지만 좀 험한 지역이라고 들었거든요."

노헤임의 외곽에 있는 영지다. 거기에 접해 있는 건 다른 나라가 아니라 과거 몬스터가 득실했다는 험한 숲이다.

그걸 현 웨스트 공작과 선대 웨스트 공작이 몬스터를 토벌하고 웨스트햄튼의 영지를 늘렸다. 그 과정에서 자연스럽게 웨스트햄튼의 사람들은 실력 좋은 전사가 되었고.

그러니 언뜻 생각하면 그런 거칠고 험한 영지에 살고 있는 사람들이 수도와 가까운 헬름을 원한다는 건 맞는 말이다.

하지만 조금만 깊이 생각하면 동시에 말이 안 되는 생각이기도 했다. 웨스트햄튼은 거칠고 험한 땅이지만 동시에 수준 높은 광물을 많이 가지고 있다. 웨스트햄튼 사람들이 용맹한 용병이거나 실력 있는 대장장이인 이유가 바로 그거다.

그에 비해 헬름은 평지에 가까운 땅이고 몇 년간의 잘못된 관리로 쇠락했다. 그리고 웨스트햄튼은 상당히 부유한 영지였다.

쉽게 말하면 웨스트공작이 굳이 헬름을 탐낼 필요가 없는 것이다. 그는 이미 수도에도 많은 거리를 몇십 년간 소유하고 있으니까.

"직원들에게는 아니라고 말해 두긴 했어요. 하지만……."

소문이 꽤 그럴듯했다. 그동안 영지를 제대로 관리하지 않은 건 영주가 영지가 아니라 웨스트 공작에게 미쳐서 따라다니느라 그랬다는 소문이었다.

거기까지 도리스가 이야기하자 수잔이 끼어들었다.

"그런데 이상한 점이 하나 있어."

이상한 점? 도리스와 에버딘이 수잔을 쳐다봤다. 이 소문에서 안 이상한 게 대체 뭐가 있단 말인가? 하지만 수잔이 말하는 건 그런 게 아니었다.

"내가 들은 소문은 네가 웨스트 공작에게 반해서 결혼시켜 달라고 네 아버지에게 졸랐다는 버전이었거든."

"내가?"

에버딘은 어이가 없어서 입을 딱 벌렸다. 그 반대 아냐? 그렇게 생각한 순간 수잔이 말을 이었다.

"그런데 영지를 생각한 네 아버지가 웨스트 공작이 아니라 공작의 동생과 너를 결혼시키려고 했대."

"잠깐."

이야기가 이상하게 아주 약간의 진실이 섞이기 시작했다. 에버딘은 인상을 썼고 도리스는 무슨 상황인지 몰라 멍하니 두 사람을 쳐다보기 시작했다.

헥터가 에버딘과 마틴을 결혼시키려 한 건 사실이다. 하지만 그게 영지를 위해서였다고? 말도 안 된다. 그런 인간이 영지를 이따위로 망칠 리가 없다.

"이상하지?"

수잔의 질문에 에버딘은 인상을 쓴 채 고개를 끄덕였다. 어딘가 전문 몰이꾼이 붙어 있는 게 아닐까 하는 생각이 들었다.

원래 이런 루머에는 약간의 진실이 들어가야 한다. 그래야 허위 사실이 진실로 탈바꿈할 수 있으니까.

"그 소문, 어디서 난 건지 알아봐 줄 수 있어?"

에버딘의 부탁에 수잔은 자신 없는 표정으로 말했다.

"알아볼 수는 있는데 알아낼 수 있을지는 몰라."

"상관없어. 알 수 있는 데까지만 알아봐 줘."

그런 거라면 할 수 있다. 수잔은 고개를 끄덕였다.

"음식은 얼마나 남았어요?"

이어서 에버딘은 도리스에게 물었다. 오늘 장사가 어땠는지 묻는 거다. 어두운 이야기 끝에 겨우 밝은 이야기를 할 기회를 얻자 도리스는 기쁘게 이야기했다.

"다 팔렸어요."

"다요? 그러니까 곰탕도요?"

"네. 파도 어찌나 더 달라고 하던지 나중엔 없어서 밭에서 뽑아 와야 했을 정도예요."

고작 자신이 먹은 것만으로 그 정도 효과를 발휘했을 줄은 몰랐다. 에버딘은 어이가 없어서 멍하니 도리스를 쳐다보다가 물었다.

"아 참, 케이크는 어땠어요?"

하나만 만들어서 직원들과 함께 시식해 보라고 했다. 에버딘의 질문에 도리스는 감격한 표정으로 말했다.

"엄청 부드럽고 맛있었어요! 그 케이크 이름이 뭐예요?"

도리스의 질문에 에버딘이 씩 웃었다. 그녀가 살던 곳에서는 쌀로 빵을 만드는 연구가 활발했다. 그중 가장 흔한 건 쌀가루로 만든 시폰 케이크였다. 에버딘은 곧바로 미리 생각해 둔 대답을 내놓았다.

"시폰 천처럼 가벼우니까 시폰 케이크 어떨까요?"

시폰 천처럼 가벼워서 시폰 케이크라. 에버딘의 대답에 도리스와 수잔의 얼굴에 놀란 표정이 떠올랐다. 딱 맞는 이름이다. 가볍고 부드럽다. 동시에 재료도 많이 들어가지 않는다.

단 한 가지 문제라면…….

"하지만 만들기 힘드니까 하루에 한정을 두고 팔아야 할 거예요. 잘라서 한 조각씩 파세요."

거품을 내기가 힘들다는 거다. 흰자를 팔이 빠지도록 저어서 단단한 거품을 내야 하기 때문이다. 에버딘은 션이 해서 몇 분 만에 거품이 단단해진 거다.

"그럼 시간대별로 한두 개씩 구워서 팔까요?"

거품도 문제지만 케이크 틀도 아직 몇 개 없다. 도리스의 제안에 에버딘은 고개를 끄덕였다. 두 사람과 해야 할 이야기는 그게 다다.

"남작님."

에버딘이 슬슬 정리하려는 데 문밖에서 레슬리가 노크를 하며 그녀를 불렀다. 타이밍이 좋았다. 에버딘이 들어오라고 하자 레슬리가 손에 뭔가를 들고 안으로 들어왔다.

"허슬 씨가 왔습니다."

에버딘은 메간에게 케이크 틀 말고 또 주문한 게 있다. 그녀가 자리에서 일어나자 레슬리는 들고 온 것을 책상에 내려놓으며 말했다.

"모양을 확인해 달라고 해서요."

"아직 있어요?"

"네. 직접 이야기해 보시겠어요?"

그래야겠다. 에버딘은 그녀가 원한 것과 약간 다른 모양의 농기구를 쳐다봤다. 끝이 좀 더 말려 있어야 한다. 그리고 한쪽 날은 둥글고 다른 쪽 날은 직선이었으면 좋겠다.

"작은 응접실로 안내하겠습니다."

레슬리가 그렇게 말하고 나가자 같이 자리에서 일어났던 수잔과 도리스가 궁금하다는 표정으로 에버딘의 책상 위를 쳐다봤다. 두 사람은 전부터 에버딘이 메간이라는 대장장이에게 특이한 것을 많이 주문했다는 것을 알고 있었다.

수도에 있을 때부터 그랬다. 계란을 사각형으로 구울 수 있는 틀이라거나 빵 안에 크림을 채워 넣을 수 있는 깍지도 있었다.

오늘 만든 시폰 케이크 틀도 메간에게 요청해서 만든 거다.

궁금해하는 두 사람의 표정에 에버딘은 별거 아니라는 표정으로 레슬리가 가져왔다가 다시 가져간 농기구를 설명했다.

"호미라고 하는 건데 밭을 맬 때 쓰는 거야. 잡초를 캐거나 땅을 파서 모종을 심을 때 써."

"모종삽으로는 안 되는 거야?"

수잔의 질문에 에버딘은 으음 하고 눈알을 굴렸다. 여기선 모종삽을 쓴다. 하지만 전에 조안이 아이들과 사용하는 걸 봤더니 불편해 보였다.

에버딘은 뭐라고 설명해야 할지 몰라서 간단하게 말했다.

"좀 더 편할 거 같아서. 시연해 보고 반응이 좋으면 웨스트 공작과 함께 하는 공방에서 그것도 만들어 볼까 해."

웨스트 공작. 에버딘의 입에서 션의 이름이 나오자 수잔과 도리스의 시선이 부딪쳤다. 두 사람의 머릿속에 동시에 에버딘이 그를 좋아하는 건지 의문이 떠올랐다. 그렇지 않아도 오늘 식당에서 내내 그게 화두였다.

과연 어셔 남작은 웨스트 공작을 좋아하는 걸까.

수잔은 메간과 이야기를 하기 위해 서재를 나가는 에버딘을 따라 나가며 입을 열었다.

"궁금한 게 있는데."

"에버딘."

세 사람이 복도로 나오자 기다리고 있던 션이 불쑥 말을 걸었다. 같이 서재에서 나온 도리스와 수잔이 다시 서로를 쳐다봤다.

"무슨 일이야?"

"이야기 좀 해."

션의 요청에 에버딘은 인상을 쓰며 수잔과 도리스를 돌아봤다. 방금 수잔이 그녀에게 뭔가를 물어보려고 했다. 지금은 메간에게 가는 길이고 먼저 말을 꺼낸 사람을 우선해야 한다.

하지만 그녀가 그렇게 말하기 전에 수잔이 불쑥 말했다.

"아, 나 그거 해야 하는데!"

"나도! 그거 해야지, 참!"

"그거?"

에버딘이 어리둥절해서 묻자 수잔이 별거 아니라는 듯 손을 흔들며 말했다.

"그거 있어. 나랑 도리스는 그거 하러 가야겠다."

"그거가 뭔데?"

"그거가 그거죠."

도리스까지 합세해서 그렇게 말하더니 재빨리 떠나 버렸다. 에버딘은 어이가 없어서 벌써 저만치 간 두 사람을 멍하니 쳐다보며 중얼거렸다.

"그거가 뭔데 저래?"

그걸 션이 알 리가 없다. 그는 어깨를 으쓱하고 에버딘에게 돌아서더니 그녀와 어깨를 나란히 하고 걸으며 물었다.

"이상한 소문이 났다며."

그게 벌써 그의 귀에까지 들어간 줄 몰랐던 에버딘의 얼굴이 일그러졌다. 하지만 원래 소문이란 당사자에게 가장 늦는 법이다.

션이 빨리 들은 게 아니라 에버딘이 늦게 들은 거다. 사실 션도 에버딘과 비슷하게 오늘 소문을 들었다.

"뭐, 다들 겁이 난 거겠지."

전 영주라 자칭했던 헥터는 엉망이었고 에버딘은 온 지 얼마 안 됐다. 이미 많은 사람들이 영지에서 빠져나갔고 아직도 마을에서는 돈과 폴라의 친척들이 힘을 발휘하고 있다.

이런 시점에서 에버딘에게 구애하는 귀족이 나타났으니 사람들이 불안할 만도 했다.

션은 미간에 주름을 잡은 채 에버딘을 쳐다보다가 그녀가 자신을 쳐다보자 재빨리 고개를 돌렸다. 화난 표정은 그녀에게 보여 주고 싶지 않았다.

그녀에게 자신의 마음을 표현하고 싶었던 것뿐이다. 그의 입장에서 보자면 그렇다. 하지만 그건 지금 에버딘의 상황을 무시한 처사이기도 했다.

에버딘은 지금 신경 쓸 게 아주 많았다. 줄어든 영지민도 늘려야 하고 마을을 장악한 사람들도 처리해야 한다. 줄어든 하인 때문에 저택의 일손도 부족하다.

거기에 그의 구애가 그녀의 고민거리가 되게 하고 싶지 않았다.

션은 그와 가까운 사람들이 안다면 눈을 의심할 생각을 하며 입을 열었다.

"내가 잠깐 떠나 있을까?"

떠나 있어? 에버딘은 션의 말에 눈을 동그랗게 떴다. 설마 지금 션 웨스트 공작이 약한 모습 보이는 건가?

에버딘은 떠나 있겠다는 말에 입을 딱 벌리고 그를 쳐다보다가 얼빠진 목소리로 물었다.

"어, 어디로?"

"글쎄. 사교 시즌이 끝나가니까 수도도 지금은 조용하겠지."

아니면 좀 일찍 영지로 돌아가는 방법도 있다. 하지만 거기까지 생각한 션은 에버딘을 쳐다보고 웨스트햄튼은 선택지에서 지워 버렸다.

에버딘의 곁에서 너무 멀리 떨어져 있고 싶지 않았다.

"왜? 소문 때문에 짜증 났어?"

에버딘의 질문에 션의 눈이 가늘어졌다. 그는 소문을 개의치 않고 살아왔다. 웨스트햄튼에 대한 소문은 다양했고 웨스트 공작가에 대한 소문은 악의적이기까지 했다.

거기에 문제 있는 아버지와 이복동생까지. 그의 인생은 소문이 아니라 그 자체만으로도 골치 아팠다. 그러니 오히려 소문에 신경 쓰지 않고 사는 데 익숙해져 버렸다.

하지만 소문의 주체가 그가 아니라 에버딘이 된다면 그건 문제가 있다. 다른 사람 때문에 자신이 골치 아픈 것도, 자신 때문에 다른 사람이 골치 아픈 것도 상관없다.

션에게 가장 문제가 되는 건 그 때문에 에버딘이 골치 아파지는 거였다.

"나보다 네가 문제지."

션은 그렇게 말하며 한숨을 내쉬었다. 그를 둘러싼 많은 소문들. 그리고 그리 긍정적이지 않은 평가들. 그 모든 것들은 언젠가 그와 결혼할 여자가 감당할 문제였다.

그렇게 생각하며 살아왔다. 그 정도도 감당하지 못한다면 웨스트 공작 부인이 될 수 없다고, 오만하게 생각해 왔다.

하지만 그게 에버딘이 되자 오히려 션이 견딜 수가 없었다. 그녀에게 도움이 되지는 못할망정 걸림돌이 돼서는 안 된다.

"나 때문에 곤란하잖아."

에버딘은 션이 떠나겠다고 한 이유를 깨닫고 다시 입을 딱 벌렸다. 이 남자는 지금, 자신이 그녀에게 방해가 될까 봐 걱정하고 있었다.

션 웨스트가. 세상에서 무서울 게 없는 남자가.

처음 만났을 때 그녀를 골칫거리로 대하던 션을 떠올리자 에버딘은 저도 모르게 웃음이 흘러나오기 시작했다. 그때의 그는 찾아온 그녀를 쳐다보지도 않았다. 심지어 앉으라고 권하지도 않았다.

그런데 지금은 자신이 그녀에게 방해가 될까 봐 걱정하고 있었다.

"좀 숙여 봐."

에버딘은 비실비실 웃으며 말했다. 그러지 않으려고 했는데 자꾸만 웃음이 나온다. 션은 실실 웃는 에버딘을 보고 한쪽 눈썹을 들어 올렸다가 순순히 허리를 숙여 주었다.

"진짜 떠날 거야?"

에버딘의 손이 션의 어깨에 닿았다. 작은 손이 닿는 느낌에 션은 움찔했다가 이해할 수가 없어서 그녀를 쳐다봤다.

그가 떠난다는 소리가 재미있나? 약간 섭섭하기도 하고 조금은 부아가 치밀어 올라서 션은 퉁명스럽게 대답했다.

"내가 방해가 되고 있잖아."

션 웨스트가 방해가 되고 있다니. 에버딘의 웃음이 짙어졌다. 그녀는 계속해서 실실 웃으며 그를 향해 몸을 기울였다.

그리고 작게 물었다.

"이래도?"

가볍게 션의 입술에 에버딘의 입술이 닿았다. 션이 놀라서 눈을 감는 것도 잊고 그녀를 쳐다보는 사이 에버딘은 살짝 입술을 떼고 웃었다.

정신을 차렸을 때 그는 이미 그녀의 허리를 끌어안고 있었다. 션은 그녀의 몸을 자신의 몸에 딱 붙이며 나직하게 물었다.

"진심이야?"

평소의 그가 에버딘에게 너무 얌전하고 예의 바르게 굴어서 그녀는 잠깐 잊고 있었다. 션 웨스트 공작은 어린 시절을 용병대에서 보낸 남자다. 그리고 공작으로 살면서 원하는 것과 바라는 것은 반드시 손에 넣었고 무엇 하나 아쉬운 게 없는 사람이다.

양을 지키는 개처럼 굴었지만 그의 본질은 양을 잡아먹는 늑대였다.

"어……."

끌어안는 손이, 잡아당기는 팔이 갑작스러워서 에버딘은 당황해 버렸다. 바로 대답하지 못하는 그녀를 보자마자 션의 팔 힘이 느슨해졌다.

그는 계속해서 그녀에게 구애를 하고 있다. 지금 에버딘이 그에게 키스를 한다는 건 그에게는 구애를 받아들인다는 뜻으로 보였다.

하지만 에버딘이 멈칫하자 션은 재빨리 힘을 풀었다. 긍정적으로 해석할 수 있는 작은 표현을 잡을 거라면 마찬가지로 부정적으로 해석할 수 있는 작은 표현도 잡아야 한다.

그냥 가벼운 마음으로 키스했을 수도 있다. 과거의 션이라면 코

웃음 칠 만한 생각이 그의 머릿속에 떠올랐다. 남녀 관계에 가볍게 입을 맞출 일이 어디 있단 말인가.

하지만 상대가 에버딘이면 그는 조심스러워질 수밖에 없었다. 그녀가 그에게 겁을 먹거나 거부하는 일만은 피하고 싶었다.

"진심이라는 게 뭘 묻는 건지 모르겠는데."

에버딘은 자신을 끌어안는 힘이 약해지자 션의 어깨를 짚었던 손으로 그의 목을 끌어안았다. 입을 맞춘 건 진심이었다.

하고 싶어서 했다. 자신 없는 션의 모습을 보자 그냥 입을 맞추고 싶었다.

하지만 좀 더 포괄적인 걸 묻는 거라면 대답할 수가 없다. 거기까지 생각하자 에버딘의 행동에 자신이 없어졌다. 그녀는 슬쩍 손을 떼며 말했다.

"혹시 그게 결혼 같은 거라면……."

"에버딘."

션은 다시 에버딘을 끌어안은 팔에 힘을 주며 그녀를 불렀다. 그는 결혼을 말하는 게 아니었다. 물론 언젠가는 에버딘과 결혼을 하고 싶기는 했다.

하지만 지금의 그녀에게 그런 건 요구하는 게, 아니, 생각해 보라고 하는 것조차도 어떤 압박이라는 것을 알고 있었다.

"나는 너를 원해, 에버딘 어셔. 너와 작위를 떼어 놓을 수 없다는 걸 알아. 하지만 당장 네게 결혼을 요구할 생각은 없어."

그게 불공평하다는 것도 안다. 션은 그의 선조 때부터 기반을 잡은 안정된 영지의 영주다. 그는 부유한 공작이다. 그것도 그냥 공작이 아니라 변경공이다.

에버딘은 한숨을 내쉬고 다시 션의 목을 끌어안았다. 그리고 조심스럽게 말했다.

"날 걱정해서라면, 떠나지 않았으면 좋겠어."

매일 저택 안에서 그의 얼굴을 보고 싶었다. 별거 아니지만 그가 식탁 앞에 앉아 신문을 보는 걸 보면 이상하게 안심이 되곤 했다.

서재에서 일을 하다가 고개를 들었을 때 맞은편에서 션이 서류를 읽거나 편지를 쓰는 걸 보면 피곤함이 사라지곤 했다. 그녀의 시선을 느낀 그가 고개를 들어 시선이 부딪치면 그냥 기분이 좋아졌다.

에버딘의 말에 션의 얼굴에 미소가 떠올랐다. 그는 그녀를 향해 고개를 떨어트리며 물었다.

"키스해도 돼?"

"좋……."

에버딘의 대답이 끝나기도 전에 션이 그녀를 덮치듯이 입을 맞췄다. 에버딘의 몸이 휘청할 정도로 급하고 거친 행동이었다.

그는 에버딘을 단단히 끌어안은 채 가뭄에 단비를 만난 것처럼 그녀의 입술을 빨았다. 그리고 그녀를 그대로 번쩍 안아 들어 창가에 올려놓은 다음에야 입술을 떼고 에버딘의 안색을 살폈다.

말이 끝나기도 전에 덮쳐 버렸다. 그 거친 행동 때문에 그녀가 놀랐을까 봐 걱정이 됐다.

하지만 에버딘은 어리둥절한 표정이었다. 그녀는 숨을 헐떡이느라 상기된 얼굴로 션을 쳐다보다가 자신이 앉아 있다는 것을 깨닫고 조심스럽게 자신이 앉은 창틀로 손을 뻗었다.

그러자 에버딘의 몸을 가두듯이 양옆을 짚은 션의 손과 그녀의 손이 닿았다. 에버딘은 자신이 창틀에 앉아 있는 것을 깨닫고 신기하다는 표정으로 션을 쳐다봤다.

겁을 먹거나 놀라지 않은 것 같다. 션은 속으로 안도하며 고개를 내밀었다. 다시 에버딘의 입술에 그의 입술이 닿았다.

방금 전의 거칠고 급한 키스와는 완전히 다른 키스가 이어졌다. 느리고 부드러운 키스였다. 션은 새가 부리로 쪼는 것처럼 짧게 입술을 댔다가 떨어트리기를 몇 번 반복하다가 고개를 기울여 에버딘의 입술을 자신의 입술로 문질렀다.

그의 목 안쪽에서 만족스러운 신음이 흘러나왔다. 영원히 이러고 있어도 된다면 그럴 수 있을 것 같았다.

"아, 잠깐."

그때 에버딘의 입에서 잠긴 목소리가 흘러나왔다. 그녀는 흠흠 하고 몇 번 목을 가다듬더니 션의 가슴에 손을 댔다. 그러자 그는 그녀가 자신을 밀기도 전에 재빨리 뒤로 물러났다.

"나, 이다음에 약속 있어."

그녀도 언제까지나 션과 이러고 싶지만 그럴 수 없다. 그는 에버딘을 내려 주기 위해 그녀의 허리를 잡았지만 아쉽다는 듯 그 행동은 무척 느렸다.

"다음에."

에버딘은 발이 바닥에 닿자 그렇게 말하며 미소 지었다. 션과의 키스는 생각보다 훨씬 기분이 좋았다. 머리가 어질어질하고 발이 땅에서 떨어진 느낌이었다.

발이 땅에서 떨어진 건 사실이긴 하지.

그녀는 그렇게 생각하고 아쉽다는 듯 자신의 허리에서 손을 떼는 션을 쳐다봤다. 키스를 하면서 그녀를 들었다 내렸는데 그는 힘든 기색은커녕 언제 사람을 들어 올렸냐는 기색이었다.

하긴, 생각해 보면 성인 남자도 한 손으로 들어 올린 남자다. 에버딘을 안아 올렸다고 힘들 리가 없다.

"다음에 언제?"

아쉬움이 뚝뚝 떨어지는 목소리로 션이 물었다. 기분 탓인지 에버딘의 귀에 그의 목소리가 평소보다 훨씬 낮고 쉰 것처럼 들렸다.

물론 기분 탓은 아니었다. 에버딘은 션을 올려다보고 그의 눈동자가 평소보다 붉게 빛나고 있는 것을 발견했다.

그녀는 션이 물러난 만큼 그에게 다가갔다. 그리고 그의 가슴에 손을 얹으며 발뒤꿈치를 들었다. 자연스럽게 다시 션의 손이 그녀의 허리를 감싸 안았다.

에버딘은 간신히 션의 턱에 입을 맞추고 씩 웃었다. 그리고 그에게서 한걸음 물러나며 말했다.

"다음에."

〈다음 권에서 계속〉